LE TRAIN DES ORPHELINS

CHRISTINA BAKER KLINE

LE TRAIN DES ORPHELINS

Traduit de l'anglais (États-Unis)
par Carla Lavaste

belfond

Titre original :
ORPHAN TRAIN
Publié par HarperCollins Publishers, New York.

Ce livre est une œuvre de fiction. Les personnages, les événements et les dialogues sont le fruit de l'imagination de l'auteur et ne sont pas destinés à dépeindre des faits réels. Toute ressemblance avec des événements réels ou des personnes, vivantes ou mortes, serait pure coïncidence.

FSC
www.fsc.org
MIXTE
Papier issu de sources responsables
FSC® C003309

Pocket, une marque d'Univers Poche, est un éditeur qui s'engage pour la préservation de l'environnement et qui utilise du papier fabriqué à partir de bois provenant de forêts gérées de manière responsable.

ISBN : 978-2-266-27047-2
Dépôt légal : novembre 2018

À Christina Looper Baker,
qui m'a donné le fil,

et

Carole Robertson Kline,
qui m'a donné l'étoffe

« Pour passer d'une rivière à une autre, les Indiens wabanaki devaient porter leurs canoës ainsi que toutes leurs possessions. Tous étaient conscients de l'intérêt qu'il y avait à voyager léger, et comprenaient que cela impliquait de laisser certaines choses derrière soi. Rien n'entravait plus la marche que la peur, fardeau dont il était cependant le plus difficile de se débarrasser. »

Bunny McBride, *Women of Dawn*

Prologue

Je crois aux fantômes. Ce sont eux qui nous hantent, eux qui nous précèdent. Il m'est souvent arrivé de les sentir autour de moi, observateurs, témoins, alors que personne parmi les vivants ne savait ce qui se passait ou ne s'en souciait.

J'ai quatre-vingt-onze ans et la quasi-totalité des personnes qui ont un jour fait partie de ma vie sont maintenant des fantômes.

Parfois, ces esprits se sont révélés plus réels que les gens, plus réels que Dieu. Ils remplissent le silence de leur masse, dense et chaude comme de la pâte à pain qui lève sous un torchon. Granny avec son regard empreint de bonté et sa peau talquée. Papa, sobre, riant. Maman, qui chantonne. Ces incarnations fantomatiques, délivrées de toute amertume, de l'alcool et de la dépression, me consolent et me protègent bien mieux maintenant qu'ils sont morts qu'ils ne l'ont jamais fait de leur vivant.

J'en suis venue à me dire que le Ciel est ainsi : un lieu dans la mémoire des autres où survit le meilleur de nous-mêmes.

Peut-être que j'ai de la chance – celle d'avoir reçu à l'âge de neuf ans le fantôme du meilleur de mes parents et à vingt-trois celui de mon unique amour. Et puis il y a aussi ma sœur Maisie, de tout temps présente, un ange sur mon épaule. Dix-huit mois lorsque j'avais neuf ans, treize ans lorsque j'en avais vingt. Elle a maintenant quatre-vingt-quatre ans et elle est toujours à mes côtés.

Peut-être qu'ils ne remplacent pas les vivants, mais on ne m'a pas donné le choix. Je pouvais laisser leur présence me réconforter ou bien m'effondrer, me lamenter sur ceux que j'avais perdus.

Ces fantômes murmuraient à mon oreille, m'exhortaient à aller de l'avant.

Spruce Harbor, Maine, 2011

À travers le mur de sa chambre, Molly entend ses parents d'accueil parler d'elle dans le salon, juste derrière sa porte. « Ce n'est pas ce qui était prévu, argumente Dina. Si j'avais su que c'était une enfant à problèmes, je n'aurais jamais été d'accord.

— Je sais, je sais. » La voix de Ralph est lasse. C'est lui, Molly en est consciente, qui voulait devenir parent d'accueil. Il y a longtemps, à l'époque de sa jeunesse, alors qu'il était un « adolescent en souffrance » – il n'en avait pas dit plus –, un assistant social de son école l'avait enrôlé dans le programme Big Brother. Et c'était lui, ce grand frère – ce mentor, comme il l'appelle –, qui l'avait maintenu dans le droit chemin. Dina, au contraire, s'était dès le début montrée soupçonneuse à l'égard de Molly. Juste avant elle, ils avaient accueilli un garçon qui avait mis le feu à son école élémentaire et cela n'avait probablement pas aidé.

« Je suis assez stressée comme ça par mon travail. Je n'ai pas besoin d'être confrontée à ce genre de merde quand je rentre du bureau », continue Dina, en haussant la voix.

Elle gère l'envoi des patrouilles au poste de police de Spruce Harbor et, pour autant que Molly puisse en juger, les causes de stress sont plutôt limitées : quelques conducteurs ivres, un occasionnel œil au beurre noir, des vols et accidents mineurs. Pour un dispatcheur, Spruce Harbor est probablement l'endroit le moins stressant que l'on puisse imaginer au monde. Mais Dina est anxieuse par nature. Un rien l'affecte. Pour elle, il semble évident que tout devrait se dérouler sans anicroche et lorsqu'il en va autrement, ce qui, bien sûr, arrive assez fréquemment, elle est tout étonnée et le prend comme une attaque personnelle.

Molly est tout le contraire. Tant de choses ne se sont pas bien passées au cours de ses dix-sept années qu'elle en est venue à toujours attendre le pire. Lorsque tout va bien, elle ne sait pas quoi en penser.

Comme avec Jack, par exemple. Quand Molly avait été transférée au lycée de Mount Desert Island l'année dernière, pour sa seconde, la plupart des élèves avaient eu l'air de s'ingénier à l'éviter. Ils avaient leurs amis, leurs cliques, et elle ne leur ressemblait absolument pas. Il est vrai aussi qu'elle n'avait rien fait pour s'intégrer. D'expérience, elle sait qu'il vaut mieux que l'on pense qu'elle est insensible et bizarre plutôt que pathétique et vulnérable, et c'est pour cela qu'elle porte son look gothique comme une armure. Une armure que seul Jack avait tenté de percer.

On était à la mi-octobre, en cours de sciences sociales. Lorsqu'ils avaient dû former des groupes pour un projet, Molly, comme d'habitude, s'était retrouvée seule. Jack lui avait alors demandé si elle souhaitait se joindre à lui et son binôme, Jody, qui avait eu l'air rien moins qu'enchantée. Durant tout le cours, Molly était restée sur ses gardes. Pourquoi était-il si gentil ? Qu'est-ce qu'il lui voulait ? Faisait-il partie de ces garçons qui s'amusent en sortant avec la fille la plus bizarre du lycée ? Quels que soient ses motifs, elle avait décidé de se montrer impassible. Elle se tenait penchée en arrière, les bras croisés, les épaules voûtées, ses cheveux noirs et raides dans les yeux. Elle haussait les épaules et grommelait quand Jack lui posait des questions, ce qui ne l'avait pas empêchée de suivre plutôt consciencieusement le travail d'équipe et d'y apporter sa part. En sortant de classe après la sonnerie, Molly avait entendu Jody murmurer : « Cette fille est carrément bizarre. Elle me fout les jetons. » Lorsqu'elle s'était retournée et avait croisé le regard de Jack, son sourire l'avait surprise. « Moi, je pense qu'elle est plutôt cool », avait-il répondu en fixant Molly. Pour la première fois depuis son arrivée dans cette école, elle n'avait pas pu se retenir : elle lui avait souri en retour.

Au cours des mois suivants, Molly avait appris, par bribes, l'histoire de Jack. Son père était un immigré originaire de la République dominicaine qui avait rencontré sa mère en faisant la cueillette des myrtilles à Cherryfield, l'avait mise enceinte, était rentré dans son pays pour se mettre à la colle avec une fille de là-bas et n'avait jamais regardé en arrière. Sa mère ne s'était pas mariée et travaillait pour une vieille dame riche qui habitait une imposante maison au bord de la mer. Avec un tel passé, Jack aurait dû devenir, comme elle, un cas social, mais non.

Il faut reconnaître qu'il a plusieurs atouts : il est rapide comme l'éclair sur un terrain de foot, arbore un sourire ravageur et de grands yeux de biche ourlés de cils ridiculement longs. Bien qu'il refuse de se prendre au sérieux, Molly voit bien qu'il est plus malin qu'il ne veut bien l'admettre, et même plus qu'il ne le sait lui-même.

Elle se moque totalement des prouesses sportives de Jack, mais l'intelligence, ça, elle respecte (les grands yeux de biche sont en prime). Cette curiosité intellectuelle, c'est d'ailleurs la seule chose qui l'a empêchée de dérailler. Son look gothique lui permet d'emblée de montrer qu'elle ne se sent pas tenue de suivre les conventions et qu'elle est libre de se comporter aussi bizarrement qu'elle le souhaite, en toutes circonstances. Elle lit tout le temps – dans les couloirs, à la cafétéria –, essentiellement des romans mettant en scène des protagonistes tourmentés : *Virgin Suicides*, *L'Attrape-Cœurs*, *La Cloche de détresse*. Elle note également dans un petit carnet les mots dont elle apprécie tout particulièrement la sonorité : haridelle, pusillanime, talisman, jouvencelle, débilitant, obséquieux…

Au début, elle avait aimé la distance que son personnage induisait, la méfiance et la suspicion qu'elle détectait dans le regard des autres. Cependant, même si elle déteste se l'avouer, ce masque a commencé à lui peser dernièrement. Chaque matin, peaufiner son look lui prend un temps infini et les rituels qu'elle accomplissait jusqu'à présent avec conviction et qui lui semblaient avoir un sens – teindre ses cheveux d'un noir de jais et se faire des mèches violettes ou blanches, souligner ses yeux d'un épais trait de khôl, appliquer un fond de teint d'un ton beaucoup plus clair que sa peau, ajuster et attacher toute une série de vêtements inconfortables – l'irritent dorénavant. Elle se sent pareille à un clown qui se serait rendu compte un matin qu'il n'a plus envie de mettre son gros nez rouge en plastique. La plupart des gens n'ont pas besoin de déployer tant d'efforts pour tenir leur rôle. Pourquoi en irait-il autrement pour elle ? Probablement qu'au prochain endroit où ils l'enverront, car il y a toujours un prochain endroit, une nouvelle famille d'accueil, une autre école, elle repartira de zéro et se choisira un style différent, moins compliqué. Pourquoi pas grunge ? Ou lolita ?

La probabilité que cela arrive bien plus tôt que prévu semble se préciser de minute en minute. Cela fait un moment que Dina cherche à se débarrasser d'elle et maintenant l'excuse est toute trouvée. Ralph avait mis sa crédibilité en jeu en tablant sur son bon comportement ; il avait bataillé dur pour persuader sa femme que sous cet air farouche et ce maquillage provocant se cachait en réalité une gentille jeune fille. Il s'était copieusement trompé.

Molly se met à quatre pattes pour regarder sous le cache-sommier ajouré. Elle sort de sous son lit deux sacs marins, ceux que Ralph lui avait achetés en solde au magasin d'usine L. L. Bean à Ellsworth (le premier rouge et le second en tissu hawaiien orange portant respectivement les monogrammes *Braden* et *Ashley*. Invendus du fait de leur couleur, de leur style, ou tout simplement à cause de la ringardise de ces noms brodés en fil blanc ? Aucune idée). Alors qu'elle ouvre le tiroir du haut de sa commode, un bruit de percussion, version métallique d'*Impacto* de Daddy Yankee, sourd de sous sa couette. « Comme ça, tu sauras que c'est moi et tu répondras à ce fichu téléphone », lui avait expliqué Jack lorsqu'il lui avait acheté cette sonnerie.

« *¡Hola, mi amigo!* dit-elle quand elle finit par trouver l'appareil.

— Hé, quoi de neuf, *chica* ?

— Ben, il se passe que Dina n'est pas très contente, là, maintenant.

— Ah bon ?

— Ouais. Ça sent le roussi.

— À quel point ?

— Au point que je pense que je vais devoir faire mes valises. »

Elle a du mal à respirer, ce qui la surprend étant donné le nombre de fois où elle a vécu ce genre de situation.

« Nan, je n'y crois pas.

— Si. Je les entends en parler d'ici, dit-elle en sortant du tiroir un paquet de chaussettes et de culottes qu'elle fourre dans le sac version Braden.

— Mais tu dois faire tes heures de travail d'intérêt général.

— Ça n'arrivera pas. »

Elle ramasse son collier porte-bonheur, posé en tas sur le dessus de la commode, et fait rouler, pour la démêler, la chaîne en or entre ses doigts.

« Dina dit que personne ne voudra de moi parce qu'on ne peut pas me faire confiance. »

Le nœud cède sous ses doigts et elle réussit à démêler la chaîne.

« Et y a pas de problème. J'ai entendu dire que le centre de détention pour mineurs n'est pas si terrible que ça. C'est juste pour quelques mois, de toute façon, ajoute-t-elle.

— Mais tu n'as pas volé ce livre. »

Tout en calant le portable entre son oreille et son épaule, elle réussit, après s'être battue avec le fermoir, à attacher le collier à son cou. Elle se regarde dans le miroir. Du maquillage noir est étalé sous ses yeux comme chez les joueurs de foot.

« N'est-ce pas, Molly ? »

En réalité, elle l'a bel et bien volé. Ou tout du moins, elle a essayé. Elle avait tellement envie de posséder *Jane Eyre*, son roman préféré, de l'avoir rien qu'à elle. La librairie Sherman de Bar Harbor ne l'avait pas en stock et elle avait été trop timide pour le commander auprès du vendeur. Dina ne voulait pas non plus lui donner le numéro de sa carte de crédit pour qu'elle puisse faire des achats en ligne. Il n'y avait rien qu'elle ait jamais eu envie d'avoir à ce point (en tout cas, pas depuis un bon moment). C'est comme ça qu'elle s'était retrouvée à la bibliothèque, dans le maigre rayon dédié aux romans, agenouillée face aux trois exemplaires du livre, dont deux au format poche et un relié. Par deux fois déjà, elle avait emprunté la version reliée, en bonne et due forme, en utilisant sa carte. Cette fois-ci, elle les avait sortis tous les trois, les soupesant dans sa main, et avait remis la version reliée en place, à côté du *Da Vinci Code*. Après avoir également replacé le plus récent des deux livres de poche, elle avait glissé l'autre dans son jean. Il était vieux et tout corné, ses pages avaient jauni et certains passages étaient soulignés au crayon. La couverture, dont la colle s'était desséchée, avait commencé à se détacher. Si ce livre avait été mis en vente le jour de la braderie annuelle de la bibliothèque, ils en auraient tiré dix cents au mieux. Elle s'était dit qu'il ne manquerait à personne. Et qu'il restait deux exemplaires, en bien meilleur état. Cependant, l'établissement avait récemment fait installer un système antivol et plusieurs mois auparavant quatre bénévoles, des dames d'un certain âge entièrement dévouées à tout ce qui concernait de près ou de loin la bibliothèque de Spruce Harbor, avaient passé plusieurs semaines à placer des bandes magnétiques à l'intérieur des couvertures des onze mille volumes. Lorsque Molly avait franchi le portillon, un son strident et persistant avait alerté la responsable, Susan LeBlanc, qui lui avait fondu dessus tel un pigeon voyageur retrouvant sa base.

Elle avait immédiatement confessé son larcin. Ou plutôt, avait essayé de faire croire qu'elle avait eu l'intention d'emprunter le livre en utilisant sa carte. Mais Susan LeBlanc n'avait rien voulu entendre. « Je t'en prie, cesse de me prendre pour une idiote avec tes mensonges, lui avait-elle dit. Je t'ai observée. Je me doutais que tu préparais quelque chose. » Et quelle honte que son intuition lui ait donné raison ! Elle aurait aimé, pour une fois, se tromper, être agréablement surprise.

« Ah, merde. Vraiment ? » Jack soupire.

Tout en se regardant dans le miroir, Molly passe son doigt sur les pendeloques porte-bonheur enfilées sur la chaîne. Elle ne la porte plus très souvent, mais, chaque fois que quelque chose arrive et qu'elle sait qu'elle va devoir déménager, elle la met. Elle l'a achetée dans une solderie, chez Marden, à Ellsworth, et y a glissé les trois pendentifs que son père lui avait offerts pour ses huit ans : un poisson en émail cloisonné bleu et vert, un corbeau en étain et un minuscule ours brun. Quelques semaines après lui avoir fait ce cadeau, son père était mort dans un accident de voiture : alors qu'il roulait à vive allure sur l'autoroute I-75 par une nuit glaciale, le véhicule avait dérapé et fait un tonneau. Après cela, sa mère, vingt-trois ans tout juste, avait entamé une descente aux enfers dont elle n'était jamais revenue. Molly n'avait pas encore fêté ses neuf ans qu'elle avait déjà été placée dans une autre famille, et sa mère en prison. Les pendentifs porte-bonheur sont tout ce qui lui reste de sa vie d'avant.

Jack a beau être un mec sympa, elle sait ce qui l'attend : comme tous les autres – les assistants sociaux, les enseignants, les familles d'accueil –, il finira par se lasser, se sentira trahi, se dira qu'elle est plus une source d'ennuis qu'autre chose. Même si elle aimerait vraiment s'attacher à lui – ce qu'elle a réussi à lui faire croire –, elle ne s'est jamais vraiment laissée aller à ce point. Ce n'est pas qu'elle fasse semblant, mais une part d'elle-même reste toujours sur la réserve. Elle s'est rendu compte qu'elle peut maîtriser ses émotions en imaginant qu'à la place du cœur elle a une énorme boîte cadenassée. Lorsqu'elle est confrontée à des sentiments qu'elle n'arrive pas à dominer, comme la tristesse ou des regrets, elle les enfouit dans la boîte, puis referme bien le couvercle qu'elle cadenasse à nouveau.

Ralph aussi a essayé de se focaliser sur ses bons côtés. Il est comme ça, Ralph. Il voit le bien même là où il n'est pas. Une part d'elle-même lui est reconnaissante de cette foi qu'il place en elle, mais, malgré tout, elle ne lui fait pas non plus totalement confiance. C'est presque mieux avec Dina, parce qu'elle, au moins, ne fait pas mine de vouloir cacher ses soupçons. Il est plus facile de savoir que les gens se méfient de vous que d'être déçue quand ils vous lâchent.

« *Jane Eyre* ? demande Jack.

— Qu'est-ce que ça peut bien faire ?

— J'aurais pu te l'acheter.

— Eh ouais… »

Même après s'être ainsi mise dans le pétrin et même si elle court le risque d'être envoyée en centre de détention pour mineurs, elle sait qu'elle ne lui aurait jamais demandé de lui offrir ce livre. S'il y a bien une chose qu'elle déteste à propos des familles d'accueil, c'est d'être à la merci de gens qu'elle connaît à peine et de dépendre de leur moindre lubie. Ne rien attendre de qui que ce soit, voilà ce qu'elle a appris. Ses anniversaires sont souvent oubliés et c'est tout juste si elle est invitée à participer aux différentes fêtes qui jalonnent l'année. Elle doit se contenter de ce qu'elle reçoit, et c'est rarement ce qu'elle a demandé.

« T'es tellement butée ! lui dit Jack, comme s'il lisait dans ses pensées. Regarde dans quel merdier tu t'es fourrée. »

On frappe un grand coup à la porte de sa chambre. Le téléphone posé contre sa poitrine, elle regarde la poignée tourner. Encore une chose déplaisante : pas de verrou, pas d'intimité. Dina passe la tête par la porte, la bouche peinte en rose, pincée.

« Il faut qu'on parle.

— D'accord. Laisse-moi finir mon coup de fil.

— Qui est-ce ? »

Elle hésite. Est-elle obligée de répondre ? Oh, et puis qu'est-ce que ça peut bien faire ? « Jack. » Dina fronce les sourcils.

« Dépêche-toi. On n'a pas toute la nuit.

— J'en ai pour une minute. »

Molly attend avant de reprendre sa conversation, fixant Dina du regard jusqu'à ce que sa tête disparaisse derrière la porte.

« C'est l'heure du peloton d'exécution.

— Non, non. Écoute-moi. J'ai une idée. Un peu… dingue.

— Quoi ? Il faut que j'y aille, répond-elle d'un ton maussade.

— J'ai parlé à ma mère…

— Tu plaisantes, Jack ? Tu lui as raconté ? Déjà qu'elle ne m'apprécie pas.

— Écoute. D'abord, elle ne te déteste pas. Ensuite, elle a parlé à la dame pour laquelle elle travaille et il se pourrait que tu puisses faire tes heures de service d'intérêt général chez elle.

— Quoi ?

— Parfaitement.

— Mais… comment ?

— Tu sais que ma mère est la pire femme de ménage au monde ? »

Molly adore la façon dont il dit cela : posément, sans porter de jugement, de la même manière qu'il dirait de sa mère qu'elle est gauchère.

« Cette femme veut ranger son grenier. Il est rempli de vieux papiers, de cartons et de tout un tas de cochonneries du même genre. Un vrai cauchemar pour ma mère. Alors j'ai pensé que tu pourrais le faire. Il y a, facile, cinquante heures de travail bénévole à faire chez elle.

— Attends une minute. Tu veux que je range le grenier d'une vieille dame ?

— Exactement. C'est tout à fait dans tes cordes, tu crois pas ? Allez, je sais à quel point tu es méticuleuse. Ne le nie pas. Tous tes trucs sont alignés sur tes étagères, tes devoirs sont classés comme il faut. Et tes livres sont rangés par ordre alphabétique, pas vrai ?

— Tu l'as remarqué ?

— Je te connais beaucoup mieux que tu ne le penses. »

Si bizarre que cela puisse sembler, Molly doit bien reconnaître qu'elle aime l'ordre et qu'elle est même un peu maniaque dans ce domaine. Après avoir déménagé un certain nombre de fois, elle a appris à prendre soin des quelques affaires qui lui appartiennent. Malgré tout, cette idée ne lui paraît pas si bonne que cela. Être coincée, seule, dans un grenier poussiéreux à trier les rebuts d'une vieille dame pendant des jours ?

Si elle a le choix…

« Elle veut te voir, ajoute Jack.

— Qui ça ?

— Vivian Daly. La vieille dame. Elle veut te rencontrer pour…

— … un entretien ? Elle veut me faire passer un entretien, c'est ce que tu allais dire.

— Ça fait partie du deal. T'es d'accord ?

— Est-ce que j'ai le choix ?

— Bien sûr. Tu peux choisir la prison.

— OK ! OK, Jack ! s'exclame-t-elle.

— OK quoi ?

— Je vais le faire. Je vais aller la voir. Je passerai un entretien avec elle.

— Super. Ah, et puis… tu devrais peut-être mettre une jupe ou quelque chose dans le genre, pour… tu sais, quoi. Et puis enlever quelques-unes de tes boucles d'oreilles.

— Et mon piercing au nez ?

— Je l'adore, mais…

— OK, compris.

— Juste pour l'entretien.

— C'est bon. Je te remercie.

— Ne me remercie pas d'être égoïste. J'ai juste envie que tu restes par ici encore un peu. »

Lorsque Molly ouvre la porte de sa chambre et qu'elle se retrouve face aux visages tendus de Dina et de Ralph, elle sourit. « Ne vous inquiétez pas. J'ai trouvé une solution pour faire mes heures. » Dina lance un regard à Ralph dont elle saisit tout de suite la signification ; avec le temps et l'expérience, elle arrive sans peine à décoder ces dialogues silencieux entre ses parents d'accueil.

« Mais je comprends : si vous voulez que je parte, je trouverai autre chose.

— On ne veut pas que tu partes », lui répond Ralph, au moment même où Dina déclare : « Il faut qu'on parle. »

Ils se regardent fixement. « Comme vous voulez, dit Molly. C'est pas grave si ça ne marche pas. »

Au moment où elle prononce ces mots, et alors qu'elle affiche un air bravache emprunté à Jack, elle pense vraiment ce qu'elle dit. Si ça ne marche pas, eh bien, tant pis ! En ce qui la concerne, les coups durs et les trahisons que les gens craignent tout du long de leur existence de devoir affronter, elle connaît déjà. Son père mort, sa mère qui a perdu pied et elle, trimbalée de gauche à droite et constamment rejetée. Ce qui ne l'empêche pas d'être encore en vie, de dormir et de grandir. Chaque matin, elle se lève et s'habille. Alors, quand elle affirme que ça ira, ce qu'elle veut dire en réalité c'est qu'elle sait être capable de surmonter à peu près n'importe quelle catastrophe. Mais c'est la première fois, pour autant qu'elle s'en souvienne, que quelqu'un se soucie d'elle. (C'est quoi son problème à lui, en fait ?)

Spruce Harbor, Maine, 2011

Molly inspire profondément. La maison est bien plus grande qu'elle ne l'avait imaginé. C'est une imposante demeure victorienne blanche avec des volets noirs, ornée de fioritures. À travers le pare-brise, elle constate que l'état du bâtiment est excellent ; ni peinture écaillée ni traces de pourriture. Pas de doute : la maison a été repeinte récemment. Cette vieille femme emploie probablement une armée de serviteurs zélés pour veiller à son entretien.

La matinée d'avril est douce. La neige fondue et la pluie ont rendu la terre spongieuse, mais cette belle journée est l'une des rares qui annoncent les merveilleux jours d'été. Le ciel, parsemé de gros nuages floconneux, est d'un bleu lumineux. Des massifs de crocus tapissent le sol.

« OK, dit Jack. Voilà le deal : cette dame est gentille, mais un peu coincée. Pas vraiment une comique, quoi. » Jack arrête sa voiture et presse l'épaule de Molly. « Hoche la tête, souris, et tout ira bien.

— Tu m'as dit qu'elle a quel âge ? » marmonne Molly. Elle s'en veut d'être nerveuse. Tout ça lui est égal. C'est juste une vieille avec son bric-à-brac qui a besoin d'aide pour s'en débarrasser. Pourvu quand même que cela ne soit pas trop dégoûtant et puant, comme dans les maisons de ces gens qui gardent tout, que l'on voit à la télévision.

« Je ne sais pas. Elle est vieille. Tu sais, tu es jolie comme ça », ajoute Jack. Molly prend un air renfrogné. Elle porte un chemisier rose Land's End que Dina lui a prêté pour l'occasion. « C'est à peine si on te reconnaît, lui a dit Dina sèchement lorsque Molly a émergé de sa chambre, vêtue dudit chemisier. Tu as vraiment l'air… distinguée. »

Comme le lui a demandé Jack, elle a enlevé son anneau de nez et n'a gardé que deux piercings dans chaque oreille. Elle a également passé plus de temps que d'habitude sur son maquillage, utilisant un fond de teint d'une couleur pâle plutôt que sépulcrale, la main moins lourde sur le khôl. Elle a même acheté un brillant à lèvres Maybelline. Elle a ôté la plupart de ses bagues chinées dans des dépôts-ventes et porte la chaîne avec les pendentifs porte-bonheur que lui a offerte son père – au lieu de ses habituels crucifix et têtes de mort. Ses cheveux, à part les deux mèches blanches qui encadrent son visage, sont toujours noirs, tout comme ses ongles, mais il est évident qu'elle a fait un effort pour ressembler un peu plus à un « être humain normal », comme le lui a fait remarquer Dina.

Après cette ultime manœuvre de sauvetage de Jack, Dina a consenti à contrecœur à lui accorder une dernière chance. « Tu vas nettoyer le grenier d'une vieille dame, c'est ça ? Je te donne une semaine », avait-elle répondu avec brusquerie.

Elle attend d'autant moins de Dina qu'elle la soutienne qu'elle-même a des doutes. Va-t-elle vraiment consacrer cinquante heures de sa vie au bénéfice d'une vieille rentière grincheuse, dans un grenier plein de courants d'air, à trier le contenu de cartons remplis d'insectes morts et de Dieu sait quoi d'autre encore ? Au centre de détention pour mineurs, elle passerait son temps à assister à des séances de thérapie de groupe (toujours intéressantes) et à regarder des débats télévisés sur des sujets de société (passablement attrayants). Et il y aurait des filles avec lesquelles traîner. Alors que, dans le cas présent, elle va être coincée entre Dina et cette vieille femme qui la surveillera de près.

Elle jette un coup d'œil à sa montre. Grâce à Jack, qui l'a un peu bousculée pour partir, elle a cinq minutes d'avance.

« Rappelle-toi : regarde-la bien dans les yeux. Et souris, dit-il.

— Une vraie maman !

— Tu sais quel est ton problème ?

— Que mon petit ami se comporte comme une mère poule ?

— Non. Ton problème est que tu n'as pas l'air de réaliser que ça chauffe pour tes fesses.

— Y a le feu ? Où ça ? »

Elle regarde autour d'elle, se tortillant sur son siège.

« Écoute, lui dit-il en se frottant le menton, ma mère n'a rien dit à Vivian à propos de la prison pour mineurs et tout ça. Pour elle, t'es là dans le cadre d'un projet scolaire sur le volontariat.

— Alors elle ne sait rien de mon passé de criminelle ? Quelle bonne poire !

— *¡Ay, diablo!* répond-il en sortant de la voiture.

— Tu viens avec moi ? »

Après avoir claqué sa portière, il fait le tour de la voiture et ouvre celle de Molly.

« Non, je ne t'escorte que jusqu'au perron.

— Quel gentleman ! Ou est-ce plutôt parce que tu as peur que je prenne la tangente ? dit-elle en sortant de la voiture.

— En vérité, les deux. »

Debout face à l'imposante porte en noyer ornée d'un heurtoir massif, Molly hésite. Elle se retourne pour regarder Jack qui a déjà regagné sa voiture. Des écouteurs fourrés dans ses oreilles, il bouquine ce qu'elle sait être un recueil corné de nouvelles de Junot Díaz qu'il garde dans la boîte à gants. Elle se tient droite, les épaules en arrière, coince ses cheveux derrière les oreilles, tripote le col de son chemisier (mis à part lorsqu'elle porte son collier de chien, elle n'a jamais le coup serré de la sorte), puis frappe à la porte. Pas de réponse. Elle frappe à nouveau, un peu plus fort. C'est alors qu'elle remarque une sonnette sur le côté ; elle la presse. Un carillon sonore se fait entendre dans la maison et, quelques secondes plus tard, Terry, la mère de Jack, arrive, l'air tracassée. C'est toujours étonnant de retrouver dans ce visage large et rond les grands yeux bruns de Jack.

Même si celui-ci l'a assurée du soutien de sa mère – « Ce fichu projet de rangement de grenier me pend au nez depuis si longtemps, tu n'as pas idée de l'état dans lequel ça me met » –, Molly sait qu'en réalité c'est un peu plus compliqué que cela. Terry adore son fils unique et ferait n'importe quoi pour qu'il soit heureux. De son côté, Jack a beau prétendre que Terry adhère à ce projet, Molly est parfaitement consciente qu'il le lui a imposé.

Lorsque Terry ouvre la porte, elle la regarde de haut en bas.

« Y a pas à dire, tu es beaucoup plus présentable.

— Merci. Si on peut dire », marmonne Molly.

Difficile de savoir si Terry porte un uniforme ou si sa tenue vestimentaire est si banale qu'elle ressemble à un uniforme : pantalon noir, grosses chaussures également noires aux semelles en caoutchouc et ample tee-shirt couleur pêche. À sa suite, Molly traverse un long couloir aux murs recouverts de peintures à l'huile et de lithographies dans des cadres dorés, un tapis persan étouffant le bruit de leurs pas. Au fond se trouve une porte fermée.

Terry y appuie l'oreille un moment puis frappe doucement avant de l'entrouvrir. « Vivian ? La jeune fille est là. Molly Ayer. Oui, d'accord. »

Elle ouvre la porte en grand, révélant ainsi un vaste salon ensoleillé avec vue sur la mer, garni de meubles d'époque, et dont les murs sont couverts de livres du sol au plafond. Une vieille dame, vêtue d'un pull en cachemire noir ras-du-cou, est assise dans un fauteuil à oreilles de couleur rouge, passée. Ses mains veinées, qu'elle tient croisées, reposent sur une couverture écossaise en laine enveloppant ses genoux. « Molly, je te présente Mme Daly, lui dit-elle lorsqu'elles se trouvent face à la vieille dame.

— Bonjour, dit Molly, la main tendue, comme son père lui a appris à faire.

— Bonjour. » La main que Molly serre est sèche et fraîche. La vieille femme est frêle et alerte, avec un nez étroit et des yeux noisette, aussi vifs et perçants que ceux d'un oiseau. Sa peau est fine, quasi diaphane, ses cheveux ondulés ont été ramenés en chignon au bas de son crâne. Des taches de rousseur pâles – mais ne sont-ce pas plutôt des taches de vieillesse ? – tavellent son visage. Un réseau serré de veines en relief sinue sur ses mains et ses poignets, et des dizaines de ridules marquent le contour de ses yeux. Elle lui rappelle les nonnes de l'école catholique qu'elle a fréquentée brièvement à Augusta (un bref passage chez une famille d'accueil qui ne convenait pas), qui par certains côtés paraissaient cacochymes et par d'autres incroyablement jeunes. Tout comme elles, cette femme a un air autoritaire, comme si elle s'attendait à ce qu'on lui obéisse. D'ailleurs, pourquoi en irait-il autrement ? Elle est, de fait, habituée à ce qu'on fasse ce qu'elle demande.

« Je serai dans la cuisine, si vous avez besoin de moi », déclare Terry qui disparaît par une autre porte.

La vieille femme se penche vers Molly, les sourcils légèrement froncés. « Comment diable faites-vous pour créer cet effet ? La rayure de putois, précise-t-elle en effleurant sa propre tempe.

— Hum… » Molly est étonnée, personne ne lui a jamais posé cette question.

« C'est un mélange d'eau oxygénée et de teinture pour cheveux.

— Comment avez-vous appris à faire ça ?

— J'ai vu une vidéo sur YouTube.

— YouTube ?

— Sur Internet.

— Ah, dit-elle en relevant le menton. L'ordinateur. Je suis trop vieille pour apprendre à utiliser ce truc.

— Je ne pense pas qu'on puisse dire ça d'une chose qui a changé notre façon de vivre, répond Molly qui sourit ensuite en prenant un air contrit, consciente qu'elle est en train de contredire son employeur potentiel.

— En tout cas, cela n'a pas changé la façon dont *moi* je vis, répond la vieille femme. Cela doit vous prendre beaucoup de temps.

— Quoi ?

— Ce que vous faites à vos cheveux.

— Oh, ce n'est pas si terrible que ça. J'ai l'habitude, maintenant.

— Puis-je vous demander quelle est votre couleur naturelle ?

— Bien sûr. Châtain foncé.

— Moi, ma couleur naturelle, c'est le roux. »

Molly met un moment avant de comprendre que la vieille femme vient de faire une petite plaisanterie à propos de ses cheveux gris.

« J'aime bien ce que vous avez fait à vos cheveux, rétorque-t-elle. Ça vous va bien. »

La vieille dame acquiesce et se renfonce dans son fauteuil, l'air approbateur. Molly sent ses épaules se détendre.

« Veuillez excuser mon impolitesse, mais à mon âge, cela ne sert à rien de tourner autour du pot. Vous avez un style très particulier. Êtes-vous une de ces gothiques, comme on les appelle ? »

Molly ne peut s'empêcher de sourire.

« En quelque sorte.

— Et vous avez emprunté ce chemisier, j'imagine ?

— Euh…

— Vous n'auriez pas dû. Il ne vous va pas. »

Elle fait signe à Molly de s'asseoir en face d'elle.

« Vous pouvez m'appeler Vivian. Je n'ai jamais aimé que l'on m'appelle Mme Daly. Mon mari n'est plus de ce monde, vous savez.

— Je suis désolée.

— Ne soyez pas désolée. Il est décédé il y a huit ans. De tous les gens que j'ai connus, peu sont encore en vie. »

Molly ne sait pas trop quoi répondre. N'est-ce pas plus poli de dire aux gens qu'ils n'ont pas l'air aussi vieux qu'ils le sont ? Elle n'aurait jamais deviné l'âge de cette femme – quatre-vingt-onze ans ! –, mais il faut dire qu'elle n'a pas beaucoup de points de comparaison. Ses grands-parents paternels sont morts quand elle était encore jeune. Quant à ses grands-parents maternels, ils n'étaient pas mariés et elle n'a jamais connu le père de sa mère. Le seul grand-parent dont elle se souvient, c'est la mère de sa mère, morte d'un cancer quand Molly avait trois ans.

« Terry m'a dit que vous vivez en famille d'accueil, dit Vivian. Êtes-vous orpheline ?

— Ma mère est vivante, mais… oui, je me considère comme une orpheline.

— Techniquement parlant, ce n'est pas exact, cependant.

— Je pense que si vous n'avez pas de parents pour s'occuper de vous, vous êtes libre de vous appeler comme vous le voulez. »

Vivian la regarde longuement, comme si elle réfléchissait à cette idée. « En effet. Parlez-moi de vous, alors », lui dit-elle.

Molly a passé toute sa vie dans le Maine. Elle n'est même jamais sortie de cet État. Elle a des bribes de souvenirs de son enfance sur Indian Island, avant qu'elle soit envoyée dans une famille d'accueil : la caravane grise dans laquelle elle vivait avec ses parents, le centre communautaire avec les pick-up garés tout autour, le Sockalexis Bingo Palace, l'église Sainte-Anne. Elle se rappelle une poupée aux cheveux noirs, en feuilles de maïs, vêtue d'un costume indien traditionnel, placée sur une étagère dans sa chambre, même si elle préférait les poupées Barbie données par les associations caritatives et distribuées par le centre communautaire à Noël. Les plus populaires, comme la Barbie Cendrillon ou la Barbie Reine de beauté ne faisaient cependant jamais partie de ces lots. On y trouvait plutôt des éditions un peu spéciales qui pouvaient s'acheter en solde : Barbie Pilote de course, Barbie Exploratrice. Peu importait. Malgré ses tenues un peu bizarres, on pouvait toujours compter sur son physique qui, lui, ne variait pas : des pieds formés pour porter des chaussures à talons aiguilles, une poitrine généreuse, un buste dépourvu de côtes, un nez en trompette et une chevelure brillante en plastique…

Mais ce n'est pas ce que Vivian veut entendre. Par où commencer ? Ça c'est une vraie question. Son histoire n'est pas drôle et Molly sait d'expérience qu'elle rebute les gens ou qu'ils ne la croient pas, ou, pis encore, qu'ils ont pitié d'elle. C'est pour ça qu'elle a appris à en donner une version édulcorée.

« Je suis une Indienne penobscot par mon père. Quand j'étais petite, nous vivions dans une réserve près d'Old Town.

— D'où les cheveux noirs et le maquillage tribal. »

Molly est stupéfaite. Elle n'avait jamais fait le lien. Serait-ce possible ?

À un moment, en quatrième, au cours d'une année particulièrement difficile – une famille d'accueil colérique, des frères et sœurs jaloux, un groupe de filles vraiment méchantes à l'école –, elle s'était procuré une boîte de teinture express pour cheveux L'Oréal ainsi qu'un crayon de khôl ébène Cover Girl et avait opéré sa transformation dans la salle de bains familiale. Une amie qui travaillait chez Claire's, le magasin de bijoux et d'accessoires capillaires, lui avait fait ses piercings : une enfilade de trous sur chaque lobe d'oreille, plus un dans le nez et un autre dans le sourcil (ce piercing n'avait pas duré longtemps. Il s'était infecté et avait dû être retiré, laissant une cicatrice fine comme un fil de toile d'araignée.) Les piercings avaient été la goutte d'eau qui avait fait déborder le vase : sa famille d'accueil l'avait mise dehors. Objectif atteint.

Molly poursuit son histoire, raconte comment son père est mort, pourquoi sa mère ne pouvait plus s'occuper d'elle et comment elle a atterri chez Ralph et Dina.

« Terry m'a dit que vous devez compléter un projet d'aide sociale bénévole. Et qu'elle a eu la brillante idée de vous proposer de m'aider à nettoyer mon grenier, dit Vivian. Cela ne me semble pas être très intéressant pour vous, mais après tout, qu'est-ce que j'en sais ?

— Croyez-le ou non, je suis en fait une maniaque du rangement.

— Alors, vous êtes encore plus bizarre que ne le suggère votre apparence. »

Vivian se rencogne dans son fauteuil et croise les mains. « Je vais vous avouer quelque chose. Selon votre définition, moi aussi je suis orpheline, et cela m'est arrivé à peu près au même âge que vous. C'est une chose que nous avons en commun. »

Que répondre à cela ? Est-ce que Vivian souhaite qu'elle la questionne à ce sujet ou a-t-elle juste parlé comme ça ? Difficile à dire.

« Vos parents… ne se sont pas occupés de vous ? demande Molly d'un ton hésitant.

— Ils ont essayé. Il y a eu un incendie… »

Vivian hausse les épaules.

« C'est arrivé il y a si longtemps que je m'en souviens à peine. Bon, quand voulez-vous commencer ? »

New York, 1929

C'est Maisie qui l'a détecté la première. Elle n'arrêtait pas de pleurer. Depuis qu'elle avait un mois, quand notre mère était tombée malade, je partageais avec elle mon petit lit étroit situé dans une pièce sans fenêtre où dormaient aussi mes frères. L'obscurité était telle que je me demandais, comme il m'arrivait souvent de le faire, si les aveugles ressentaient ce même vide enveloppant. Je parvenais à peine à distinguer – peut-être ne faisais-je que la sentir – la masse des garçons qui s'agitaient dans leur sommeil, pas encore vraiment réveillés. Dominick et James, les jumeaux âgés de six ans, dormaient sur une palette posée à même le sol, blottis l'un contre l'autre pour se tenir chaud.

Assise dos au mur sur mon lit, je maintenais Maisie contre mon épaule, comme maman me l'avait montré. J'ai tout essayé pour tenter de la consoler, tout ce qui avait marché avant : caresser son dos, passer deux doigts le long de son nez, fredonner doucement dans son oreille la chanson favorite de notre père, « Mon petit oiseau ». (*J'ai entendu le merle chanter, ainsi que la grive et la linotte, Mais aucun d'eux ne chante de façon aussi exquise, mon petit oiseau, que toi.*) Mais elle n'en hurlait que plus fort et tout son corps était secoué de spasmes.

Elle avait dix-huit mois, mais ne pesait pas plus lourd qu'un tas de chiffons. Quelques semaines après sa naissance, maman avait été prise de fièvre et n'avait plus pu la nourrir, alors nous nous étions débrouillés avec de l'eau chaude sucrée, de l'avoine écrasée cuite à feu doux, et du lait quand nous avions de l'argent pour en acheter. Nous étions tous très minces : la nourriture faisait défaut. Il arrivait que, pendant plusieurs jours d'affilée, nous devions nous contenter de vieilles pommes de terre cuites dans un bouillon clair. Même lorsqu'elle était en forme, maman n'était pas bonne cuisinière et parfois elle ne se donnait même pas la peine d'essayer. Jusqu'à ce que j'apprenne à cuisiner, plus d'une fois nous avons mangé des patates crues, directement dans la huche.

Cela faisait deux ans que nous avions quitté notre maison de la côte ouest de l'Irlande. Là-bas aussi, la vie était difficile. Papa avait occupé puis perdu une série de petits boulots, aucun d'entre eux ne permettant de subvenir aux besoins de toute la famille. Nous habitions une minuscule bicoque en pierre, sans chauffage, dans un modeste village du comté de Galway, appelé Kinvara. Tout le monde autour de nous partait pour l'Amérique ; on disait que, dans ce pays, il y avait des oranges grosses comme des pommes de terre bintjes, des champs de céréales qui ondulaient sous le soleil, des maisons en bois propres, bien aérées, avec eau courante et électricité. Et du travail pour tous. Dans un ultime acte de gentillesse – à moins qu'ils n'aient voulu ainsi se libérer d'une constante source d'inquiétude –, les parents et les sœurs de papa avaient réussi à grappiller suffisamment d'argent pour nous payer, à tous les cinq, la traversée en bateau, et c'est comme cela que, par une douce journée de printemps, nous avons embarqué à bord de l'*Agnes Pauline*, direction Ellis Island. Le seul lien avec notre futur était un nom griffonné sur un bout de papier que mon père avait rangé dans sa poche de chemise au moment du départ. C'était celui d'un homme qui avait émigré dix ans auparavant et qui, selon ses proches restés à Kinvara, était devenu propriétaire d'un restaurant respectable à New York.

Nous avions beau avoir passé toute notre vie dans un petit village en bord de mer, aucun d'entre nous n'avait jamais mis le pied sur un bateau ni, bien sûr, ne s'était retrouvé en plein océan. À part mon frère Dom, doté d'une constitution aussi solide que celle d'un taureau, nous avons tous été malades durant la quasi-totalité du voyage. C'était encore pire pour maman, qui a découvert, une fois à bord, qu'elle était à nouveau enceinte et ne pouvait quasiment rien avaler. Malgré cela, alors que je me tenais sur le pont inférieur à regarder les eaux huileuses tourbillonnant sous l'*Agnes Pauline* après être sortie de notre sombre et minuscule cabine située dans l'entrepont, j'ai été gagnée par un certain optimisme. Sans aucun doute, nous nous ferions une place en Amérique.

Il y avait tant de brouillard et de nuages le matin de notre arrivée dans la rade de New York que c'est à peine si nous parvenions à distinguer, mes frères et moi, la silhouette fantomatique de la statue de la Liberté à quelques encablures seulement des docks, tandis que, appuyés à la rambarde, nous plissions des yeux pour mieux voir à travers le crachin. On nous fit mettre en rang afin d'être inspectés, interrogés, et de recevoir notre permis de séjour, puis nous fûmes lâchés dans la nature, tout comme des centaines d'autres immigrants parlant des langues qui, à mes oreilles, tenaient plus du braiement d'animaux de ferme qu'autre chose.

On n'apercevait ni champs de blé ondoyant au soleil ni oranges de taille démesurée. Nous avons pris le ferry pour Manhattan et parcouru ses rues ; maman et moi chancelions sous le poids de nos affaires, les jumeaux réclamaient à grands cris d'être portés, papa, une valise sous chaque bras, serrait d'une main un plan de la ville, de l'autre le papier chiffonné sur lequel sa mère avait noté, de son écriture en pattes de mouche : *Mark Flannery, The Irish Rose, Delancey Street*. Après nous être égarés plusieurs fois, papa a décidé de ne plus utiliser le plan et a commencé à demander son chemin aux gens. La plupart du temps, ils détournaient la tête sans répondre ; un homme a même craché par terre, le visage déformé par le dégoût. Finalement, nous avons réussi à trouver l'endroit : un pub irlandais, tout aussi miteux que les plus miteux des bas quartiers de Galway.

Maman, les garçons et moi avons attendu dans la rue pendant que papa allait voir à l'intérieur. La pluie s'était arrêtée. De la vapeur s'élevait des trottoirs puis se dissipait dans l'air humide. Nous nous tenions droit dans nos vêtements détrempés, raidis par la sueur et la crasse qui s'y étaient incrustées, grattant nos têtes croûteuses (à cause des poux attrapés sur le bateau), des ampoules aux pieds occasionnées par les chaussures neuves que Granny nous avait achetées avant notre départ et que maman nous avait interdit de porter avant d'avoir foulé le sol américain. Nous nous demandions dans quelle situation nous nous étions fourrés. À l'exception de la pitoyable réplique de pub irlandais qui se dressait face à nous, ce Nouveau Monde ne ressemblait en rien à celui que nous avions connu.

Mark Flannery avait reçu une lettre de sa sœur et nous attendait. Il a embauché papa comme plongeur et nous a emmenés dans un quartier dont l'apparence était entièrement nouvelle pour nous, avec de grands bâtiments en brique serrés les uns contre les autres le long d'étroites rues grouillantes de monde. Il savait qu'il y avait un appartement à louer pour dix dollars par mois dans Elizabeth Street, au deuxième étage d'un immeuble qui en comptait quatre. Après qu'il nous a laissés à la porte, nous avons suivi le propriétaire polonais, M. Kaminski, jusqu'au fond de l'entrée carrelée et avons gravi les marches, traînant nos bagages derrière nous, dans la chaleur et l'obscurité, tandis qu'il nous faisait la leçon sur les avantages de la propreté, de la civilité et de l'application au travail, toutes choses dont, à l'évidence, il nous soupçonnait de manquer. « Je n'ai pas de problèmes avec les Irlandais, tant qu'ils n'en créent pas », claironna-t-il. En jetant un coup d'œil au visage de papa, je découvris une expression que je n'avais jamais vue auparavant, mais que je compris immédiatement : c'était celle du choc ressenti alors qu'il réalisait qu'ici, dans ce pays étranger, il serait sévèrement jugé dès qu'il ouvrirait la bouche.

Le propriétaire a dit que les pièces de notre appartement étaient « en enfilade », chacune conduisant à la suivante. Au bout, la minuscule chambre de mes parents, avec une fenêtre donnant sur la façade arrière d'un autre immeuble, ensuite la chambre que je partageais avec Maisie et les garçons, puis la cuisine, et enfin le salon exigu dont les deux fenêtres surplombaient la rue animée. M. Kaminski a tiré une chaîne qui pendait du plafond en étain de la cuisine, illuminant faiblement une table en bois éraflée, un petit évier taché avec un robinet d'eau froide et un fourneau à gaz. Sur le palier, il y avait un cabinet de toilette que nous partagerions avec nos voisins, un couple sans enfants du nom de Schatzman, nous précisa le propriétaire. « Ce sont des gens discrets et j'attends que vous le soyez aussi », ajouta-t-il en regardant avec sévérité mes frères qui, agités et dissipés, jouaient à se pousser l'un l'autre.

Malgré l'air désapprobateur de M. Kaminski, la chaleur étouffante, les pièces lugubres et l'insolite cacophonie qui nous parvenait de la rue – si étrangère à mes oreilles habituées à la campagne –, une bouffée d'espoir m'envahit à nouveau. En considérant nos quatre pièces d'habitation, il me semblait que nous prenions un nouveau départ, laissant derrière nous toutes les difficultés de la vie à Kinvara : l'humidité qui pénétrait nos os, notre masure étriquée, l'addiction à la boisson de notre père – l'ai-je déjà mentionné ? – qui menaçait d'engloutir le moindre gain qu'il pouvait rapporter. Ici, papa s'était vu offrir un travail, il suffisait de tirer une chaînette pour avoir de la lumière, d'ouvrir un robinet pour avoir de l'eau. Et juste à l'extérieur, dans un couloir bien aéré, nous avions des toilettes et une baignoire. Une opportunité, modeste certes, mais une opportunité quand même, nous était donnée de repartir du bon pied.

J'ignore dans quelle proportion les souvenirs que j'ai de cette époque sont affectés par l'âge que j'ai maintenant et quelle part provient de l'enfant que j'étais alors – j'avais sept ans lorsque nous avons quitté Kinvara, neuf cette nuit où Maisie pleurait sans discontinuer, cette nuit qui, encore plus que notre départ d'Irlande, a changé à jamais le cours de ma vie. Quatre-vingt-deux ans plus tard, l'éclat de ses sanglots continue de me hanter. Si seulement je m'étais demandé pourquoi elle pleurait au lieu de me contenter d'essayer de la calmer. Si seulement j'avais été plus attentive.

Je craignais tant que nos vies partent à vau-l'eau de nouveau que je refusais de voir ce qui m'effrayait le plus : l'amour immodéré que papa continuait à porter à la boisson et qu'un changement de pays n'avait en rien modifié, les sautes d'humeur et les crises de rage de maman, les disputes incessantes de mes parents. Je voulais à tout prix que tout aille bien. Je tenais Maisie serrée contre moi et murmurais à son oreille, pour la calmer : *Mais aucun d'eux ne chante de façon aussi exquise, mon petit oiseau, que toi.* Lorsqu'elle s'est finalement arrêtée de pleurer, j'ai été soulagée, incapable de comprendre que Maisie était comme un canari dans une mine de charbon, nous avertissant du danger imminent. Il était trop tard.

New York, 1929

Trois jours après l'incendie, M. Schatzman me réveille pour m'annoncer que lui et sa femme ont trouvé la solution parfaite (oui, a-t-il dit, « parfaite », *parr-faite*, avec son accent allemand. C'est là que je découvre le terrible pouvoir des superlatifs.) Ils m'emmèneront à la Société d'aide aux enfants, où de gentils travailleurs sociaux s'occupent des enfants, les nourrissent et s'assurent qu'ils sont bien au sec et ont bien chaud.

« Je ne peux pas y aller, leur dis-je. Ma mère aura besoin de moi quand elle va sortir de l'hôpital. » Je sais que mon père et mes frères sont morts. J'ai vu leurs corps, recouverts d'un drap, dans le corridor. Mais maman a été emmenée sur une civière et Maisie, qui bougeait et gémissait, a été emportée par un homme en uniforme qui se dirigeait vers l'entrée de l'immeuble. Il secoue la tête.

« Elle ne reviendra pas.

— Mais, et Maisie alors…

— Ta sœur Margaret n'a pas survécu », dit-il en se détournant.

Ma mère et mon père, mes deux frères et une sœur à laquelle je tenais plus qu'à moi-même : le sentiment de perte qui m'envahit est indicible. Même si je pouvais trouver les mots pour décrire ce que je ressens, je n'ai personne à qui les dire. Tous ceux auxquels j'étais attachée dans le monde, dans ce monde, sont morts.

La nuit de l'incendie, après qu'ils m'ont recueillie, j'ai entendu Mme Schatzman discuter de ce qu'ils devraient faire de moi, d'un ton inquiet, avec son mari. « Je n'ai certainement pas demandé ça, siffle-t-elle, ses paroles se détachant dans l'air aussi clairement que si elle avait été dans la même pièce que moi. Ces Irlandais ! Tous ces enfants dans un si petit espace. C'est même étonnant que ce genre de chose n'arrive pas plus souvent. »

Alors que j'écoute leur discussion à travers le mur, un grand vide m'envahit. *Je n'ai certainement pas demandé ça*. Quelques heures auparavant seulement, papa était rentré de son travail au pub, s'était changé comme à son habitude, se débarrassant, couche après couche, des vieilles odeurs nauséabondes. Maman reprisait, pour se faire de l'argent, tout un tas de vêtements qu'on lui avait confiés. Dominick épluchait des pommes de terre, James jouait dans un coin. Moi-même je dessinais sur un bout de papier avec Maisie, lui apprenant l'alphabet, sa présence sur mes genoux aussi réconfortante qu'une bouillotte lourde et chaude, ses doigts collants tripotant mes cheveux.

J'essaie d'oublier l'horreur de ce qui est arrivé. Le verbe *oublier* n'est probablement pas le bon (comment pourrais-je oublier ?), mais, si je veux aller de l'avant, il faut bien que je tente d'atténuer le désespoir que je ressens. Lorsque je ferme les yeux, les cris de Maisie et les hurlements de maman résonnent à mes oreilles, l'odeur âcre de la fumée m'emplit les narines, la chaleur des flammes brûle ma peau et je me redresse d'un coup sur le couchage d'appoint que les Schatzman ont installé à mon intention dans leur petit salon, couverte de sueur froide.

Les parents de ma mère sont morts, ses frères sont en Europe, l'un a suivi l'autre dans l'armée et je n'ai pas la moindre idée de la façon de les retrouver. Malgré tout, dis-je à M. Schatzman, quelqu'un essaiera peut-être de contacter la mère de mon père ou sa sœur, toutes deux restées en Irlande, même si nous n'avons eu aucun contact avec elles depuis que nous avons débarqué dans ce pays. Je n'ai jamais vu de lettres de Granny, pas plus que je n'ai vu papa lui écrire. Notre vie à New York était si difficile, nous pouvions à peine nous considérer comme installés, que je doute que papa ait eu envie de raconter quoi que ce soit à ce sujet. Je ne sais pas grand-chose à part le nom de mon village et celui de la famille de mon père, mais peut-être que cela suffit ?

M. Schatzman fronce les sourcils et secoue la tête. Je suis seule, tout simplement. Aucun adulte de ce côté-ci de l'Atlantique n'a de raison de s'intéresser à moi, de m'aider à repartir en bateau ou à payer mon billet de retour. Livrée à moi-même, je ne suis plus qu'un poids pour la société.

« Eh toi, l'Irlandaise ! Par ici. » De son maigre doigt recourbé, une matrone efflanquée à l'air sévère et coiffée d'un béguin blanc me fait signe d'avancer. Elle doit savoir quelle est ma nationalité grâce aux papiers remplis par M. Schatzman quand il m'a amenée à la Société d'aide aux enfants il y a quelques semaines. À moins que ce ne soit mon accent, toujours aussi épais que de la tourbe. « Hum ! Une rousse, dit-elle en faisant la moue, lorsque je me tiens devant elle.

— Quel dommage ! commente la femme rondelette à son côté, avant d'ajouter avec un soupir : Et ces taches de rousseur. Déjà qu'à cet âge c'est difficile de leur trouver une famille d'accueil… »

La maigre humecte son pouce et repousse les cheveux de mon visage. « Tu ne veux pas les faire déguerpir, n'est-ce pas ? Assure-toi que ton visage est dégagé. Si tu es soignée et bien élevée, peut-être qu'ils ne tireront pas de conclusions hâtives. »

Elle reboutonne mes manches et, lorsqu'elle se penche pour renouer les lacets de mes chaussures noires, une odeur de moisissure se dégage de son béguin. « Il faut absolument que tu aies l'air présentable. L'air d'une fille qu'on aimerait avoir chez soi. Propre, polie, mais pas trop… » – elle échange un regard rapide avec l'autre femme.

« Pas trop quoi ?

— Certaines femmes n'aiment pas qu'une fille trop gracieuse dorme sous le même toit qu'elles. Non pas que tu sois si… Mais quand même. Et ça, qu'est-ce que c'est ? » me demande-t-elle en désignant mon pendentif du doigt.

Je porte la main à la petite croix celtique en étain surmontée du symbole de Claddagh[1] que je porte

---

1. Symbole d'amour irlandais, représenté par deux mains enserrant un cœur couronné. (*N.d.T.*)

depuis que j'ai six ans. Du bout des doigts j'effleure le contour du cœur.

« C'est une croix irlandaise.

— Tu n'as pas le droit d'emporter de souvenirs avec toi dans le train. »

Mon cœur bat si fort qu'elle doit sûrement l'entendre. « Elle appartenait à ma grand-mère. »

Les deux femmes étudient le bijou, hésitent. Elles doivent décider quoi faire.

« Elle me l'a donnée quand j'étais en Irlande, avant notre départ. C'est… C'est la seule chose qui me reste. » Ce qui est vrai. Mais je le dis aussi parce que je pense que cela va les attendrir. Et ça marche.

Nous entendons le train avant de le voir. Un bourdonnement sourd, un grondement sous nos pieds, un sifflement grave, d'abord à peine audible puis de plus en plus sonore à mesure que le train s'approche. Tendant le cou, nous nous penchons au-dessus des voies pour essayer de le voir (un de nos chaperons, Mme Scatcherd, crie d'une voix aiguë : « Les enfants, reprenez place, les enfants ! »). Tout à coup, le voilà : la locomotive nous surplombe de toute sa masse, obscurcissant le quai, et laisse s'échapper un jet de vapeur stridulant, comme un gigantesque animal à bout de souffle.

Nous sommes vingt enfants, de tous âges. Nous avons été récurés et portons des vêtements qui nous ont été donnés : robes, tabliers blancs et collants épais pour les filles, culottes boutonnées sous le genou, chemises blanches, cravates et vestes de costume en lourd drap de laine pour les garçons. Il fait incroyablement chaud en ce jour d'octobre et, debout sur le quai, nous étouffons. Mes cheveux sont collés dans ma nuque, ma robe est raide et inconfortable. D'une main, je tiens une petite valise marron qui, à l'exception de ma croix celtique, contient tout ce que je possède en ce monde, toutes choses récemment acquises : une bible, deux changes de vêtements, un chapeau, un manteau beaucoup trop petit pour moi, une paire de chaussures. Mon nom a été brodé à l'intérieur du manteau par une bénévole de la Société d'aide aux enfants : Niamh Power.

Oui, Niamh. Cela se prononce « Niv ». C'est un prénom assez répandu dans le comté de Galway et pas complètement inhabituel parmi les Irlandais de New York. Cependant, il y a peu de chance qu'il le soit à l'endroit, quel qu'il soit, où le train m'emmènera. La femme qui brodait ces lettres il y a quelques jours a claqué la langue : « J'espère pour toi, jeune demoiselle, que tu n'es pas trop attachée à ce prénom, parce que je te garantis que, si tu as la chance d'être adoptée, tes parents le changeront immédiatement. » Mon père m'appelait « ma petite Niamh ». Mais je n'y tiens pas tant que ça. Je sais qu'il est étranger et difficile à prononcer, qu'il ne sonne pas bien à l'oreille de ceux qui ne le comprennent pas. Comme un curieux assemblage de consonnes mal assorties.

Personne ne me plaint d'avoir perdu ma famille. Chacun d'entre nous a vécu une histoire triste. Autrement, nous ne serions pas ici. En général, nous préférons ne pas évoquer notre passé, conscients du fait que seul l'oubli peut apaiser notre peine. L'association elle-même nous traite comme si nous venions de naître, comme si nous étions des insectes qui, ayant brisé leur cocon, ont laissé leur passé derrière eux et, par la grâce de Dieu, s'apprêtent à entamer une nouvelle vie.

Sans me laisser le temps de réagir, Mme Scatcherd me place un bébé dans les bras. Carmine (c'est son prénom, mais je devine qu'il devra bientôt en changer) a quatorze mois, le teint olive, et il louche. Il se cramponne à moi comme un chaton terrifié. Tenant ma valise marron d'une main, Carmine contre moi de l'autre, je monte avec difficulté le marchepied du wagon quand M. Curran se précipite sur moi pour me prendre ma valise. « Un peu de jugeote, ma fille. Si tu tombes, vous vous fracasserez tous les deux la tête et vous serez forcés de rester ici », m'admoneste-t-il.

Les banquettes en bois du train sont toutes orientées vers l'avant, à l'exception de deux groupes de deux banquettes qui se font face, séparés l'un de l'autre par un étroit couloir. Je trouve une banquette à trois places pour Carmine et moi et M. Curran place ma valise dans le porte-bagages au-dessus de ma tête. Carmine n'a bientôt qu'une idée en tête, descendre de son siège pour se mettre à ramper, ce qui fait que je suis trop occupée à le distraire pour remarquer que les autres enfants sont montés à bord et que le wagon s'est rempli.

Mme Scatcherd se tient à l'avant, les mains placées de part et d'autre de l'allée, sur les dossiers en cuir des sièges, sa cape noire déployée comme les ailes d'un corbeau. « Les enfants, vous voici à bord de ce que l'on appelle un train d'orphelins et vous avez la chance d'en faire partie. Vous laissez derrière vous un lieu diabolique où règnent l'ignorance, la pauvreté et le vice. À la place, vous allez découvrir la noblesse de la vie à la campagne. Tant que vous serez à bord de ce train, vous suivrez quelques règles simples. Vous vous montrerez coopératifs et écouterez les instructions qui vous seront communiquées. Vous traiterez vos accompagnateurs avec respect. Vous vous comporterez convenablement dans le train et ne l'endommagerez en aucune manière. Vous encouragerez vos camarades de rangée à bien se tenir. En définitive, tâchez de nous rendre, M. Curran et moi-même, fiers de vous. » Sa voix s'élève alors que nous finissons de nous installer. « Lorsque vous serez autorisés à descendre du train, vous resterez dans la zone désignée. Sous aucun prétexte vous ne devrez vous en éloigner. Si votre comportement se révèle problématique, si vous vous montrez incapables de suivre ces règles de conduite élémentaires, vous serez directement renvoyés là d'où vous venez, laissés dans la rue, où vous vous débrouillerez seuls. »

Les plus jeunes sont abasourdis par ce discours, mais tous ceux qui ont plus de six ou sept ans l'ont déjà entendu plusieurs fois depuis leur placement à l'orphelinat. Les mots me passent par-dessus la tête. Ce qui me préoccupe à ce moment-là, c'est Carmine, car, tout comme moi, il a faim. Pour le petit déjeuner, qui remonte à plusieurs heures, avant le lever du jour, nous n'avons eu droit qu'à un morceau de pain sec et à une tasse de lait. Le bébé est agité et mâchonne sa main, une habitude qui doit l'aider à se calmer. (Maisie, elle, suçait son pouce.) Mais je sais qu'il ne sert à rien de demander à quel moment on nous donnera à manger. Cela viendra quand nos accompagnateurs seront prêts pour la distribution et rien de ce que nous pourrions faire ou dire n'y changerait quoi que ce soit.

Je tiens Carmine sur mes genoux. Au petit déjeuner ce matin, lorsque j'ai mis du sucre dans mon thé, j'en ai glissé deux morceaux dans ma poche. J'en écrase un entre mes doigts pour le réduire en poudre, lèche mon doigt puis le plonge dans les granulés avant de le fourrer dans la bouche de Carmine. L'air ahuri puis émerveillé qu'il prend lorsqu'il réalise sa chance me fait sourire. Il agrippe ma main avec ses menottes dodues et la serre fermement jusqu'à ce qu'il s'endorme.

Je finis également par m'assoupir, bercée par le claquement rythmique des roues sur les rails. Lorsque je me réveille, Carmine est en train de s'étirer et de se frotter les yeux. Mme Scatcherd se tient à côté de nous. Elle est suffisamment proche pour que je voie les veinules roses, semblables aux nervures au dos d'une feuille délicate, qui constellent ses joues, le duvet qui recouvre sa mâchoire et ses sourcils touffus.

Elle me fixe à travers ses petites lunettes rondes. « Je crois savoir qu'il y avait des bébés chez toi. » J'acquiesce. « On voit que tu t'y connais. »

Comme si nous avions préparé notre numéro, Carmine se met à piailler sur mes genoux. « Je crois qu'il a faim », dis-je. Je tâte son lange, sec à l'extérieur, mais spongieux. « Et il faudrait le changer. »

Elle se tourne vers l'avant de la voiture, en me faisant signe par-dessus son épaule. « Suis-moi. »

Tout en tenant le bébé contre ma poitrine, je me lève en chancelant de mon siège et tangue en remontant le couloir derrière elle. Les enfants, assis par deux ou par trois, me regardent passer avec de grands yeux tristes. Nul ne connaît notre destination et, à part les plus jeunes, nous éprouvons tous de l'appréhension et de la peur. Nos accompagnateurs ne nous ont pas dit grand-chose. Notre seule certitude, c'est que là où nous allons, les pommes poussent en abondance et qu'il suffit de tendre le bras pour les cueillir, et que les vaches, les cochons et les moutons se promènent librement dans la campagne. Et aussi que, là-bas, de bonnes personnes – des familles – sont impatientes de nous accueillir. En ce qui me concerne, je n'ai pas vu la moindre vache, ni même le moindre animal, à l'exception d'un chien errant et occasionnellement d'un oiseau, depuis que j'ai quitté le comté de Galway, et j'ai hâte d'en voir. Mais j'ai des doutes. Je ne sais que trop bien à quelle déception on s'expose lorsque la réalité ne correspond pas aux rêves magnifiques qu'on vous a mis dans la tête.

Nombre d'enfants à bord de ce train ont été confiés aux bons soins de l'association de bienfaisance depuis si longtemps qu'ils n'ont aucun souvenir de leurs mères. Ils peuvent prendre un nouveau départ, ils sont prêts à être accueillis à bras ouverts par la seule famille qu'ils connaîtront jamais. Moi, j'en ai trop : la généreuse poitrine de ma Granny, ses petites mains sèches, la maisonnette sombre et son jardin étroit entouré d'un vieux mur croulant. La brume épaisse qui envahissait la baie au matin puis plus tard en soirée, les morceaux de mouton et les pommes de terre que Granny apportait chez nous lorsque maman était trop fatiguée pour cuisiner ou n'avait pas assez d'argent pour acheter des provisions. Je me rappelle également que j'allais acheter du lait et du pain au magasin à l'angle de Phantom Street – *Straid a' Phuca*, comme l'appelait mon père en gaélique. Dans ce quartier, les habitations en pierre avaient été édifiées à l'emplacement d'un ancien cimetière. Et puis aussi les lèvres gercées de ma mère et son sourire fugace, la mélancolie qui régnait dans notre maison de Kinvara et qui avait traversé l'océan avec nous pour s'installer à demeure dans les coins sombres de notre appartement new-yorkais.

Mais maintenant je suis à bord de ce train, je nettoie les fesses de Carmine, dissimulée aux regards de M. Curran par une couverture que Mme Scatcherd tient tendue devant nous tout en me donnant des instructions dont je n'ai pas besoin. Une fois le bébé sec et propre, je le remets sur mon épaule et rejoins mon siège tandis que M. Curran distribue des seaux pour le déjeuner remplis de pain, de fromage et de fruits, ainsi que des tasses de lait. Quand je donne à Carmine du pain trempé dans du lait, cela me rappelle ce plat irlandais appelé *champ* et que je préparais souvent pour Maisie et les garçons : des pommes de terre écrasées, du lait, des oignons nouveaux (les rares fois où nous en avions) et du sel. Les nuits où nous devions nous coucher sans manger, nous en rêvions.

Après avoir distribué à chacun d'entre nous nourriture et couvertures, M. Curran nous indique qu'il y a un seau avec de l'eau et une louche et que, si nous levons la main, nous pouvons venir y boire. Il y a également des toilettes, nous dit-il (mais nous ne tardons pas à découvrir qu'en fait de toilettes, il s'agit d'un trou, terrifiant, qui donne sur la voie ferrée).

Carmine, ivre de lait et de pain, est vautré sur mes genoux, sa tête au teint sombre au creux de mon bras. Nous nous enroulons dans la couverture rêche. Entre le claquement rythmé des roues sur les rails et le silence qui règne dans la voiture peuplée d'enfants qui remuent dans leur sommeil, je me sens protégée. Il sent aussi bon qu'une crème anglaise, la masse de son corps est si réconfortante qu'elle me donne envie de pleurer. Sa chair élastique, ses membres souples, ses cils sombres, et même ses soupirs me font penser (comment pourrait-il en être autrement ?) à Maisie. Penser à elle, morte seule à l'hôpital, dans d'atroces souffrances dues à ses brûlures, m'est insupportable. Pourquoi suis-je vivante et pas elle ?

Dans notre immeuble, il y avait de constantes allées et venues entre les appartements des familles qui s'échangeaient gardes d'enfant et recettes. Les hommes étaient employés dans les mêmes magasins d'alimentation ou chez les mêmes forgerons. Les femmes crochetaient de la dentelle ou reprisaient des chaussettes chez elles. Lorsque je passais devant leurs appartements et que je les voyais assises en cercle, penchées sur leur ouvrage, parlant une langue que je ne comprenais pas, j'avais un pincement au cœur.

Mes parents avaient quitté l'Irlande dans l'espoir d'une vie meilleure, et nous croyions tous que nous allions découvrir un pays de cocagne. En réalité, là aussi ils avaient échoué, à tous points de vue. Peut-être étaient-ils faibles, pas prêts à supporter les rigueurs de l'immigration avec ses humiliations, ses compromis et ses injonctions contradictoires qui en appelaient tout à la fois à la discipline et à l'esprit d'aventure. Les choses se seraient-elles passées différemment si mon père avait travaillé pour une entreprise familiale structurée qui lui aurait assuré un revenu régulier plutôt que dans un bar, le pire endroit imaginable pour un homme comme lui, ou si ma mère avait été entourée de femmes, de sœurs et de nièces qui lui auraient apporté leur soutien face au dénuement et à la solitude ?

À Kinvara, nous avions beau être pauvres et notre situation précaire, nous avions au moins de la famille à nos côtés, des gens qui nous connaissaient. Nous partagions des traditions et un regard sur le monde. Jusqu'à notre départ, nous ignorions à quel point ces choses que nous tenions pour évidentes ne l'étaient pas, en réalité.

Le train de New York, 1929

Les heures passent et je m'habitue peu à peu aux mouvements du train, à ses lourds bogies qui claquent sur les rails, au bourdonnement mécanique sous mon siège. Au-dehors, le crépuscule adoucit les formes aiguës des arbres, le ciel s'obscurcit progressivement puis noircit autour d'un croissant de lune. Bien plus tard, une mince ligne de ciel bleuâtre cède la place aux couleurs pastel de l'aurore. Bientôt, le soleil pénètre à flots dans la voiture, et les à-coups du wagon créent l'impression d'une série de photographies, de milliers d'images qui, mises bout à bout, donnent l'illusion d'un décor animé.

Nous tuons le temps en regardant le paysage changeant par la fenêtre, en discutant, en jouant. Mme Scatcherd a un jeu de dames et une bible que je feuillette, à la recherche du psaume 121, le préféré de maman : « Je lève les yeux vers les montagnes : d'où me viendra le secours ? Le secours me vient de l'Éternel, qui a fait les cieux et la terre… »

Je suis une des seules parmi les enfants à savoir lire. Il y a des années, en Irlande, maman m'avait d'abord appris l'alphabet puis à déchiffrer des mots. Quand nous sommes arrivés à New York, elle me demandait de lui lire tout et n'importe quoi, même les mots imprimés sur les cageots ou les bouteilles que nous voyions dans la rue, par exemple.

« Boisson gazé-ifiée Don…

— Donner.

— Donner. Soda LemonKist. Couleur ar-ti-fi-kielle.

— Artificielle. C et i se prononcent “si”.

— Akide. Acide citrique ajouté.

— C'est bien. »

Lorsque j'ai été plus à l'aise, maman a fouillé dans la vieille malle posée à côté de son lit d'où elle a extrait un recueil de poèmes relié de couleur bleue, avec une bordure dorée. Francis Fahy était un poète de Kinvara, issu d'une fratrie de dix-sept enfants. À quinze ans, il était devenu maître assistant à l'école locale pour garçons avant de partir pour l'Angleterre (comme tous les poètes irlandais, me disait maman) où il avait rencontré William Butler Yeats et George Bernard Shaw. Elle feuilletait le livre soigneusement, passant ses doigts sur les lignes de texte imprimées sur papier fin, déchiffrant en silence jusqu'à ce qu'elle trouve le poème qu'elle cherchait.

« “La baie de Galway”. Mon préféré. Lis-le-moi », me demandait-elle.

Je m'exécutais :

Retrouverais-je un sang impétueux, de l'optimisme doublé d'un cœur sauvage,
Tout l'or du monde me serait-il donné, rien ne me ferait quitter ton rivage,

Content de ce que Dieu me donne, parmi mes voisins, dans un monde désuet
Sous les pierres de l'église mes os reposeront, à ton côté, baie de Galway.

Une fois, j'avais levé les yeux sur maman après une lecture hésitante et bâclée du poème et vu un flot de larmes rouler sur ses joues. « Jésus, Marie, Joseph. Jamais nous n'aurions dû quitter cet endroit. »

De temps à autre, dans le train, nous chantons. Au moins une fois par jour, M. Curran se lève pour nous faire entonner le chant qu'il nous a appris avant le départ :

De la ville austère à la campagne prospère
Où soupire une brise parfumée
De la ville délabrée aux forêts enchantées
Comme les oiseaux l'été qui volent par nuées
Oh, enfants, enfants chéris
Jeunes, ravis, purs...

Nous profitons d'un arrêt dans une gare pour acheter de quoi faire des sandwichs, des fruits frais et du lait, mais seul M. Curran descend. Depuis ma fenêtre je le vois, avec ses chaussures de ville blanches, qui discute avec les fermiers sur le quai. L'un d'entre eux tient un panier de pommes, un autre un sac rempli de pains. Un homme en tablier noir sort d'une boîte un paquet enveloppé de papier kraft qu'il défait, révélant ainsi un gros bloc de fromage jaune. Mon estomac se met à gargouiller. Nous n'avons pas eu grand-chose à manger durant ces dernières vingt-quatre heures, quelques croûtes de pain, du lait et une pomme chacun, et j'ignore si c'est pour économiser nos provisions ou parce qu'ils pensent que cela contribue à l'édification de notre sens moral.

Mme Scatcherd fait les cent pas dans le couloir central, autorisant deux groupes d'enfants à la fois à se lever pour se dégourdir les jambes pendant que le train est à l'arrêt. « Secouez chaque jambe. C'est bon pour la circulation », nous dit-elle. Les plus jeunes ne tiennent plus en place, et les plus âgés trouvent toutes sortes de petites astuces pour semer la pagaille. Il est hors de question que je m'associe à eux car ils me semblent aussi brutaux que des chiens en meute. Notre propriétaire, M. Kaminski, appelait ce genre de garçons des « Arabes des rues », des vagabonds sans foi ni loi qui se déplacent en groupe, des pickpockets et pis encore.

Lorsque le train repart, l'un d'entre eux enflamme une allumette, déclenchant la colère de M. Curran qui lui frotte les oreilles et crie, de manière que tous entendent, qu'il n'est qu'un chenapan, qu'un insignifiant grain de poussière sur cette Terre divine et qu'il ne vaudra jamais rien. Cet éclat a pour conséquence de conforter le statut du garçon aux yeux de ses amis qui imaginent alors toutes sortes de façons d'énerver M. Curran sans se trahir. Avions en papier, rots sonores, gémissements aigus et fantomatiques suivis de fous rires étouffés : tout concourt à faire sortir M. Curran de ses gonds, car il lui est impossible d'identifier et donc de châtier les auteurs de ces provocations. Comment les punir, à part les obliger tous à descendre du train au prochain arrêt ? Représailles dont il finit par menacer deux garçons particulièrement dissipés, alors qu'il se tenait dressé au-dessus d'eux. Ce à quoi le plus âgé répond qu'il sera bien content de mener sa barque tout seul, qu'il l'a fait pendant des années sans qu'il lui arrive jamais rien, et que l'on peut cirer des chaussures dans n'importe quelle ville d'Amérique, ça il le parie, et que, de toute façon, c'est sûrement vachement mieux que d'aller vivre dans une ferme avec les animaux, nourri de soupe pour cochons ou de finir enlevé par des Indiens.

Autour d'eux, les enfants murmurent. Qu'est-ce qu'il a dit ?

M. Curran jette un coup d'œil autour de lui, mal à l'aise. « Tu as fait peur à tous les enfants. Content de toi ? demande-t-il.

— Mais c'est la vérité, n'est-ce pas ?

— Bien sûr que non. Les enfants, calmez-vous.

— J'ai entendu dire que nous allions être vendus au plus offrant », ajoute un autre garçon en aparté.

Silence dans la voiture. Mme Scatcherd se lève, toujours coiffée de son béguin, affichant son air maussade et sa bouche pincée habituels. Avec sa lourde cape noire et ses lunettes à monture métallique qui lancent des éclairs, elle est bien plus impressionnante que M. Curran ne le sera jamais. « J'en ai assez entendu, dit-elle de sa voix perçante. J'ai bien envie de vous jeter tous dehors. Mais cela ne serait pas un acte très – lentement, elle nous considère, son regard s'attardant sur chacun de nos visages inquiets – chrétien, n'est-ce pas ? M. Curran et moi-même sommes ici pour vous mener vers une vie meilleure. Tous ceux qui disent le contraire sont soit des ignorants, soit des provocateurs.

Notre souhait le plus ardent est que chacun d'entre vous laisse derrière lui la vie dépravée qu'il a menée jusqu'à présent et que, grâce au ferme soutien que vous recevrez et à votre dur labeur, vous deveniez d'honnêtes citoyens et apportiez votre contribution à la société. Je ne suis pas naïve au point de croire que cela sera le cas de tous. » Elle jette un regard foudroyant en direction d'un garçon plus âgé aux cheveux blonds, un des fauteurs de troubles. « Mais j'espère que la plupart d'entre vous considérez votre placement comme une chance. Peut-être la seule que vous aurez de devenir de bonnes personnes. » Elle ajuste la cape sur ses épaules. « Monsieur Curran, peut-être devriez-vous déplacer ce jeune homme qui vous a parlé si impudemment et le mettre à un endroit où ses tours douteux ne seront pas accueillis avec tant d'admiration. » Le menton levé, elle regarde autour d'elle, comme une tortue sort son cou de sous sa carapace. « Il y a une place à côté de Niamh, dit-elle, en pointant un doigt crochu dans ma direction. Avec, en bonus, un bébé gigoteur. » La peau me picote. Oh, non, pas ça. Malheureusement, Mme Scatcherd n'est pas d'humeur à changer d'avis, alors je me serre autant que je le peux contre la fenêtre et pose Carmine et sa couverture à côté, sur le siège du milieu.

Plusieurs rangs devant, de l'autre côté du couloir, le garçon se redresse, soupire bruyamment, et rajuste, d'un geste brusque, sa casquette en flanelle bleu vif sur sa tête. Avec emphase, il se lève et traîne les pieds dans l'allée comme un condamné marchant vers l'échafaud. Lorsqu'il arrive à ma hauteur, il nous regarde successivement, moi puis Carmine, en plissant les yeux, et grimace en direction de ses amis : « On va bien rigoler, annonce-t-il à voix haute.

— Taisez-vous, jeune homme, rouspète Mme Scatcherd. Asseyez-vous et conduisez-vous comme un gentleman. »

Il se laisse choir sur son siège, les jambes dans l'allée, puis ôte sa casquette et la fait claquer contre le dossier devant nous, soulevant un petit nuage de poussière. Les enfants assis dans cette rangée se retournent et le regardent, médusés. « Bon Dieu, quelle vieille bique », grommelle-t-il à l'attention de personne en particulier. Il tend un doigt vers Carmine, qui l'étudie et observe son visage. Quand il se met à gigoter le doigt, Carmine enfouit sa tête contre moi.

« Ça ne te mènera à rien d'être timide », lui dit le garçon. Il se tourne alors vers moi, son regard s'attardant sur mon visage et mon corps d'une façon qui me fait rougir. Ses cheveux sont raides avec des reflets roux, ses yeux bleu pâle et il doit avoir entre douze et treize ans d'après moi, bien que son comportement lui donne l'air plus âgé. « Une rousse. C'est pire que d'être cireur de chaussures. Qui va vouloir de toi ? »

Ses paroles me piquent au vif, mais je relève le menton : « Au moins, moi, je ne suis pas une criminelle. »

Cela le fait rire.

« C'est ce que tu crois que je suis, c'est ça ?

— À toi de me le dire.

— Et si je le faisais, tu me croirais ?

— Probablement pas.

— Alors ça ne sert à rien. »

Je ne réponds pas et nous restons silencieux, Carmine, calme à présent, comme hypnotisé par la présence du garçon. Je regarde le paysage morne et désolé qui défile devant les fenêtres. Il a plu par intermittence toute la journée et de gros nuages gris et bas flottent dans un ciel aqueux.

« Ils m'ont pris mon nécessaire, dit-il au bout d'un moment.

— Quoi ? dis-je, en me tournant vers lui.

— Mon nécessaire à cirer les chaussures. Toutes mes pâtes et mes brosses. Comment pensent-ils que je vais pouvoir gagner ma vie ?

— Ce n'est pas ce qu'ils veulent. Ils vont te trouver une famille.

— Ah, oui, bien sûr, ironise-t-il avec un rire sec. Une maman pour me border la nuit et un papa pour m'apprendre un métier. Je ne pense pas que ça va se passer comme ça. Et toi ?

— Je ne sais pas. Je n'y ai pas réfléchi », dis-je alors que, bien sûr, ce n'est pas vrai.

J'ai glané quelques bribes d'informations : les bébés seront adoptés en premier, puis, parmi les grands, les garçons parce que les fermiers apprécient leurs muscles en devenir et leurs os solides. Les derniers à partir sont les filles comme moi, trop âgées pour qu'on puisse en faire des femmes bien élevées, trop jeunes pour aider efficacement dans la maison, et peu utiles aux champs. Ceux qui ne sont pas choisis seront renvoyés à l'orphelinat. « De toute façon, qu'est-ce qu'on peut y faire ? »

De sa poche, il sort un penny. Il le fait tout d'abord rouler dans sa main puis le saisit entre pouce et index, touche le nez de Carmine avec et referme le poing. Lorsqu'il rouvre la main, la pièce a disparu. Il passe les doigts derrière l'oreille de Carmine et – « Presto ! » – lui tend le penny.

Carmine regarde la pièce, estomaqué.

« Tu peux te satisfaire de cette situation, ou tu peux t'enfuir. Ou peut-être que tu auras de la chance et que tu vivras heureuse jusqu'à la fin de tes jours. Dieu seul sait ce qui va se passer, mais Il ne nous dira rien. »

Union Station, Chicago, 1929

Assignés à résidence sur notre banquette, le garçon – de son vrai nom Hans, comme je l'ai appris, mais il se fait appeler Dutchy –, Carmine et moi formons une curieuse petite famille. Dutchy me raconte qu'il est né à New York de parents allemands, que sa mère est morte d'une pneumonie, que son père l'a envoyé travailler dans la rue comme cireur de chaussures pour qu'il gagne un peu d'argent et qu'il le battait avec un ceinturon lorsqu'il n'en rapportait pas assez. C'est comme ça qu'un jour il a cessé de rentrer chez lui. Il a rejoint une bande de garçons qui dormaient sur des marches ou sur le trottoir en été et, en hiver, trouvaient refuge dans des tonneaux, sous un porche ou dans des cartons abandonnés posés sur des grilles de ventilation à la périphérie de Printing House Square, où de l'air chaud et de la vapeur s'échappent des rotatives d'imprimerie situées en sous-sol. Il avait appris à jouer du piano tout seul, dans l'arrière-salle d'un bar clandestin et interprétait des morceaux la nuit pour les clients ivres, témoin de scènes qu'aucun gamin de douze ans ne devrait jamais voir. Les garçons essayaient de veiller les uns sur les autres, mais, si l'un d'entre eux tombait malade ou se blessait – attrapait une pneumonie, chutait d'un tramway ou roulait sous les roues d'un camion –, il n'y avait en général pas grand-chose qu'ils puissent faire.

Une partie de la bande de Dutchy se trouve dans le train avec nous ; il me désigne du doigt Jack le Baveur qui a l'habitude de se tacher, et Blanchot, un garçon à la peau translucide. Appâtés par la promesse d'un repas chaud, ils ont fini par se retrouver ici.

« Et ce repas chaud, tu l'as eu ?

— Ah ça, oui ! Du rosbif et des pommes de terre. Et un lit propre. Mais je ne leur fais pas confiance. Je suis sûr qu'ils sont payés au nombre de têtes qu'ils ramènent, comme les Indiens avec les scalps.

— En vrai, ils font la charité. Tu n'as pas entendu ce qu'a dit Mme Scatcherd ? Ils remplissent leur devoir de chrétiens.

— Tout ce que je sais, c'est que personne n'a jamais rien fait pour moi par charité chrétienne. Rien qu'à leur façon de parler, je sais déjà que je vais finir par travailler comme une brute sans jamais recevoir le moindre sou. Toi, t'es une fille. Peut-être que ça ira et que tu ne feras que préparer des gâteaux dans la cuisine ou t'occuper de bébés. »

Il me regarde en plissant les yeux.

« À part tes cheveux roux et tes taches de rousseur, t'es pas mal. T'auras l'air tout à fait élégant assise à table avec une serviette sur tes genoux. Pas moi. Je suis trop vieux pour qu'on m'enseigne les bonnes manières ou pour adopter celles des autres. Tout ce que je sais faire, c'est travailler dur. Idem pour les vendeurs de journaux, les vendeurs à la sauvette, les colleurs d'affiches et les cireurs de chaussures. » Tout en parlant, il désigne tour à tour, d'un signe du menton, chaque garçon.

Le troisième jour, nous passons la frontière de l'Illinois. Alors que nous approchons de Chicago, Mme Scatcherd se lève pour nous faire la leçon. « Dans quelques instants nous allons arriver à Union Station, la gare de Chicago, où nous devrons changer de train pour continuer notre voyage, nous dit-elle. Si cela ne dépendait que de moi, je vous ferais monter tout de suite dans l'autre train et m'épargnerais ainsi tout souci relatif à votre conduite. Mais nous devons attendre une demi-heure avant de pouvoir monter à bord. Jeunes hommes, vous mettrez vos manteaux et vous, jeunes femmes, vos tabliers. Faites attention à ne pas les chiffonner.

« Chicago est une ville noble et fière, implantée au bord d'un lac, ce qui rend l'endroit venteux, d'où le surnom qui lui a été donné : Windy City[1]. Nul doute que les braves citoyens de Chicago vous considèrent comme des voyous, des voleurs, des mendiants, des pécheurs impénitents qui n'ont pas la moindre chance d'être sauvés en ce bas monde. Ils se méfient de vous. Votre objectif est de leur montrer qu'ils ont tort, de vous comporter de manière exemplaire, comme les citoyens modèles que la Société d'aide aux enfants pense que vous pouvez devenir. »

1. La Ville venteuse. (*N.d.T.*)

Le vent qui balaie le quai transperce ma robe. La couverture serrée sur les épaules, je tiens Carmine à l'œil. Il fait quelques pas chancelants alentour, insensible au froid. Il veut connaître le nom de chaque chose : *train*, *roue*, *Mme Scatcherd* (qui fronce les sourcils en regardant le chef de train), *M. Curran*, penché sur des papiers qu'il étudie avec un agent de la compagnie ferroviaire. Mais aussi les *luminaires* qui, au grand étonnement de Carmine, s'allument d'un coup alors qu'il est en train de les contempler.

Contrairement à ce que redoutait Mme Scatcherd – peut-être en réaction à ses réprimandes –, nous nous tenons tous tranquilles, y compris les garçons les plus âgés. Nous restons groupés, placides comme un troupeau de bovins, tapant du pied pour nous réchauffer.

Tous sauf Dutchy. Où est-il passé ?

« Psst, Niamh. »

Lorsque j'entends mon prénom, je me retourne et j'aperçois sa tignasse blonde dans l'escalier. Il disparaît. Les adultes sont occupés à lire des cartes et à remplir des papiers. Un gros rat passe en courant le long du mur en brique et je profite des cris des enfants qui le montrent du doigt pour prendre Carmine dans mes bras et me glisser derrière un pilier et une pile de cageots en bois, laissant derrière moi notre petit tas de valises.

Dutchy, invisible depuis le quai, est adossé contre la paroi incurvée de la cage d'escalier. Lorsqu'il me voit, il se retourne et gravit les marches quatre à quatre. Après avoir jeté un rapide coup d'œil en arrière pour m'assurer que personne ne m'a repérée, je serre Carmine contre moi et le suis, les yeux rivés sur les marches pour ne pas trébucher. Carmine penche la tête en arrière et s'appuie contre mes bras, tout aussi mou qu'un sac de riz. « *Mière* », murmure-t-il, un doigt potelé pointé en l'air. En suivant du regard la direction qu'il indique, je découvre la gigantesque voûte en berceau de la gare, percée d'une verrière.

Nous nous trouvons dans un énorme hall d'où partent de nombreux escaliers, décoré de statues et de colonnades, surplombé de balcons, agrémenté de larges bancs en bois et parcouru par une foule de gens de toutes tailles, formes et coloris : de riches femmes en manteau de fourrure suivies de leurs serviteurs, des hommes en chapeau haut de forme et jaquette, de petites vendeuses en robe de couleur vive. Il y en a trop pour que nous puissions tout voir d'un coup. Dutchy se tient au centre, regardant le ciel à travers la verrière, puis ôte sa casquette et l'envoie en l'air. Carmine se débat et, dès que je le pose à terre, se précipite vers Dutchy et lui enserre les jambes. Dutchy se penche pour l'attraper et le hisse sur ses épaules et, alors que je m'approche, je l'entends lui dire : « Tends les bras, bonhomme, je vais te faire tourner. » Empoignant les jambes de Carmine, il se met à virevolter. L'enfant a les bras en croix, la tête rejetée en arrière, le regard tendu vers la lumière qui traverse le plafond, et crie d'allégresse. À ce moment-là, pour la première fois depuis l'incendie, je me sens libérée de tous mes soucis et la joie que j'éprouve est quasi douloureuse, acérée comme une lame de couteau.

Un sifflement strident perce l'air. Trois policiers en uniforme se précipitent vers Dutchy, matraques dégainées, et tout se passe très vite : Mme Scatcherd, en haut de l'escalier, pointe une aile noire dans notre direction, M. Curran accourt avec ses chaussures blanches ridicules, Carmine, terrorisé, agrippe le cou de Dutchy tandis qu'un gros policier hurle : « Descends tout de suite ! » Un autre me tord le bras dans le dos. « Alors, on essaie de s'échapper ? » me postillonne-t-il dans l'oreille. Son haleine sent la réglisse. Cela ne sert à rien de répondre aussi je me tais lorsqu'il me force à me mettre à genoux.

À l'intérieur de ce hall caverneux, on n'entend plus un bruit. Du coin de l'œil, j'aperçois Dutchy cloué au sol par la matraque du policier. Carmine hurle, ses pleurs perçant le silence. Chaque fois que Dutchy fait un mouvement, il reçoit un coup dans les flancs. Le gros policier lui passe les menottes et, avec brusquerie, lui tire sur les bras jusqu'à ce qu'il se retrouve debout, puis il le pousse brutalement, ce qui le fait trébucher.

À l'évidence, il a déjà vécu ce genre de situation. Son visage est inexpressif, il ne proteste même pas. Je sais ce que les badauds pensent : qu'il s'agit d'un criminel, qu'il a enfreint la loi, et que ce n'est sûrement pas la première fois. Dieu merci, les gardiens de la paix sont là pour protéger les honnêtes citoyens de Chicago !

Le policier traîne Dutchy jusqu'à Mme Scatcherd et Haleine-de-Réglisse, suivant son exemple, en fait autant avec moi.

On dirait que Mme Scatcherd a mordu dans un citron. Sa bouche forme un « O » de stupeur et elle frémit de tout son corps. « J'avais placé ce jeune homme à côté de vous dans l'espoir que vous lui montriez le bon exemple. Je me suis apparemment complètement fourvoyée », me dit-elle d'une voix terriblement calme. Mon esprit bouillonne. Si seulement j'arrivais à la convaincre qu'il n'avait pas de mauvaises intentions.

« Non, m'dame, je…

— Ne m'interrompez pas. »

Je baisse les yeux.

« Alors, qu'avez-vous à dire pour votre défense ? »

Je sais bien que rien de ce que je pourrais dire ne la ferait changer d'opinion à mon sujet. Cela me libère de le comprendre. Tout ce que je souhaite, c'est que Dutchy ne soit pas renvoyé dans la rue.

« C'est ma faute, dis-je. J'ai demandé à Dutchy – à Hans, je veux dire – de nous accompagner moi et Carmine en haut. »

Je jette un coup d'œil à Carmine qui essaie de se dégager de l'étreinte du policier qui le tient dans ses bras.

« Je pensais… que peut-être nous pourrions apercevoir le lac de là-haut et que cela ferait plaisir au bébé. »

Mme Scatcherd me transperce du regard. Dutchy se tourne vers moi, l'air surpris. Carmine répète : « Yak ? »

« Et c'est là que Carmine a vu la lumière. » Je pointe la verrière du doigt en regardant Carmine qui jette la tête en arrière et crie : « Mière ! »

Les policiers ne savent plus trop quoi faire. Haleine-de-Réglisse me lâche le bras, apparemment assuré du fait que je ne chercherai pas à m'enfuir.

M. Curran regarde Mme Scatcherd dont l'expression s'est un peu radoucie.

« Vous êtes une sotte et une entêtée », me dit-elle. Sa voix a perdu de son tranchant, on sent qu'elle n'est plus aussi fâchée qu'elle veut bien en donner l'air. « Vous avez fait fi de mes ordres qui étaient de rester sur le quai. Vous avez mis tout le groupe en danger et vous vous êtes discréditée. Pis, vous nous avez, M. Curran et moi-même, discrédités », ajoute-t-elle en se tournant vers lui. Il fait la grimace, comme pour dire : *Laissez-moi en dehors de cette histoire, s'il vous plaît.* « Mais tout cela, je pense, ne regarde pas la police. Il s'agit d'une affaire privée et non pas judiciaire », conclut-elle.

Avec affectation, le gros policier détache les menottes de Dutchy et les remet à sa ceinture.

« Vous êtes sûre que vous ne voulez pas que nous l'emmenions ?

— Merci, monsieur, mais M. Curran et moi-même conviendrons ensemble du châtiment qu'il mérite.

— Comme vous voudrez. »

Après l'avoir gratifiée d'un salut militaire, il recule, fait demi-tour puis s'éloigne.

« Ne vous faites pas d'illusions, dit Mme Scatcherd d'un ton grave en nous regardant de haut, vous serez punis. »

Mme Scatcherd frappe à plusieurs reprises les doigts de Dutchy avec une longue règle en bois, mais je vois bien que la punition n'est pas infligée avec beaucoup de sévérité. Il grimace à peine, secoue les mains deux fois et me fait un clin d'œil. En vérité, elle ne peut pas faire grand-chose de plus. Sans famille ni identité, chichement nourris, consignés sur de durs sièges en bois jusqu'à ce que nous soyons vendus comme esclaves, ainsi que l'a prédit Jack le Baveur, le simple fait de vivre est pour nous un châtiment. Bien qu'elle menace tout d'abord de nous séparer, elle nous laisse en définitive tous les trois ensemble, pour éviter que, comme elle le dit elle-même, le comportement délinquant de Dutchy n'infecte les autres garçons et parce qu'elle se rend compte que, si elle prenait Carmine en charge, cela reviendrait à transférer la punition sur elle. Elle nous interdit non seulement de nous parler, mais aussi de nous regarder. « Si j'entends ne serait-ce qu'un murmure, attention à vous… » déclare-t-elle, la menace se dégonflant au-dessus de nos têtes comme un ballon percé.

Finalement, nous quittons Chicago en fin de journée. Carmine, assis sur mes genoux, presse ses mains et son visage contre la vitre, dévorant des yeux le spectacle des rues et des immeubles illuminés. Moi aussi je regarde. Bientôt, l'obscurité nous enveloppe. Impossible de savoir où la Terre finit et où le ciel commence.

« Dormez bien, nous dit Mme Scatcherd depuis l'avant de la voiture. Demain matin, vous devrez vous présenter sous votre meilleur jour possible. Il est capital que vous fassiez bonne impression. Ceux qui seront léthargiques risquent d'être pris pour des fainéants.

— Et si personne ne veut de moi ? » demande l'un des garçons.

Tous retiennent leur souffle. C'est la question que tout le monde se pose, même si nous ne sommes pas certains de vouloir entendre la réponse.

Mme Scatcherd regarde M. Curran, comme si elle avait anticipé cette inquiétude. « Si, d'aventure, vous n'êtes pas choisi dès le premier arrêt, vous aurez d'autres opportunités de l'être. Mais cela n'est jamais arrivé… » Elle marque une pause et fait la moue. « Il est très rare qu'un enfant retourne avec nous à New York.

— Pardon, madame, mais qu'est-ce qui se passe si je ne veux pas aller avec les gens qui m'auront choisie ? demande une fille placée à l'avant.

— Et s'ils nous battent ? s'exclame un garçon.

— Les enfants ! Je ne tolérerai pas d'être interrompue. »

Ses lunettes lancent des éclairs tandis qu'elle secoue la tête en signe de dénégation. On dirait qu'elle est prête à se rasseoir sans répondre à ces questions, mais change d'avis.

« Je vais vous dire une chose : il n'est pas question de tenir compte des goûts personnels de chacun ou de vos personnalités. Certains parents cherchent un garçon en bonne santé pour les aider à la ferme – comme vous le savez tous, le dur labeur est profitable aux enfants – et vous tous, les garçons, devriez vous estimer chanceux d'être adoptés par des fermiers respectueux de Dieu, tandis que d'autres familles recherchent un bébé. Parfois il arrive que les gens pensent vouloir quelque chose et changent d'avis par la suite. Même si nous espérons vraiment que vous trouverez tous une bonne famille dès notre premier arrêt, cela ne se passe pas toujours comme cela. En plus d'être respectables et polis, vous devez faire confiance à Dieu et croire qu'Il vous guidera sur votre chemin, même si Ses voies sont impénétrables. Que votre voyage se termine rapidement ou non, tant que vous Lui ferez confiance, Il sera là pour vous aider. »

Dutchy et moi nous regardons. Pas plus que nous, Mme Scatcherd ne sait si nous serons choisis par des gens qui nous traiteront avec bonté. C'est l'inconnu qui nous attend, mais nous n'avons pas d'autre option que de rester sagement assis sur nos banquettes en bois et de nous laisser conduire.

Spruce Harbor, Maine, 2011

En revenant vers la voiture, Molly voit Jack à travers le pare-brise, yeux fermés, qui se balance au rythme d'une chanson qu'elle n'entend pas.

« Hé », dit-elle d'une voix forte en ouvrant la portière côté passager.

Il ouvre les yeux et retire brusquement les écouteurs enfoncés dans ses oreilles. « Comment ça s'est passé ? » Elle secoue la tête et s'assoit. Difficile de croire que l'entretien n'a duré que vingt minutes.

« Vivian est spéciale. Cinquante heures, mon Dieu !

— Ça marche alors ?

— Je crois bien. Je dois commencer lundi. »

Jack lui tapote la cuisse.

« Génial. Tu verras, ça va passer à toute allure.

— J'attends de voir. »

Elle fait toujours ça, tempérer ses enthousiasmes avec son air grincheux, à tel point que c'en est devenu une routine. « Je ne suis pas comme toi, Jack. Je suis mauvaise et j'ai une langue de vipère. » Voilà ce qu'elle lui dit d'habitude, tout en se sentant soulagée lorsqu'il balaie ses propos d'un grand rire. Il est persuadé – c'est son côté optimiste qui parle – qu'elle a un bon fond. S'il a foi en elle, alors elle ne doit pas être si tordue que cela.

« Tu n'as qu'à te dire que c'est mieux que d'aller en centre de détention, dit-il.

— Tu en es vraiment sûr ? Cela serait probablement plus facile de faire mes heures là-bas et de me débarrasser de cette peine comme ça.

— Sauf que ce serait inscrit dans ton casier judiciaire.

— Peut-être, mais ce serait bon pour ma réputation de dure à cuire, pas vrai ? répond-elle avec un haussement d'épaules.

— C'est vraiment ça que tu veux ? » dit-il en soupirant, alors qu'il met le contact.

Elle sourit pour lui montrer qu'elle plaisante. En partie. « "Tout sauf le centre de détention" : ça ferait un bon tatouage ! s'exclame-t-elle en pointant son bras. Sur mon biceps, en grosses lettres.

— Ne plaisante pas avec ça. »

Dina pose bruyamment la casserole de pâtes sauce bolognaise sur le dessous-de-plat au milieu de la table et se laisse choir lourdement sur sa chaise.

« Ouf, je suis épuisée.

— Ta journée au boulot a été difficile, hein, chérie ? » lui demande Ralph, comme à son habitude.

Dina ne lui pose jamais la question. Comme si le fait d'être plombier ne pouvait en aucun cas être aussi passionnant et éreintant que d'être dispatcher pour la police d'une ville follement trépidante comme Spruce Harbor.

« Molly, passe-moi ton assiette, lui demande Ralph.

— J'ai un mal de dos carabiné à cause des chaises merdiques du commissariat. Je te jure que si j'allais voir un chiropracteur, ils finiraient avec un procès au cul. »

Molly tend son assiette à Ralph. Elle a dû apprendre à en trier le contenu – même dans un plat comme celui-ci où les ingrédients sont à peine reconnaissables et où tout est mélangé – parce que Dina refuse de tenir compte du fait qu'elle est végétarienne.

Dina écoute les programmes des stations radiophoniques conservatrices, fait partie d'une Église chrétienne fondamentaliste et arbore un sticker « Les armes ne tuent pas. Les cliniques qui pratiquent l'avortement si » sur le pare-chocs de sa voiture. Difficile d'imaginer personnalités plus opposées que celles de Molly et de Dina. Cela pourrait cependant passer si Dina ne considérait pas les choix de Molly comme des affronts personnels. Dina roule des yeux en permanence, marmonne entre ses dents, critiquant les innombrables écarts de Molly (qui n'a pas rangé son linge propre, a laissé un bol dans l'évier, ne se donne pas la peine de faire son lit), toutes choses qui caractérisent les gauchistes et concourent à mener le pays à sa perte. Molly sait qu'il est préférable d'ignorer ces commentaires, de laisser les remarques glisser sur elle « comme l'eau sur les ailes d'un canard », ainsi que le lui recommande Ralph. N'empêche qu'ils l'agacent. Elle y est trop sensible, comme un diapason mal étalonné. Tout ça fait partie du message assené avec constance par Dina :

sois reconnaissante, habille-toi comme une personne normale, n'aie pas d'avis, mange la nourriture que tu as la chance de recevoir.

Elle ne comprend pas très bien quelle est la place de Ralph dans tout cela. Elle sait qu'ils se sont rencontrés au lycée, qu'ils ont entamé une relation tout ce qu'il y a de plus classique de type pom-pom girl-joueur de foot et qu'ils ne se sont pas quittés depuis. Mais est-ce que Ralph est sur la même longueur d'onde que Dina ou fait-il en sorte qu'elle lui fiche la paix ? Difficile à dire. Parfois, une lueur d'esprit rebelle se fait jour : un sourcil levé, une petite phrase aux mots soigneusement pesés, potentiellement ironiques comme : « Il faut attendre le retour de la chef pour décider. »

Malgré tout, sa situation n'est pas si mauvaise : elle a sa propre chambre dans une maison bien entretenue, des parents qui travaillent et ne boivent pas, un lycée correct, un petit ami sympa. Elle n'a pas à s'occuper d'une flopée de gamins, contrairement à ce qui s'était passé dans l'une de ses familles d'accueil, ni à nettoyer après une quinzaine de chats crasseux, ce qui lui était également arrivé. En neuf ans, elle a tour à tour été accueillie dans plus d'une dizaine de familles, parfois juste pour une semaine. On l'avait fessée avec une spatule, giflée, envoyée dormir en plein hiver sur une véranda non chauffée, elle a appris à rouler un joint avec le père de l'une de ses familles d'accueil, et aussi à mentir à l'assistante sociale. Son tatouage, c'était un jeune de vingt-trois ans, ami de sa famille d'accueil à Bangor, qui le lui avait fait quand elle avait seize ans. Cet « expert en encrage, en cours de formation », comme il se définissait lui-même, venait de démarrer dans son métier et le lui avait fait gratuitement. Enfin… presque. De toute façon, elle n'y tenait pas tant que cela, à son pucelage.

Avec les dents de sa fourchette, Molly écrase la viande hachée dans son assiette, avec l'espoir de la faire disparaître. Elle en prend une bouchée et sourit à Dina. « Hum, c'est bon. Merci. »

Dina fait la moue et penche la tête, essayant visiblement de déterminer si ces paroles sont sincères ou pas. Et Molly de lui répondre, en son for intérieur, que oui, elles sont en partie sincères. Merci de m'avoir accueillie chez toi et de me nourrir, mais si tu crois que tu peux piétiner mes idéaux, me forcer à manger de la viande alors que je t'ai dit que j'étais végétarienne, et si tu t'attends à ce que je me soucie de ton dos alors que tu ne t'intéresses absolument pas à moi, oublie. OK pour jouer à ton putain de jeu. Mais pas selon tes règles.

Spruce Harbor, Maine, 2011

Terry ouvre la marche et monte d'un pas vif les deux étages qui mènent au grenier, suivie de Vivian, plus lente, puis de Molly. La maison est vaste – elle ne compte pas moins de quatorze pièces, la plupart gardant leurs volets fermés en hiver – et pleine de courants d'air. *Beaucoup trop grande*, se dit Molly, *pour une vieille femme seule*. En chemin, Terry lui raconte l'histoire de Vivian : elle et son mari étaient autrefois propriétaires et gérants d'un grand magasin situé dans le Minnesota. Après l'avoir vendu il y a vingt ans de cela, ils avaient entrepris, pour fêter leur retraite, un voyage en bateau le long de la côte Est. Depuis le port, ils avaient vu cette maison, propriété d'un ancien capitaine de navire, et avaient décidé, sur un coup de tête, de l'acquérir. Aussi simple que cela. Ils avaient tout emballé et déménagé dans le Maine. Depuis la mort de Jim, huit ans auparavant, Vivian y avait vécu seule.

En arrivant sur le palier du deuxième étage, Terry, haletant légèrement, regarde autour d'elle, une main sur la hanche. « Argh ! Par où faut-il commencer, Vivi ? »

Vivian la rejoint, la main agrippée à la balustrade. Elle porte un pull en cachemire différent, gris cette fois-ci, et un collier en argent avec un curieux pendentif.

« Voyons voir. »

Regardant autour d'elle, Molly constate que seule une partie de l'étage est aménagée – il y a deux chambres en soupente et une salle de bains à l'ancienne avec une baignoire à pieds griffus – et que le reste, avec son plancher en bois brut en partie recouvert de lambeaux de vieux linoléum, sert de grenier. Les espaces entre les poutres apparentes sont bourrés d'isolant thermique. Bien que le plancher et les poutres soient sombres, la pièce est étonnamment lumineuse. Plusieurs fenêtres de toit donnent sur la baie et, au-delà, sur la marina.

Le grenier est rempli de cartons et de meubles, tellement serrés les uns contre les autres qu'il est difficile de se déplacer dans la pièce. Un long portant à vêtements recouvert d'une housse à fermeture à glissière en occupe un coin. Plusieurs coffres en bois de cèdre, si grands que Molly se demande comment on a pu les monter jusqu'ici, sont alignés le long d'un mur et flanqués à un bout d'une pile de malles de voyage. Des ampoules nues pendent du plafond et diffusent une lumière douce, comme autant de petites lunes.

En déambulant parmi les cartons, Vivian laisse ses doigts traîner à leur surface, jetant un coup d'œil à leurs mystérieuses étiquettes : *Magasin, 1960-. Nielsen. Objets de valeur*. « C'est sans doute pour cela que les gens ont des enfants, dit-elle d'un air songeur. Pour s'occuper des choses qu'ils laissent derrière eux. »

Molly regarde Terry qui secoue la tête d'un air tristement résigné. Peut-être que la répugnance de Terry à prendre ce projet en main a autant à voir avec son désir d'éviter ce genre de scène larmoyante qu'avec son envie de s'épargner la tâche elle-même ?

En jetant discrètement un œil à son téléphone, Molly voit qu'il est 16 h 15. Cela ne fait qu'un quart d'heure qu'elle est là. Aujourd'hui, elle devrait rester jusqu'à dix-huit heures. Quatre fois par semaine, elle doit passer deux heures ici et le week-end quatre heures, jusqu'à ce que son contrat soit rempli ou que Vivian tombe raide morte. Selon ce qui arrivera en premier. D'après ses calculs, elle en a pour environ un mois. Pour remplir son contrat, pas pour tuer Vivian, bien sûr.

Mais si les prochaines quarante-neuf heures et quarante-cinq minutes doivent être aussi ennuyeuses, elle n'est pas sûre d'être capable de le supporter.

En classe d'histoire, ils ont appris le rôle qu'a joué la servitude contractuelle dans la fondation du pays. M. Reed, leur professeur, leur a dit qu'au XVIIe siècle près des deux tiers des migrants britanniques étaient arrivés en Amérique comme cela, en ayant troqué leur liberté pour plusieurs années contre la promesse d'une vie meilleure. La plupart d'entre eux n'avaient pas vingt et un ans.

Pour Molly, ce travail est un peu pareil : chaque heure engrangée la rapproche de sa liberté.

« C'est une bonne chose de faire le tri ici, Vivi, dit Terry. Je descends m'occuper du linge. Appelez-moi si vous avez besoin de moi. » Elle fait un signe de tête en direction de Molly, comme pour lui dire « À toi, maintenant ! » puis repart.

Molly connaît la routine de travail de Terry. « Comme moi à la salle de gym, pas vrai, m'man ? lui dit Jack pour la taquiner. Un jour les biceps, un autre les quadriceps. » Et il est rare que Terry en change. Avec une maison de cette taille, dit-elle, à chaque jour suffit sa tâche. Les chambres et le linge les lundis, les salles de bains et les plantes les mardis, la cuisine et les courses les mercredis, les autres pièces les jeudis, et la préparation des repas du week-end les vendredis.

Elle se fraie un chemin entre les piles de cartons fermés par du ruban adhésif brillant jusqu'à la fenêtre qu'elle entrebâille. Même de là-haut, du toit de cette vieille maison, elle sent l'air iodé. « Ils ne sont pas rangés d'une manière particulière, si ? demande-t-elle à Vivian en se retournant. Depuis combien de temps sont-ils là ?

— Je n'y ai pas touché depuis que nous avons emménagé. Alors cela doit faire…

— Vingt ans.

— Tu as bien écouté ce que je t'ai raconté, à ce que je vois, lui dit Vivian avec un bref sourire.

— Vous n'avez jamais pensé à tout balancer à la décharge ? »

Vivian pince les lèvres.

« Je ne voulais pas… Désolée », se reprend Molly en comprenant qu'elle est allée un peu trop loin.

OK, qu'on se le dise, elle doit changer d'attitude. Pourquoi tant d'hostilité ? Vivian ne lui a rien fait. Elle devrait même lui être reconnaissante. Sans Vivian, elle serait sur une mauvaise pente. Malgré tout, elle aime entretenir et nourrir le ressentiment qui l'habite. Cette certitude d'être injustement traitée par le monde entier, c'est quelque chose qu'elle peut savourer et contrôler. Et quoi de plus satisfaisant que de se dire qu'après avoir bien joué son rôle de petite racaille voleuse, la voilà maintenant assujettie à cette bourgeoise blanche du Midwest.

Inspirer profondément. Sourire. Ainsi que le lui conseille Lori, l'assistante sociale désignée par le tribunal pour enfants qu'elle voit deux fois par semaine, elle décide de lister mentalement tous les points positifs de cette situation. Voyons voir. Primo, si elle arrive à remplir sa mission, il n'y aura aucune trace de l'incident dans son casier judiciaire. Deuzio, même si sa situation s'avère tendue et précaire, elle a au moins un toit sur sa tête. Tertio, s'il faut passer cinquante heures dans un grenier plein de courants d'air dans le Maine, autant le faire au printemps, le meilleur moment de l'année. Quarto, Vivian a beau avoir un âge canonique, elle n'est pas sénile, pour autant qu'elle puisse en juger. Pour finir – qui sait ? –, peut-être que le contenu de ces cartons se révélera intéressant.

En se penchant, Molly jette un rapide coup d'œil aux étiquettes autour d'elle.

« Je pense que nous devrions les traiter par ordre chronologique. Voyons voir. Celle-ci dit “Seconde Guerre mondiale”. Y a-t-il autre chose avant cela ?

— Oui. »

Vivian se faufile entre deux piles pour se diriger vers les malles en cèdre.

« Les choses les plus anciennes sont là, je crois. Mais ces malles sont trop lourdes pour être déplacées. Il nous faudra commencer dans ce coin. Cela vous va ? »

Molly acquiesce. Au rez-de-chaussée, Terry lui avait remis un couteau à dents bon marché avec une poignée en plastique, un rouleau de sacs-poubelle blancs et un carnet à spirale avec un stylo accroché dessus pour établir la « liste des biens », comme elle l'a appelée. Avec le couteau, Molly fend le ruban adhésif du carton que Vivian a choisi, celui marqué « 1929-1930 ». Assise sur un coffre en bois, la vieille dame attend patiemment. Après avoir écarté les rabats, Molly sort un manteau couleur moutarde.

« Mon Dieu ! C'est incroyable que j'aie gardé ce manteau. Je l'ai toujours détesté ! » s'écrie Vivian.

Molly tient le vêtement devant elle et l'inspecte. Il est plutôt intéressant, avec son style militaire et ses gros boutons noirs. La doublure en soie grise s'est en partie désagrégée. En fouillant les poches, elle pêche un morceau de papier ligné, usé aux pliures. Après l'avoir déplié, elle découvre une écriture enfantine appliquée, au crayon noir, passée. La même phrase y est répétée ligne après ligne : *Honnêteté et probité sont gages de félicité. Honnêteté et probité sont gages de félicité. Honnêteté et probité sont gages de félicité*...

Vivian lui prend la feuille des mains et la pose sur ses genoux.

« Je me souviens de ça. Mlle Larsen avait la plus belle écriture que j'aie jamais vue.

— Votre maîtresse ? »

Vivian acquiesce. « J'avais beau essayer du mieux que je pouvais, je n'arrivais jamais à écrire comme elle. » Molly considère les boucles qui rejoignent exactement et avec une parfaite régularité les lignes en pointillé.

« Ça me paraît plutôt pas mal. Vous devriez voir mon écriture.

— Oui, j'ai entendu dire que cela n'est plus vraiment enseigné.

— Ben oui, parce que tout se fait sur l'ordinateur. »

Tout à coup, Molly se rend compte que ces phrases ont été tracées par Vivian il y a plus de quatre-vingts ans de cela. *Honnêteté et probité sont gages de félicité.* « Les choses ont pas mal changé depuis que vous aviez mon âge, hein ? »

Vivian penche la tête de côté. « Je pense. La plupart de ces changements ne me touchent pas, cependant. Je dors toujours dans un lit, je m'assois dans un fauteuil. Je fais la vaisselle dans un évier. »

Ou plutôt, c'est Terry qui fait la vaisselle dans l'évier, pour être précise, se dit Molly.

« Je ne regarde pas beaucoup la télévision. Vous savez que je n'ai pas d'ordinateur. À bien des égards, ma vie est en fait très proche de ce qu'elle était il y a vingt ans, ou même quarante.

— C'est triste », lâche Molly qui regrette immédiatement ses paroles.

Mais Vivian ne semble pas offensée. Elle a même l'air de s'en moquer. Elle ajoute : « Je ne pense pas avoir raté grand-chose.

— L'Internet sans fil, la photographie digitale, les smartphones, Facebook, YouTube… »

Molly ponctue son énumération de martèlements du doigt.

« Le monde entier s'est transformé ces dix dernières années.

— Pas le mien.

— Mais vous ratez tellement de choses !

— J'ai du mal à voir en quoi FaceTube, quel que soit ce truc, pourrait changer ma vie en mieux, répond Vivian en riant.

— C'est Face*book*. Et *You*Tube, rectifie Molly avec un air désolé.

— Peu importe, rétorque gaiement Vivian. Je m'en moque. J'aime ma petite vie tranquille.

— Mais il y a un juste équilibre. Honnêtement, je ne sais pas comment vous pouvez vivre comme ça, dans votre… bulle.

— Toi, on peut dire que tu n'as pas ta langue dans ta poche ! » répond Vivian avec un sourire.

Ça, ce n'est pas la première fois qu'on le lui fait remarquer.

« Pourquoi avez-vous conservé ce manteau, si vous le détestiez ? » demande Molly, pour changer de sujet.

Vivian le ramasse et le tient devant elle.

« Très bonne question.

— On le met dans la pile des affaires à donner, alors ?

— Ah… Peut-être. Mais d'abord, voyons voir ce qu'il y a d'autre dans ce carton », dit Vivian en repliant le manteau sur ses genoux.

Le train de Milwaukee, 1929

Je dors mal durant cette dernière nuit en train. Carmine, agité et énervé, s'est réveillé plusieurs fois et je n'ai pas réussi à calmer sa longue crise de pleurs qui a dérangé les enfants autour de nous. Il a fini par s'assoupir à l'aube, lorsque le ciel a commencé à se zébrer de jaune, sa tête reposant sur les jambes en chien de fusil de Dutchy, ses pieds sur mes genoux. Je suis complètement réveillée, si débordante d'énergie que je sens le sang affluer dans tout mon corps.

Ma queue-de-cheval est tout ébouriffée. Je défais le vieux ruban qui maintient mes cheveux attachés et les laisse tomber sur mes épaules, me servant de mes doigts pour les démêler et lisser les boucles qui encadrent mon visage. Je les tire ensuite en arrière et les rattache aussi soigneusement que possible. En me retournant, je m'aperçois que Dutchy m'observe.

« Tu as de beaux cheveux. » Mon regard tente de percer la pénombre ; j'essaie de deviner s'il plaisante. Il m'observe d'un air endormi.

« Ce n'est pas ce que tu as dit avant.

— J'ai juste dit que cela sera dur pour toi. »

Je ne veux ni de sa gentillesse ni de son honnêteté.

« On ne peut pas se changer, de toute façon », ajoute-t-il.

J'essaie de voir si Mme Scatcherd nous a entendus, mais rien ne bouge à l'avant de la voiture.

« Faisons un pacte. Promettons-nous de nous retrouver, dit-il.

— Mais comment ? On finira sûrement dans deux endroits différents.

— Je sais.

— Et je ne porterai plus le même nom.

— Moi non plus, probablement. Mais on peut essayer. »

Carmine se retourne, replie les jambes et étire les bras, et tous deux nous bougeons un peu pour qu'il soit à son aise.

Je lui demande s'il croit au destin.

« Ça veut dire quoi, déjà ?

— Que tout est décidé à l'avance. Que tu ne fais que – tu sais – vivre ce qui est écrit.

— Tu veux dire que Dieu a déjà tout prévu ? »

J'acquiesce.

« Je ne sais pas. Je n'aime pas trop ce qu'Il a prévu pour le moment.

— Moi non plus. »

Nous éclatons de rire tous les deux.

« Mme Scatcherd dit que nous devons prendre un nouveau départ. Faire table rase du passé, dis-je.

— Je veux bien faire table rase du passé, aucun problème… » Il ramasse la couverture en laine qui est tombée par terre, l'étend sur la masse que forme le corps de Carmine et borde l'enfant. « ... Mais pas question de tout oublier. »

Dehors, je vois trois voies parallèles à celle de notre train, brunes et argentées. Au-delà s'étendent d'immenses champs plats et labourés. Le ciel est dégagé. Une odeur de couche et de lait suri flotte dans le wagon.

À l'avant, Mme Scatcherd se lève puis se penche brièvement pour discuter avec M. Curran. Elle est coiffée de son béguin noir.

« Réveillez-vous, les enfants ! » dit-elle en portant un regard circulaire autour d'elle et en claquant des mains plusieurs fois. Ses lunettes étincellent dans la lumière du matin.

Autour de moi, j'entends de petits grognements et des soupirs tandis que les chanceux qui ont réussi à dormir étirent leurs membres engourdis.

« C'est l'heure de vous rendre présentables. Chacun d'entre vous a des vêtements de rechange dans sa valise qui, comme vous le savez, se trouve dans l'espace de rangement situé au-dessus de vos têtes. Les grands, vous aiderez les petits. J'insiste encore sur l'importance qu'il y a à faire bonne impression dès le premier regard. Ayez le visage propre, les cheveux coiffés, les chemises rentrées dans vos culottes. Des yeux bien éveillés et le sourire aux lèvres. Vous ne vous dandinerez pas et ne tripoterez pas votre visage. Et vous direz quoi, Rebecca ? »

Nous connaissons bien ce discours.

« S'il vous plaît et merci, répond Rebecca, d'une voix à peine audible.

— S'il vous plaît et merci qui ?

— S'il vous plaît et merci, m'dame.

— Vous attendrez que l'on vous adresse la parole pour parler et ensuite vous direz “s'il vous plaît” et “merci, madame”. Vous attendrez pour faire quoi, Andrew ?

— Pour parler. J'attendrai que l'on me parle d'abord.

— Exactement. Vous ne vous dandinerez pas et quoi d'autre, Norma ?

— Vous ne tripoterez pas votre visage. M'dame. M'dame madame. »

Des ricanements éclatent. Mme Scatcherd nous lance un regard sévère. « On dirait que cela vous amuse. Je ne pense pas que vous rirez autant lorsque tous les adultes diront non merci, je ne veux pas d'un enfant négligé et mal élevé et que vous devrez reprendre le train jusqu'à la prochaine gare. N'est-ce pas monsieur Curran ? »

Celui-ci sursaute à la mention de son nom. « Effectivement, madame Scatcherd. »

Tout le monde se tait. Ne pas être choisi : aucun de nous ne veut l'envisager. Une petite fille juste derrière moi se met à pleurer et bientôt tout le compartiment est empli de sanglots étouffés. Mme Scatcherd croise les mains et esquisse un semblant de sourire. « Voyons, voyons. Pas besoin de pleurer. Il est plus que probable que si vous êtes polis et que vous vous présentez sous un jour favorable, comme dans le reste de votre vie, vous réussirez. Les honnêtes citoyens de Minneapolis qui vont venir ce matin dans le hall d'accueil de la gare ont la ferme intention de repartir avec l'un d'entre vous, voire avec plusieurs d'entre vous. Alors, les filles, rappelez-vous de nouer proprement vos cheveux avec un ruban. Les garçons, pensez à laver vos visages et à vous peigner. À boutonner vos chemises correctement. Lorsque nous descendrons du train, vous vous mettrez en rang. Vous ne parlerez que si on vous adresse la parole. En bref, vous ferez tout ce qui est en votre pouvoir pour qu'un adulte ait envie de vous choisir. Est-ce bien clair ? »

Le soleil est si ardent que je dois plisser les yeux, et la vitre amplifie tant la chaleur que je me glisse sur le siège du milieu, asseyant Carmine sur mes genoux. Alors que nous passons sous des ponts et traversons des gares, la lumière papillote et l'enfant joue à tracer des ombres chinoises sur mon tablier blanc.

« Tu t'en tireras bien, me dit Dutchy à voix basse. Au moins, tu ne te fatigueras pas en travaillant à la ferme.

— Tu n'en sais rien. Et pour toi non plus, d'ailleurs », lui dis-je.

Gare de Milwaukee Road, Minneapolis, 1929

Dans un hurlement aigu de freins, le train entre en gare en lâchant un grand jet de vapeur. Après n'avoir rien vu défiler d'autre que des champs et des arbres sur des centaines et des centaines de kilomètres, Carmine se tient tranquille, bouche bée face aux immeubles, aux innombrables câbles et aux gens qu'il découvre de l'autre côté de la fenêtre.

Nous nous levons et commençons à rassembler nos affaires. Dutchy attrape nos sacs et les pose dans le couloir. À l'extérieur, j'aperçois Mme Scatcherd et M. Curran qui discutent sur le quai avec deux hommes en costume-cravate et feutre mou noirs accompagnés de plusieurs policiers. M. Curran leur serre la main, puis fait un geste dans notre direction quand nous descendons du train.

Je voudrais dire quelque chose à Dutchy, mais j'ai la tête vide. Mes mains sont moites. C'est très angoissant de ne pas savoir à quoi s'attendre. La dernière fois que j'avais ressenti cela, c'était dans la salle d'attente d'Ellis Island. Nous étions fatigués, maman ne se sentait pas bien et nous ignorions où nous allions et à quoi allait ressembler notre nouvelle vie. Cependant, une chose au moins me paraissait évidente : j'avais une famille. Je croyais que, quels que soient les aléas de la vie, nous serions toujours ensemble.

Un policier donne un coup de sifflet et lève le bras. Nous comprenons que nous devons nous mettre en rang. Carmine est dans mes bras et je sens contre ma joue son souffle chaud, légèrement aigre et collant après qu'il a bu du lait ce matin. Dutchy porte nos sacs.

« Vite, les enfants. Mettez-vous en ligne, deux par deux. C'est bien », nous dit Mme Scatcherd. Elle parle de manière plus douce que d'habitude et je me demande si c'est à cause de la présence d'autres adultes ou parce qu'elle sait ce qui nous attend. « Par ici. » Nous la suivons et gravissons un imposant escalier en pierre, le claquement de nos chaussures à semelles rigides sur les marches produisant comme un roulement de tambour. En haut, nous empruntons un couloir éclairé par des lampes à gaz, que nous remontons jusqu'à la salle d'attente principale de la gare. Même si elle n'est pas aussi monumentale que celle de Chicago, elle nous impressionne quand même. Elle est vaste et ses fenêtres à petits carreaux laissent pénétrer la lumière à flots. Devant nous, la robe noire de Mme Scatcherd flotte derrière elle telle une voile.

Les gens montrent notre groupe du doigt et murmurent. Savent-ils pourquoi nous sommes ici ? C'est alors que je vois l'affiche apposée à une colonnade. En grosses lettres d'imprimerie noires sur fond blanc, on peut lire :

ON RECHERCHE
FAMILLES D'ACCUEIL POUR ORPHELINS.
UNE SOCIÉTÉ DE BIENFAISANCE DE LA CÔTE EST
POUR ENFANTS SANS FOYER
ARRIVERA À LA GARE DE MILWAUKEE ROAD,
LE VENDREDI 18 OCTOBRE.
LA DISTRIBUTION AURA LIEU À 10 H.
CES ENFANTS, DE TOUS ÂGES ET DES DEUX SEXES,
SONT SEULS AU MONDE...

« Qu'est-ce que je t'avais dit ? me dit Dutchy en suivant mon regard. De la soupe pour les cochons.

— Tu sais lire ? » Il sourit.

Comme si l'on avait remonté une manivelle dans mon dos, je suis propulsée en avant, un pied devant l'autre. La cacophonie qui règne dans la gare ne parvient plus que de manière assourdie à mes oreilles. Une odeur sucrée me chatouille les narines – des pommes d'amour ? – au moment où nous passons devant un marchand ambulant. Mes cheveux sont plaqués dans mon cou et un filet de transpiration coule dans mon dos. Carmine est incroyablement lourd. Que c'est bizarre de se retrouver dans un endroit où mes parents ne sont jamais allés et qu'ils ne verront jamais. Et que c'est étrange que moi je sois ici et qu'eux soient partis.

Je porte la main à mon cou et touche la croix surmontée du symbole de Claddagh.

Les garçons les plus âgés ne jouent plus aux durs. Leurs masques sont tombés, dévoilant la peur sur leurs visages. Quelques enfants reniflent, mais la plupart font de leur mieux pour garder leur calme et faire ce que l'on attend d'eux.

Un peu plus loin, Mme Scatcherd se tient à côté d'une grande porte en chêne, les mains croisées devant elle. Quand nous arrivons à sa hauteur, nous formons un demi-cercle, les filles les plus âgées avec les bébés dans leurs bras, les plus jeunes se donnant la main et les garçons avec les mains dans les poches.

Mme Scatcherd baisse la tête. « Marie, mère de Dieu, nous t'implorons de bien vouloir traiter ces enfants avec bonté, de les guider et de les bénir tout au long de leur vie. Nous sommes tes humbles serviteurs, amen.

— Amen », répètent rapidement les plus pieux, suivis des autres.

Mme Scatcherd ôte ses lunettes. « Nous sommes arrivés à destination. Vous allez être répartis, si Dieu le veut, entre différentes familles qui ont besoin de vous et vous attendent. »

Elle s'éclaircit la gorge.

« Rappelez-vous cependant que vous ne trouverez pas tous une famille immédiatement. C'est normal et il n'y a pas lieu de s'inquiéter. Si vous n'êtes pas choisis, vous repartirez tout simplement en train avec M. Curran et moi-même jusqu'à une autre gare qui se trouve à environ une heure d'ici. Et si là-bas non plus vous n'êtes pas placés, vous viendrez avec nous jusqu'à la ville suivante. »

Autour de moi les enfants bougent comme un troupeau sur le qui-vive. J'ai une boule au ventre.

Mme Scatcherd fait un signe de tête.

« Bien, monsieur Curran, sommes-nous prêts ?

— Tout à fait, madame Scatcherd », répond celui-ci. De l'épaule, il pousse la lourde porte.

Nous nous retrouvons au fond d'une grande salle lambrissée, sans fenêtres, remplie de gens qui déambulent et de rangées de chaises vides. Tandis que Mme Scatcherd nous fait remonter l'allée centrale en direction d'une estrade basse située à l'avant, la foule se tait d'abord puis commence à murmurer. Elle s'écarte pour nous laisser passer.

Peut-être que quelqu'un voudra de moi. Peut-être vais-je avoir une vie dont je n'aurais jamais osé rêver, dans une maison lumineuse et confortable où il y aura plein à manger, du cake tiède et du thé au lait aussi sucré que je le désire. Cependant, je tremble en montant les marches de l'estrade.

Nous sommes alignés par taille, du plus petit au plus grand, certaines d'entre nous avec des bébés dans les bras. Dutchy a beau avoir trois ans de plus que moi, comme je suis grande pour mon âge, il n'y a qu'un seul enfant entre nous deux.

M. Curran s'éclaircit la gorge et entame un discours. En l'observant, je remarque ses joues rouges et son regard furtif, sa moustache tombante châtaine et ses sourcils broussailleux, son ventre qui sort de sous son gilet comme un ballon mal camouflé. « Juste un peu de paperasserie, dit-il au bon peuple du Minnesota, il n'y a que ça entre vous et l'un de ces enfants sur cette estrade. Ils sont forts, en bonne santé, aptes au travail à la ferme et aux tâches ménagères. Vous avez l'opportunité de tirer l'un d'entre eux de la misère et du dénuement, et je crois que Mme Scatcherd serait d'accord pour dire que nous n'exagérons pas en ajoutant du péché et de la dépravation. »

Elle acquiesce.

« Vous pouvez faire une bonne action et recevoir quelque chose en échange, continue-t-il. Nous attendons de vous que vous nourrissiez, habilliez et éduquiez cet enfant jusqu'à ses dix-huit ans et que vous lui donniez également une éducation religieuse. Et c'est notre vœu le plus cher que vous en veniez à éprouver non seulement de l'affection pour lui, mais aussi que vous finissiez par le considérer comme votre propre progéniture. Celui ou celle que vous choisirez ne vous coûtera rien et vous bénéficiez d'une période d'essai de trois mois au bout de laquelle, si vous le souhaitez, vous pourrez le renvoyer. »

La fille à côté de moi émet un petit bruit bref, comme le couinement d'un chien, et glisse sa main dans la mienne. Elle est aussi froide et humide que le dos d'une grenouille. « Ne t'inquiète pas, tout va bien se passer... » lui dis-je. Mais elle me regarde de façon si désespérée que je ne finis pas ma phrase. Alors que nous examinons les gens qui se mettent en file indienne et commencent à gravir les marches qui mènent à l'estrade, j'ai l'impression d'être une vache, comme celles de la foire agricole de Kinvara où mon grand-père m'emmenait.

Une jeune femme blonde, frêle et pâle, et un homme à l'air sérieux, à la pomme d'Adam agitée et coiffé d'un feutre, se sont arrêtés face à moi. Elle s'avance. « Puis-je ?

— Pardon ? » Je n'ai pas compris ce qu'elle attend de moi.

Elle tend les bras. Maintenant, c'est clair. C'est Carmine qu'elle veut. Il la regarde avant d'enfouir son visage dans mon cou.

« Il est timide, lui dis-je.

— Bonjour, petit homme. Comment t'appelles-tu ? »

Il refuse de relever la tête et je le secoue légèrement.

La femme se tourne vers l'homme.

« Le problème qu'il a aux yeux peut être résolu, tu ne crois pas ? dit-elle doucement

— Je ne sais pas. Probablement. »

Un autre couple nous regarde. La femme est corpulente, ses sourcils sont froncés et son tablier est sale. Lui n'a que quelques mèches de cheveux sur sa tête osseuse.

« Et celle-là ? demande-t-il, un doigt pointé sur moi.

— Je n'aime pas sa tête, répond-elle avec une grimace.

— Elle n'aime pas la vôtre non plus », dit Dutchy.

Nous nous tournons tous vers lui, surpris. Le garçon qui se trouve entre nous deux se recroqueville sur lui-même.

« Qu'est-ce que t'as dit ? demande l'homme qui se plante devant Dutchy.

— Votre femme n'a pas le droit de dire des choses pareilles. »

Dutchy parle à voix basse, mais j'ai tout entendu.

« Ne t'en mêle pas, dit l'homme en soulevant de son index le menton de Dutchy. Ma femme peut bien parler de vous autres, orphelins, de la façon qui lui plaît. »

On entend un froufroutement, suivi de l'éclair d'une cape noire et, tel un serpent qui surgirait des taillis,

Mme Scatcherd fond sur nous. « Que se passe-t-il, ici ? » Sa voix est étouffée, mais ferme.

« Ce garçon a répondu à mon mari », déclare la femme.

Mme Scatcherd regarde Dutchy puis le couple. « Hans a… du caractère, dit-elle. Il ne réfléchit pas toujours avant de parler. Je suis désolée, je n'ai pas saisi votre nom.

— Barney McCallum. Et je vous présente ma femme, Eva. »

Mme Scatcherd fait un signe de tête. « Et qu'as-tu à dire à M. McCallum, Hans ? »

Dutchy regarde ses pieds. Je sais ce qu'il voudrait dire. Je pense que nous le savons tous. « Excuses », marmonne-t-il sans relever la tête.

Durant cet échange, la frêle femme blonde n'a cessé de caresser le bras de Carmine de son doigt. Toujours pelotonné contre moi, il l'observe à travers ses longs cils. « Tu es un amour, tu sais ? » Elle taquine son ventre du doigt et il la gratifie d'un petit sourire.

Elle regarde son mari. « Je pense que c'est le bon. »

Je sens les yeux de Mme Scatcherd sur nous. « C'est une gentille femme, lui dis-je à l'oreille. Elle voudrait être ta maman.

— Maman », fait-il, son souffle chaud sur mon visage. Ses yeux ronds brillent.

« Il s'appelle Carmine. » Je détache ses bras qui enserrent fermement mon cou et les retiens dans ma main.

La femme sent la rose, comme le massif aux fleurs blanches qui borde l'allée de la maison de ma grand-mère. Elle est aussi grêle qu'un oiseau. Elle pose la main sur le dos de Carmine qui s'accroche à moi encore plus fortement. « Tout va bien, dis-je, mais les mots meurent dans ma bouche.

— Non, non. *Non !* » s'exclame Carmine. Je me sens près de défaillir.

« Avez-vous besoin d'une fille pour vous aider ? Je pourrais (je réfléchis à toute vitesse, essayant de me rappeler ce que je sais faire) ravauder les vêtements et cuisiner », ne puis-je m'empêcher de proposer tout à coup.

La femme me regarde avec pitié. « Mon petit, dit-elle, je suis désolée. Nous n'avons pas les moyens d'avoir deux enfants. Nous sommes juste venus… chercher un bébé. Je suis sûre que tu trouveras… » Elle ne termine pas sa phrase. « Nous voulons seulement un bébé pour compléter notre famille. »

Je réprime mes larmes. Carmine a senti qu'il se passe quelque chose et se met à gémir. « Tu dois aller avec ta nouvelle maman », lui dis-je tout en le détachant de moi.

Elle le prend maladroitement dans ses bras. Visiblement, elle n'a pas l'habitude de tenir des bébés. Je tends la main pour coincer la jambe de Carmine sous son bras. « Merci de vous être occupée de lui », me dit-elle.

Mme Scatcherd les fait descendre tous les trois de l'estrade pour les conduire vers une table couverte de formulaires, la tête de Carmine reposant sur l'épaule de la femme.

L'un après l'autre, les enfants qui m'entourent sont choisis. Le garçon à côté de moi part en compagnie d'une petite femme replète qui lui dit qu'il est grand temps qu'il y ait un homme dans sa maison. La fille qui couinait comme un chien est choisie par un élégant couple chapeauté. Dutchy et moi-même parlons à voix basse entre nous lorsqu'un homme à la peau aussi burinée et éraflée que du vieux cuir à chaussure, suivi par une femme à l'air acerbe, s'approche. Il se tient devant nous pendant une minute, puis se met à tâter le bras de Dutchy.

« Qu'est-ce que vous faites ? demande-t-il, surpris.

— Ouvre la bouche. »

Dutchy voudrait le frapper et s'échapper, mais M. Curran nous observe de près et il n'ose pas. L'homme lui fourre un doigt crasseux dans la bouche. Dutchy tourne la tête violemment.

« T'as déjà travaillé comme moissonneur ? » lui demande l'homme.

Dutchy regarde droit devant lui.

« Tu m'as entendu ?

— Non.

— Non, quoi ? Tu ne m'as pas entendu ?

— Jamais travaillé comme moissonneur. Je ne sais même pas ce que c'est, répond Dutchy en le fixant, cette fois.

— T'en penses quoi ? dit l'homme en s'adressant à sa femme. C'est un dur à cuire, mais on pourrait avoir besoin d'un gosse de sa taille.

— Sûrement qu'il va rentrer dans le rang. »

Elle s'approche de Dutchy et ajoute : « Nous, on débourre les chevaux. Pour les garçons, c'est pas très différent.

— Chargeons-le, ajoute l'homme. On a de la route à faire.

— Vous avez fait votre choix ? demande M. Curran qui s'approche de nous, en riant nerveusement.

— Ouais, celui-là.

— Parfait. Si vous voulez bien me suivre jusqu'à cette table, pour la signature des papiers. »

C'est exactement ce qu'avait prédit Dutchy. Des bouseux qui recherchent quelqu'un pour travailler aux champs avec eux. Ils ne se donnent même pas la peine de l'attendre pour descendre de l'estrade avec lui.

« Peut-être que cela ne sera pas si terrible que ça, lui dis-je.

— S'il porte la main sur moi…

— Tu pourras être placé dans une autre famille.

— Je ne suis qu'une paire de bras, voilà ce que je suis.

— Mais ils doivent t'envoyer à l'école.

— Et que se passera-t-il s'ils ne le font pas ? répond-il en rigolant.

— Tu les y obligeras. Et puis, dans quelques années…

— Je te retrouverai. »

Je me force à contrôler ma voix. « Personne ne veut de moi. Je dois remonter dans le train. »

« Hé, garçon ! Arrête de lambiner », dit l'homme, en frappant dans ses mains si fortement que tout le monde tourne la tête dans notre direction.

Dutchy traverse l'estrade et descend les marches. M. Curran secoue vigoureusement la main de l'homme et lui donne une petite tape sur l'épaule. Mme Scatcherd raccompagne le couple à la porte, Dutchy à la traîne. À la sortie, il se retourne et me regarde. Puis il disparaît.

C'est difficile à croire, mais il n'est pas encore midi. Cela ne fait que deux heures que nous sommes arrivés dans cette gare. Il reste une dizaine d'adultes qui s'attardent et une demi-douzaine d'enfants : moi, quelques adolescents à l'air maladif et des enfants au physique ingrat, maigrichons, aux yeux globuleux, la mine renfrognée. Nous savons pourquoi nous n'avons pas été choisis.

Mme Scatcherd remonte sur l'estrade. « Très bien, les enfants. Le voyage continue. C'est impossible de savoir exactement ce qui fait qu'un enfant est compatible ou pas avec telle ou telle famille, mais, pour être honnête, il est préférable que vous ne partiez pas avec des gens qui ne seraient pas prêts à vous accueillir à bras ouverts. C'est pourquoi – même si cela n'est pas ce que vous souhaitiez –, je vous le dis, c'est mieux ainsi. Malgré tout, si, après plusieurs essais, il devient clair que… » Sa voix flanche. « Pour le moment, concentrons-nous sur notre prochaine destination. Les honnêtes citoyens d'Albans, Minnesota, vous attendent. »

Albans, Minnesota, 1929

Quand nous arrivons à Albans en début d'après-midi, je me rends compte que l'endroit mérite à peine le nom de ville. Le maire se tient sur le quai ouvert à tous les vents et, à peine sommes-nous descendus du train que l'on nous conduit, en désordre, à la salle des fêtes située à un pâté de maisons de la gare. Le bleu éclatant du ciel s'est estompé, comme lavé par le soleil. L'air matinal s'est rafraîchi. Je ne suis plus ni nerveuse ni inquiète. Je veux juste en finir au plus vite.

Il y a moins de gens ici, seulement une cinquantaine, mais cela suffit à remplir le petit bâtiment en brique. Comme il n'y a pas d'estrade, nous nous plaçons à l'avant, face à l'assemblée. M. Curran donne une version un peu moins emphatique du discours qu'il a servi à son auditoire de Minneapolis et la foule se rapproche. Globalement, ces gens ont l'air d'être plus pauvres, mais aussi plus gentils. Les femmes portent des robes paysannes et les hommes semblent mal à l'aise dans leur tenue du dimanche.

Ne rien en attendre rend l'expérience beaucoup plus facile à supporter. Sans aucun doute, je vais finir par remonter dans le train pour être débarquée à la prochaine étape, exhibée avec les enfants qui resteront avant de repartir, une nouvelle fois. Ceux d'entre nous qui ne seront pas choisis retourneront probablement à New York et grandiront dans un orphelinat. Peut-être que cela ne sera pas si mal. Au moins, je sais à quoi m'attendre : des matelas durs, des draps rêches, des surveillantes sévères. Mais aussi des amitiés avec d'autres filles, trois repas par jour, l'école. Je peux reprendre cette vie. Je n'ai pas besoin de me trouver une famille ici, et peut-être est-ce pour le mieux.

Tout en me disant cela, je me rends compte qu'une femme me regarde d'assez près. Elle a à peu près l'âge de ma mère, les cheveux ondulés et coupés court, et ses traits sont épais et ordinaires. Elle porte un chemisier blanc avec des plis verticaux, à col montant, une écharpe sombre à motifs cachemire, une jupe grise quelconque et de lourdes chaussures noires. Un gros médaillon ovale pend sur la chaîne qu'elle porte autour du cou. L'homme à ses côtés est corpulent et rubicond, sa chevelure auburn est hirsute. Les boutons de son gilet, tendus, peinent à contenir son ventre, semblable à une barrique.

La femme s'approche de moi.

« Comment t'appelles-tu ?

— Niamh.

— Ève ?

— Non, Niamh. C'est irlandais, lui dis-je.

— Comment épelles-tu ton prénom ?

— N-i-a-m-h. »

Elle regarde l'homme qui se met à sourire.

« Vous débarquez à peine de votre bateau, n'est-ce pas, mademoiselle ?

— Pas tout… »

Il m'interrompt.

« D'où venez-vous ?

— Du comté de Galway.

— Ah, oui. »

Il acquiesce et mon cœur bondit. Il connaît l'endroit !

« Ma famille vient du comté de Cork. Ils sont arrivés il y a longtemps déjà. Du temps de la famine. »

Ces deux-là forment une paire étrange. Autant elle est réservée, sur son quant-à-soi, autant il est pétillant et déborde d'énergie.

« Il faudra changer son prénom, dit-elle à son mari.

— Comme tu voudras, ma chère.

— Quel âge as-tu ? me demande-t-elle, en penchant la tête.

— Neuf ans, madame.

— Sais-tu coudre ? »

J'acquiesce.

« Sais-tu faire le point de croix ? Des ourlets ? Sais-tu faire le point arrière à la main ?

— Assez bien. »

J'ai appris à coudre lorsque nous habitions dans Elizabeth Street et que j'aidais maman quand elle reprisait et recousait des vêtements ou qu'elle devait fabriquer, à l'occasion, une robe à partir d'un morceau d'étoffe. La plus grande partie de son travail lui était fournie par les sœurs Rosenblum, du rez-de-chaussée. Elles étaient expertes en travail de finition et très contentes de pouvoir se défausser auprès de ma mère des tâches les plus rébarbatives. Je m'asseyais à son côté tandis qu'elle traçait à la craie des motifs sur du chambray ou du calicot et c'est comme cela que j'ai appris à faire le point de bâti préparatoire à la confection définitive d'un vêtement.

« Qui t'a appris ?

— Ma maman.

— Où est-elle, maintenant ?

— Elle est morte.

— Et ton père ?

— Je suis orpheline. »

Mes paroles flottent, en suspens dans l'air.

La femme fait un signe de tête à son mari qui lui pose une main dans le dos et la guide sur le côté de la salle. Je les regarde discuter. Il secoue la tête et se frotte le ventre. Une main à plat sur son chemisier, elle fait des gestes dans ma direction de l'autre. Il se penche vers elle, les mains à la ceinture, et murmure quelque chose dans son oreille. Elle me scrute de haut en bas. Puis ils reviennent.

« Je suis Mme Byrne, dit-elle. Mon mari travaille dans la confection de vêtements pour femmes et nous avons plusieurs employées qui fabriquent ces habits sur commande. Nous cherchons une fille qui sait manier l'aiguille. »

Cela n'a tellement rien à voir avec ce à quoi je m'attendais que je ne sais pas quoi dire.

« Je serai franche avec toi. Nous n'avons pas d'enfants et n'avons aucune envie de devenir des parents de substitution. Mais si tu es respectueuse et travailleuse, tu seras bien traitée. »

J'acquiesce.

La femme sourit, ses traits se détendent. Pour la première fois, elle a presque l'air amical. « Marché conclu. » Elle me serre la main. « Allons signer les papiers, alors. »

M. Curran, qui jusqu'à présent semblait planer au-dessus de nous, se matérialise et conduit notre groupe vers la table où les différents formulaires sont datés et signés.

« Vous verrez que Niamh est très mûre pour son âge, leur dit Mme Scatcherd. Si elle est élevée dans un foyer strict, respectueux de Dieu, elle deviendra sans aucun doute une femme qui a de l'étoffe. »

Puis elle me prend à part.

« Tu as de la chance d'avoir trouvé une famille. Ne nous déçois pas, ni moi ni la Société. Je ne sais pas s'il te sera donné une seconde chance », murmure-t-elle à mon oreille.

M. Byrne hisse ma valise marron sur son épaule. Nous sortons de la salle des fêtes, descendons la rue vide et tournons dans une autre rue où nous retrouvons leur Ford A, garée devant une modeste vitrine où sont listées, écrites à la main, les promotions du moment : SARDINES DE NORVÈGE À L'HUILE, 15 CENTS, ROUELLE DE BŒUF, 36 CENTS LA LIVRE. Le vent fait frissonner les quelques grands arbres qui bordent la rue. Après avoir mis ma valise à plat dans le coffre, M. Byrne m'ouvre la portière arrière. L'intérieur de la voiture est noir, les sièges en cuir sont frais et glissants. Assise sur la banquette, je me sens toute petite. Le couple s'installe à l'avant, sans un regard en arrière.

M. Byrne touche l'épaule de sa femme, qui lui sourit. Avec un grondement sourd, le moteur démarre et nous voilà partis. Leur conversation est animée, mais, de ma place, je n'entends rien.

Quelques minutes plus tard, il se gare dans l'allée d'une modeste maison en stuc beige, ornée de lambrequins marron. Dès qu'il arrête la voiture, sa femme se tourne vers moi. « Nous avons décidé de t'appeler Dorothy », me dit-elle.

« Tu aimes ce prénom ? me demande-t-il.

— Bon Dieu, Raymond, qu'elle l'aime ou pas, cela n'a aucune importance, dit-elle d'un ton tranchant en ouvrant sa portière. C'est Dorothy que nous avons choisi et c'est comme ça qu'elle s'appellera. »

Je me répète ce prénom : *Dorothy*. Très bien. À présent, je suis Dorothy.

Le revêtement en stuc est tombé par endroits et la peinture des lambrequins est écaillée. Mais les carreaux des fenêtres brillent et le gazon est bien tondu. Deux bacs de chrysanthèmes couleur rouille, coiffés d'un dôme protecteur, encadrent les marches qui mènent au perron.

« Une de tes tâches consistera à balayer chaque jour, qu'il pleuve ou qu'il vente, le porche, les marches et l'allée, et ce, jusqu'aux premières neiges, me dit Mme Byrne tandis que je la suis jusqu'à la porte d'entrée. Le balai et la pelle se trouvent dans le petit placard à gauche du vestibule. » Elle se retourne soudainement pour me faire face et je manque de peu de lui rentrer dedans.

« Tu m'écoutes ? Je n'aime pas avoir à me répéter.

— Oui, madame Byrne.

— Appelle-moi juste “madame”. Cela ira comme cela.

— Oui, madame. »

Le petit hall d'entrée est sombre et lugubre. Les rideaux blancs en crochet qui pendent à chaque fenêtre projettent des ombres dentelées au sol. À gauche, à travers la porte entrouverte, j'aperçois le papier peint rouge, la table et les chaises en acajou de la salle à manger. Mme Byrne appuie sur un bouton placé sur le mur et la lumière d'un plafonnier jaillit. Au même moment, M. Byrne entre dans la maison avec ma valise. « Prête ? » me demande-t-elle. Elle ouvre la porte située à droite. À ma grande surprise, celle-ci donne sur une pièce remplie de monde.

Albans, Minnesota, 1929

Deux femmes en chemisier blanc sont assises face à des machines à coudre noires sur lesquelles il est écrit, en lettres dorées, *Singer*. Leur pied presse la pédale en métal ajouré qui commande l'aiguille. Lorsque nous entrons, elles gardent la tête baissée, le regard concentré sur l'aiguille, une main occupée à maintenir le fil coincé sous le pied de la machine et à aplanir le tissu. Une jeune femme rondelette avec des cheveux bruns et frisés, agenouillée devant un mannequin en tissu, brode de minuscules perles sur un corsage. Une autre à la chevelure grise, assise sur une chaise marron, se tient parfaitement droite tandis qu'elle ourle une jupe en calicot. Une fille – elle doit être à peine plus âgée que moi – coupe un patron dans un papier très fin, debout devant une table. Sur le mur au-dessus d'elle, il y a une maxime encadrée et réalisée au point de croix avec des fils noirs et jaunes : « UNE FIÈRE OUVRIÈRE TRAVAILLE SANS RELÂCHE. »

« Fanny, pouvez-vous vous arrêter un instant ? demande Mme Byrne, en touchant l'épaule de la femme aux cheveux gris. Dites aux autres de faire pareil.

— Pause », annonce la vieille femme. Elles lèvent toutes la tête, mais la seule qui change de position est la jeune fille qui repose ses ciseaux.

Mme Byrne parcourt la salle du regard, le menton en avant. « Comme vous le savez, cela fait un moment que nous avons besoin d'aide et je suis heureuse de pouvoir vous annoncer que nous l'avons trouvée. Je vous présente Dorothy. » Elle me désigne de la main. « Dorothy, dis bonjour à Bernice (la femme aux cheveux frisés), à Joan et Sally (les femmes assises aux machines à coudre), à Fanny (la seule qui me sourit), et à Mary. Mary, dit-elle en s'adressant à la jeune fille, vous aiderez Dorothy à se familiariser avec son environnement. Elle peut prendre en charge une partie de vos basses besognes, ce qui vous permettra de faire d'autres choses. Fanny, vous superviserez, comme d'habitude.

— Bien madame », répond Fanny.

Mary fait la moue et me lance un regard dur.

« Très bien, conclut Mme Byrne. Au travail, alors. Dorothy, ta valise est dans l'entrée. Au moment du souper, nous t'indiquerons où tu dormiras. » Elle s'apprête à quitter la pièce, mais ajoute avant : « Nous prenons nos repas à heures fixes. Le petit déjeuner est à huit heures, le déjeuner à midi et le souper à six heures. Et pas de grignotage pendant la journée. L'autodiscipline est l'une des qualités les plus importantes que puisse acquérir une jeune personne. »

Lorsque Mme Byrne sort, Mary me fait un brusque signe de tête. « Allons, dépêche-toi. Tu crois que j'ai que ça à faire ? » Je lui obéis et me place derrière elle.

« Qu'est-ce que tu connais à la couture ?

— J'aidais ma mère à ravauder des vêtements.
— Tu as déjà utilisé une machine à coudre ?
— Non.
— Mme Byrne est au courant ? me demande-t-elle en fronçant les sourcils.
— Elle ne me l'a pas demandé. »
Marie soupire, visiblement embêtée.
« Je ne m'attendais pas à devoir t'apprendre les bases.
— J'apprends vite.
— Je l'espère bien. »
Mary brandit un morceau de papier pelure. « Ça, c'est un patron. Tu en as déjà entendu parler ? »
J'acquiesce et Mary poursuit, décrivant les différentes tâches que je vais devoir accomplir. Les heures suivantes, je fais ce dont personne d'autre ne veut se charger : défaire des coutures, faufiler, balayer, ramasser des épingles et les planter dans des pelotes à épingles. Je n'arrête pas de me piquer et je dois faire attention à ne pas tacher les tissus avec mon sang.
Durant l'après-midi, les femmes font passer le temps en discutant ou, parfois, en fredonnant. La plupart du temps, cependant, le silence règne.
« Pardon, je dois aller aux toilettes. Pouvez-vous me dire où elles se trouvent ? dis-je après un moment.
— Je vais l'y conduire. J'ai besoin de reposer mes doigts », répond Fanny en levant le regard de son ouvrage.
Après s'être levée péniblement, elle se dirige vers la porte. Je la suis dans le couloir, jusqu'à la cuisine immaculée et dépouillée par où nous sortons pour rejoindre l'arrière de la maison. « C'est là que se trouvent nos

toilettes. N'utilise jamais celles de la maison parce que si Mme Byrne t'attrapait, cela irait très mal. » Au lieu d'« utilise » elle dit « itilise ».

Au fond du jardin, couvert de quelques herbes comme un crâne partiellement dégarni, se dresse un abri en bois gris, usé par les éléments, avec une fente dans la porte en guise de poignée. Fanny me fait signe de la tête.

« Je t'attends.

— Pas besoin.

— Plus tu prendras ton temps, plus mes doigts pourront se reposer. »

La cabane est sombre et pleine de courants d'air. Seule la fente de la porte laisse entrer un peu de clarté. Une lunette noire, tellement usée que le revêtement a complètement disparu en certains endroits, est posée sur un banc de bois brut. Sur la cloison, des rouleaux de bandes de papier journal sont accrochés. Je me souviens des toilettes, installées à l'arrière de notre maison de Kinvara, et ce n'est donc pas tant l'odeur qui me surprend ici que la froideur du siège. Qu'est-ce que cela donnera en pleine tempête de neige ? Pareil que maintenant, sûrement, mais en pire.

Lorsque j'ai fini, j'ouvre la porte et redescends ma robe.

« Tu es maigre à faire peur, me dit Fanny. Je parie que tu as faim. » Elle dit « fame ».

Elle a raison. Mon ventre est aussi creux qu'une grotte. « Un peu. »

Le visage de Fanny est ridé et marqué, mais son regard est pétillant. Je n'arrive pas à déterminer si elle a soixante-dix ou cent ans. Elle porte une jolie robe violette à fleurs au corsage froncé. Je me demande si elle se l'est faite.

« Mme Byrne nous donne pas beaucoup à manger pour le déjeuner, mais c'est sûrement plus que ce que tu r'çois d'habitude. »

Elle tire une petite pomme brillante de sa poche.

« Je garde toujours quelque chose pour plus tard, au cas où. Elle met un cadenas sur son réfrigérateur entre les repas.

— Non ! dis-je.

— Oh, si. Elle dit qu'elle ne veut pas nous voir fouiller dedans sans sa permission. Mais, en général, j'arrive à mettre quelque chose de côté. »

Elle me tend la pomme.

« Je ne peux pas…

— Prends. Il faut que tu apprennes à accepter tout ce que les gens voudront bien te donner. »

La pomme paraît si fraîche et sent si bon qu'elle me met l'eau à la bouche.

« Tu ferais mieux de la manger ici, avant que nous ne retournions au travail. » Le regard de Fanny se dirige vers la porte de la cuisine puis en direction des fenêtres du premier étage. « Je te conseille de la manger dans les toilettes. »

Si peu ragoûtant que cela puisse paraître, j'ai tellement faim que cela m'est égal. Je retourne dans la cahute et dévore toute la pomme, trognon compris. Du dos de la main, j'essuie le jus qui coule sur mon menton. Papa mangeait toujours les pommes en entier, cœur et tout, car, disait-il, « c'est là que se trouvent les éléments les plus nutritifs et il faut être bien ignorant pour les jeter ». Mais pour moi, ce cœur avait la consistance des arêtes de poisson.

Lorsque je ressors, Fanny frotte son menton. Je la regarde, interloquée. « Une trace de ton forfait », me dit-elle tandis que j'essuie ma mâchoire poisseuse.

Mary est renfrognée lorsque je réapparais dans l'atelier de couture. Elle me fourre brutalement une pile de tissus entre les bras et m'intime l'ordre de les épingler. L'heure suivante est passée à épingler bord à bord les pièces d'étoffe, aussi minutieusement que je le peux. Chaque fois que je dépose un ensemble que je viens de finir, elle l'attrape, l'inspecte à la hâte et me le lance à la figure.

« C'est du travail bâclé. Recommence.

— Mais…

— Ne discute pas. Tu devrais avoir honte de ton travail. »

Les autres femmes lèvent les yeux avant de se remettre à la tâche, sans piper mot.

Les mains tremblantes, je retire les épingles. Puis, lentement, je recommence et m'assure, à l'aide d'un mètre métallique, que chacune est séparée de la précédente par un espace de deux centimètres et demi. Sur la cheminée, une horloge dorée et tarabiscotée, la façade protégée par un dôme en verre, égrène bruyamment les minutes. Tandis que Mary inspecte mon travail, je retiens mon souffle.

« Il y a des irrégularités, dit-elle finalement, en tenant les morceaux de tissu devant elle.

— Qu'est-ce qui ne va pas ?

— C'est inégal, répond-elle sans me regarder dans les yeux. Peut-être que tu n'es pas… »

Elle ne finit pas sa phrase.

« Pas quoi ?

— Pas faite pour ce genre de travail. »

Je pince la bouche pour mettre fin au tremblement qui agite ma lèvre. Quelqu'un – Fanny, peut-être ? – va bien finir par voler à mon secours, mais non.

« C'est ma mère qui m'a appris à coudre.

— Ce n'est pas un accroc au pantalon de ton père que tu dois réparer, ici. Les gens paient pour…

— Je sais coudre, ne puis-je m'empêcher de répondre. Peut-être mieux que toi, même. »

Mary me regarde, bouche bée. « Tu… Tu n'es *rien*, bafouille-t-elle. Tu n'as même pas de… de famille ! »

Mes oreilles bourdonnent. « Et toi, tu es mal élevée », lui dis-je, seule réplique qui me vienne à l'esprit. Je me lève et quitte la pièce, en fermant la porte derrière moi. Une fois dans le couloir sombre, je réfléchis à mes options. Je pourrais m'enfuir, mais pour aller où ?

Au bout d'un moment la porte s'ouvre et Fanny sort. « Mais enfin, mon enfant, pourquoi faut-il que tu aies la langue si bien pendue ?

— Cette fille est méchante. Qu'est-ce que je lui ai fait ? »

Fanny pose une main sur mon épaule. Ses doigts sont rêches, calleux.

« Tu ne gagneras rien à te quereller.

— Mais mes épingles étaient droites. »

Elle soupire.

« En te faisant refaire le travail, Mary ne se rend pas service. Elle est payée à la pièce, alors je ne comprends pas ce qu'elle cherche à faire. Mais toi… Laisse-moi te poser une question. Est-ce qu'ils te paient ?

— Me payer ?

— Fanny ! » Une voix venant de l'étage résonne. Nous levons les yeux et voyons Mme Byrne en haut de l'escalier. Son visage est rouge. « Que diable se passe-t-il ? » Je ne sais pas si elle a entendu notre conversation.

« Rien qui doive vous inquiéter, madame, répond Fanny prestement. Une petite dispute entre les filles, c'est tout.

— À propos de quoi ?

— Vraiment, madame, je ne crois pas que cela puisse vous intéresser.

— J'insiste. »

Fanny me regarde et secoue la tête.

« Eh bien… Vous avez vu ce garçon qui livre le journal du soir ? Elles se demandaient s'il avait une bonne amie et se sont chamaillées à cause de ça. Vous savez comment sont les filles. »

J'expire doucement.

« Quelle bêtise, Fanny, répond Mme Byrne.

— Je préférais ne pas vous en parler.

— Retournez toutes les deux au travail. Dorothy, je ne veux plus entendre un mot à ce sujet, tu m'as bien entendue ?

— Oui, madame.

— Tu as du travail à faire.

— Oui, madame. »

Fanny ouvre la porte et me précède dans l'atelier de couture. Mary et moi ne nous adressons pas la parole de tout l'après-midi.

Ce soir-là, pour le souper, Mme Byrne a préparé des morceaux de bœuf, une salade de pommes de terre rosies par des betteraves et du chou caoutchouteux. M. Byrne mastique bruyamment et j'entends distinctement chaque claquement de sa mâchoire. Je mets ma serviette sur mes genoux, comme Granny me l'a appris, et utilise mon couteau et ma fourchette comme on me l'a montré. Même si la viande est comme du carton, sèche et insipide, je suis tellement affamée que je dois faire un véritable effort pour ne pas l'engloutir voracement. De petites bouchées, comme une dame : voilà ce que me disait grand-mère.

Après quelques minutes, Mme Byrne pose sa fourchette pour me parler. « Dorothy, il est temps de discuter des règles de la maison. Comme tu le sais déjà, tu dois utiliser les toilettes du jardin. Une fois par semaine, les dimanches soir, je te préparerai un bain dans le baquet qui se trouve dans la buanderie à côté de la cuisine. Dimanche, c'est aussi jour de lessive et j'attends de toi que tu m'aides. On se couche et on éteint les lumières à neuf heures. Il y a une paillasse pour toi dans le placard de l'entrée. Tu la sortiras le soir et tu la rouleras proprement le matin avant l'arrivée des filles à huit heures et demie.

— Je vais dormir… dans le couloir ? dis-je avec surprise.

— Miséricorde, tu ne t'attendais tout de même pas à dormir à l'étage avec nous, quand même ? dit-elle en riant. Dieu m'en garde ! »

Le repas achevé, M. Byrne annonce qu'il sort faire un petit tour.

« Et moi, j'ai du travail, dit Mme Byrne. Dorothy, tu feras la vaisselle. Range bien chaque chose à sa place. La meilleure façon d'apprendre est d'observer autour de toi. Où vont les cuillères en bois ? Les verres à jus ? Ça va être un jeu amusant pour toi. »

Avant de quitter la pièce, elle se retourne. « Tu ne dois pas nous déranger après le dîner, ni M. Byrne ni moi. Tu te coucheras à l'heure convenue et éteindras toi-même ta lumière. Nous espérons que tout se passera bien. J'espère que tu ne feras rien qui puisse entamer la confiance que nous plaçons en toi », conclut-elle avec un bref sourire.

Je considère la vaisselle empilée dans l'évier, les pelures de betterave qui ont maculé la planche à découper en bois, la casserole à moitié pleine de chou translucide, le plat à rôtir graisseux et brûlé. Après avoir jeté un coup d'œil vers la porte pour m'assurer que les Byrne sont bien partis, je pique avec une fourchette un morceau de ce chou sans saveur et l'avale goulûment, à peine mâché. Je finis toute la casserole ainsi, l'oreille tendue en direction de l'escalier, à l'écoute des bruits de pas de Mme Byrne.

En faisant la vaisselle, je regarde par la fenêtre le jardin et ses rares arbres dont les maigres troncs se divisent en ramure que la pénombre a commencé d'envahir. Lorsque je finis de frotter le plat à rôtir, le ciel s'est complètement obscurci et le jardin est plongé dans les ténèbres. L'horloge au-dessus de la cuisinière indique sept heures et demie.

Je me sers un verre d'eau du robinet et m'assois. Il est trop tôt pour aller me coucher, mais je ne sais pas quoi faire d'autre. Je n'ai aucun livre à lire et n'en ai vu aucun dans la maison. Nous n'en avions pas beaucoup non plus lorsque j'habitais Elizabeth Street, mais, au moins, les jumeaux rapportaient-ils de vieux journaux que leur donnaient les vendeurs. À l'école, c'étaient les poèmes que je préférais, Wordsworth, Keats et Shelley. Notre professeur nous avait fait apprendre par cœur l'*Ode sur une urne grecque* et je me la murmure maintenant, seule dans la cuisine, les yeux fermés. *Ô épouse encore inviolée du calme, Ô enfant adoptive du silence et de la lenteur du temps* [1]... C'est tout ce dont je me souviens.

Comme me le disait Granny, il faut que je regarde le bon côté des choses. Ici, ce n'est pas si mal que ça. La maison est austère, mais pas inconfortable. La lumière qui éclaire la table de la cuisine est chaude et gaie. Les Byrne refusent de me traiter comme une enfant, mais, de toute façon, je ne suis pas sûre de vouloir l'être. Avoir un travail qui occupe tout à la fois mes mains et mon esprit est probablement ce dont j'ai le plus besoin en ce moment. Et je vais bientôt aller à l'école.

Je repense à mon chez-moi, dans Elizabeth Street, si différent et, en réalité, pas mieux qu'ici. Maman au lit en plein après-midi, dans la touffeur, jusqu'à la nuit tombée et les garçons qui geignent parce qu'ils sont affamés, Maisie qui sanglote et moi à deux doigts de perdre la raison à cause de la chaleur, de la faim et du bruit. Papa parti travailler – c'est ce qu'il disait – alors que l'argent qu'il rapportait diminuait de semaine en semaine et qu'il rentrait en titubant, bien après minuit, empestant le houblon. Nous l'entendions gravir

1. Michel Midan, *Voix d'outre-Manche. Cent poésies en langue anglaise, de Sidney à Causley, avec traduction*, L'Harmattan, Paris, 2002. (*N.d.T.*)

l'escalier à pas lourds, chantant à tue-tête l'hymne national irlandais – *Nous sommes les fils d'une race de combattants/Qui n'a jamais connu le déshonneur/ Et pendant que nous marchons pour affronter l'ennemi/ Nous entonnons la chanson d'un soldat* – avant d'entrer brusquement dans l'appartement et de se faire disputer par maman qui lui demandait de se taire. Sa silhouette se détachait dans la pénombre granuleuse de la chambre et bien que nous fussions tous censés dormir et que nous faisions semblant, nous étions ravis, pleins d'admiration pour ses déclamations et son comportement bravache.

Dans le placard du vestibule, je trouve ma valise, la paillasse et du linge de lit. Je déroule le mince matelas en crin de cheval et place un oreiller plat et jaune dessus. Il y a également un drap blanc qui me sert à couvrir le matelas et dont je replie les bords sous ce dernier, ainsi qu'une vieille courtepointe mangée aux mites.

Avant de me coucher, je passe par la cuisine pour aller aux toilettes. La lumière de la lampe éclaire faiblement le jardin sur environ un mètre, mais, au-delà, c'est le noir complet.

L'herbe craque sous mes pieds. Je connais le chemin, mais, la nuit, ce n'est pas pareil, le contour de la cahute est à peine visible. De plus, le ciel est sans étoiles. Mon cœur bat à toute vitesse. Cette obscurité silencieuse m'effraie bien plus que la nuit en ville, peuplée de bruits et de lumières.

J'entre dans les toilettes. Après, je remonte ma culotte en tremblant et fuis, la porte claquant derrière moi tandis que je reviens en courant vers la maison et gravis les trois marches qui mènent à la cuisine. Je verrouille la porte comme on m'a demandé de le faire puis m'appuie contre elle, hors d'haleine. C'est alors que je remarque le cadenas placé sur le réfrigérateur. Quand a-t-il été mis ? M. ou Mme Byrne a dû descendre pendant que j'étais aux toilettes.

Spruce Harbor, Maine, 2011

Au cours de la deuxième semaine, Molly prend conscience que « nettoyer le grenier » veut en fait dire sortir les affaires de leurs cartons, les étudier pendant quelques minutes puis les remettre à leur place, de manière un poil plus ordonnée qu'auparavant. Elle et Vivian ont examiné deux douzaines de cartons jusqu'à présent, et seuls quelques livres moisis et un peu de linge de maison jauni ont été jugés bons à mettre à la poubelle.

« Je ne crois pas que je vous sois d'une grande aide, déclare Molly.

— C'est vrai, répond Vivian, mais au moins, moi je t'aide, n'est-ce pas ?

— Alors vous avez inventé ce projet pour m'aider ? Ou plutôt, pour aider Terry ? répond Molly, décidée à entrer dans son jeu.

— Je ne fais que remplir mon devoir de citoyenne.

— Comme c'est noble de votre part ! »

Assise sur le plancher du grenier, Vivian perchée sur une chaise en bois à ses côtés, Molly sort un à un les objets que contient une malle en cèdre. Une paire de gants en laine marron. Une robe en velours vert avec une large ceinture en ruban. Un cardigan crème. *Anne... La Maison aux pignons verts*.

« Passe-moi ce livre », demande Vivian. Elle saisit l'ouvrage relié, sur la couverture duquel le titre est inscrit en lettres dorées sur fond vert et une petite fille rousse à l'abondante chevelure relevée en chignon est dessinée. Elle l'ouvre. « Ah oui, je m'en souviens, dit-elle. J'avais presque le même âge que l'héroïne quand j'ai lu ce livre pour la première fois. C'est une maîtresse d'école qui me l'a donné, ma maîtresse préférée. Tu sais, Mlle Larsen. » Elle feuillette le livre lentement, s'attardant au passage sur quelques pages. « Anne est une bavarde, tu ne trouves pas ? J'étais beaucoup plus timide qu'elle. » Elle lève le regard.

« Et toi ?

— Désolée, je n'ai pas lu ce livre, répond Molly.

— Non, non. Je te demande si tu étais timide quand tu étais jeune. Mais qu'est-ce que je raconte, tu es encore jeune. Je veux dire, quand tu étais une enfant ?

— Je n'étais pas vraiment timide. Disons plutôt que j'étais réservée.

— Circonspecte. Observatrice. »

Molly réfléchit à ce que vient de dire Vivian. Circonspecte ? Observatrice ? Vraiment ? Pendant un temps, après la mort de son père et après qu'elle avait été séparée de sa mère ou après que sa mère avait été séparée d'elle – difficile de dire ce qui s'était produit en premier ou si c'était arrivé en même temps –, elle s'était enfermée dans le silence. Tout le monde lui parlait ou parlait d'elle, mais personne ne lui demandait jamais son opinion ni n'écoutait lorsqu'elle la donnait.

Elle avait finalement cessé d'essayer. À cette époque, elle se réveillait la nuit et sortait de son lit pour aller dans la chambre de ses parents. Ce n'est qu'une fois dans le couloir qu'elle se rappelait qu'ils n'étaient plus.

« On ne peut pas dire que tu sois vraiment pétillante maintenant non plus, n'est-ce pas ? ajoute Vivian. Mais je t'ai vue dehors tout à l'heure quand Jack t'a déposée. Ton visage était... (Vivian lève ses mains noueuses tout en écartant les doigts)... illuminé. Tu parlais avec beaucoup de vivacité.

— Vous m'espionniez ?

— Bien sûr ! Comment veux-tu que je découvre des choses sur toi, sinon ? »

Molly a sorti tout un tas de choses du coffre qu'elle a mises en piles : des vêtements, des livres, des bibelots enveloppés dans du vieux papier journal. Elle s'interrompt et s'assoit sur ses talons en regardant Vivian. « Vous êtes drôle, déclare-t-elle.

— On m'a déjà traitée de beaucoup de noms différents, mais je crois bien que c'est la première fois qu'on me dit que je suis drôle.

— Je suis sûre qu'on vous l'a déjà dit.

— Dans mon dos, alors. »

Vivian referme le livre. « Je pense que tu aimes lire. Je me trompe ? » Molly hausse les épaules. Pour elle, la lecture est quelque chose de personnel, ne concerne qu'elle et les personnages de l'histoire.

« Quel est ton roman préféré ?

— J'sais pas. J'en ai pas.

— Oh, je pense que si. C'est bien ton genre.

— Qu'est-ce que vous insinuez ? »

Vivian écarte les doigts d'une main qu'elle pose sur sa poitrine, ses ongles légèrement rosés d'un aspect aussi délicat que ceux d'un bébé. « Je vois bien que tu ressens les choses. Profondément. »

Molly fait la grimace.

Vivian lui met le livre entre les mains.

« Tu trouveras sûrement ce livre vieux jeu et sentimental, mais j'aimerais que tu le prennes.

— Vous me le donnez ?

— Pourquoi pas ? »

À sa grande surprise, Molly sent une boule se former dans sa gorge. Elle déglutit, tâchant de la refouler. C'est ridicule : une vieille dame lui fait cadeau d'un vieux livre moisi dont elle n'a pas besoin et la voilà qui s'étrangle. C'est sûrement qu'elle va bientôt avoir ses règles.

Elle s'efforce de garder une expression neutre.

« Merci bien, dit-elle nonchalamment. Est-ce que cela signifie que je dois le lire ?

— Parfaitement. Et il y aura même une interrogation. »

Pendant un moment elles travaillent en parlant aussi peu que possible. Molly brandit un vêtement – un cardigan bleu ciel avec un imprimé floral jauni et taché, une robe marron à laquelle il manque plusieurs boutons, une écharpe pervenche et un gant assorti – et chaque fois Vivian soupire : « Je n'ai aucune raison de garder cela, puis, immanquablement, ajoute : Mettons-le dans la pile "peut-être à garder". » À un moment donné, elle demande, à brûle-pourpoint : « Au fait, où est ta mère ? »

Molly s'est habituée à ce style de conversation, décousue. Vivian a une propension à reprendre le fil de discussions engagées parfois plusieurs jours avant, comme si rien n'avait été dit entre-temps et que c'était tout à fait normal.

« Qui sait. » Elle vient juste d'ouvrir un carton dont le contenu peut, à l'évidence et pour son plus grand plaisir, être jeté sans états d'âme ; il est rempli de livres de comptes qui datent des années 1940 et 1950. Aucune raison pour que Vivian ait envie de les garder. « Ça, on peut jeter, vous ne croyez pas ? » demanda-t-elle, un mince exemplaire noir à la main.

Vivian le prend et le feuillette. « Eh bien… » Elle ne finit pas sa phrase, lève le regard.

« Et tu l'as cherchée ?

— Non.

— Pourquoi ? »

Molly fusille Vivian du regard. Elle n'a pas l'habitude qu'on lui pose des questions aussi directes, ni même qu'on lui pose de questions tout court, d'ailleurs. Seule Lori, l'assistante sociale, lui parle de cette manière et elle connaît déjà son histoire en détail. (Et puis, de toute façon, Lori ne s'intéresse pas au pourquoi des choses. Elle ne regarde que les causes et leurs effets pour en tirer des leçons.) Molly ne peut cependant pas répondre vertement à Vivian alors qu'elle lui a donné un joker lui évitant de passer par la case prison, si l'on entend par joker cinquante heures de questions épineuses. Elle repousse ses cheveux de ses yeux.

« Je ne l'ai pas cherchée parce que cela ne m'intéresse pas.

— Vraiment ?

— Vraiment.
— Tu n'es pas curieuse.
— Nan.
— Je ne te crois pas. »
Molly hausse les épaules.
« Parce que, en réalité, tu as l'air d'être… en colère.
— Je ne suis pas en colère. Je m'en fiche, c'est tout. »
Molly sort une pile de livres de comptes du carton et la laisse bruyamment tomber par terre. « Est-ce qu'on peut les recycler ? »
Vivian lui tapote la main. « Je crois que je vais peut-être garder ce carton », comme si elle n'avait pas déjà dit cela à propos de tout ce qu'elles avaient trié jusqu'à présent.

« Elle fourre son nez dans mes affaires ! » s'exclame Molly en enfouissant la tête dans le cou de Jack. De retour dans la voiture, elle s'est installée à califourchon sur les genoux de Jack qui a repoussé son siège.
Il rit et sa barbe naissante lui griffe la joue. « Qu'est-ce que tu veux dire ? » Les doigts glissés sous sa chemise, il lui caresse les côtes.
« Ça me chatouille.
— J'aime bien quand tu gigotes comme ça. »
Elle embrasse son cou, son menton ombré, le coin de sa bouche, un sourcil épais et il la tire vers lui, remonte ses mains et les pose sur ses seins menus de manière à en épouser la forme.
« Je ne connais rien de sa vie et, de toute façon, cela ne m'intéresse pas ! Mais elle s'attend à ce que je lui raconte tout sur la mienne.

— Arrête, quel mal y a-t-il à cela ? Si elle te connaît un peu mieux, peut-être qu'elle sera plus sympa avec toi. Peut-être aussi que les heures passeront plus vite ainsi. Sûrement qu'elle est très seule et qu'elle veut juste pouvoir parler avec quelqu'un. »

Molly fait la moue.

« Essaie d'être un peu plus tendre, susurre Jack.

— Je n'ai pas envie de la divertir en lui racontant des épisodes de ma vie de merde. Tout le monde ne peut pas être plein aux as et habiter un manoir », répond Molly avec un soupir.

Il lui embrasse l'épaule.

« Alors, toi, pose-lui des questions.

— Est-ce que j'en ai envie ? »

Elle caresse son oreille de son doigt, jusqu'à ce qu'il tourne la tête pour le mordre et le prendre dans sa bouche.

Jack appuie sur le levier du dossier de son siège, ce qui le fait brusquement basculer en arrière, entraînant Molly, qui s'effondre sur lui. Tous deux se mettent à rire. Il se pousse pour lui faire de la place. « Débrouille-toi pour arriver à faire tes cinquante heures, OK ? » Tourné de côté, il laisse courir ses doigts le long de l'élastique du legging noir qui ceinture la taille de Molly. « Si tu n'y arrives pas, je vais devoir trouver un moyen de t'accompagner au centre de détention, et ça, ça craint pour tous les deux.

— Cela ne serait pas si terrible que ça.

— Voilà ce que je cherche », dit-il en repoussant l'élastique du legging. Il suit le contour d'une tortue, tracé à l'encre noire sur la hanche de Molly. Sa carapace est un ovale avec une extrémité aiguë, coupé en deux en diagonale, comme un écusson, avec une marguerite d'un côté et un ornement tribal de l'autre, quatre arcs en pointe figurant ses nageoires.

« Comment s'appelle-t-il, déjà ?

— Il n'a pas de nom.

— Je vais l'appeler Carlos, dit-il en se penchant pour embrasser sa hanche.

— Pourquoi ?

— Parce qu'il a une tête à s'appeler Carlos, tu ne trouves pas ? Tu vois sa petite tête ? Il a l'air de dire : "Quoi de neuf ?" Salut, Carlos, dit-il d'une voix de fausset avec un accent dominicain tout en donnant une tape de l'index à la tortue. Comment ça va, mon gars ?

— Ce n'est pas un Carlos, c'est un symbole indien », dit-elle, un peu énervée. Elle repousse sa main.

« Allez, avoue. Tu étais bourrée quand tu t'es fait faire cette tortue qui ne veut rien dire. Cela aurait tout aussi bien pu être un cœur qui saigne ou un pseudo-idéogramme chinois.

— C'est faux. Les tortues représentent des choses très spécifiques dans ma culture.

— Vraiment, ma petite guerrière ? Comme quoi, par exemple ?

— Les tortues portent leur maison sur leur dos. »

Elle passe les doigts sur le tatouage et lui répète ce que son père lui a appris.

« Elles sont tout à la fois vulnérables et protégées, elles symbolisent la force et la persévérance.

— C'est très profond.

— Tu sais pourquoi ? Parce que *je* suis très profonde.

— Ah ouais ?

— Ouais, répond-elle en l'embrassant sur la bouche. En fait, je l'ai fait parce que, lorsque nous habitions sur Indian Island, nous avions une tortue qui s'appelait Carapatte.

— Aha, Carapatte. Bien vu.

— C'est ça. Au final, je ne sais pas ce qu'elle est devenue. »

Jack pose sa main sur sa hanche.

« Je suis sûr qu'elle va bien. Est-ce que les tortues ne vivent pas au moins cent ans ?

— Pas si elles sont dans un aquarium et que personne ne les nourrit. »

Il ne répond rien, passe son bras autour de ses épaules et embrasse ses cheveux.

Elle s'allonge confortablement à côté de lui. Le pare-brise est couvert de buée et il fait nuit. Dans la Saturn de Jack, protégée par son toit rigide, elle se sent comme dans un cocon. Oui, c'est ça : comme une tortue sous sa carapace.

Spruce Harbor, Maine, 2011

Personne ne vient ouvrir quand Molly sonne à la porte. La maison est silencieuse. Elle regarde son téléphone : il est 9 h 45. Les enseignants sont en formation et elle n'a pas école aujourd'hui, alors autant en profiter pour abattre quelques heures ici.

Elle se frotte les bras et essaie de décider quoi faire. L'air est vraiment froid et brumeux pour la saison, dommage qu'elle n'ait pas pensé à prendre un pull. Elle est descendue de l'Island Explorer, la navette gratuite qui fait le tour de l'île en continu, à l'arrêt le plus proche de chez Vivian, à dix minutes à pied de la maison. Mais si personne n'est là, elle n'aura plus qu'à retourner à l'arrêt de bus et à l'attendre, ce qui risque d'être long. Malgré la chair de poule qui hérisse ses poils, elle a toujours aimé les journées comme celles-ci. Le ciel gris et morne et les arbres dénudés lui correspondent mieux que les promesses simples des journées ensoleillées de printemps.

Toutes les heures qu'elle a effectuées jusqu'à présent sont consciencieusement notées dans le petit carnet qu'elle porte sur elle : quatre heures un jour, deux heures le lendemain. Elle en a fait vingt-trois jusqu'à présent. Elles sont aussi clairement consignées dans le tableau Excel qu'elle garde sur son ordinateur. Jack rigolerait bien s'il le savait, mais en ce qui la concerne, elle connaît trop bien le système pour ignorer que tout se joue sur des histoires de justificatifs. Prépare bien tes papiers et les justificatifs, fais-les signer par les bonnes personnes et la plainte sera abandonnée, l'argent débloqué, ou je ne sais quoi d'autre encore. Trop de désordre et tout peut être perdu.

Sûrement qu'elle peut abattre au moins cinq heures de travail aujourd'hui. Cela portera le compte à vingt-huit, ce qui veut dire que plus de la moitié de son quota total sera remplie.

Elle sonne à nouveau, appuie son front contre la vitre de la porte pour tenter de voir le vestibule plongé dans la pénombre. En essayant d'ouvrir la porte, elle se rend compte qu'elle n'est pas fermée.

« Y a quelqu'un ? » demande-t-elle en entrant. Pas de réponse. Elle appelle une deuxième fois, un peu plus fort, et s'engage dans le couloir.

Hier, avant de partir, Molly avait bien mentionné à Vivian qu'elle viendrait tôt aujourd'hui, mais sans préciser l'heure. Peut-être devrait-elle s'en aller, se dit-elle, debout au milieu du salon dont les tentures sont encore tirées. La maison est tout sauf silencieuse. Le vieux plancher en pin grince, les carreaux tremblent, des mouches ronflent près du plafond, les rideaux s'agitent. Molly a l'impression qu'elle entend des bruits en provenance d'autres pièces : le gémissement d'un sommier, de l'eau qui goutte de robinets, le bourdonnement de néons, des chaînes de chasse d'eau qui cliquettent.

Elle prend le temps de regarder autour d'elle et remarque le manteau de cheminée travaillé, les moulures en chêne peintes, les chandeliers en cuivre. Les quatre fenêtres ont vue sur la côte sinueuse, la ligne dentelée des pins au loin, le scintillement améthyste de l'océan. Dans la pièce flotte une odeur de livres anciens, de feu de bois ainsi que celle, ténue, de plats mijotés, en provenance de la cuisine. On est vendredi ; Terry est sûrement occupée à cuisiner en prévision du week-end.

Molly est en train d'étudier les volumes reliés alignés sur les étagères de la bibliothèque lorsque la porte donnant sur la cuisine s'ouvre et que Terry fait irruption dans le salon.

Molly se retourne. « Bonjour.

— Ah ! crie Terry en portant sa main qui tient un torchon sur sa poitrine. Tu m'as fichu une de ces trouilles ! Qu'est-ce que tu fais ici ?

— Eh bien… en fait, bégaie Molly, se posant la même question que Terry, j'ai sonné à la porte plusieurs fois et puis je suis entrée.

— Est-ce que Vivian sait que tu devais venir ? »

Le sait-elle vraiment ? Bonne question.

« Je ne crois pas que nous ayons parlé d'une heure précise… »

Terry fronce les sourcils.

« Tu ne peux pas t'amener juste quand ça t'arrange. Elle n'est pas à ta disposition.

— Je sais, dit Molly qui sent une vague de chaleur envahir son visage. Je suis désolée.

— Vivian n'aurait jamais donné son accord pour commencer aussi tôt. Elle a sa routine. Elle se lève entre huit et neuf heures et descend à dix heures.

— Je croyais que les personnes âgées se levaient tôt, marmonne Molly.

— Ce n'est pas le cas de toutes les personnes âgées, répond Terry en posant les mains sur ses hanches. Mais là n'est pas la question. Tu es entrée en catimini.

— Mais je n'ai pas…

— Jack a dû te dire que l'idée que tu fasses tes heures comme ça ne m'emballait pas », ajoute Terry avec un soupir.

Molly acquiesce. Elle va avoir droit à une petite leçon.

« Il s'est mouillé pour toi, ne me demande pas pourquoi.

— Je le sais et je lui en suis reconnaissante. »

C'est quand elle est sur la défensive que les ennuis commencent.

« Et j'espère bien me montrer digne de cette confiance, ne peut-elle s'empêcher d'ajouter.

— Mais ce n'est pas en déboulant sans rendez-vous comme cela que tu y arriveras. »

OK, elle l'a bien mérité. C'était quoi déjà ce que le professeur du cours d'éducation juridique leur avait dit la dernière fois ? Ne jamais soulever de questions dont on ne connaît pas les réponses.

« Autre chose, ajoute Terry. Je suis montée au grenier ce matin. Impossible de dire ce que vous y avez fait jusqu'à présent. »

Molly se balance d'un pied sur l'autre, furieuse d'être mise en cause à ce sujet alors qu'elle n'y peut rien et encore plus furieuse contre elle-même pour n'avoir pas su convaincre Vivian de se débarrasser de certaines vieilleries. Sûr que, aux yeux de Terry, Molly ne fait que se tourner les pouces, comme un fonctionnaire qui a pointé et attend que le temps passe.

« Vivian refuse de se débarrasser de quoi que ce soit, dit-elle. Alors je range le contenu des cartons et je les étiquette.

— Je vais te donner un conseil, lui dit Terry. Le cœur (à cette évocation, elle porte à nouveau le torchon roulé en boule sur son cœur) et la tête (nouveau geste démonstratif) de Vivian sont en conflit. Pour elle, se séparer de ses affaires, c'est comme dire au revoir à sa vie. Et ça, pour elle comme pour n'importe qui, c'est difficile. Ton rôle à toi, c'est de lui permettre de se débarrasser de certaines d'entre elles. Et une chose est sûre : je serai vraiment fâchée si tu passes cinquante heures là-haut juste à bouger des cartons et qu'on n'ait pas plus avancé à la fin qu'au début. J'adore Jack, mais... »

Elle secoue la tête. « Assez, c'est assez. » On dirait que Terry se parle à elle-même, à moins que ce ne soit à Jack. En tout cas, Molly ne peut pas faire grand-chose d'autre que se mordre la lèvre et opiner du bonnet pour indiquer qu'elle a bien reçu le message.

Terry admet à contrecœur que c'est sans doute une bonne idée de commencer tôt aujourd'hui. Si Vivian n'est pas descendue d'ici une demi-heure, peut-être ira-t-elle la réveiller. En attendant, elle doit travailler et Molly n'a qu'à se mettre à son aise. « Tu as de quoi t'occuper, n'est-ce pas ? » lui dit-elle avant de retourner dans la cuisine.

Le livre que Vivian lui a offert est dans son sac à dos. Elle ne s'est pas encore donné la peine de l'ouvrir, d'une part, parce qu'elle a l'impression qu'il s'agit d'un devoir qu'on lui inflige en plus de sa punition et, d'autre part, parce qu'elle est en train de relire *Jane Eyre* pour sa classe de lettres (par une ironie du sort, la professeure, Mme Tate, leur en a donné à chacun un exemplaire, une semaine seulement après la tentative de vol de Molly) et que ce roman est un monument. C'est toujours un choc que de s'y replonger. Il suffit qu'elle en lise un chapitre pour sentir sa respiration ralentir et son esprit entrer en transe, comme un ours qui hiberne. Les autres élèves râlent, se plaignent des interminables digressions de Charlotte Brontë sur la nature humaine, des histoires secondaires concernant les amies de Jane à Lowood School, des longs dialogues « irréalistes ». « Pourquoi est-ce qu'elle ne peut pas juste raconter sa fichue histoire ? grommelle Tyler Baldwin en classe. Je m'endors chaque fois que je commence à lire ce livre. C'est pas ça qu'on appelle la narcolepsie ? »

Tous avaient bruyamment manifesté leur accord avec cet élève, mais Molly était restée silencieuse. Mme Tate, à l'affût de la moindre étincelle d'intelligence pouvant émerger du tas de bois mort que semble constituer sa classe, l'avait remarqué.

« Et *toi*, qu'en penses-tu, Molly ?

— J'aime bien ce livre, avait-elle répondu en haussant les épaules, ne voulant pas paraître trop enthousiaste.

— Qu'est-ce qui te plaît dans ce roman ?

— Je ne sais pas. Je l'aime bien, c'est tout.

— Quel passage préfères-tu ? »

Molly avait senti tous les regards braqués sur elle et s'était recroquevillée sur sa chaise. « Je ne sais pas.

— C'est juste une histoire romantique chiante, avait commenté Tyler.

— Non, c'est pas vrai, n'avait-elle pu s'empêcher de répliquer.

— Pourquoi ça ? avait insisté Mme Tate.

— Parce que… » Elle réfléchit un instant. « Jane est en marge de la société. Elle est passionnée et déterminée et dit ce qu'elle pense.

— D'où tu sors ça ? Parce que moi, je ne ressens pas ça du tout, avait répondu Tyler.

— Par exemple, là, dans ce passage », avait répondu Molly.

Elle avait feuilleté le livre jusqu'à trouver la scène à laquelle elle pensait : « Je lui déclarai que j'étais naturellement dure et inflexible, qu'il aurait de nombreuses occasions de le voir, et que, du reste, j'étais décidée à lui montrer bien des côtés bizarres de ma nature […], afin qu'il sût à quoi il s'engageait, alors qu'il était encore temps de se rétracter[1]. »

Mme Tate avait levé ses sourcils et souri. « Ça me rappelle quelqu'un. »

Assise à présent dans un des fauteuils rouges à oreilles, Molly sort *Anne… La maison aux pignons verts* de son sac en attendant que Vivian descende.

Elle commence à lire :

« Mme Rachel Lynde habitait à l'endroit précis où la grand-route d'Avonlea plongeait brusquement dans le creux d'un vallon bordé d'aunes et de fuchsias et

1. Traduit de l'anglais par Mme Lesbazeilles Souvestre, Librairie Hachette et Cie, 1890. (*N.d.T.*)

traversé d'un ruisseau qui prenait sa source dans le bois, en arrière de la vieille maison Cuthbert[1]… »

C'est clairement un roman pour jeunes filles et, de prime abord, Molly n'est pas sûre de pouvoir s'y intéresser. Mais rapidement, elle est captivée par l'intrigue. Alors que le soleil poursuit son ascension dans le ciel, elle doit d'abord changer l'orientation du livre pour éviter que la lumière ne se reflète trop violemment sur les pages, puis, quelques minutes après, se mettre dans l'autre fauteuil pour ne pas être éblouie.

À peu près une heure plus tard, elle entend la porte qui donne sur le vestibule s'ouvrir et elle lève les yeux. Vivian, qui vient d'entrer dans la pièce, regarde autour d'elle avant de focaliser son regard sur Molly à qui elle sourit, apparemment pas étonnée de la trouver là.

« Tu es matinale ! dit-elle. Ton enthousiasme me plaît. Peut-être qu'aujourd'hui je te laisserai vider un carton. Ou même deux, avec un peu de chance. »

---

1. Traduit de l'anglais en 1986 par Henri-Dominique Paratte, Ruth MacDonad et David MacDonald, publié en 2007 par Les Éditions Québec Amérique. (*N.d.T.*)

Albans, Minnesota, 1929

Le lundi matin, je me lève tôt et me débarbouille la figure dans l'évier de la cuisine avant que M. et Mme Byrne descendent, puis tresse soigneusement mes cheveux et finis mes nattes avec deux morceaux de ruban que j'ai trouvés dans la pile des déchets de l'atelier de couture. J'enfile ma robe la plus propre ainsi que mon tablier que j'avais mis à sécher à une branche, sur le côté de la maison, après l'avoir lavé dimanche.

Au petit déjeuner – un gruau d'avoine grumeleux sans sucre –, lorsque je demande comment me rendre à l'école et à quelle heure je dois y être, Mme Byrne regarde son mari avant de se tourner vers moi en rajustant son châle à motif cachemire autour de ses épaules. « Dorothy, M. Byrne et moi-même pensons que tu n'es pas prête pour l'école. »

Le gruau prend un goût de graisse figée dans ma bouche. Lorsque je regarde M. Byrne, il se penche pour renouer ses lacets. Ses cheveux bouclés retombent sur son front et cachent son visage à ma vue.

« Que voulez-vous dire ? La Société d'aide aux... »

Mme Byrne, mains croisées, affiche un petit sourire tendu. « Tu ne dépends plus de la Société d'aide aux enfants. C'est nous qui décidons ce qui est le mieux pour toi. »

Mon cœur bat la chamade. « Mais je suis censée aller à l'école.

— Nous verrons comment tu vas progresser au cours des prochaines semaines. Pour le moment, nous croyons qu'il est dans ton intérêt que tu aies un peu de temps pour t'habituer à ton nouveau foyer.

— Mais, je suis… habituée, dis-je, sentant le rouge me monter aux joues. J'ai fait tout ce que vous m'avez demandé. Si vous craignez que je n'aie plus assez de temps pour coudre… »

Mme Byrne me regarde fixement et je m'interromps. « L'école a commencé depuis plus d'un mois. Tu n'arriveras pas à suivre ni à rattraper ton retard cette année. Et Dieu sait quelle éducation tu as reçue quand tu vivais dans ton taudis. »

La peau me picote. Même M. Byrne a l'air surpris par cette déclaration. « Allons, allons, Lois, dit-il doucement.

— Je n'habitais pas dans un… *taudis*. » Je dois faire un effort pour prononcer ce mot. Puis j'ajoute, parce qu'elle ne me l'avait pas demandé, parce que aucun d'eux ne me l'avait demandé : « J'étais en avant-dernière année d'école élémentaire. Ma maîtresse s'appelait Mme Uhrig. Je chantais dans la chorale et nous avions monté une opérette, "*Polished Pebbles*". »

Tous deux me regardent.

« J'aime aller à l'école. »

Mme Byrne se lève et commence à débarrasser la table. Elle retire mon assiette sans attendre que je finisse mon pain grillé. Ses mouvements sont saccadés et les couverts s'entrechoquent contre la porcelaine. Après avoir fait couler de l'eau dans l'évier, elle y laisse tomber bruyamment la vaisselle. C'est alors qu'elle se retourne, en essuyant ses mains sur ton tablier. « Petite insolente. Je ne veux pas entendre un mot de plus. C'est nous qui savons ce qui est le mieux pour toi. Est-ce bien clair ? » Fin de la discussion. Le sujet de l'école ne sera plus abordé.

Plusieurs fois par jour, Mme Byrne fait une apparition dans l'atelier de couture, tel un fantôme, mais jamais elle ne touche ne serait-ce qu'une aiguille. Son rôle, pour autant que je puisse en juger, consiste à gérer les commandes, à les transmettre à Fanny qui ensuite nous les distribue, et à prendre livraison des vêtements finis. Elle fait le point sur les travaux en cours avec Fanny, tout en s'assurant dans le même temps que nous sommes bien concentrées sur notre tâche.

Il y a beaucoup de questions que j'aimerais poser aux Byrne, mais je n'ose pas. Quel est le métier de M. Byrne ? Que fait-il des vêtements que les femmes fabriquent (je devrais plutôt dire les vêtements que *nous* fabriquons, même si, avec les tâches que j'accomplis, ourler et faufiler, c'est comme si quelqu'un se prétendait chef cuisinier alors qu'il ne fait que peler des pommes de terre). Où va Mme Byrne dans la journée et que fait-elle de son temps ? De temps à autre, je l'entends à l'étage, mais je ne sais pas ce qu'elle y fait.

Mme Byrne impose beaucoup de règles. Elle me gronde en face des autres filles pour de petites erreurs ou des infractions mineures comme lorsque je ne plie pas mes draps aussi soigneusement que je le devrais, ou parce que je laisse la porte de la cuisine entrouverte. Toutes les portes sont censées rester fermées à tout moment, sauf pour entrer et sortir d'une pièce. La maison est compartimentée de telle façon – l'atelier d'un côté, la cuisine et la salle à manger de l'autre, l'étage supérieur lui-même séparé du reste par une porte située en haut de l'escalier – qu'elle paraît menaçante et mystérieuse. La nuit, couchée sur ma paillasse au pied de l'escalier, dans le couloir ténébreux, j'ai peur et peine à me réchauffer en frottant mes pieds l'un contre l'autre. Je n'ai jamais été aussi seule. Même à la Société d'aide aux enfants, dans mon petit lit en fer forgé du dortoir, j'étais entourée d'autres filles.

Je ne suis pas autorisée à aider dans la cuisine. Je crois que Mme Byrne craint que je ne vole de la nourriture. De fait, tout comme Fanny, j'ai pris l'habitude de glisser une tranche de pain ou une pomme dans ma poche. Ce que cuisine Mme Byrne, en plus d'être chiche, n'a aucun goût et n'est pas appétissant : des petits pois en boîte, mous et ternes, des pommes de terre bouillies et collantes, des ragoûts aqueux. Je ne sais pas si M. Byrne ne remarque pas à quel point la nourriture est détestable ou s'il s'en fiche complètement. Ou alors, il a tout simplement la tête ailleurs.

Quand Mme Byrne n'est pas là, il est gentil avec moi. Il aime me parler de l'Irlande. Il me raconte que sa famille vient de Sallybrook, du côté de la côte Est. Son oncle et ses cousins ont pris parti pour la République durant la guerre d'Indépendance. Ils ont combattu avec Michael Collins et étaient même présents lors de l'attaque de l'immeuble des Four Courts, en avril 1922, quand les Anglais ont pris le bâtiment d'assaut et tué les insurgés. Ils étaient encore avec Collins lorsque celui-ci a péri quelques mois plus tard, non loin de Cork. « Collins était le plus grand héros de toute l'histoire irlandaise, tu le sais, ça ? »

J'acquiesce. Oui, je sais. Mais j'ai des doutes quant aux faits d'armes de ses cousins. Mon père aimait à dire qu'il n'y a pas un Irlandais en Amérique qui ne jurerait qu'au moins un membre de sa famille s'est battu aux côtés de Michael Collins.

Mon père, quant à lui, vouait à cet homme un véritable culte. Il connaissait tous les chants révolutionnaires, qu'il chantait par ailleurs faux et à tue-tête, jusqu'à ce que maman lui demande de faire moins de bruit pour ne pas réveiller les enfants. Il m'a raconté beaucoup d'histoires terribles, comme celle de la prison de Kilmainham à Dublin où l'un des chefs du soulèvement de 1916, Joseph Plunkett, avait épousé sa bien-aimée, Grace Gifford, dans la minuscule chapelle juste quelques heures avant de passer devant le peloton d'exécution. Ce jour-là, quinze hommes avaient été fusillés, y compris James Connolly, trop malade pour tenir debout tout seul et que l'on avait dû attacher à une chaise pour le porter dans la cour et cribler son corps de balles. « Son corps criblé de balles », c'étaient les mots de mon père. Maman voulait le faire taire, mais il s'en moquait. « C'est important qu'ils sachent cela, disait-il, c'est leur histoire. Peut-être que nous habitons ici maintenant, mais notre peuple, lui, est là-bas. »

Maman avait ses raisons de vouloir oublier. D'après elle, c'est le traité de 1922 qui, en permettant la constitution de l'État libre, nous a chassés de Kinvara. Les forces de la Couronne, déterminées à écraser les rebelles, avaient fait une descente sur les villages du comté de Galway et fait sauter les lignes de train, ce qui avait ruiné l'économie de la région. Le travail se faisait rare et mon père n'en trouvait pas.

À cause de cette situation et, aussi, à cause de la boisson.

« Tu pourrais être ma fille, tu sais, me disait M. Byrne. Ton prénom, Dorothy… Nous avions toujours dit que si nous avions une fille nous l'appellerions ainsi. Malheureusement, cela ne s'est pas passé comme cela. Mais te voilà, avec tes cheveux roux et tout le reste. »

Je n'arrive pas à répondre au nom de Dorothy. D'une certaine façon, je suis contente d'avoir une nouvelle identité. Cela me permet de lâcher prise avec mon passé beaucoup plus facilement. Je ne suis plus la Niamh qui a laissé derrière elle sa grand-mère, ses tantes et ses oncles à Kinvara pour traverser l'océan à bord de l'*Agnes Pauline* et vivre avec sa famille dans Elizabeth Street. Maintenant, je suis Dorothy.

« Dorothy, il faut que nous parlions », m'annonce Mme Byrne un soir, au cours du dîner. Je jette un coup d'œil à M. Byrne, en train de beurrer méticuleusement une pomme de terre cuite au four.

« Mary me dit que tu n'es pas, comment dire, que tu n'apprends pas très vite. Elle dit que tu fais… de la résistance ? Que tu es rebelle ? Elle ne sait pas exactement.

— Ce n'est pas vrai. »

Les yeux de Mme Byrne jettent des éclairs. « Écoute-moi bien. Si cela ne dépendait que de moi, je contacterais immédiatement la Société d'aide aux enfants pour qu'ils te reprennent et te placent ailleurs. Mais M. Byrne m'a convaincue de te donner une deuxième chance. Cependant, si j'entends un mot de plus sur ton comportement ou ton attitude, je te renverrai. »

Elle marque une pause pour boire une gorgée d'eau. « J'aurais tendance à attribuer ce comportement à ton sang irlandais. C'est vrai que M. Byrne est irlandais – en vérité, c'est uniquement à cause de cela que nous avions décidé de te donner une chance –, mais je te ferai remarquer que M. Byrne n'a pas épousé, comme il aurait pu le faire, une Irlandaise. Il savait à quoi s'en tenir. »

Le lendemain, Mme Byrne entre dans l'atelier et me dit qu'elle a besoin que j'aille faire une course, dans le centre-ville. C'est à moins de deux kilomètres. « C'est pourtant simple, me répond-elle avec humeur lorsque je lui demande comment y aller. Tu n'as pas fait attention quand nous t'avons conduite ici en voiture ?

— Je peux l'accompagner pour cette fois, madame », propose Fanny.

Mme Byrne n'a pas l'air contente.

« N'as-tu pas du travail à faire ?

— Je viens juste de finir cette pile, répond Fanny qui place sa main sur un tas de jupes pour femmes. Toutes ourlées et repassées. J'ai les doigts endoloris.

— Bon, d'accord pour cette fois », répond Mme Byrne.

Nous marchons doucement, à cause de la hanche de Fanny, et traversons tout d'abord le quartier des Byrne dont les rues sont bordées de petites maisons plantées au milieu d'étroits jardins. Au coin d'Elm Street, nous tournons dans Center et croisons Maple, Birch et Spruce avant de prendre à droite dans Main Street. Les maisons sont toutes peintes de différentes couleurs et la plupart ont l'air d'être assez récentes. À quelques détails et variations architecturales près, elles sont par ailleurs toutes identiques. Leurs jardins, où poussent buissons et haies, sont bien entretenus. Dans certains d'entre eux, l'allée mène directement à la porte d'entrée, tandis que, dans d'autres, le tracé est sinueux. En chemin, nous passons devant de petits immeubles, quelques commerces, une station-service, une épicerie de quartier et une jardinerie où sont exposées des fleurs aux couleurs automnales, rouille, jaune doré et pourpre.

« Je n'arrive pas à comprendre que tu n'aies pas été capable de mémoriser le trajet lorsque tu es arrivée à la maison, dit Fanny. Mon Dieu, ma fille, comme tu es lente ! » Je lui lance un regard de côté et vois qu'elle affiche un sourire narquois.

Le grand magasin dans Main Street est faiblement éclairé et il y fait chaud. Il me faut un moment pour que mes yeux s'habituent à la pénombre. En levant la tête, j'aperçois des jambons pendus au plafond et quantité d'étagères remplies d'articles de mercerie. Fanny et moi prenons plusieurs paquets d'aiguilles, du papier pour patrons, ainsi qu'un rouleau de mousseline. Après avoir payé et récupéré la monnaie, Fanny me glisse une pièce d'un penny. « Choisis-toi un bâton de sucre d'orge pour le retour. »

Les bocaux alignés sur une étagère offrent au regard une merveilleuse palette de couleurs bigarrées et de goûts. Après avoir réfléchi un long moment, je choisis un entrelacs de pastèque et pomme verte.

Lorsque je le sors de son papier et en propose un morceau à Fanny, elle refuse.

« Je n'aime plus trop les sucreries.

— Je ne pensais pas que l'on pouvait s'en lasser.

— C'est pour toi. »

Sur le chemin du retour, nous marchons à pas comptés. Aucune de nous deux n'est pressée de rentrer. Le sucre d'orge, cannelé et dur, est tout à la fois sucré et acide et me procure une sensation si intense que j'entre quasiment en transe. Je le suce jusqu'à ce qu'une pointe se forme, savourant l'instant. « Il faudra que tu le finisses avant d'arriver à la maison », me dit Fanny. Pas besoin de m'expliquer pourquoi.

« Pourquoi est-ce que Mary me déteste ? dis-je juste avant d'arriver.

— Baliverne ! Elle ne te déteste pas. Elle a peur.

— De quoi ?

— À ton avis ? »

Aucune idée. Pourquoi me craindrait-elle ?

« Elle est persuadée que tu vas prendre sa place, explique Fanny. Mme Byrne est près de ses sous. Pourquoi payer Mary à faire un travail que tu peux apprendre à faire gratuitement ? »

J'essaie de ne pas trahir mes émotions, mais les mots de Fanny me font mal. « Alors c'est pour ça qu'ils m'ont choisie. »

Elle me sourit gentiment. « Ça, tu le sais déjà. N'importe quelle fille capable de tenir une aiguille et d'enfiler un fil aurait fait l'affaire. Du travail gratuit, c'est du travail gratuit. » En montant les marches qui mènent à l'entrée, elle ajoute : « Tu ne peux pas en vouloir à Mary d'avoir peur. »

À partir de ce moment, au lieu de m'inquiéter à propos de Mary, je me concentre sur ce que j'ai à faire. Je m'efforce de faire des points dont la longueur et l'espacement sont aussi réguliers que possible. Je prends grand soin de repasser chaque vêtement jusqu'à ce qu'il soit bien lisse et que ses plissés soient bien marqués. Chaque pièce qui passe de ma panière à celle de Mary – ou à celle d'une autre femme – me donne le sens du travail bien fait.

Malgré tout, cela n'arrange en rien ma relation avec Mary. C'est même pire : au fur et à mesure que je m'améliore, elle devient plus dure et plus exigeante à mon égard. Quand je dépose dans ma panière une chemise faufilée, elle s'empresse de la saisir et de l'étudier de près avant d'en arracher les coutures et de m'ordonner de recommencer.

De vert légèrement teinté de rose, les feuilles tournent au rouge vif puis au marron terne. Lorsque je dois aller aux toilettes, je marche sur un tapis spongieux, qui dégage une odeur sucrée. Un jour, Mme Byrne m'examine de la tête aux pieds et me demande si j'ai d'autres vêtements. J'ai tour à tour porté les deux robes avec lesquelles je suis arrivée, l'une à carreaux bleus et blancs, l'autre en vichy.

« Non, je n'ai que ça.

— Eh bien, tu t'en feras d'autres », me dit-elle.

Plus tard ce jour-là, elle me conduit en ville, un pied hésitant sur la pédale d'accélération, l'autre, erratique, sur le frein. Nous avançons par à-coups et nous arrêtons finalement devant le grand magasin.

« Tu peux choisir trois tissus différents, me dit-elle. Voyons voir, trois mètres de chaque ? » J'acquiesce. « Choisis quelque chose de solide et de pas cher, c'est ce qui convient à… » Elle marque une pause. « Une fille de ton âge. »

Mme Byrne me mène au rayon des tissus et me désigne l'étagère où se trouvent les moins chers. Je jette mon dévolu sur un coton bleu et gris, un imprimé vert délicat, et un motif à cachemire rose. Mme Byrne approuve mes deux premiers choix et fait la grimace face au troisième. « Pitié, pas de ça avec tes cheveux roux. » Elle sort un rouleau de chambray bleu.

« Un corsage simple, avec un minimum d'enjolivements, voilà ce qu'il te faut. Ordinaire et sans chichis, avec une jupe froncée. Tu pourras porter ton tablier par-dessus lorsque tu travailles. En as-tu plus d'un ? »

Je secoue la tête en signe de dénégation.

« Tu trouveras plein de coutil à l'atelier. Fais-toi un tablier avec. Et est-ce que tu as un manteau ? Ou un pull-over ?

— Les sœurs m'ont donné un manteau, mais il est trop petit. »

Une fois le tissu mesuré, coupé, emballé dans du papier kraft et ficelé, je suis Mme Byrne dans la rue jusqu'à une boutique de vêtements pour femmes. Elle se dirige vers les articles en solde où elle déniche un manteau en laine couleur moutarde, beaucoup trop grand pour moi, avec de gros boutons noirs luisants. Lorsque je l'essaie, elle fait la moue. « C'est une bonne affaire. De plus, cela n'a aucun sens de choisir quelque chose qui sera trop petit dans un mois. Je pense qu'il convient. »

Je déteste ce manteau. Il n'est même pas chaud. Mais je n'ose pas le lui dire. Heureusement, il y a beaucoup de pulls en solde et j'en trouve un bleu marine à torsades, et un crème à col en V, à ma taille. À cela, Mme Byrne ajoute une épaisse jupe en velours côtelé, trop grande, soldée à soixante-dix pour cent.

Ce soir-là, pour le souper, je porte ma nouvelle jupe et mon pull crème. « Qu'est-ce que tu as autour du cou ? » me demande Mme Byrne. Je comprends tout de suite qu'elle parle de mon pendentif, habituellement caché sous ma robe à col montant. Elle se penche en avant pour mieux voir.

« C'est une croix irlandaise, dis-je.

— C'est très bizarre. Et ça, c'est quoi ? Des mains ? Et pourquoi le cœur est-il surmonté d'une couronne ? » Elle se renfonce dans sa chaise. « Cela me paraît sacrilège. »

Je lui raconte alors l'histoire de ce pendentif, comment ma grand-mère l'avait reçu en cadeau pour sa première communion et me l'avait donné avant mon départ pour l'Amérique. « Les mains serrées symbolisent l'amitié. Le cœur, l'amour. Et la couronne, la loyauté. »

Elle renifle avec mépris, replie sa serviette sur ses genoux. « N'empêche que cela me paraît bizarre. J'ai bien envie de te demander de l'enlever.

— Allons, Lois, intervient M. Byrne. C'est un souvenir de chez elle. Ce n'est pas bien méchant.

— Peut-être est-il temps de mettre de côté tout ce qui vient de là-bas.

— Mais cela ne dérange personne, n'est-ce pas ? »

Je lui jette un regard, surprise qu'il prenne mon parti. Il me fait un clin d'œil, comme si tout cela n'était qu'un jeu.

« Moi, si, dit-elle. Je ne vois pas pourquoi cette petite a besoin de clamer haut et fort qu'elle est catholique. »

M. Byrne s'esclaffe.

« Mais regarde ses cheveux ! Pas moyen de cacher qu'elle est irlandaise avec ça !

— C'est si peu seyant pour une fille », répond-elle en maugréant.

Plus tard, M. Byrne m'explique que, d'une manière générale, sa femme n'aime pas les catholiques, même si elle en a épousé un. Et que c'est bien qu'elle n'aille jamais à l'église. « Ce qui nous convient à tous les deux », me dit-il.

Albans, Minnesota, 1929-1930

Lorsque Mme Byrne fait irruption dans l'atelier, un mardi après-midi de la fin du mois d'octobre, il est clair que quelque chose ne va pas. Elle a l'air hagard et désemparé. Ses cheveux bruns et courts, formant habituellement de petites vagues serrées sur sa tête, sont en bataille. Bernice se lève d'un coup, mais elle la repousse d'un geste de la main. « Mes filles ! dit-elle, une main sur la gorge. Mes filles ! J'ai quelque chose à vous annoncer. La Bourse s'est effondrée aujourd'hui et continue sa dégringolade. Beaucoup de vies sont… » Elle s'arrête pour reprendre sa respiration.

« Madame, voulez-vous vous asseoir ? » lui demande Bernice.

Mme Byrne l'ignore. « Les gens ont tout perdu », murmure-t-elle, agrippée au dos de la chaise de Mary. Son regard parcourt la pièce, comme si elle cherchait quelque chose à quoi se raccrocher. « Si nous n'avons plus de quoi nous nourrir, nous ne pouvons pas vous garder non plus, n'est-ce pas ? » Les yeux remplis de larmes, elle sort en secouant la tête.

Nous entendons la porte d'entrée s'ouvrir, suivi du claquement de pas de Mme Byrne dans l'escalier.

Bernice nous invite à reprendre notre activité, mais Joan, une des femmes qui travaillent à la machine à coudre, se lève brusquement. « Je dois rentrer chez moi. Je veux voir mon mari et savoir ce qui se passe. À quoi bon continuer à trimer si nous ne sommes plus payées ?

— Pars, s'il le faut », lui dit Fanny.

Joan est la seule à quitter son poste. Le reste de l'après-midi se déroule dans une atmosphère de grande nervosité. Difficile de coudre quand on a les mains qui tremblent.

On ne comprend pas exactement ce qui se passe, mais, à mesure que les semaines s'écoulent, nous commençons à recevoir des bribes d'informations. M. Byrne avait apparemment investi beaucoup d'argent dans la Bourse et cet argent s'est envolé. La demande d'habits neufs s'est ralentie et les gens ont entrepris de réparer eux-mêmes leurs vêtements usagés. Une économie facile à réaliser.

Mme Byrne est encore plus hébétée et distraite. Nous ne soupons plus ensemble. Elle prend ses repas à l'étage, me laissant sur la paillasse une cuisse de poulet desséchée ou un bol de poitrine de bœuf nageant dans un bloc de graisse gélifiée, avec ordre de faire ma vaisselle lorsque j'ai fini. Thanksgiving passe sans que rien ne permette de distinguer cette journée d'une autre. Avec ma famille, nous ne fêtions jamais ce jour alors cela ne me dérange pas, mais les autres filles ronchonnent toute la journée. Ce n'est pas chrétien, ce n'est pas civique de les faire travailler ce jour-là.

Peut-être parce que l'alternative est vraiment déprimante, je me suis mise à aimer l'atelier de couture. Chaque jour, j'attends avec impatience l'arrivée des femmes, de la gentille Fanny, de la candide Bernice, des tranquilles Sally et Joan (de toutes, à l'exception de Mary qui ne semble pas pouvoir me pardonner d'exister). Et puis j'apprécie mon travail. Mes doigts sont devenus plus forts et plus agiles. Un vêtement que je mettais plus d'une heure à faire ne me prend plus maintenant que quelques minutes. J'avais aussi peur des nouveaux points ou des nouvelles techniques – plissés au cordeau, sequins, dentelle délicate –, mais, dorénavant, je les considère comme autant de défis à relever.

Les autres ont constaté que j'ai fait des progrès et ont commencé à me confier plus de responsabilités. Sans que cela ait jamais été annoncé officiellement, c'est désormais Fanny, et non plus Mary, qui supervise mon travail. « Sois méticuleuse, ma petite, dit-elle en passant légèrement le doigt sur mes coutures. Prends le temps de faire des points petits et réguliers. Rappelle-toi que quelqu'un va porter ce vêtement, probablement jusqu'à ce qu'il soit usé jusqu'à la corde. Quel que soit l'argent dont elle dispose, une dame doit pouvoir se sentir jolie. »

Dès mon arrivée dans le Minnesota, tout le monde m'a mise en garde contre l'extrême rigueur de l'hiver. Je le sens s'approcher. À Kinvara il pleut la majorité de l'année et les hivers irlandais sont humides et froids. À New York il fait gris, le sol est couvert de neige fondue et le temps est affreux pendant des mois. Mais aucun de ces deux endroits ne ressemble de près ou de loin au Minnesota. Nous avons déjà essuyé deux grosses tempêtes de neige. L'air s'est refroidi et mes doigts sont si gourds lorsque je couds que je dois m'arrêter et les frotter l'un contre l'autre pour pouvoir continuer mon travail. J'ai remarqué que les femmes portent des mitaines et quand je leur demande où elles les ont trouvées, elles me répondent qu'elles les ont faites elles-mêmes.

Je ne sais pas tricoter. Maman ne m'a jamais appris. En revanche, je sais qu'il m'en faut une paire pour réchauffer mes mains.

Peu de jours avant, Mme Byrne annonce que le 25 décembre, qui tombe un mercredi, sera un jour férié non rémunéré. Elle et M. Byrne seront partis pour la journée, rendre visite à de la famille. Elle ne m'a pas demandé de les accompagner. Le mardi, à la fin de notre journée de travail, Fanny me glisse entre les mains un petit paquet enveloppé dans du papier kraft. « Tu l'ouvriras plus tard, me chuchote-t-elle. Tu n'auras qu'à dire qu'ils viennent de chez toi. » J'empoche son cadeau et trace mon chemin jusqu'aux toilettes, dans la neige qui m'arrive aux genoux. Tandis que le vent s'engouffre à travers les interstices des planches et par la fente de la porte, je défais l'emballage dans la pénombre et découvre une paire de mitaines tricotées en gros fil bleu marine ainsi qu'une paire de gants en épaisse laine marron. Lorsque j'enfile ces derniers, je me rends compte que Fanny les a doublés et qu'elle a renforcé les doigts.

De même qu'avec Carmine et Dutchy lors du voyage en train, ce petit groupe de femmes est devenu, en quelque sorte, ma nouvelle famille. Comme un poulain abandonné qui se blottirait contre des vaches dans l'étable, peut-être ai-je juste besoin de sentir que j'ai une place quelque part. Et si les Byrne ne sont pas prêts à me la donner, c'est auprès des femmes de l'atelier de couture que je trouverai ce réconfort, même imparfait et illusoire.

En janvier, j'ai tellement maigri que je flotte dans les robes que je me suis moi-même confectionnées. M. Byrne sort et rentre à des horaires curieux et je le vois à peine. Nous avons de moins en moins de travail. Fanny m'apprend à tricoter et parfois les autres filles apportent des choses à faire pour elles, pour ne pas devenir folles d'ennui. Le chauffage est arrêté dès que les employées partent à cinq heures et les lumières sont éteintes à sept heures. Je passe des nuits entières sur ma paillasse, complètement éveillée, grelottant dans l'obscurité, à l'écoute des tempêtes qui semblent faire rage sans discontinuer à l'extérieur. Je me demande comment va Dutchy, s'il dort dans l'étable avec le bétail et s'il mange de la soupe pour cochons. J'espère qu'il est au chaud.

Début février, Mme Byrne fait un jour irruption, en silence, dans l'atelier. On dirait qu'elle ne se soucie plus de son apparence. Cela fait une semaine qu'elle porte la même robe et son corsage est taché. Ses cheveux sont ternes et gras et elle a un bouton de fièvre sur la lèvre. Elle demande à Sally, qui travaille à la machine à coudre, de l'accompagner dans le vestibule. Peu après, celle-ci revient, les yeux rouges, et ramasse ses affaires sans dire un mot. Quelques semaines plus tard, c'est au tour de Bernice. Mme Byrne et elle sortent de l'atelier, puis Bernice revient chercher ses affaires.

Il ne reste que Fanny, Mary et moi.

C'est par un après-midi venteux de la fin mars que Mme Byrne descend à l'atelier, pour Mary cette fois. À ce moment-là, malgré sa méchanceté, malgré tout ce qu'elle m'a fait subir, je suis désolée pour elle. Mary ramasse ses affaires lentement, met son manteau et son chapeau. Elle nous regarde, Fanny et moi, et nous échangeons un signe de tête avec elle. « Que Dieu veille sur toi, mon enfant », lui dit Fanny.

Lorsque Mary et Mme Byrne sortent de la pièce, Fanny et moi fixons la porte, essayant de déchiffrer le murmure indistinct qui nous parvient de l'entrée. « Mon Dieu, je suis trop vieille pour endurer cela », déclare Fanny.

Une semaine plus tard, on sonne à la porte. Fanny et moi nous regardons. C'est étrange. Personne ne sonne jamais à la porte.

Nous entendons Mme Byrne descendre l'escalier, déverrouiller puis ouvrir la porte d'entrée qui grince. Elle discute avec un homme.

Lorsque la porte de l'atelier s'ouvre à son tour, je sursaute légèrement. Un homme corpulent, coiffé d'un chapeau en feutre noir et vêtu d'un costume gris s'avance. Il a une moustache sombre et des bajoues de basset.

« C'est elle ? » demande-t-il en pointant un doigt dodu dans ma direction.

Mme Byrne acquiesce.

Il ôte son chapeau pour le poser sur un guéridon près de la porte. De la poche intérieure de son pardessus il extrait une paire de lunettes qu'il chausse à mi-chemin de son nez bulbeux. D'une autre poche, il sort une feuille de papier qu'il déplie d'une main. « Voyons voir. Niamh Power. » Il prononce mon prénom « Nem ».

« Vous avez changé son prénom en Dorothy ? demande-t-il en regardant Mme Byrne par-dessus ses lunettes.

— Nous pensions que c'était mieux qu'elle ait un prénom américain, répond-elle avec un petit bruit étranglé que j'interprète comme un rire. Mais pas de façon légale, bien entendu, ajoute-t-elle.

— Et vous n'avez pas changé son nom de famille.

— Bien sûr que non.

— Vous ne pensiez pas l'adopter ?

— De grâce, non ! »

Il me regarde, toujours par-dessus ses verres, puis lit son papier. On n'entend plus que le bruit de la pendule posée sur la cheminée. L'homme replie la feuille et la remet dans sa poche intérieure.

« Dorothy, je suis M. Sorenson. Je suis le représentant local de la Société d'aide aux enfants et suis responsable du placement des orphelins qui ont été envoyés ici par le train. Souvent, les placements se passent bien et tout le monde est content. Mais il arrive parfois, malheureusement (il retire ses lunettes et les remet dans la poche de son pardessus) que ça ne marche pas. » Il jette un coup d'œil à Mme Byrne. J'ai remarqué que ses bas beiges ont filé et que son maquillage a coulé. « Il faut alors trouver une nouvelle famille. » Il se racle la gorge. « Comprends-tu ce que je suis en train de te dire ? »

Je fais oui de la tête, pas certaine malgré tout de saisir ce qu'il me raconte.

« Bien. Il y a un couple à Hemingford – plus précisément, dans une ferme en dehors de la ville – qui recherche une fille de ton âge. Une mère, un père et quatre enfants. Wilma et Gerald Grote. »

Je me tourne vers Mme Byrne. Son regard est fixé ailleurs, quelque part au milieu de la pièce. Même si elle n'a jamais été très gentille avec moi, sa décision de m'abandonner me choque. « Vous ne voulez plus de moi ? »

Le regard de M. Sorenson passe de moi à elle. « La situation est compliquée. »

Tandis que nous discutons, Mme Byrne se dirige lentement vers la fenêtre. Elle repousse les rideaux en dentelle et regarde au-dehors la rue, le ciel laiteux.

« Je suis sûr que tu sais que les temps sont difficiles, enchaîne M. Sorenson. Pas seulement pour M. et Mme Byrne, pour beaucoup de gens. Et… leurs affaires ont souffert. »

Brusquement, Mme Byrne laisse le rideau retomber et se retourne. « Elle mange trop ! s'écrie-t-elle. Je dois cadenasser le réfrigérateur. Elle n'en a jamais assez ! » Elle se couvre les yeux des mains et passe en courant devant nous, traverse l'entrée puis gravit l'escalier à toute vitesse jusqu'à l'étage. Arrivée en haut, elle claque la porte.

Nous restons silencieux un moment. « Cette femme devrait avoir honte. Cette petite fille n'a que la peau sur les os, déclare Fanny. Et ils ne l'ont jamais envoyée à l'école », ajoute-t-elle.

M. Sorenson s'éclaircit la gorge. « Bien, dit-il. Peut-être vaut-il mieux pour tout le monde que les choses finissent ainsi. » Il me regarde à nouveau. « Les Grote sont de gentils fermiers, d'après ce que j'ai entendu.

— Mais s'ils ont quatre enfants, pourquoi en veulent-ils un autre ?

— D'après ce que je sais, mais je pourrais me tromper, je n'ai pas encore eu le plaisir de les rencontrer, ce ne sont que des on-dit, tu comprends, ce que j'ai entendu donc c'est que Mme Grote attend à nouveau un enfant et qu'elle cherche quelqu'un pour l'aider. »

Je réfléchis à ce qu'il vient de dire. Je repense à Carmine, à Maisie. Aux jumeaux, assis à notre table bancale d'Elizabeth Street, attendant patiemment leur compote de pommes. J'imagine une ferme blanche aux volets noirs, une étable rouge au fond de la cour, une barrière en bois, un poulailler. Tout vaut mieux qu'un réfrigérateur cadenassé et une paillasse dans un couloir.

« Quand m'attendent-ils ?

— Je t'y emmène maintenant. »

M. Sorenson m'accorde quelques minutes pour rassembler mes effets personnels et s'en retourne à sa voiture. Je prends ma valise marron dans le placard de l'entrée. Fanny, qui se tient dans l'embrasure de la porte de l'atelier, me regarde empaqueter mes affaires. Je plie les trois robes que je me suis cousues, celle en chambray pas encore finie, plus celle que m'a donnée la Société d'aide aux enfants. J'ajoute les deux nouveaux pull-overs, la jupe en velours côtelé, les mitaines et les gants tricotés par Fanny. J'aimerais bien laisser l'horrible manteau couleur moutarde, mais Fanny me dit que je vais le regretter et que, dans les fermes, il fait plus froid qu'en ville.

Lorsque je suis prête, nous retournons dans l'atelier où Fanny me trouve une paire de petits ciseaux, deux bobines de fil, une noire, une blanche, une pelote à épingles et un paquet d'aiguilles sous Cellophane. À cela, elle ajoute une carte de boutons opalescents pour finir ma robe, puis enveloppe le tout dans de la mousseline.

« Fanny, tu ne vas pas t'attirer des ennuis en me donnant tout ça ?

— Bagatelle ! Cela m'est bien égal. »

Je ne dis pas au revoir aux Byrne. Qui sait où se trouve M. Byrne, et Mme Byrne ne se donne pas la peine de descendre. Fanny, elle, m'étreint longuement puis prend mon visage entre ses petites mains froides. « Tu es une fille bien, Niamh, me dit-elle. Ne laisse jamais personne te persuader du contraire. »

La voiture de M. Sorenson, garée dans l'allée derrière la Ford A, est un pick-up Chrysler vert foncé. Il m'ouvre la portière côté passager puis fait le tour. L'intérieur sent le tabac et la pomme. Il fait marche arrière puis prend à gauche, à l'opposé de la ville, vers une direction inconnue. Nous roulons jusqu'au bout d'Elm Street, puis tournons à droite sur une autre petite rue dont les maisons sont situées plus en retrait du trottoir et la suivons jusqu'à une intersection où nous empruntons une route bordée de champs de part et d'autre.

Mon regard erre sur le morne patchwork des friches. Des vaches brunes se tiennent en groupe, levant le cou pour mieux voir notre pick-up lorsque nous passons devant elles. Des chevaux broutent. Au loin, des machines agricoles me font penser à des jouets abandonnés. Face à nous s'étend l'horizon bas et plat, surmonté d'un ciel couleur d'eau de vaisselle. Des oiseaux noirs, comme autant de négatifs d'étoiles, le traversent.

Pour un peu, j'aurais de la peine pour M. Sorenson. Je vois bien que tout cela lui pèse. Probablement qu'il imaginait autre chose le jour où il s'est engagé au service de la Société d'aide aux enfants. Il n'arrête pas de me demander si je suis à l'aise, si le chauffage est trop fort ou pas assez. Quand il apprend que je ne connais presque rien du Minnesota, il se met à m'en raconter toute l'histoire : comment ce territoire s'est constitué en État il y a à peine plus de soixante-dix ans et est maintenant le douzième plus vaste de tout le pays, comment il tire son nom d'un mot indien dakota qui signifie « Eau teintée de ciel ». Et qu'il compte des milliers de lacs où foisonnent toutes sortes de poissons, à commencer par des dorés jaunes, des poissons-chats, des achigans à grande bouche, des truites arc-en-ciel, des perches et de grands brochets. Et aussi que le Mississippi y prend sa source, le savais-je ? Et que ces champs – il agite les doigts vers la fenêtre – nourrissent le pays tout entier. « Voyons voir, il y a des céréales, ce qui s'exporte le plus. Une batteuse se déplace de ferme en ferme et les voisins travaillent ensemble pour rassembler le foin en bottes. Et puis il y a la betterave, le maïs doux et les petits pois. Et ces bâtiments bas, tout là-bas ? Des élevages de dindes. Le Minnesota est le plus gros producteur de dindes du pays. Sans lui, pas de Thanksgiving, ça on pouvait en être sûr. Et je ne vais pas commencer à parler de la chasse. Nous avons des faisans, des cailles, des grouses, des cerfs, pour ne nommer qu'eux. Un vrai paradis pour chasseurs. »

J'écoute M. Sorenson et opine poliment du bonnet tandis qu'il parle, mais il m'est difficile de me concentrer. Comme si je m'étais réfugiée au fond de moi-même. Qu'elle est misérable votre enfance quand on se dit que personne ne vous aime ou n'a envie de s'occuper de vous, lorsque l'on est toujours l'étranger qui contemple du dehors ce qui se passe à l'intérieur. J'ai l'impression d'avoir dix ans de plus que mon âge. J'en sais trop. J'ai été témoin du pire dont sont capables les gens, je les ai vus désespérés et égoïstes, et le fait d'avoir vécu cela m'a rendue méfiante. Alors j'apprends à faire semblant, à sourire et à hocher la tête, à faire montre d'une empathie que je ne ressens pas. J'apprends à me fondre dans la masse, à ressembler à tout le monde, alors même qu'intérieurement je me sens brisée.

Comté d'Hemingford,
Minnesota, 1930

Au bout d'une demi-heure environ, M. Sorenson s'engage dans un étroit chemin de campagne. La poussière vole autour de nous et dépose un film de terre sur le pare-brise et les fenêtres. Nous dépassons plusieurs champs, puis un bosquet de bouleaux squelettiques, traversons un pont couvert délabré qui enjambe une rivière boueuse encore prise dans la glace et finissons par tourner dans un sentier défoncé bordé de pins. M. Sorenson tient un carton à la main sur lequel, d'après ce que je peux voir, des directions sont inscrites. Il ralentit, s'arrête, regarde le pont derrière lui. À travers le pare-brise encrassé, il scrute les arbres qui se dressent le long du chemin. « Pas la moindre fichue pancarte », marmonne-t-il entre ses dents. Il appuie sur l'accélérateur et se met à rouler tout doucement.

Par la fenêtre, je lui indique un chiffon rouge délavé accroché à un pieu, signalant une allée privée, envahie d'herbes folles.

« C'est sûrement ça », dit-il.

Des branches moussues griffent les deux côtés du pick-up qui avance au pas. Cinquante mètres plus loin, nous tombons sur une petite maison en bois brut – plutôt une cabane, en fait – dont le porche, affaissé, est encombré de tout un bric-à-brac. Dans l'aire dénudée devant l'entrée, un bébé est vautré sur un chien à la fourrure noire collée par la saleté et un garçon d'environ six ans joue à planter un bâton dans le sol. Ses cheveux sont si courts et il est si maigre qu'il ressemble à un vieillard ratatiné. Malgré le froid, tous les deux sont pieds nus.

M. Sorenson se gare le plus loin possible des enfants et sort de la voiture. Je fais de même.

« Bonjour, les garçons », leur dit-il.

Ils le regardent bouche bée, sans lui répondre.

« Votre maman est à la maison ?

— Vous êtes qui ? » demande le garçon.

M. Sorenson sourit.

« Est-ce que votre maman vous a dit que vous alliez avoir une nouvelle sœur ?

— Non.

— Elle doit nous attendre. Va lui dire que nous sommes là.

— Elle dort. On doit pas la déranger », lâche le garçon en tapant le sol de son bâton.

Il trace un cercle dans la terre.

« Dis-lui que M. Sorenson, de la Société d'aide aux enfants, est là. »

Il secoue la tête.

« J'veux pas de raclée.

— Elle ne va pas te punir. Au contraire. Elle sera bien contente de savoir que je suis là. »

Quand il devient évident que le garçon ne fera rien, M. Sorenson se frotte les mains, me fait signe de le suivre puis gravit avec précaution les marches grinçantes qui mènent au porche. Apparemment, ce que nous pourrions trouver à l'intérieur l'inquiète. Moi aussi.

Il frappe bruyamment à la porte qui s'ouvre sous la force de ses coups. Il y a un trou à la place de la poignée. Nous entrons dans la maison obscure.

La pièce dans laquelle nous nous tenons est quasi vide. Cela sent comme dans une caverne. Le plancher est en bois brut et, à certains endroits, on aperçoit le sol en dessous. Deux des trois fenêtres crasseuses sont endommagées ; l'une présente un trou dans le coin supérieur droit et une autre est complètement fissurée. Un cageot est posé entre deux chaises tapissées, maculées – leur rembourrage sortant par touffes là où les coutures ont cédé –, et un vieux canapé au tissu doré usé jusqu'à la trame. Tout à gauche, on devine un couloir sombre et, face à nous, par la porte entrouverte, on aperçoit la cuisine.

« Madame Grote ? Bonjour ? » M. Sorenson tend l'oreille. Pas de réponse. « Pas question que j'aille la chercher jusque dans sa chambre, ça c'est sûr, maugrée-t-il. Madame Grote ? » appelle-t-il plus fort.

Un faible bruit de pas se fait entendre puis une fillette d'environ trois ans, vêtue d'une robe rose sale, émerge du couloir.

« Eh bien, bonjour petite fille ! s'exclame M. Sorenson, qui s'accroupit. Est-ce que ta maman est là-bas ?

— Nous, dormir.

— C'est ce que ton frère m'a dit. Est-ce qu'elle dort encore ? »

Une voix sévère, qui nous fait tous les deux sursauter, nous parvient du fond du couloir. « Qu'est-ce que vous voulez ? »

M. Sorenson se relève doucement. Une femme pâle avec de longs cheveux châtains émerge de l'obscurité. Ses yeux sont bouffis et ses lèvres gercées. Sa chemise de nuit est si fine que l'on devine l'aréole sombre de ses seins sous le tissu.

La petite fille se faufile comme un chat et entoure ses jambes de ses bras.

« Je me présente, je suis Chester Sorenson, de la Société d'aide aux enfants. Vous devez être Mme Grote. Je suis désolé de vous déranger, mais l'on m'avait dit que vous aviez été prévenue de notre visite. Vous avez demandé une fille, c'est bien cela ? »

Elle se frotte les yeux.

« Quel jour sommes-nous ?

— Vendredi 4 avril, madame. »

Elle est prise d'une quinte de toux qui la plie en deux.

« Voulez-vous vous asseoir ? » M. Sorenson se rapproche et attrape son coude pour la guider jusqu'à une chaise. « M. Grote est-il là ? »

Elle secoue la tête en signe de dénégation.

« Va-t-il rentrer bientôt ? »

Elle hausse les épaules.

« À quelle heure finit-il son travail ? » insiste M. Sorenson.

La femme secoue la tête.

« Il travaille plus. Il s'est fait virer du magasin d'alimentation pour animaux la semaine dernière. »

Elle regarde autour d'elle, comme si elle avait perdu quelque chose. « Viens là, Mabel », dit-elle. Sans cesser de nous observer, la petite fille se coule jusqu'à sa mère. « Va voir si Gerald Junior va bien, là-bas. Et où est Harold ?

— Est-ce le garçon qui se trouve dehors ?

— Il surveille le bébé ? Je lui ai d'mandé.

— Ils sont tous les deux dehors », répond-il.

Bien que son ton soit neutre, je vois bien qu'il ne trouve pas ça bien.

Mme Grote se mordille la lèvre. Elle ne m'a toujours pas adressé la parole, et c'est tout juste si elle m'a regardée. « Je suis tellement fatiguée », dit-elle, à personne en particulier.

« Je n'en doute pas, madame. » Clairement, M. Sorenson n'a qu'une idée en tête : partir de là au plus vite. « C'est sans doute pour cela que vous avez demandé cette orpheline, Dorothy, ici présente. Son dossier indique qu'elle sait s'occuper d'enfants. Elle devrait donc pouvoir vous aider. »

Elle acquiesce distraitement. « Je me couche quand ils se couchent. Il n'y a que comme cela que je peux me reposer, marmonne-t-elle.

— Je vous crois. »

Mme Grote se couvre le visage des deux mains, puis rejette ses cheveux filasse en arrière. Elle me désigne du menton.

« C'est elle, la fille, hein ?

— Oui, madame. Elle s'appelle Dorothy. Elle va faire partie de votre famille et vous allez prendre soin d'elle. En échange, elle vous aidera. »

Elle étudie mon visage, mais son regard est inexpressif.

« Elle a quel âge ?

— Neuf ans.

— J'ai assez d'enfants comme ça. Ce dont j'ai besoin, c'est de quelqu'un qui puisse vraiment m'aider.

— Cela fait partie du contrat, répond M. Sorenson. Vous nourrissez et habillez Dorothy, vous vous assurez qu'elle va à l'école et, en échange, elle vous aide dans vos tâches ménagères. »

De ses poches il sort ses lunettes, qu'il chausse, ainsi que le papier. « Je vois qu'il y a une école à un peu plus de six kilomètres. Et qu'elle peut y être conduite en voiture si elle marche jusqu'à la route principale, à un kilomètre d'ici. Dorothy doit aller à l'école, madame Grote. C'est obligatoire. Êtes-vous prête à vous y engager ? » demande-t-il en ôtant ses lunettes.

Elle croise les bras et, un instant, il me semble qu'elle va refuser. Peut-être que je ne vais pas rester ici, finalement !

C'est alors que la porte d'entrée s'ouvre en grinçant. Nous nous tournons et découvrons un homme grand et mince, aux cheveux bruns. Il porte une chemise à carreaux dont les manches sont retroussées et une salopette répugnante. « La fille ira à l'école, qu'elle le veuille ou non, dit-il. J'y veillerai personnellement. »

M. Sorenson se dirige vers lui, main tendue.

« Vous devez être Gerald Grote. Je suis Chester Sorenson. Et voici Dorothy.

— Ravi de vous rencontrer. »

M. Grote claque des mains et fait un signe de tête dans ma direction.

« Elle se débrouillera très bien.

— Parfait, alors, ajoute M. Sorenson. Il ne reste plus qu'à officialiser la transaction. »

Les quelques papiers sont vite remplis. Un instant plus tard, M. Sorenson a sorti ma valise de la voiture et s'en est allé. Je le regarde s'éloigner à travers la vitre fissurée tandis que Nettie, le bébé, calée sur ma hanche, geint.

Comté d'Hemingford, Minnesota, 1930

« Où vais-je dormir ? » dis-je à M. Grote une fois la nuit tombée.

Il me regarde, les mains sur les hanches, comme s'il n'avait jamais réfléchi à la question. Il fait un geste en direction du couloir. « Il y a une chambre par là-bas. Si tu ne veux pas dormir avec les autres, je pense que tu peux dormir sur le canapé. Ici, on ne fait pas de manières. Il m'arrive d'y dormir aussi. »

Dans la chambre, trois matelas éculés, sans draps, sont posés à même le sol, formant un tapis de ressorts proéminents au travers duquel Mabel, Gerald Junior et Harold sont couchés et se disputent une couverture en laine élimée et trois vieilles courtepointes. Même si je n'ai aucune envie de dormir là, c'est toujours mieux que de partager le canapé avec M. Grote. Au milieu de la nuit, un enfant finit blotti sous mon bras, un autre serré, en cuillère, contre moi. Ils dégagent une odeur tout à la fois terreuse et aigre, semblable à celle de bêtes sauvages.

Le désespoir imprègne la maisonnée. Mme Grote ne veut pas de toute cette marmaille et ni elle ni son mari ne s'en occupent vraiment. Elle dort à longueur de temps, et les enfants entrent et sortent à tout moment de son lit. Du papier kraft est punaisé devant la fenêtre ouverte de sa chambre aussi y fait-il aussi sombre que dans un terrier. Les petits se nichent près d'elle, en quête de chaleur. Parfois, elle les laisse venir, à d'autres moments, elle les repousse. Leurs lamentations provoquent des picotements sur ma peau, qui sont comme autant de minuscules coups d'épingle.

Il n'y a ni eau courante, ni électricité, ni circuit d'évacuation des eaux usées. Les Grote s'éclairent à l'aide de lampes à gaz et de bougies. Une pompe à eau et des toilettes se trouvent à l'arrière de la maison, et du bois est stocké sur le porche. Mais les bûches humides qu'ils utilisent pour la cheminée dégagent de la fumée à l'intérieur et ne donnent que peu de chaleur.

C'est tout juste si Mme Grote me regarde. Elle m'envoie un des petits quand il faut le nourrir ou me réclame une tasse de thé. Elle me rend nerveuse. Je fais ce qu'on me demande et l'évite du mieux que je peux. Les enfants m'évaluent, essaient de s'habituer à ma présence. Seul Gerald Junior, âgé de deux ans, m'adopte immédiatement et me suit partout comme un chiot.

Quand j'interroge M. Grote pour savoir comment ils m'ont trouvée, il me raconte qu'il a vu une affichette en ville qui annonçait une distribution d'enfants sans toit ni famille. Sa femme ne voulait plus quitter son lit, alors il s'est dit que cela pourrait être une bonne idée.

Je me sens abandonnée et oubliée, parachutée en plein milieu d'une misère encore pire que la mienne.

M. Grote dit que, s'il peut, il ne travaillera plus jamais pour quelqu'un. Son projet est de réussir à vivre de ses terres. Il est né et a été élevé dans les bois. C'est la seule vie qu'il connaisse et qu'il ait envie de connaître. Il dit aussi que c'est lui qui a construit cette maison et que son but est de ne pouvoir dépendre que de lui-même. Il a une vieille chèvre qu'il garde dans le jardin, une mule et une demi-douzaine de poules. Il peut nourrir sa famille avec le fruit de sa chasse et de ses cueillettes, plus un peu de graines, un peu de lait de chèvre et d'œufs de poule et il peut également vendre des choses en ville s'il en a besoin.

Avec les kilomètres qu'il parcourt chaque jour, M. Grote est mince et musclé. Comme un Indien, dit-il. Il a bien une voiture, entreposée derrière la maison, mais elle est toute rouillée et cassée. Comme il n'a pas les moyens de la faire réparer, il fait tous ses déplacements à pied ou sur la mule qu'il a recueillie après qu'elle s'est échappée d'un camion chargé d'équidés destinés à l'abattoir et tombé en panne quelques mois plus tôt sur la route. Ses ongles et sa peau sont tellement encrassés et imprégnés de graisse de moteur, de terreau, de sang animal et de Dieu sait quoi d'autre encore qu'ils ne sont jamais complètement propres. Et je ne l'ai jamais vu porter qu'une seule et même salopette.

M. Grote ne croit pas que le gouvernement doive lui dire ce qu'il a à faire. À dire vrai, il ne croit en fait pas au gouvernement du tout. Il n'a jamais été à l'école et n'en voit pas l'utilité. Malgré tout, il m'y enverra quand même, si c'est ce qu'il faut que pour les autorités lui fichent la paix.

Le lundi, trois jours après mon arrivée et alors qu'il fait encore nuit noire, M. Grote me secoue l'épaule pour que je me prépare pour l'école. Il fait si froid dans la pièce que je vois ma respiration se condenser dans l'air. Je passe une de mes nouvelles robes et enfile deux pull-overs par-dessus. Je mets les mitaines de Fanny, les collants épais que j'avais à New York et mes lourds godillots.

Je cours à l'extérieur remplir une cruche à la pompe, puis fais chauffer l'eau sur le fourneau. Quand elle est chaude, je la verse dans un bol en fer-blanc, me débarbouille le visage et le cou et nettoie mes ongles avec un chiffon. Je fais deux tresses avec mes cheveux sales, utilisant mes doigts en guise de peigne, et les attache avec le fil que Fanny m'a donné, puis je me regarde de près dans le vieux miroir accroché dans la cuisine, piqueté de taches de rouille et de points noirs, si abîmé qu'il est difficile de s'y voir dedans. Je suis aussi propre que possible pour quelqu'un qui n'a pas pris de bain. Mon visage est pâle et sérieux.

Mon petit déjeuner se résume à l'essentiel, un peu de pudding de riz sauvage cuit avec du lait de chèvre et sucré avec du sirop d'érable récolté la veille par M. Grote. Je suis tellement soulagée de pouvoir sortir de cette masure sombre et fétide pour la journée que je valse avec Harold, plaisante avec Gerald Junior et partage mon pudding avec Mabel, qui a tout juste commencé à me regarder droit dans les yeux. M. Grote dessine à mon attention, avec la pointe de son couteau, une carte dans la terre : tourner à gauche au bout de l'allée, marcher jusqu'à l'embranchement, passer le pont là-bas et suivre le chemin jusqu'à la route principale. Une demi-heure de marche, environ.

Il ne me propose pas d'emporter de déjeuner et je ne lui en demande pas. Je glisse les deux œufs durs que j'ai cuits hier soir, lorsque je préparais le dîner, dans la poche de mon manteau. J'ai un papier que m'a donné M. Sorenson sur lequel il est écrit qu'un certain M. Post, qui amène des enfants à l'école avec son pick-up, se trouvera à l'intersection à 8 h 30 et m'y reconduira à 16 h 30. Il n'est que 7 h 40, mais je suis prête. Je préfère devoir attendre plutôt que risquer de manquer la voiture.

Je sautille dans l'allée, marche d'un pas rapide sur le chemin et m'attarde un moment sur le pont, perdue dans la contemplation du ciel qui se reflète comme du mercure à la surface des eaux sombres et des rochers ourlés de mousse blanche. De la glace luit sur les branches des arbres et les herbes sèches sont recouvertes d'une toile diaphane de givre qui scintille. Les arbres persistants, poudrés de neige tombée pendant la nuit, me font penser à des sapins de Noël. Pour la première fois, je suis frappée par la beauté du lieu.

J'entends le pick-up avant de le voir. À environ vingt mètres de moi, il s'arrête dans un grand crissement de freins et je dois courir vers lui pour monter à bord. Un homme au teint rouge comme une pomme, coiffé d'une casquette brun clair, me regarde venir par la fenêtre. « Allez, mon p'tit. J'ai pas que ça à faire. »

Une bâche protège le plateau du pick-up. Je grimpe à l'arrière, où deux planches en bois ont été accolées en guise de banc. Dans un coin, quatre enfants sont blottis les uns contre les autres sous un tas de couvertures pour chevaux dont ils ont recouvert leurs épaules et qu'ils ont ramené autour de leurs jambes. La bâche leur donne à tous un teint jaunâtre. Deux d'entre eux ont l'air d'avoir à peu près mon âge. Tandis que nous poursuivons notre course parsemée de cahots, et afin de prévenir toute chute au fond du pick-up quand nous passons au-dessus de nids-de-poule particulièrement sévères, je me tiens fermement au banc avec mes doigts protégés par mes mitaines. Le conducteur s'arrête deux fois encore pour embarquer deux autres enfants. Il n'y a de la place que pour six, mais nous sommes tassés à huit. Nous sommes serrés, mais nous nous réchauffons mutuellement. Personne ne parle. Lorsque nous roulons, des courants d'air s'engouffrent à travers les fentes de la bâche.

Après plusieurs kilomètres, le pick-up tourne, tous freins hurlants, et gravit une pente abrupte avant de s'arrêter complètement. Nous sautons du plateau, nous alignons puis marchons jusqu'à l'école, un petit bâtiment en planches avec une cloche sur la façade. Une jeune femme, vêtue d'une robe bleue et d'une écharpe violette enroulée autour de son cou, se tient debout près de la porte. Elle a un joli visage qu'animent de grands yeux bruns et un large sourire. Ses cheveux châtains et brillants sont retenus en arrière par un ruban blanc.

« Bienvenue, les enfants ! Mettez-vous en rang, comme d'habitude. » Sa voix est claire et haut perchée. « Bonjour Michael… Bertha… Darlene… » Chaque enfant est salué par son prénom. Puis j'arrive à sa hauteur. « Ah, nous n'avons pas encore été présentées, mais j'avais entendu dire que tu viendrais. Je suis Mlle Larsen. Et tu dois être… » Au moment même où elle dit « Dorothy », je dis « Niamh ».

« Est-ce que je me suis trompée ? As-tu un petit nom ? me demande-t-elle en voyant la tête que je fais.

— Non, madame, c'est juste que… »

Je sens mes joues s'empourprer.

« Avant, je m'appelais Niamh. Et parfois j'oublie mon prénom. Personne ne m'appelle par mon prénom dans ma nouvelle famille.

— Je peux t'appeler Niamh, si tu veux.

— Ça va, merci. Dorothy me convient. »

Elle sourit tout en scrutant mon visage. « Comme tu voudras. Lucy Green ? dit-elle en se tournant vers la fille derrière moi. Pourrais-tu montrer sa table à Dorothy ? »

Je suis Lucy dans une antichambre avec des crochets pour suspendre les manteaux alignés au mur. Puis nous pénétrons dans une vaste pièce ensoleillée dans laquelle flotte une odeur de feu de bois et de craie. Un poêle à l'huile, un bureau pour la maîtresse, des rangées de bancs et de tables, ainsi que des tableaux noirs sur les murs est et sud avec des panneaux sur lesquels figurent l'alphabet et des tables de multiplication accrochés au-dessus meublent et ornent la salle de classe. Sur les autres murs, de grandes fenêtres laissent pénétrer la lumière. Des ampoules électriques qui pendent du plafond nous éclairent et des bibliothèques basses sont remplies de livres. Quand tous les élèves sont assis, Mlle Larsen tire sur une ficelle, déroulant ce faisant une carte du monde en couleur. À sa demande, je montre où se situe l'Irlande. En regardant de plus près, je localise aussi le comté de Galway ainsi que son chef-lieu. Le village de Kinvara n'est pas indiqué, mais je place mon doigt à l'endroit où il se trouve, juste sous le mot « Galway », sur la côte déchiquetée, à l'ouest. Là il y a New York et là, Chicago. Minneapolis est ici, et le comté d'Hemingford n'apparaît pas sur la carte non plus.

Nous sommes vingt-trois, moi y compris, âgés de six à seize ans. La plupart des enfants vivent dans des fermes ou à la campagne. Tous apprennent à lire et à écrire. Nous sentons la saleté et pire encore pour ceux qui sont pubères. Il y a un tas de chiffons, quelques pains de savon et une boîte de bicarbonate dans les toilettes de l'école, m'informe Mlle Larsen, au cas où j'aurais envie de me rafraîchir.

Quand la maîtresse s'adresse à moi, elle se penche et me regarde dans les yeux. Quand elle me pose une question, elle attend ma réponse. Elle sent bon le citron et la vanille. Et me traite comme une fille intelligente. Après m'avoir fait passer un test pour déterminer mon niveau de lecture, elle me tend un livre qu'elle prend sur une des étagères près de son bureau. Il est relié, empli de petits caractères d'imprimerie noirs et n'a pas d'images. Il s'intitule *Anne... La maison aux pignons verts*. Elle m'informe qu'elle me demandera mon avis à son sujet quand j'aurai fini de le lire.

On pourrait penser qu'avec tous ces enfants il régnerait un véritable chaos, mais en fait Mlle Larsen n'est que très rarement obligée d'élever la voix. Le chauffeur, M. Post, fend le bois, s'occupe du poêle, balaie les feuilles dans l'allée qui mène au bâtiment et entretient le pick-up. Il enseigne aussi les mathématiques, mais pas la géométrie, qu'il n'a jamais pu apprendre parce que l'année où on aurait dû la lui enseigner il y avait eu une invasion de sauterelles et on avait eu besoin de lui à la ferme.

Pendant la récréation, Lucy m'invite à participer aux jeux de son groupe : balle aux prisonniers, épervier, ronde.

Lorsque je descends du pick-up à quatre heures et demie et reprends le chemin de la cabane, mes pas sont lourds.

Ce dont cette famille se nourrit est entièrement nouveau pour moi. M. Grote quitte la maison aux aurores avec son fusil et sa canne à pêche et revient avec écureuils, dindons sauvages, poissons-chats, et de temps en temps avec un cerf. Lorsqu'il rentre, en fin d'après-midi, il est couvert de résine de pin. Ce sont surtout des écureuils roux qu'il rapporte, mais ils ne sont pas aussi bons que les fauves ou les gris qu'il appelle des « queues touffues ». Certains fauves sont gros comme des chats roux. Ils jasent et sifflent, et il les piège en frappant deux pièces l'une contre l'autre, imitant ainsi leur babillage. Les écureuils gris sont ceux qui ont le plus de viande, mais ils sont également les plus difficiles à repérer dans les bois. Quand ils sont effrayés ou en colère, ils produisent un « tchich-tchich » dur et c'est comme cela qu'il les localise.

En quelques mouvements fluides, M. Grote les écorche et les éviscère, puis me tend les cœurs et foies minuscules, les tranches de viande rouge cramoisi.

Le seul plat que je sais cuisiner est du chou bouilli avec du mouton, lui dis-je, mais selon lui, ce n'est pas si différent. Il me montre comment préparer une daube avec les morceaux de viande, des oignons, des légumes, de la moutarde, du gingembre et du vinaigre. D'abord, on fait revenir la viande à feu vif dans de la graisse pour la saisir, puis on ajoute des pommes de terre, des légumes et tout le reste. « On fait juste un salmigondis avec ce qu'il y a de disponible », m'explique-t-il.

À la vue de ces écureuils dépouillés je suis d'abord horrifiée. Avec leurs corps rouges et musculeux, ils me font penser aux planches d'humains écorchés présentées dans le livre de science de Mlle Larsen. Mais la faim a raison de mes scrupules. Bientôt, leur goût me paraît normal.

À l'arrière de la maison, un petit jardin potager produit, même maintenant à la mi-avril, des légumes racines qui n'attendent que d'être déterrés : pommes de terre atteintes par le mildiou, patates douces, carottes et navets à la peau dure. M. Grote prend une pioche, m'y emmène et me montre comment les extraire de la terre, puis les laver à la pompe. Mais le sol est encore partiellement gelé et les racines sont difficiles à dégager. Tous deux nous passons environ quatre heures dans le froid à peiner pour récolter quelques vieux légumes, noueux et laids, plantés l'été dernier. À la fin, nous en avons quand même amassé un tas. Pendant ce temps, les enfants entrent et sortent de la maison, s'assoient ou nous regardent depuis la fenêtre de la cuisine. Je suis vraiment contente d'avoir mes mitaines.

M. Grote me montre aussi comment il cultive du riz sauvage dans le ruisseau et comment moissonner les graines. Le riz, de couleur marron, a un goût de noisette. C'est à la fin de l'été, après la récolte, qu'il plante les graines pour l'année suivante. C'est une plante annuelle, m'explique-t-il, ce qui veut dire qu'elle meurt en automne. Les graines qui tombent à ce moment-là prennent racine dans le ruisseau au printemps, et par la suite les jeunes pousses pointent à la surface de l'eau. Les tiges ressemblent à de hautes herbes balayées par le courant.

En été, me dit-il, il fait pousser des plantes aromatiques dans un carré à l'arrière de la maison : de la menthe, du romarin et du thym, qu'il met ensuite à sécher dans l'abri. Il y a un pot de lavande dans la cuisine. C'est aussi étrange de voir cela dans cet endroit sordide qu'une rose au milieu d'un tas d'immondices.

À l'école, vers la fin du mois d'avril, Mlle Larsen m'envoie dehors chercher du bois de chauffage et, lorsque je reviens, toute la classe, menée par Lucy Green, est debout et chante « Joyeux anniversaire ».

J'ai les larmes aux yeux.

« Comment le savez-vous ?

— Ta date de naissance est notée dans tes papiers. »

Mlle Larsen sourit et m'offre une tranche de cake à la groseille. « C'est ma propriétaire qui l'a fait. »

Je la regarde, pas certaine de bien comprendre.

« Pour moi ?

— Je lui ai dit que nous avions une nouvelle dans la classe et que ton anniversaire arrivait bientôt. Elle aime faire des gâteaux. »

Le cake, dense et moelleux, a un goût d'Irlande. Une bouchée suffit pour me ramener chez Granny et retrouver la sensation de chaleur que me procurait son gros fourneau Stanley.

« Passer de neuf à dix ans est une grosse étape, me dit M. Post. Dorénavant, ton âge va s'écrire avec deux chiffres et cela sera comme ça pendant les quatre-vingt-dix prochaines années de ta vie. »

En déballant les restes du cake à la groseille chez les Grote ce soir-là, je leur raconte la fête à l'école. M. Grote émet un grognement. « C'est complètement ridicule de célébrer un anniversaire. Je ne connais même pas le jour de ma naissance, pas plus que je me rappelle les leurs, dit-il en agitant la main en direction des enfants. Mais on va quand même manger ce gâteau. »

Spruce Harbor, Maine, 2011

Tout en étudiant de près le dossier de Molly, Lori, son assistante sociale, s'installe sur un tabouret. « Voyons voir, tu as eu dix-sept ans en janvier, et tu vas donc sortir du système dans… neuf mois. As-tu réfléchi à ce que tu aimerais faire lorsque tu ne seras plus en famille d'accueil ? »

Molly hausse les épaules. « Pas vraiment. »

Lori note quelque chose sur son dossier. Avec ses petits yeux brillants en boutons de culotte et son nez pointu qui farfouille dans la vie de Molly, elle fait penser à un furet. C'est l'heure de la pause déjeuner et elles sont assises à une paillasse dans la salle de chimie par ailleurs vide de tout élève, comme chaque mercredi sur deux.

« Des problèmes avec les Thibodeau ? »

Molly fait non de la tête. C'est à peine si Dina lui parle, mais Ralph est plutôt sympa, comme d'habitude.

Lori se tapote la narine de l'index.

« Tu ne le portes plus.

— Jack pensait que cela pouvait faire peur à la vieille dame. »

C'est bien pour Jack que Molly a retiré son piercing nasal, mais, à dire vrai, elle n'est pas vraiment pressée de le remettre. Par certains côtés cependant, elle l'apprécie, ne serait-ce que parce qu'il lui permet d'afficher son esprit rebelle. À lui seul, un lobe percé d'une multitude de trous n'offre pas ce look punk, toutes les quadragénaires divorcées de l'île ayant chacune une demi-douzaine de piercings à l'oreille.

Mais cet anneau demande beaucoup de soins. Le trou risque toujours de s'infecter et elle doit faire attention quand elle se lave la figure ou se maquille. C'est quand même un soulagement que de retrouver un visage en quelque sorte libéré.

« Tu as fait vingt-huit heures pour le moment. C'est bien. Comment ça se passe ? lui demande Lori en compulsant les différents documents de son dossier.

— Ça va. Mieux que ce que je pensais.

— Dans quel sens ? »

Molly a été étonnée de se rendre compte qu'elle attend ces rendez-vous avec une certaine impatience. Quatre-vingt-onze ans, c'est long comme vie, et ces cartons regorgent d'histoires et de surprises. L'autre jour, par exemple, elles ont inventorié une boîte de décorations de Noël des années trente dont Vivian avait oublié l'existence. Des étoiles et des flocons de neige couverts de paillettes argentées et dorées collées sur du carton, des boules en verre ornées, rouges, vertes et dorées. Vivian lui avait décrit la façon dont ils enjolivaient le magasin familial pour les fêtes de fin d'année et comment ils paraient un véritable sapin, exposé en vitrine, avec ces décorations.

« Je l'aime bien. Elle est plutôt cool.

— Tu parles de la vieille dame ?
— Ouais.
— Eh bien, tant mieux. »

Lori lui sourit brièvement. Un petit sourire de furet. « Il te reste vingt-deux heures à faire, c'est ça ? Essaie de tirer au maximum parti de cette expérience. J'espère que je n'ai pas besoin de te rappeler que tu es en liberté conditionnelle. Si tu te fais attraper en étant sous l'emprise de l'alcool ou d'une drogue ou si tu commets n'importe quelle autre infraction, tu repars de zéro. Tu as bien compris ? »

Elle a très envie de répondre *Bon Dieu, il va falloir que je ferme mon labo clandestin de méthamphétamine ? Et que j'efface ces photos de moi à poil que j'ai postées sur Facebook ?* Au lieu de cela, elle sourit franchement à Lori. « J'ai bien compris. »

Lori sort le relevé de notes de Molly de son dossier. « Regarde-moi ça. Ton score au test SAT[1] avoisine les 600. Et ta moyenne est de 3,8 sur 4 ce semestre. C'est vraiment bien.
— Le niveau de l'école n'est pas très élevé.
— Ce n'est pas vrai.
— C'est pas si important que ça.
— Si, c'est important. Tes résultats te permettent d'accéder à l'université. Y as-tu pensé ?
— Non.

1. Le SAT (Scholastic Aptitude Test) est un examen standardisé national que les universités américaines utilisent pour sélectionner les candidats. Il est mené sous forme de questionnaire à choix multiples et le score est calculé sur une échelle allant de 200 à 800 points. (*N.d.T.*)

— Pourquoi pas ? »

L'année dernière, lors de son arrivée du lycée de Bangor High, elle était en situation d'échec scolaire. Là-bas, rien ne la poussait à faire ses devoirs, ses parents d'accueil étaient des fêtards et quand elle rentrait de l'école, elle trouvait la maison pleine de gens ivres. À Spruce Harbor, les distractions sont plus rares. Dina et Ralph ne boivent ni ne fument, et ils sont stricts. Jack s'offre une bière de temps à autre, mais c'est tout. Et surtout, Molly a découvert qu'elle aimait étudier.

Personne ne lui a jamais parlé de l'université, sauf le conseiller d'orientation professionnelle du lycée qui lui a dit, du bout des lèvres, qu'elle pourrait envisager de suivre une formation d'infirmière après qu'elle avait eu un A en biologie le semestre dernier. Depuis, ses notes ont grimpé en flèche sans que personne ne le remarque.

« Je ne crois pas que je sois faite pour la fac, répond Molly.

— Eh bien, apparemment, si. Et puisque tu vas officiellement devoir te débrouiller toute seule dès que tu auras dix-huit ans, tu devrais commencer à y réfléchir. Il y a de bonnes bourses pour des jeunes comme toi, sortis du système. » Elle referme son dossier. « Mais tu peux aussi postuler pour un boulot à la supérette de Somerville. À toi de voir. »

« Alors qu'en est-il de ta peine d'intérêt général ? Ça se passe bien ? demande Ralph au cours du dîner, tout en se servant un grand verre de lait.

— Ça va, répond Molly. La femme est vraiment vieille et elle a plein d'affaires.

— De quoi faire cinquante heures ? demande Dina.

— Je ne sais pas. Mais il y a sûrement d'autres choses que je pourrais faire si je finis de ranger les cartons avant. La maison est gigantesque.

— Ouais, j'y ai travaillé un peu. Sur de la vieille tuyauterie, commente Ralph. Tu as rencontré Terry, la gouvernante ? »

Molly acquiesce. « En fait, c'est la mère de Jack. » Dina s'anime.

« Attends une seconde. Terry Gallant ? J'étais au lycée avec elle ! Je ne savais pas que c'était la mère de Jack.

— C'est elle, répond Molly.

— Oh ! Comment sont tombés les puissants ! entonne Dina, en brandissant un morceau de saucisse au bout de sa fourchette.

Molly regarde Ralph, l'air de dire : « C'est quoi, ce délire ? » mais celui-ci ne bronche pas.

« C'est triste ce qui arrive aux gens, tu sais ? ajoute Dina, en secouant la tête. Terry Gallant était Mlle Populaire. La reine de l'école et tout le tintouin. Et puis elle s'est fait engrosser par une demi-portion de Mexicain et maintenant, tu vois le résultat, elle fait la bonne.

— En fait, il était dominicain, grommelle Molly.

— Qu'importe. Tous pareils, ces immigrés illégaux, tu crois pas ? »

Inspirer profondément, rester calme, finir le dîner.

« C'est toi qui le dis, répond Molly.

— Oui, c'est moi qui le dis.

— Allez, mesdames, ça suffit. »

Derrière le sourire grimaçant de Ralph se cache de l'inquiétude. Il sait que Molly est furieuse. Mais il trouve toujours des excuses à Dina : « Elle n'a pas voulu être blessante », ou : « Elle te provoque », lorsque Dina déclame, par exemple : « Les aventuriers de la tribu ont décidé de vous éliminer ! » « Ma fille, il faut que tu arrêtes de te prendre autant au sérieux, réplique-t-elle quand Molly lui demande de la fermer. Si tu ne sais pas rire de toi-même, tu te réserves une vie bien difficile. »

Alors Molly se force à sourire, débarrasse son assiette et remercie Dina pour le dîner. Elle prétexte beaucoup de devoirs et Ralph propose de ranger la cuisine. Pour Dina, un peu de télé-réalité s'impose.

« À quand *Les Desperate Housewives de Spruce Harbor* ? demande Ralph.

— Peut-être que Terry Gallant pourrait jouer dedans. On montrerait sa photo du trombinoscope, celle où elle porte son diadème de reine de l'école, puis, changement de plan, la voilà en train de briquer le sol, glousse Dina. Ça, je regarderais sûrement ! »

Spruce Harbor, Maine, 2011

En cours d'histoire américaine, les dernières semaines ont été consacrées à l'étude des Indiens wabanaki, une confédération de cinq tribus, dont les Penobscot, parlant l'algonquin et établies près de la côte atlantique Nord. M. Reed raconte que le Maine est le seul État du pays qui impose aux écoles d'enseigner la culture et l'histoire des Indiens d'Amérique. Les élèves ont lu des récits amérindiens ainsi que différentes narrations contemporaines. Ils ont aussi visité Abbe, le musée indien de Bar Harbor, et doivent maintenant écrire un devoir sur ce sujet dont la note comptera pour un tiers du total de la matière.

Pour ce travail, ils devront se concentrer sur le concept de « portage ». Dans l'ancien temps, les Wabanaki devaient porter leurs canoës ainsi que toutes leurs possessions de lac en rivière, à travers de vastes étendues. Aussi réfléchissaient-ils minutieusement à ce qu'ils désiraient le plus emporter et à ce qu'ils allaient laisser sur place. C'est comme cela qu'ils ont appris à voyager léger. M. Reed dit aux élèves qu'ils doivent interviewer quelqu'un – une mère, un père ou un grand-parent – sur leur expérience du portage, sur ces moments de leur vie où ils ont dû entreprendre un voyage, que ce soit au sens littéral ou métaphorique. Les élèves utiliseront des magnétophones et étudieront l'histoire telle qu'elle se transmet oralement, en posant des questions (Quelles choses avez-vous choisi d'emporter pour votre prochaine destination ? Qu'avez-vous laissé derrière vous ? En quoi cela vous a-t-il appris à distinguer l'essentiel de l'accessoire ?), en transcrivant les réponses et en les ordonnant de façon chronologique. Molly aime bien ce projet, mais elle ne veut pas interroger Ralph, et encore moins Dina.

Jack ? Trop jeune.

Terry ? Elle ne sera jamais d'accord.

Lori, l'assistante sociale ? Euh… non.

Reste Vivian. Molly a glané quelques informations à son sujet : elle a été adoptée et a grandi dans le Midwest. Ses riches parents lui ont légué l'entreprise familiale qu'elle-même et son mari ont fait prospérer avant de la revendre, avec un bénéfice suffisant pour pouvoir prendre leur retraite dans une belle demeure du Maine. Et surtout, elle est vraiment, vraiment âgée. Peut-être qu'elle aura du mal à mettre en lumière quoi que ce soit de vraiment poignant dans l'histoire de portage que pourra lui relater Vivian – on sait bien que ce ne sont pas les histoires qui s'écoulent comme de longs fleuves tranquilles qui sont les plus intéressantes à raconter – mais même les riches peuvent avoir rencontré des difficultés. Tout du moins, c'est ce qu'on dit. Son travail à elle consiste à faire en sorte que Vivian les lui raconte. Enfin, si elle parvient à la convaincre de se laisser interviewer.

Les rares souvenirs que Molly possède de son enfance sont au mieux fragmentaires. Elle se rappelle la télévision, dans le salon, qui lui semblait être en permanence allumée, le mobile home où flottaient des odeurs de tabac froid, de litière pour chat et de moisi. Elle se souvient de sa mère, couchée sur le canapé dans la pièce aux rideaux tirés, fumant à la chaîne avant de partir pour son travail à la supérette. Elle se revoit en train de fouiller la cuisine à la recherche de quelque chose à manger – un hot-dog froid, du pain grillé – lorsque sa mère était absente et même, parfois, quand elle était là. Elle n'a pas non plus oublié l'énorme flaque de neige fondue juste devant la porte du mobile home, tellement large que pour ne pas se mouiller les pieds elle devait sauter depuis la plus haute marche en sortant.

Et puis il y a les autres souvenirs, ceux qui sont plus gais, comme quand elle préparait des œufs au plat avec son père et qu'elle les retournait avec une grande spatule en plastique noir. « Pas si vite, Molly Molasses, disait-il, sinon tu vas crever le jaune. » Ou lorsqu'ils allaient à l'église Sainte-Anne à Pâques et qu'ils choisissaient un crocus dans un pot en plastique vert, protégé par un film argenté d'un côté et jaune canari de l'autre. Chaque année à Pâques, elle en plantait avec sa mère près de la clôture, à côté de leur allée. Rapidement, comme par magie, il en sortait plein de la terre encore dénudée en ces mois d'avril : des blancs, des violets et des roses. Elle se rappelle sa troisième année à l'école primaire d'Indian Island, quand elle avait appris que le mot penobscot vient de penawahpskek qui signifie « Là où les rochers sont dispersés », c'est-à-dire à la source de la rivière tribale, exactement là où elle habitait. Et que wabanaki veut dire « Terres d'aurore » parce que ces tribus habitent la région la plus orientale de l'Amérique et sont les premières à voir le soleil se lever. Cela fait onze mille ans que les Penobscot occupent ce territoire aujourd'hui appelé Maine, se déplaçant au gré des saisons et de la disponibilité de la nourriture. Ils piégeaient et chassaient le caribou, la loutre et le castor. Ils pêchaient et récoltaient des moules et des palourdes. Située près d'une cascade, Indian Island était devenue leur lieu de rassemblement.

Elle avait appris à reconnaître des mots indiens passés dans le vocabulaire courant, tels que *moose*, *pécan* et *squash*, ainsi que des mots penobscot comme *kwai kwai*, un salut amical, et *woliwoni* pour dire merci. Et aussi que les Penobscot habitaient dans des wigwams et non pas dans des tipis et qu'ils fabriquaient des canoës avec de l'écorce de bouleau prélevée d'un seul tenant sur un arbre, pour ne pas le tuer. Elle avait également découvert que les Penobscot confectionnent toujours des paniers avec cette même écorce de bouleau, de l'avoine odorante et du frêne noir, toutes plantes qui poussent dans les zones humides du Maine. Aidée par son professeur, elle s'en était même fait un petit, pour elle.

Elle sait que ses parents l'ont appelée Molly en souvenir de Molly Molasses, une célèbre Penobscot née l'année précédant la déclaration d'indépendance des États-Unis. Molly Molasses avait vécu jusqu'à quatre-vingt-dix ans, habitant Indian Island de manière intermittente. L'on disait d'elle qu'elle avait le *m'teoulin*, don conféré par le Grand Esprit à quelques élus et qui leur donnait le pouvoir de faire le bien au bénéfice de la communauté ; son père lui avait expliqué que ceux qui le possédaient pouvaient interpréter les rêves, faire reculer la maladie et la mort, indiquer aux chasseurs où trouver le gibier et dépêcher un esprit pour aider la tribu à combattre ses ennemis.

Mais ce n'est que cette année, dans la classe de M. Reed, qu'elle avait appris que, déjà en 1620, il ne restait plus que dix pour cent des quelque trente mille Indiens wabanaki établis sur la côte Est au début du XVIIe siècle. Le contact des tribus avec les colons – qui avaient apporté alcool et nouvelles maladies, s'étaient emparés de leurs terres et avaient pillé les ressources naturelles – leur avait été fatal. Le fait que les Amérindiennes jouissaient de plus de pouvoir et d'autorité que les Blanches, un fait avéré par les récits de captivité, avait été une autre découverte, au même titre que la supériorité des Indiens sur la plupart des Européens en matière d'agriculture. Leur savoir-faire leur permettait ainsi d'obtenir, dans une même région, des récoltes plus abondantes. Non, ce n'était pas des « primitifs » comme l'attestait leur structure sociale, éminemment complexe. Bien qu'ils se fissent traiter de sauvages, même l'illustre général Philip Sheridan a dû admettre que « [les Blancs] ont pris leurs terres et se sont approprié leurs moyens de subsistance. C'est à cause de cela et en rébellion contre cet état de fait qu'ils nous ont déclaré la guerre. À quoi d'autre pouvait-on s'attendre ? »

Molly avait toujours pensé que les Indiens avaient mené leur combat sous forme de guérilla, en scalpant leurs ennemis et en pillant. Découvrir qu'ils avaient tenté de négocier avec les colons, avaient revêtu des costumes européens et s'étaient adressés au Congrès américain en s'attendant à ce que la bonne foi règne des deux côtés alors qu'ils avaient été trompés et qu'on leur avait menti à maintes reprises, la faisait bouillir de rage.

Dans la salle de classe de M. Reed, il y a une photographie de Molly Molasses prise vers la fin de sa vie. Elle se tient droite comme un « i » et porte une coiffe pointue brodée de perles et deux énormes pendentifs en argent autour du cou. Son visage est sombre et ridé et elle a l'air farouche. Un jour, Molly est restée après les cours, seule, à longuement contempler ce portrait, cherchant des réponses à des questions qu'elle ne savait pas formuler.

Le soir de ses huit ans, après avoir dégusté des sandwichs à la crème glacée et un gâteau Sara Lee que sa mère avait rapporté de la supérette, elle avait fermé les yeux et fait un vœu en soufflant ses petites bougies d'anniversaire rayées roses (elle se souvient qu'elle espérait recevoir une bicyclette rose avec des rubans rose et blanc attachés au guidon, comme celle que la petite voisine d'en face avait reçue quelques mois plus tôt pour son anniversaire), puis elle s'était assise dans le canapé, attendant que son père rentre. Sa mère faisait les cent pas, essayant sans cesse et sans succès de le joindre au téléphone et marmonnant entre ses dents : « Comment peux-tu oublier l'anniversaire de ta fille unique ? » Mais il n'avait pas décroché. Au bout d'un moment, elles s'étaient résignées et couchées.

Environ une heure plus tard, elle avait été réveillée. Quelqu'un lui secouait l'épaule. Son père, qui tanguait un peu, était assis sur la chaise à côté de son lit, un sac plastique à la main. « Hé, Molly Molasses, t'es réveillée ? » lui avait-il murmuré.

Elle avait ouvert les yeux.

« T'es réveillée ? » avait-il demandé à nouveau en se penchant pour allumer la lampe princesse qu'il lui avait achetée dans un vide-grenier.

Elle avait hoché la tête.

« Tends la main. »

Il avait sorti du sac trois cartes en plastique grises, sur la face veloutée desquelles un petit pendentif était accroché. « Petit poisson », avait-il annoncé en lui tendant le poisson iridescent bleu et vert ; « corbeau », pour l'oiseau en étain, « ours », pour le nounours brun. « C'est supposé être un ours noir du Maine, mais c'est tout ce qu'ils avaient, avait-il dit sur un ton d'excuse. Alors, voilà de quoi il retourne. Je me demandais ce que je pourrais t'offrir pour ton anniversaire qui ait une vraie valeur, pas comme ces cochonneries de Barbie. Et je me suis dit que toi et moi on est indiens. Pas ta mère, mais nous oui. Et j'ai toujours aimé les symboles indiens. Tu sais ce que c'est un symbole ? »

Elle avait opiné.

« Un truc qui représente un autre truc. Alors, voyons voir si j'ai bonne mémoire. » Assis sur le lit, il lui reprend des mains la carte avec l'oiseau et la fait tourner entre ses doigts. « OK, celui-là, il est magique. Il te protégera contre les mauvais sorts et d'autres choses bizarres dont tu n'auras peut-être même pas conscience. » Avec précaution, il avait défait les attaches en fil métallique et libéré le pendentif qu'il avait posé sur la table de nuit. Puis il avait pris le nounours. « Ce puissant animal est un protecteur. »

Elle avait ri.

« Pour de vrai. Peut-être qu'on ne le dirait pas, mais les apparences peuvent être trompeuses. Ce gars n'a peur de rien. Et il peut transmettre sa bravoure à ceux qui en ont besoin. » Il avait libéré l'ours de la carte et l'avait posé à côté de l'oiseau.

« Parfait. Au tour du poisson. Peut-être que c'est le mieux de tous. Il t'immunise contre la magie des autres personnes. C'est pas cool, ça ? »

Elle avait réfléchi un moment. « Mais en quoi est-ce différent des mauvais sorts ? »

Il avait décroché le pendentif de la carte et posé le poisson à côté des deux autres charmes, en les alignant précautionneusement à l'aide de son doigt. « Très bonne question. Même à moitié endormie, tu es plus maligne que la plupart des gens quand ils sont complètement éveillés. OK, je comprends en quoi cela peut te sembler similaire, mais, en réalité, la différence est importante. Écoute bien. »

Elle s'était assise bien droite.

« La magie des autres n'est pas forcément constituée de mauvais sorts. Cela peut être à propos de trucs qui ont l'air vraiment bien. Comme… oh, je ne sais pas, quelqu'un qui essaierait de te convaincre de faire quelque chose que tu sais que tu ne devrais pas faire. Fumer des cigarettes, par exemple.

— Beurk. Jamais je ne ferai cela.

— Exactement. Mais cela peut aussi être quelque chose qui ne te paraît pas aussi dégoûtant, comme de prendre un bonbon à la supérette sans le payer.

— Mais c'est là où maman travaille !

— Exact. Mais même si elle n'y travaillait pas, tu sais bien que ce n'est pas bien de voler des bonbons, pas vrai ? Mais peut-être que le pouvoir de cette personne serait très fort et qu'elle serait très convaincante. "Allez, Moll, on se fera pas prendre, chuchote-t-il d'un ton brusque. T'aimes les bonbons, t'en veux pas un, allez, juste une fois ?" »

Après s'être saisi du poisson, il avait continué le dialogue imaginaire, d'un ton sérieux de petit personnage de dessin animé.

« "Non merci. Je sais ce que tu cherches à me faire faire. Je ne te laisserai pas exercer ta magie sur moi, non, monsieur, et je vais nager loin de toi, compris ? OK, ciao." » Il avait fait accomplir un demi-tour au poisson et avait mimé, de la main, le mouvement d'une vague.

Il avait ensuite fouillé dans le sac. « Ah, merde. Je voulais aussi te prendre une chaîne pour enfiler les charmes dessus. » Il lui avait tapoté le genou. « Ne t'inquiète pas. Cela fera partie de la deuxième livraison. »

Deux semaines après, alors qu'il rentrait chez lui tard dans la nuit, il avait perdu le contrôle de son véhicule et c'en avait été fini de lui. Six mois ne s'étaient pas encore écoulés que Molly était partie vivre ailleurs. Ce n'est que des années après qu'elle s'était acheté une chaîne.

Spruce Harbor, Maine, 2011

« Portage. » Vivian plisse le nez. « Cela rime avec – je ne sais pas – avec “porc et potage”. »

Porc et potage ? Bon, peut-être que cela ne va pas marcher.

« Porter mon embarcation de lac en rivière ? Ma chère, je crains que les métaphores ne soient pas mon fort. Qu’est-ce que cela peut bien vouloir dire ? demande Vivian.

— Eh bien, je pense que l’embarcation représente ce que vous emportez avec vous, l’essentiel, à chacun de vos déplacements. Et l’eau, je crois, est l’endroit où nous voulons nous rendre. Est-ce que vous me comprenez ? répond Molly.

— Pas vraiment. Je crains d’y voir encore moins clair qu’avant. »

Molly sort sa liste de questions. « Commençons et voyons ce que cela donne. »

Elles sont installées dans les fauteuils à oreilles du salon. C’est la fin de l’après-midi et la clarté du jour a commencé de décliner. Leur travail est fini pour la journée et Terry est rentrée chez elle. Un peu plus tôt, il pleuvait des cordes, un véritable rideau de pluie, mais maintenant les nuages que l'on aperçoit à l'extérieur sont chapeautés de lumière, semblables à des pics montagneux suspendus dans le ciel. Des rayons de soleil dardent de sous leur masse vers la terre, tout comme dans les illustrations des bibles pour enfants.

Molly met en marche le dictaphone qu'elle a emprunté à la bibliothèque de l'école et vérifie qu'il fonctionne. Elle inspire profondément et passe le doigt sous la chaîne qu'elle porte autour du cou.

« C'est mon père qui m'a donné ces charmes. Ils ont chacun leur signification. Le corbeau protège contre la magie noire. L'ours donne du courage. Le poisson permet de se prémunir contre la magie des autres.

— Je ne me doutais pas que ces pendentifs voulaient dire quelque chose. »

D'un air absent, Vivian se met à tripoter sa propre chaîne. Pour la première fois, Molly regarde attentivement le pendentif en étain.

« Est-ce que votre pendentif a aussi... une signification ?

— Pour moi, oui. Mais il n'est pas magique, conclut-elle en souriant.

— Peut-être que si. Vous savez, je dis magie noire de façon métaphorique, la magie noire est tout ce qui peut mener les gens à leur perte : l'appât du gain ou leur propre insécurité qui les pousse à commettre des actes destructeurs. L'esprit guerrier de l'ours, lui, nous protège non seulement de ceux qui nous voudraient du mal, mais aussi de nos propres démons. Quant à la magie des autres, je pense qu'il s'agit de tout ce à quoi nous sommes vulnérables, tout ce qui peut nous faire sortir du droit chemin. Alors ma première question va peut-être vous sembler bizarre. On peut dire qu'elle aussi est métaphorique. »

Une fois de plus elle jette un coup d'œil au dictaphone et inspire profondément.

« OK. Voilà. Croyez-vous aux esprits ou aux fantômes ?

— Mon Dieu, en voilà une question ! »

Ses mains frêles croisées dans son giron, Vivian porte le regard au-delà de la fenêtre, sur l'extérieur. Molly commence à douter qu'elle lui réponde. Puis, d'une voix si douce que Molly doit se pencher en avant pour l'entendre, Vivian se met à parler.

« Oui, je crois aux fantômes.

— Croyez-vous qu'ils… nous entourent ? »

Vivian fixe ses yeux noisette sur Molly et acquiesce. « Ce sont eux qui nous hantent, nous qu'ils ont laissés derrière eux. »

Comté d'Hemingford, Minnesota, 1930

Il n'y a presque rien à manger dans la maison. Cela fait trois jours que M. Grote part en forêt et en revient les mains vides. Nous nous nourrissons d'œufs et de pommes de terre. La situation devient si critique qu'il se décide à tuer un poulet et commence à s'interroger sur le sort à réserver à la chèvre. Quand il rentre, il est taciturne. Il ne réagit pas quand les enfants s'agrippent à ses jambes et réclament bruyamment son attention. Il les chasse comme des mouches.

Le soir du troisième jour, je sens son regard peser sur moi. Il a un drôle d'air, comme s'il faisait un calcul dans sa tête. Finalement, il me questionne.

« C'est quoi ce truc que t'as autour du cou ? » Je sais très bien à quoi il fait référence.

« Ça n'a aucune valeur, dis-je.

— On dirait de l'argent oxydé », commente-t-il en observant mon collier de plus près.

Je sens mon cœur battre à se rompre.

« Ce n'est que de l'étain.

— Fais voir. »

M. Grote s'approche et touche d'un doigt sale le cœur surmonté des deux mains serrées. « C'est quoi ça, un genre de symbole païen ? »

Je ne sais pas ce que païen veut dire, mais cela semble mauvais. « Probablement. »

« Qui te l'a donné ?

— Ma grand-mère. »

C'est la première fois que je mentionne ma famille en sa présence et je le regrette aussitôt. J'aimerais pouvoir effacer ce que je viens de dire. « Cela n'avait pas de valeur pour elle. Elle allait le jeter. »

Il fait la moue. « C'est bizarre, ce truc. Pas sûr que j'arrive à le vendre. »

M. Grote me parle sans arrêt : lorsque je plume le poulet, fais cuire les pommes de terre dans le fourneau, m'assois dans le salon, un enfant sur les genoux. Il me fait des confidences sur sa famille, me raconte la dispute qui a éclaté entre son frère et leur père quand il avait seize ans et à l'issue de laquelle son père avait été tué. Après ça, son frère a pris la fuite et n'est jamais revenu. C'est à peu près à cette époque qu'il a rencontré Mme Grote. Quand Harold est né, il avait dix-huit ans. Ils ne s'étaient mariés qu'une fois la maison remplie d'enfants. Tout ce qui l'intéresse c'est chasser et pêcher, mais il doit maintenant nourrir et habiller toute une famille. Or, pour être honnête, il ne voulait pas d'enfants. Et il a même peur de leur faire du mal, un jour.

Les semaines passent et le temps se réchauffe. M. Grote prend l'habitude de s'asseoir sur le porche, une bouteille de whisky à son côté, pour tailler des bouts de bois jusque tard dans la soirée et, immanquablement, il m'invite à me joindre à lui. Dans la pénombre, il me raconte des choses que je préférerais ne pas savoir. Lui et sa femme se parlent à peine, me confie-t-il. Elle déteste discuter mais adore le sexe. Il n'a plus envie de la toucher. D'abord, elle ne fait même pas l'effort de se laver et ensuite il y a toujours un mioche accroché à elle.

« J'aurais dû épouser quelqu'un comme toi, Dorothy. Tu ne m'aurais pas piégé comme ça, pas vrai ? » Il me dit qu'il aime mes cheveux roux. « Tu sais ce qu'on dit ? me demande-t-il. Si tu cherches des ennuis, trouve-toi une rousse. » La première fille qu'il avait embrassée était rousse, mais c'était il y a longtemps, quand il était jeune et séduisant.

« Ça t'étonne de penser que j'ai pu être séduisant ? Moi aussi, j'ai été un garçon et je n'ai que vingt-quatre ans aujourd'hui. »

Jamais il n'a été amoureux de sa femme.

« Appelle-moi Gerald », me demande-t-il.

Je sais que M. Grote ne devrait pas me parler comme cela. Je n'ai que dix ans.

Les petits gémissent comme des chiens blessés et se blottissent les uns contre les autres pour se réconforter mutuellement. Ils ne jouent pas à courir et à sauter, comme des enfants normaux. Leur nez est toujours morveux et leurs yeux sont larmoyants. Je me déplace dans la maison comme un insecte caparaçonné, insensible aux piques que me lance Mme Grote, aux pleurnicheries d'Harold, aux pleurs de Gerald Junior qui, de sa vie, n'arrivera jamais à satisfaire pleinement son besoin d'être constamment pris dans les bras.

Je vois Mabel se transformer en une enfant maussade, trop consciente des responsabilités qui lui incombent et de la maltraitance dont elle fait l'objet, condamnée qu'elle est à faire partie de cette triste assemblée. Je sais ce qu'ils endurent, leur façon de vivre, mais il m'est quand même difficile de les aimer. Leur malheur ne fait que souligner le mien. Toute mon énergie est concentrée sur le fait de rester propre et de me lever le matin pour aller à l'école.

Une nuit de tempête, étendue sur un matelas dont on sent les pointes métalliques des ressorts à travers le fin rembourrage, tandis que de l'eau goutte sur mon visage et que mon ventre crie famine, je me remémore un moment sur l'*Agnes Pauline* alors qu'il pleuvait et que nous avions tous le mal de mer. Mon père essayait de nous distraire et nous avait demandé de fermer les yeux et d'imaginer une journée parfaite. Cela s'était déroulé trois ans auparavant, je n'avais que sept ans, mais ce que je m'étais inventé à cette occasion est resté gravé dans ma mémoire. Un dimanche après-midi, je vais rendre visite à ma grand-mère. Pour rejoindre sa douillette maison située en bordure du village, j'escalade des murets de pierre et traverse des étendues d'herbes folles qui ondoient dans le vent. Je sens la douce odeur de fumée en provenance des feux de tourbe et écoute les grives et les merles qui vocalisent. Au loin, j'aperçois le toit en chaume et les murs passés à la chaux de la maison, ainsi que les pots de géraniums qui fleurissent sur le rebord des fenêtres. La robuste bicyclette de grand-mère repose contre la barrière, à l'intérieur du jardin, près de la haie où pendent, par grappes denses, mûres et prunelles.

À l'intérieur, une oie rôtit dans le four et Monty, son chien noir et blanc, attend sous la table qu'on lui donne des restes. Grand-père est soit sorti pêcher la truite dans la rivière avec la canne qu'il s'est lui-même confectionnée, soit parti dans les champs chasser le coq de bruyère ou la perdrix. Grand-mère et moi sommes seules pendant quelques heures.

Elle prépare une tourte à la rhubarbe et étale une pâte à tarte jaune avec son grand rouleau à pâtisserie qu'elle saupoudre ensuite de farine puis étend de manière à pouvoir la poser sur la garniture et couvrir les bords du plat avec. De temps à autre, elle tire une bouffée de sa cigarette Sweet Afton et des volutes de fumée s'élèvent au-dessus de sa tête. Elle m'offre un bonbon à la menthe qu'elle sort de la poche de son tablier. C'est là qu'elle garde ses réserves, mélangées à une demi-douzaine de cigarettes à moitié consumées. Une combinaison de saveurs que je n'oublierai jamais. Sur la boîte à cigarettes, un poème de Robert Burns – que grand-mère aime déclamer sur l'air d'une vieille chanson irlandaise – est imprimé :

Coule doucement bel Afton, entre tes vertes rives,
Coule doucement, je te chanterai une chanson à ta louange[1].

Assise sur un tabouret à trois pieds, j'écoute le crépitement et le grésillement que produit la peau de l'oie qui cuit dans le four. Avec le surplus de pâte qui

1. *Poésies complètes* de Robert Burns. Traduction Léon de Wailly, Charpentier, libraire-éditeur, 1843. (*N.d.T.*)

dépasse du plat et qu'elle ôte avec son couteau, grand-mère dessine une croix qu'elle pose au centre puis l'enduit d'œuf battu avant de percer la pâte à coups de fourchette et de la saupoudrer de sucre. Une fois la tarte enfournée, nous allons dans la pièce principale, la « bonne pièce » comme elle l'appelle, rien que nous deux, pour prendre le thé, bien infusé, noir et copieusement sucré, et aussi du cake à la groseille, tranché et tiède. Grand-mère choisit dans le vaisselier, parmi sa collection de porcelaine, deux tasses, soucoupes et petites assiettes ornées de roses, qu'elle dispose avec précaution sur deux napperons en lin. Les rideaux en dentelle filtrent la lumière de l'après-midi, atténuant les rides de son visage.

Perchée sur le siège rembourré, j'aperçois le repose-pied en bois, tapissé d'un tissu brodé à motif floral, posé devant son fauteuil à bascule, ainsi que la petite étagère de livres – essentiellement des recueils de prières et de la poésie – près de l'escalier. Je revois grand-mère qui chante et fredonne un air en servant le thé. Ses mains charpentées et son sourire empreint de bonté. Son amour pour moi.

Alors que je me tourne en tous sens sur ce matelas humide et nauséabond, j'essaie de me concentrer sur ce jour parfait, mais ce souvenir en amène d'autres, beaucoup plus sombres. Mme Grote, qui gémit dans sa chambre, n'est pas si différente de ma mère que cela. Toutes deux, surchargées de travail et de responsabilités, étaient incapables d'assumer leur fardeau, faibles de nature ou rendues telles par les circonstances de leur vie. Et toutes deux avaient épousé des hommes égoïstes au caractère bien trempé et se servaient du sommeil comme d'une drogue. Mam, qui attendait de moi que je cuisine, fasse le ménage et m'occupe de Maisie et des garçons, faisait de moi la confidente de ses soucis et me traitait de naïve quand j'affirmais que les choses allaient s'arranger et que tout se passerait bien pour nous. « Tu ne connais pas la moitié du quart de la réalité », me répondait-elle. Une fois, peu de temps avant l'incendie, j'avais voulu la réconforter alors qu'elle pleurait, prostrée dans son lit, dans l'obscurité. Lorsque je l'avais prise dans mes bras, elle s'était redressée et m'avait brutalement repoussée. « Tu n'en as rien à faire de moi, m'avait-elle dit d'un ton tranchant. Et ne fais pas semblant. Tout ce que tu veux, c'est ton dîner. »

Je m'étais écartée, le visage en feu comme si elle m'avait frappée. À ce moment-là, quelque chose s'était brisé. Je ne lui avais plus jamais fait confiance. Lorsqu'elle pleurait, je ne ressentais plus rien. Après, elle disait que je n'avais pas de cœur, que j'étais insensible. Peut-être que c'était vrai.

Début juin, nous avons tous des poux, y compris Nettie dont on peut pratiquement compter les cheveux, tellement ils sont rares. Je me souviens des poux sur le bateau. Comme Mam était terrifiée à l'idée que nous en attrapions, elle passait notre tête en revue chaque matin, et nous avait même mis en quarantaine lorsqu'elle avait appris qu'il y en avait dans d'autres cabines. « Pour s'en débarrasser, c'est la croix et la bannière. Y a rien de pire », disait-elle. Elle nous avait parlé de l'épidémie qui avait sévi à l'école pour filles de Kinvara quand elle y était pensionnaire. Ils avaient rasé les têtes de tous les élèves. Mam était fière de son abondante chevelure brune et n'avait plus jamais coupé ses cheveux depuis. Malgré tout, nous en avions quand même attrapé.

Gerald n'arrête pas de se gratter la tête et lorsque je l'examine, je constate qu'elle est infestée. Les deux autres en ont également. Probablement qu'il y en a partout dans la maison : sur le canapé, sur les chaises et sur Mme Grote aussi. Je sais quel cauchemar cela va être de s'en débarrasser : plus d'école, plus de cheveux, des heures de travail, des draps à laver.

J'ai une folle envie de fuir.

Mme Grote est au lit, avec le bébé. Adossée à deux oreillers crasseux, la couverture remontée jusqu'au menton, elle me fixe lorsque j'entre dans sa chambre. Ses yeux sont enfoncés dans leurs orbites.

« Les enfants ont des poux.

— Et toi ? me demande-t-elle en retroussant les lèvres.

— Probablement aussi puisqu'ils en ont. »

Elle semble réfléchir un moment.

« C'est toi qui les as amenés dans cette maison, affirme-t-elle.

— Non, m'dame, je ne pense pas, dis-je en m'empourprant.

— Ils viennent bien de quelque part !

— Je pense... »

J'ai du mal à finir ma phrase.

« Je pense que vous devriez vérifier votre lit. Et vos cheveux.

— C'est toi qu'tu les as ramenés ! s'écrie-t-elle, en repoussant drap et couverture. T'es arrivée, avec tes airs de grande dame, comme si tu valais mieux qu'nous... »

Sa chemise de nuit est remontée sur son ventre. J'aperçois un triangle de poils sombres entre ses jambes et me détourne, gênée.

« Ne t'avise pas de t'en aller ! » crie-t-elle. Brusquement, elle arrache Nettie, qui se met à hurler, du lit et la coince sous son bras, pointant les draps de sa main libre. « Fais bouillir les draps. Après tu passeras les cheveux des enfants au peigne. Je l'ai dit à Gerald, que c'était trop, qu'il ne fallait pas faire entrer une vagabonde qui vient de Dieu sait où dans cette maison. »

Les cinq heures suivantes sont encore plus laborieuses que ce que j'avais imaginé. Je fais chauffer de l'eau et la déverse dans un grand baquet en faisant attention de ne pas ébouillanter les enfants, je récupère tous les draps, couvertures et vêtements et les plonge dans l'eau bouillante avant de les frotter au savon à lessiver. Ensuite, je passe les draps dans l'essoreuse manuelle. Je suis à peine assez grande pour remonter la manivelle et l'actionner et mes bras peinent sous l'effort.

Je ne saisis que des bribes de la conversation que M. Grote a avec sa femme, qu'il a trouvée étalée sur le canapé du salon lorsqu'il est rentré : « une moins que rien », « vermine », « sale bouffeuse de patates irlandaise ». Quelques minutes plus tard, quand il entre dans la cuisine, il me découvre à genoux, essayant de toutes mes forces d'actionner l'essoreuse. « Doux Jésus ! » s'exclame-t-il en se mettant à m'aider.

Il pense que les matelas sont probablement également infestés. Selon lui, si nous les portons à l'extérieur et les aspergeons d'eau bouillante, cela tuera sûrement les parasites. « Je ne suis pas loin de penser qu'il faudrait faire pareil avec les enfants », dit-il et je sais qu'il ne plaisante qu'à moitié. En quelques coups de coupe-chou, il leur rase la tête à tous les quatre. En dépit de mes tentatives pour les empêcher de bouger, ils s'agitent et gigotent et finissent avec plusieurs blessures et petites entailles. Ils me font penser à ces soldats revenus de la Grande Guerre que l'on voit en photo, chauves et les yeux caves. M. Grote frotte leur crâne avec de la lessive, ce qui fait les fait hurler. Mme Grote est assise sur le canapé d'où elle nous regarde.

« Wilma, à toi, lui dit-il en se tournant vers elle, le rasoir à la main.

— Non.

— Il faut vérifier, au minimum.

— Vérifie les cheveux de la fille. C'est elle qui les a amenés ici. »

Mme Grote tourne son visage vers le dossier du canapé.

M. Grote s'approche de moi. Je défais mes tresses et m'agenouille face à lui tandis qu'il vérifie doucement ma chevelure. Cela me fait bizarre de sentir sa respiration dans mon cou, ses mains qui parcourent mon crâne. Il pince quelque chose entre ses doigts et s'assoit sur ses talons. « Ouais, t'as des œufs. »

De toute ma famille, je suis la seule à avoir les cheveux roux. Lorsque j'avais demandé à papa d'où ils venaient, il avait répondu en rigolant qu'il devait y avoir eu de la rouille dans la tuyauterie. Il avait les cheveux bruns, « fumés » par des années de labeur alors que, quand il était jeune, ils étaient plutôt auburn. « Mais rien à voir avec toi, me disait-il. Les tiens flamboient comme un coucher de soleil sur Kinvara, comme un feuillage d'automne, comme la carpe koï dans la vitrine de l'hôtel de Galway. »

M. Grote ne veut pas me raser la tête. Il dit que cela serait criminel. Alors il enroule mes cheveux autour de son poing et me les coupe au ras du cou. Un tas de boucles tombe au sol et il continue à couper, jusqu'à ce qu'il ne me reste plus que cinq centimètres sur le crâne.

Je passe les quatre jours suivants enfermée dans cette misérable masure, à faire du feu et bouillir de l'eau, les enfants maussades dans mes pattes, comme à leur habitude. Mme Grote est retournée se coucher entre ses draps humides, sur son matelas moisi, la tête infestée de poux, sans que je puisse rien y faire. Absolument rien.

« Tu nous as manqué, Dorothy ! me dit Mlle Larsen quand je suis de retour à l'école. Et tu as une nouvelle coupe de cheveux ! »

Je touche le haut de ma tête, là où mes cheveux se dressent. Mlle Larsen sait parfaitement bien pourquoi ils sont si courts – c'est expliqué dans la note que je lui ai remise après être descendue du camion – mais elle n'en laisse rien paraître. « En fait, ça te donne un style charleston. Tu sais ce que c'est ? »

Je secoue la tête.

« C'est une danse. Les filles qui dansent le charleston habitent les grandes villes, coupent leurs cheveux court et font tout ce qui leur plaît. » Elle me fait un grand sourire. « Qui sait, Dorothy, peut-être que tu vas devenir l'une d'entre elles ? »

Comté d'Hemingford,
Minnesota, 1930

À la fin de l'été, la chance semble tourner en faveur de M. Grote. Il rapporte à la maison tous les animaux qu'il réussit à attraper, les dépèce immédiatement puis les suspend dans la cabane au fond du jardin. Derrière, il construit un fumoir qui fonctionne en permanence et qu'il remplit d'écureuils, de poissons et même de ratons laveurs. La viande dégage une odeur douceâtre qui me soulève le cœur, mais mieux vaut avoir cela que rien.

Une fois de plus, Mme Grote est enceinte. Elle dit que le bébé naîtra en mars. Je suis inquiète à l'idée de devoir l'aider à ce moment-là. Lorsque nous habitions Elizabeth Street et que Maisie est venue au monde, nombreuses étaient les voisines qui avaient déjà vécu cette expérience et je n'avais eu qu'à m'occuper des petits. Mme Schatzman, au fond du couloir, et les sœurs Krasnow à l'étage du dessous, qui à elles toutes avaient eu sept enfants, étaient venues chez nous, avaient fermé la porte de la chambre de mes parents et s'étaient chargées de tout. Papa était sorti. Ou peut-être que c'étaient elles qui l'avaient envoyé dehors, je ne sais pas. J'étais dans le salon où je jouais à *Tourne, tourne, petit moulin*, récitais l'alphabet et chantais toutes les chansons de mon père, celles qu'il avait l'habitude de tonitruer lorsqu'il rentrait du pub tard dans la nuit et qu'il réveillait les voisins.

À la mi-septembre, les champs jaunis que je longe pour rejoindre la route sont parsemés de meules de foin arrondies, disposées de façon géométrique, en pyramides ou regroupées par petits tas dispersés au hasard. En cours d'histoire, nous apprenons qu'en 1621 les colons installés à Plymouth Plantation et qui s'apprêtaient à fêter leurs premières récoltes ont reçu en cadeau de la part des Indiens des dindons sauvages, du maïs et cinq cerfs. Nous discutons des traditions familiales ; pas plus que les Byrne, les Grote ne célèbrent cet événement.

« Pourquoi toute cette histoire pour un dindon ? Je peux en attraper un quand je veux », me répond M. Grote lorsque je lui en parle. Mais cela n'arrive jamais.

Il est devenu plus distant : parti dès l'aurore à la chasse, il passe ses soirées à dépecer et fumer ce qu'il rapporte. Lorsqu'il est chez lui, il crie sur les enfants ou les évite. Parfois, il secoue le bébé jusqu'à ce qu'il gémisse et s'arrête de pleurer. Je ne suis même pas sûre qu'il dorme toujours dans la chambre du fond. Souvent, je le retrouve couché sur le canapé du salon. La forme que dessine son corps sous la courtepointe me fait penser à la racine exposée d'un vieil arbre.

Un matin de novembre, je me réveille couverte d'une fine pellicule de neige. Il a dû y avoir une tempête pendant la nuit. De petits amas de flocons, qui se sont immiscés par les fentes et les trous des murs et du plafond, parsèment les matelas. Je m'assois et regarde autour de moi. Trois des enfants sont dans la chambre, blottis les uns contre les autres comme des moutons. En me levant, je secoue la neige de mes cheveux. J'ai dormi dans mes vêtements d'hier, mais je ne veux pas que Mlle Larsen ou les filles de l'école, Lucy en particulier, me voient porter les mêmes habits deux jours de suite (même si j'ai remarqué que certains enfants ne se gênent pas pour le faire). Je sors une robe et mon autre pull de ma valise – toujours ouverte dans un coin de la pièce – et me change rapidement. Aucun de mes vêtements n'est vraiment propre, mais je tiens quand même à observer ce rituel.

La promesse d'une salle de classe chaude, du sourire de Mlle Larsen et de la distraction que m'apportent les descriptions d'autres vies et d'autres mondes figurant dans les livres que nous lisons en cours me motive pour sortir de la maison. La marche jusqu'à l'intersection avec le chemin devient difficile. Chaque fois qu'il neige, je dois me forger un nouveau passage. M. Grote me dit que quand les grosses tempêtes vont s'abattre sur la région dans quelques semaines, je pourrai faire une croix sur l'école.

Une fois arrivée, Mlle Larsen me prend à part. Elle me tient la main et me regarde dans les yeux. « Tout va bien chez toi, Dorothy ? »

J'acquiesce.

« S'il y a quoi que ce soit dont tu veux me parler…

— Non, madame, tout va bien, dis-je.

— Tu ne rends plus tes devoirs. »

Je n'ai ni le temps ni d'endroit où me mettre pour lire ou faire mes devoirs chez les Grote et, après le coucher du soleil à cinq heures, il n'y a pas de lumière non plus. La maison ne compte que deux bouts de chandelles, dont un que Mme Grote garde avec elle dans sa chambre. Mais je ne veux pas que Mlle Larsen ait pitié de moi. Je veux être traitée comme les autres.

« Je ferai plus d'efforts, lui dis-je.

— Tu… »

Elle porte sa main à son cou puis la laisse retomber.

« Tu as des problèmes pour faire ta toilette ? »

Je hausse les épaules et me sens rougir de honte. Mon cou. Il faut que je sois plus attentive.

« Est-ce qu'il y a l'eau courante, chez toi ?

— Non, m'dame. »

Elle se mord la lèvre.

« Bon. Viens me voir si tu as besoin de parler, d'accord ?

— Je vais bien, mademoiselle Larsen. Tout va bien. »

Je suis endormie sur une pile de couvertures, repoussée du matelas par un enfant au sommeil agité, lorsque je sens une main sur mon visage. J'ouvre les yeux. M. Grote, penché sur moi, un doigt posé sur les lèvres, me fait signe de le suivre. Encore somnolente, je me lève, m'enroule dans une des courtepointes et le rejoins dans le salon. À la faible lumière de la lune, filtrée par les nuages et les carreaux sales, je vois qu'il s'est assis sur le canapé et qu'il tapote le coussin à côté de lui.

Je resserre la courtepointe autour de moi. Il tapote à nouveau le coussin. Je m'avance vers lui, mais reste debout.

« Il fait froid cette nuit. Je dirais pas non à un peu de compagnie, me dit-il à voix basse.

— Vous devriez retourner dans votre chambre, avec elle.

— J'ai pas envie.

— Je suis fatiguée, je vais me coucher.

— Non, tu vas rester ici avec moi », me répond-il en secouant la tête.

Je sens mon ventre se nouer et fais demi-tour pour regagner ma chambre.

Il m'attrape le bras. « Je t'ai dit que je voulais que tu restes. »

Je le regarde à travers la pénombre. Jusqu'à présent, je n'ai jamais eu peur de M. Grote, mais cette fois-ci sa voix est différente et je sais que je dois faire attention. Les coins de sa bouche sont curieusement remontés, donnant à son sourire un air inquiétant.

Il tire sur la courtepointe. « On peut se réchauffer l'un l'autre. »

Je resserre la couverture contre mes épaules et me retourne à nouveau, chutant brusquement. Je me retrouve face contre terre. Mon coude a violemment heurté le sol et une douleur aiguë transperce mon corps. Tout en essayant de me dépêtrer de la courtepointe, je regarde autour de moi afin de comprendre ce qui s'est passé. Une main calleuse maintient ma tête au sol. Je voudrais bouger, mais la couverture m'emmaillote tel un cocon.

« Fais ce que j'te dis. » Je sens sa barbe naissante et son haleine faisandée sur ma joue. « Tiens-toi tranquille. »

Sa grosse main remonte sous la couverture jusqu'à mon pull, puis sous ma robe. Rien à faire, je ne parviens pas à me dégager. Sa main arpente mon corps de haut en bas et une onde de choc me traverse lorsque je la sens qui fouille entre mes cuisses, où il enfonce ses doigts. Son visage à la peau rêche est toujours pressé contre le mien, râpant ma joue, et sa respiration est haletante.

« Ouiii », souffle-t-il d'une voix pantelante dans mon oreille. Il me couvre comme un chien, une main occupée à frotter ma peau frénétiquement, l'autre à déboutonner son pantalon. En entendant le claquement des boutons qui se défont successivement, je me penche en avant et me tortille en tout sens, mais je suis tout aussi prisonnière qu'une mouche dans une toile d'araignée. Maintenant que son pantalon est baissé, je vois son pénis turgescent entre ses jambes, son ventre blanc et musculeux. J'ai côtoyé suffisamment d'animaux pour comprendre ce qu'il essaie de faire. Bien que mes bras soient coincés, je bascule mon corps pour tenter de resserrer la courtepointe autour de moi. Mais lorsqu'il tire dessus violemment, je sens qu'elle se défait. C'est alors qu'il murmure dans mon oreille : « Tout doux, maintenant, t'aimes ça, pas vrai ? », et que je commence à gémir de terreur. Quand il plonge deux doigts à l'intérieur de moi, ses ongles cassés déchirent ma peau et je crie. Une main plaquée contre ma bouche, il enfonce les doigts de l'autre encore plus profondément, tout en se frottant contre moi. Je renâcle tel un cheval, pousse un râle qui remonte du fond de ma gorge.

C'est alors qu'il soulève ses hanches et ôte sa main de ma bouche. Je hurle. Une gifle cinglante m'étourdit.

Du bout du couloir, une voix nous parvient. « Gerald ? » Il s'immobilise. Juste une seconde. D'un bond, il est debout, bataillant avec les boutons de son pantalon qu'il tente de refermer le plus rapidement possible.

« Nom de Dieu, qu'est-ce qui… ? » Mme Grote est appuyée contre le chambranle de la porte, soutenant son ventre arrondi de la main.

D'un coup, je remonte ma culotte, tire sur ma robe et mon pull et me relève en chancelant, resserrant la couverture contre moi.

« Non, pas *elle* ! rugit-elle.

— Wilma, ce n'est pas ce que tu penses…

— Tu n'es qu'une bête ! »

Sa voix est profonde, sauvage. Elle se tourne vers moi. « Et toi… toi… Je le savais… » Elle montre la porte du doigt. « Dehors. *Dehors !* »

Je mets un moment à comprendre ce qu'elle veut dire. À comprendre qu'elle m'ordonne de m'en aller, maintenant, dans le froid, en plein milieu de la nuit.

« Du calme, Wilma, du calme, dit Gerald, ou plutôt, M. Grote.

— Je veux que cette fille, cette traînée, sorte de ma maison !

— Parlons-en.

— Maintenant ! Je veux qu'elle s'en aille *maintenant* !

— OK, OK. »

Il me jette un regard inexpressif et je me rends alors compte que la situation a beau être déjà affreuse, elle va encore empirer. Je ne veux pas rester chez eux, mais comment survivre une fois dehors ?

M. Grote disparaît à l'autre bout du couloir. J'entends un enfant qui pleure. Mme Grote revient un moment plus tard, ma valise à la main, et la balance avec difficulté à travers la pièce. Au moment où elle s'écrase contre le mur, tout son contenu s'éparpille par terre.

Mes bottines et mon manteau moutarde dans les poches duquel se trouvent les précieux gants doublés que m'a offerts Fanny sont suspendus à un clou à côté de l'entrée. J'ai sur moi la seule paire de chaussettes, élimées, que je possède. Je ramasse ce que je peux de mes affaires répandues sur le sol puis ouvre la porte, laissant ainsi entrer une vague d'air glacé dans la maison. Je jette quelques vêtements sur le porche. De petits nuages de condensation se forment lorsque j'expire. Tandis que j'enfile mes bottines que je lace à grand-peine de mes doigts gourds, j'entends M. Grote parler à sa femme.

« Et s'il lui arrive quelque chose ? lui demande-t-il.

— Si cette idiote s'est mise en tête de se sauver, qu'est-ce qu'on y peut ? »

Mais c'est ce que je fais, laissant derrière moi tout ce que je possède : ma valise marron, les trois robes que je m'étais confectionnées chez les Byrne, les mitaines, un change de sous-vêtements, mon pull bleu marine, mes livres d'école, mon crayon à papier et le cahier de brouillon que m'a donnés Mlle Larsen. Au moins le petit nécessaire à couture que Fanny m'a offert est dans la poche intérieure de mon manteau. Je laisse également derrière moi quatre enfants que je ne pouvais ni aider ni aimer et un lieu misérable et sordide comme je n'en connaîtrai jamais plus. Et enfin, sur le plancher brut du salon, les derniers lambeaux de mon enfance.

Comté d'Hemingford, Minnesota, 1930

Je me fraie un passage dans la nuit glaciale comme une somnambule. Arrivée au bout de l'allée, je m'engage dans le chemin de campagne aux ornières profondes, en direction du pont branlant. À certains endroits, mes pieds brisent la croûte de neige, si épaisse que l'on dirait une pâte à tarte, et les bords acérés blessent mes chevilles qui sont bientôt en sang. Alors que je relève la tête pour contempler l'éclat intense des étoiles cristallines suspendues au-dessus de moi, j'ai le souffle coupé par le froid. Une fois sortie du bois, la lune baigne d'une lumière nacrée les champs qui m'entourent de part et d'autre de la route principale. Le gravier, dont je sens les aspérités à travers mes minces semelles, crisse bruyamment sous mes bottines. Je caresse la doublure en laine douce de mes gants, si douillets que même l'extrémité de mes doigts reste chaude. Je n'ai pas peur. L'intérieur de la masure des Grote est bien plus effrayant que la route déserte éclairée par la lune. Mon manteau est fin, mais je porte tout ce que j'ai pu emporter avec moi dessous et le fait de marcher d'un bon pas me réchauffe. Ce que je prévois de faire ? Parcourir les six kilomètres qui me séparent de l'école.

Au loin, la ligne sombre de l'horizon est surmontée d'une couche de ciel légèrement plus clair, pareil à du sédiment rocheux. Je n'ai qu'une chose en tête : l'école. La rejoindre. J'avance à pas réguliers, mes bottines raclant les gravillons, compte jusqu'à cent, puis recommence. Papa avait l'habitude de dire qu'il est bon de tester ses limites de temps à autre, de savoir de quoi son corps est capable et ce qu'il peut endurer. Il m'en avait reparlé une première fois lorsque nous étions tous en proie au mal de mer à bord de l'*Agnes Pauline* et, plus tard, au cours de notre premier et extrêmement rigoureux hiver new-yorkais, alors que nous avions tous, sauf lui, attrapé une pneumonie.

Tester ses limites. Savoir ce que l'on est capable d'endurer. C'est exactement ce que je fais.

Je me sens aussi légère et insignifiante qu'une feuille de papier balayée par le vent et poussée en avant sur la route. Comme j'ai été aveugle, ignorant tous les signes pourtant bien présents devant mes yeux ! Comme j'ai été idiote de n'avoir pas été sur mes gardes ! Je repense à Dutchy qui, lui, en savait assez pour ne pas s'illusionner sur ce qui l'attendait.

À l'horizon, les premières lueurs rosées de l'aurore se devinent et laissent apparaître, posé à mi-chemin d'une crête, le petit bâtiment blanc en bois de l'école. À ce moment, je sens toute énergie m'abandonner et je n'ai plus qu'une envie : me coucher sur le bas-côté. Mes pieds me semblent en plomb et me font mal. Mon visage est insensibilisé, mon nez gelé. Je ne sais pas comment je parviens à rejoindre l'école, mais toujours est-il que j'y arrive. Cependant, une fois à la porte d'entrée, je trouve celle-ci close. Il ne reste plus qu'à tenter la remise à bois à l'arrière du bâtiment. J'ouvre la porte et m'effondre. J'ai juste le temps de m'enrouler dans une vieille couverture pour cheval que j'aperçois pliée à côté du tas de bois avant de sombrer dans un sommeil agité.

Un champ doré. Je cours. Je suis dans un labyrinthe de meules de foin, désorientée...

« Dorothy ? » Une main me secoue par l'épaule et me réveille. Je bondis. Ce n'est que M. Post. « Nom de Dieu, qu'est-ce… ? »

L'espace d'une seconde, je ne sais plus où je suis. Je le regarde avec ses joues rouges et rebondies et son air interloqué. Autour de moi, je reconnais la pile de bûches, les planches passées à la chaux des cloisons de la remise. La porte qui mène à la salle de classe est entrouverte. À l'évidence, M. Post est venu prendre du bois pour démarrer le poêle comme il le fait chaque matin avant d'aller nous chercher.

« Ça va ? »

J'acquiesce. Espérant de toutes mes forces que cela soit vrai.

« Est-ce que ta famille sait que tu es ici ?

— Non, monsieur.

— Comment es-tu venue jusqu'à l'école ?

— J'ai marché. »

Il me considère pendant un moment puis me dit : « Allons te mettre au chaud. »

M. Post me guide jusqu'à la salle de classe, m'assoit sur une chaise puis allonge mes jambes sur une autre chaise. Après m'avoir retiré la couverture sale des épaules, il m'en donne une propre qu'il sort d'un placard. Il dénoue les lacets de mes souliers et les dépose à côté de moi tout en faisant claquer sa langue en signe de désapprobation à la vue de mes chaussettes trouées. Je le regarde allumer le feu. Quand Mlle Larsen arrive quelques minutes plus tard, la pièce est déjà réchauffée.

« Que se passe-t-il ? demande-t-elle. C'est toi, Dorothy ? » Elle ôte son écharpe violette, pose ses gants et son chapeau. Par la fenêtre derrière elle, j'aperçois une voiture qui s'éloigne. Ses longs cheveux sont ramassés en chignon sur son cou, ses yeux bruns sont pénétrants et lumineux. La jupe en laine rose qu'elle porte rehausse la couleur de ses joues.

Elle s'agenouille près de moi. « Mon Dieu, mon enfant. Cela fait longtemps que tu es ici ? »

M. Post, ayant fini ce qu'il avait à faire, enfile son manteau et coiffe son chapeau, prêt à partir en tournée. « Je l'ai trouvée endormie dans la remise quand je suis arrivé, dit-il en riant. Elle m'a fichu une de ces trouilles !

— Je n'en doute pas, répond Mlle Larsen.

— Elle dit qu'elle a marché jusqu'ici. Six kilomètres. Elle aurait pu mourir gelée, dit-il en secouant la tête.

— On dirait que vous l'avez bien réchauffée.

— Elle est en train de dégeler. Bon, j'y vais. J'ai les autres à aller chercher. À tout de suite », conclut-il en tapotant son manteau.

Dès qu'il est parti, Mlle Larsen se penche vers moi. « À nous. Raconte-moi ce qui s'est passé. »

Je lui dis tout. Je n'avais pas prévu de le faire, mais elle me semble tellement préoccupée par mon sort que je ne peux pas me retenir. Je lui raconte comment Mme Grote reste au lit toute la journée pendant que M. Grote parcourt les bois, les flocons de neige sur mon visage le matin et les matelas souillés. Je lui décris le ragoût d'écureuil froid et les enfants qui hurlent. Et puis je lui dis aussi pour M. Grote sur le canapé, ses mains sur moi et Mme Grote, enceinte, dans le couloir, qui m'ordonne de partir. Et puis que j'ai eu peur de m'arrêter de marcher, peur de m'endormir en chemin. Je lui parle des gants que Fanny m'a tricotés.

Mlle Larsen pose sa main sur la mienne en la pressant doucement. « Oh, Dorothy, me dit-elle. Ces gants ont été une véritable bénédiction. Fanny est une véritable amie.

— Oui, elle l'était. »

D'une main, elle se tient le menton tout en le tapotant.

« Qui t'a confiée aux Grote ?

— M. Sorenson, de la Société d'aide aux enfants.

— Très bien. Quand M. Post reviendra, je l'enverrai chercher ce M. Sorenson. »

Elle sort un petit pain de son seau à déjeuner. « Tu dois avoir faim. »

Normalement, j'aurais refusé. Je sais qu'elle me sacrifie une partie de son déjeuner. Mais je suis tellement affamée que la vue de ce petit pain suffit à me faire saliver. Un peu honteuse, j'accepte son offre et l'engloutis en un instant. Mlle Larsen fait chauffer de l'eau sur le poêle, coupe une pomme en tranches et l'arrange sur une assiette ébréchée qu'elle prend sur une étagère. Je l'observe ensuite pendant qu'elle met des feuilles de thé dans une petite passoire dans laquelle elle verse l'eau bouillante. Elle remplit successivement les deux tasses. Je ne l'ai jamais vue offrir du thé à un enfant. En tout cas, pas à moi.

« Mademoiselle Larsen, pensez-vous que vous pourriez, que vous voudriez… »

Elle sait ce que je vais lui demander. « Que tu viennes habiter avec moi ? » L'air peiné, elle me sourit. « Dorothy, je tiens beaucoup à toi. Je pense que tu le sais. Mais je ne peux pas… Ma situation ne me permet pas de m'occuper d'un enfant. J'habite dans une pension. »

Je hoche la tête, une boule dans la gorge.

« Mais je t'aiderai à trouver un foyer, me dit-elle avec douceur. Un endroit sûr et propre, où l'on te traitera comme une petite fille de dix ans. Je te le promets. »

Lorsque les autres enfants arrivent, ils me regardent avec curiosité.

« Qu'est-ce qu'elle fait là ? demande Robert, un des garçons.

— Dorothy est arrivée un peu en avance ce matin. »

Mlle Larsen lisse le devant de sa jolie jupe rose. « Les enfants, prenez place et sortez vos livres. »

Quand M. Post a fini de placer dans un panier près du poêle la réserve de bois qu'il était allé chercher dans la remise, Mlle Larsen lui fait signe de la suivre dans le vestibule. Quelques minutes plus tard, il ressort, toujours vêtu de son manteau et coiffé de son chapeau. Le moteur rugit et les freins crissent tandis que le pick-up descend la côte abrupte.

Environ une heure après, je l'entends à nouveau et regarde par la fenêtre. Je suis le véhicule des yeux tandis qu'il gravit lentement l'allée escarpée et se gare devant l'école. M. Post en sort et se dirige vers l'arrière du bâtiment, rejoint par Mlle Larsen qui a suspendu la leçon. Un instant plus tard, elle m'appelle. Lorsque je me lève et m'achemine vers la remise, tous les regards sont braqués sur moi.

Mlle Larsen semble inquiète. Elle n'arrête pas de porter la main à son chignon. « Dorothy, M. Sorenson n'est pas convaincu… » Elle s'interrompt et se tourne vers M. Post d'un air suppliant.

« Ce que Mlle Larsen essaie de te dire, me dit-il lentement, c'est que tu devras expliquer en détail à M. Sorenson ce qui s'est passé. Idéalement, comme tu le sais, ils essaient de faire en sorte que les placements se passent bien. M. Sorenson se demande tout simplement s'il n'y aurait pas eu un problème de communication. »

Lorsque je comprends ce que M. Post est en train de me dire, j'ai la tête qui tourne. « Alors, il ne me croit pas ? »

Les deux adultes échangent un regard. « Ce n'est pas une question de croire ou de ne pas croire. Il veut juste entendre les faits de ta bouche », me dit Mlle Larsen.

Pour la première fois de ma vie, je sens la révolte gronder en moi. Des larmes jaillissent de mes yeux. « Je ne retournerai pas là-bas. Je ne peux pas. »

Mlle Larsen m'entoure l'épaule de son bras. « Ne t'inquiète pas, Dorothy. Tu vas raconter ton histoire à M. Sorenson et moi je vais lui dire ce que je sais. Je ne te laisserai pas retourner chez les Grote. »

Les heures suivantes se succèdent comme dans un brouillard. Je copie les gestes de Lucy, sors mon syllabaire et me mets derrière elle pour aller au tableau, mais c'est tout juste si je me rends compte de ce qui se passe autour de moi. Quand elle me chuchote à l'oreille : « Tu vas bien ? », je me contente de hausser les épaules. Elle me serre la main sans plus me questionner. Je ne sais pas si c'est parce qu'elle a compris que je n'ai pas envie de raconter ce qui m'est arrivé ou parce qu'elle a peur de ce que je pourrais dire. Après le déjeuner, lorsque nous regagnons nos sièges, j'aperçois, au loin, un véhicule qui roule vers nous. Le bruit de son moteur m'emplit la tête ; je ne vois plus rien d'autre que ce pick-up sombre qui s'approche de l'école et qui, pour finir, gravit avec peine la côte puis s'arrête à côté de celui de M. Post.

C'est M. Sorenson qui est au volant. Il reste assis là un moment puis ôte son chapeau en feutre noir, lisse sa moustache noire et ouvre la portière.

« Eh bien, eh bien, eh bien », dit M. Sorenson une fois que j'ai fini de raconter mon histoire. Nous sommes assis sur des chaises dures, sur le porche à l'arrière du bâtiment que réchauffent maintenant les rayons du soleil et le poêle. Il s'apprête à me tapoter la jambe, mais se ravise et pose sa main sur sa hanche. De l'autre, il lisse sa moustache. « C'est une très longue marche que tu as faite dans le froid. Tu as dû avoir très… »

Il ne finit pas sa phrase. « Et pourtant, je me pose la question : en pleine nuit. Se peut-il que tu aies… »

Je soutiens son regard, le cœur battant la chamade.

« … mal interprété les faits ? »

Il se tourne vers la maîtresse.

« Une petite de dix ans… Ne croyez-vous pas, mademoiselle Larsen, qu'elles sont un peu excitables à cet âge, qu'elles ont tendance à dramatiser les choses ?

— Cela dépend des enfants, monsieur Sorenson, répond-elle d'un ton raide, le menton levé. À ma connaissance, Dorothy n'a jamais menti. »

Il secoue la tête tout en gloussant. « Ah, mademoiselle Larsen, ce n'est pas du tout ce que j'ai insinué, bien sûr que non ! Tout ce que je dis, c'est que parfois, surtout lorsque l'on a vécu des événements difficiles à un jeune âge, on peut tirer des conclusions hâtives, donner une importance disproportionnée à certains faits. J'ai de mes propres yeux vu que les conditions de vie des Grote ne sont pas vraiment, comment dire… optimales. Mais tout le monde ne peut pas avoir une famille de conte de fées, n'est-ce pas mademoiselle Larsen ? Le monde n'est pas parfait et lorsque l'on dépend de la générosité d'autrui, on ne peut pas toujours faire le difficile. »

Il me sourit.

« Ce que je recommande, Dorothy, poursuit-il, c'est de donner aux Grote une autre chance. Je peux aller leur parler et leur demander d'améliorer les conditions de vie. »

Les yeux de Mlle Larsen brillent étrangement et une plaque rouge est apparue sur son cou. « Est-ce que vous avez bien écouté cette petite fille, monsieur Sorenson ?

demande-t-elle d'une voix tendue. Il y a eu une tentative de… d'outrage. Et tout ce qu'a fait Mme Grote, qui a été témoin de cette horrible scène, a été de la mettre dehors. Vous ne vous attendez pas à ce que Dorothy retourne là-bas, tout de même ? Franchement, je me demande pourquoi vous ne demandez pas plutôt à la police d'y aller pour enquêter. L'endroit ne me paraît pas très sain pour les autres enfants non plus. »

Lentement, M. Sorenson hoche la tête, l'air de dire : « Très bien, très bien, c'était juste une suggestion, ne vous énervez pas, gardons notre calme. » Cependant, c'est un tout autre discours qu'il finit par tenir.

« Très bien, mais voyez-vous, ce n'est pas aussi simple que cela. En ce moment, je ne connais aucune famille qui veuille d'un orphelin. Je pourrais essayer de voir plus loin, bien sûr. Et contacter la Société d'aide aux enfants à New York. Au pire, Dorothy pourrait probablement prendre le prochain train et retourner là-bas.

— Je suis sûre qu'il y a d'autres solutions », dit Mlle Larsen.

Il hausse légèrement les épaules.

« On l'espère. Mais on ne sait pas. »

Mlle Larsen me serre l'épaule de sa main. « Alors, réfléchissons à nos options, si vous le voulez bien, M. Sorenson. En attendant, pour un jour ou deux, Dorothy peut venir habiter avec moi. »

Je la regarde, surprise.

« Mais je croyais que…

— Cela ne peut être que temporaire, ajoute-t-elle rapidement. J'habite dans une pension, monsieur Sorenson, et les enfants n'y sont pas admis. Mais ma propriétaire est une brave femme, elle sait que je suis enseignante et que tous mes élèves n'ont pas la chance (elle semble chercher ses mots avec soin) d'être bien logés. Je pense qu'elle comprendra et qu'elle acceptera, comme je l'ai dit, pour un jour ou deux. »

M. Sorenson continue à caresser sa moustache.

« Très bien, mademoiselle Larsen. Je vais étudier les options qui existent et vous confie Dorothy pour quelques jours. Jeune demoiselle, je te fais confiance : tu te comporteras comme il faut et tu seras polie.

— Oui, monsieur », dis-je avec solennité, le cœur débordant de joie.

Mlle Larsen va m'emmener chez elle ! Quelle chance incroyable !

Hemingford, Minnesota, 1930

L'homme qui vient chercher Mlle Larsen après l'école a l'air étonné quand il me voit avec elle, mais ne fait aucun commentaire, se contentant de hausser un sourcil.

« Monsieur Yates, je vous présente Dorothy », lui dit-elle. Il me fait un signe de tête dans le rétroviseur. « Dorothy, M. Yates travaille pour Mme Murphy, ma propriétaire, et a la gentillesse de m'emmener chaque jour à l'école, car moi-même je ne conduis pas.

— Tout le plaisir est pour moi, mademoiselle », dit-il. Ses oreilles qui rosissent soulignent la sincérité de ses paroles.

Hemingford est une ville beaucoup plus importante qu'Albans. M. Yates descend lentement la rue principale, ce qui me permet d'observer les commerces à loisir : Cinéma Impérial (proclamant fièrement en façade : « Parlant, chantant et dansant ! »), Hemingford Ledger (le journal local), Salle de jeux chez Walla (annonçant en vitrine que l'on peut y jouer au billard, acheter des sodas, des bonbons et des cigarettes), Banque agricole, Magasin de bricolage Schindler,

Grand Magasin Nielsen (« Tout pour vous nourrir et vous vêtir »).

Au coin de la grand-rue et de Park Street, à quelques encablures du centre, M. Yates s'arrête devant une maison victorienne bleu clair, ceinturée d'une véranda. Placé au-dessus de l'entrée, un écriteau ovale indique : « Pension pour jeunes femmes. »

Une cloche tinte lorsque Mlle Larsen ouvre la porte. Elle me fait entrer tout en posant un doigt sur ses lèvres.

« Attends-moi là un moment », me murmure-t-elle avant de retirer ses gants et de dénouer son écharpe. Elle disparaît derrière une porte située au bout du couloir.

Le papier peint bordeaux, le grand miroir au cadre doré et une commode en bois sombre richement sculpté contribuent à donner au vestibule un aspect solennel. Après avoir regardé autour de moi, je me perche sur une chaise glissante rembourrée en crin de cheval. Dans un coin, une pendule antique égrène bruyamment les minutes et, lorsqu'elle sonne l'heure, je manque de tomber par terre tellement je suis surprise.

Quelques minutes plus tard, Mlle Larsen revient.

« La propriétaire, Mme Murphy, aimerait te rencontrer. Je lui ai parlé de… ta situation délicate. J'avais besoin de lui expliquer pourquoi je t'avais amenée ici. J'espère que tu ne m'en voudras pas.

— Non, bien sûr.

— Très bien. Sois juste toi-même, Dorothy. Et maintenant, viens avec moi. »

Je la suis au bout du couloir, jusqu'à un salon où une femme replète avec un halo de cheveux gris duveteux et une imposante poitrine est assise sur un canapé en velours rose, au coin du feu. Deux rides profondes marquent son visage de part et d'autre de son nez, comme sur une marionnette. Elle est alerte et attentive. « Eh bien, mon enfant, il semblerait que tu aies vécu des moments difficiles », me dit-elle tout en m'invitant à prendre place en face d'elle, dans l'un des deux fauteuils à oreilles recouverts d'un tissu fleuri. Mlle Larsen s'assoit à côté de moi en me souriant d'un air un peu inquiet.

« Oui, m'dame, réponds-je à Mme Murphy.

— Oh, mais tu es irlandaise, n'est-ce pas ?

— Oui, m'dame. »

Son visage s'éclaire.

« C'est bien ce que je pensais ! Même si j'ai eu, il y a quelques années de cela, une pensionnaire polonaise encore plus rousse que toi. Et bien sûr, il y a les Écossais, mais par ici ils sont assez rares. Figure-toi que moi aussi je suis irlandaise. Et que je suis arrivée dans ce pays toute petite, comme toi. Ma famille vient d'Eniscorthy. Et la tienne ?

— De Kinvara. Dans le comté de Galway.

— Ah, mais je connais cet endroit ! Mon cousin a épousé une fille de là-bas. Connais-tu les Sweeney ? »

Je n'ai jamais entendu parler d'eux, mais je hoche la tête quand même.

« Très bien. » Elle a l'air contente.

« Quel est ton nom de famille ?

— Power.

— Et tu t'appelles… Dorothy ?

— Non, Niamh. C'est ma première famille d'accueil qui a changé mon prénom. »

Lorsque je réalise que je viens d'avouer avoir été rejetée par deux familles, je rougis.

Mais elle n'a pas l'air d'en avoir pris note ou de s'en être offusquée. « Je m'en serais doutée ! Dorothy n'est pas du tout un prénom irlandais. » Penchée vers moi, elle examine mon pendentif. « Un Claddagh. Cela fait belle lurette que je n'en avais pas vu. Cela vient de chez toi ? »

J'acquiesce. « C'est ma grand-mère qui me l'a donné.

— On voit qu'elle le protège bien », dit-elle à l'attention de Mlle Larsen.

Jusqu'à ce qu'elle fasse ce commentaire, je n'avais pas pris conscience que je le tenais fermement entre mes doigts.

« Je ne voulais pas…

— Pas d'inquiétude, ma fille, me dit-elle en me tapotant le genou. C'est sûrement la seule chose qui te reste et qui te rappelle d'où tu viens, n'est-ce pas ? »

Mlle Larsen profite du fait que Mme Murphy s'affaire autour du service à thé en porcelaine, orné de roses cent-feuilles, posé sur la table basse devant elle pour me faire un clin d'œil. Toutes deux sommes surprises de la rapidité avec laquelle Mme Murphy semble se prendre d'affection pour moi.

La chambre de Mlle Larsen est lumineuse et bien rangée, mais si petite que ses meubles – un lit une place, une grande commode en chêne et un étroit bureau avec une lampe en cuivre – tiennent à peine dedans. Le couvre-lit est bordé au carré et l'oreiller blanc est immaculé. Plusieurs aquarelles représentant des fleurs sont suspendues au mur et, dans un cadre doré, une photographie noir et blanc d'un couple à l'air grave trône sur la commode.

« Ce sont vos parents ? » dis-je en observant attentivement la photo. Un homme barbu et raide, habillé d'un costume sombre, se tient debout derrière une femme mince assise sur une chaise à dossier droit. Vêtue d'une robe noire sévère, elle ressemble à une version austère de Mlle Larsen.

« Oui. » Elle se rapproche et considère le portrait en pied de ses parents. « Tous deux sont morts aujourd'hui donc j'imagine que cela fait aussi de moi une orpheline, ajoute-t-elle peu après.

— Mais je ne suis pas vraiment une orpheline, lui dis-je.

— Ah bon ?

— En tous les cas, je n'en suis pas certaine. Il y a eu un incendie et ma mère a été emmenée à l'hôpital. Je ne l'ai pas revue depuis.

— Tu crois qu'elle pourrait être en vie ? »

J'acquiesce.

« Et tu espères la retrouver ? »

Je repense à ce que les Schatzman m'ont dit au sujet de ma mère, après l'incendie : qu'elle avait perdu la tête, qu'elle était devenue folle suite à la mort de ses enfants. « Elle a été emmenée dans un asile pour aliénés. Elle n'allait pas... bien. Même avant l'incendie. » C'est la première fois que j'admets cela publiquement. Cela me fait du bien de prononcer ces mots.

« Oh, Dorothy, que de dures épreuves tu as déjà traversées pour ton jeune âge ! » me dit-elle en soupirant.

Lorsque, à six heures, nous rejoignons la salle à manger pour le souper, l'abondance des mets étalés sur la table me sidère : un jambon rôti, des pommes de terre sautées, des choux de Bruxelles luisants de beurre, un panier de petits pains. Les assiettes sont en véritable porcelaine, avec un motif de pensées et une bordure argentée. Même en Irlande je n'ai jamais rien vu de tel, sauf pour des fêtes. Mais ce jour-ci, un mardi, est tout à fait ordinaire. Mme Murphy, en tête de table, et cinq pensionnaires se tiennent debout derrière leurs chaises. Je prends la place libre, à côté de Mlle Larsen.

« Mesdames, annonce Mme Murphy, je vous présente Niamh Power, qui vient du comté de Galway après un détour par New York. Elle est arrivée dans le Minnesota à bord de l'un de ces trains affrétés pour des enfants comme elle et dont vous avez peut-être entendu parler dans les journaux. Elle sera parmi nous pendant quelques jours et je vous demande de faire de votre mieux pour qu'elle se sente la bienvenue durant son séjour ici. »

Toutes les pensionnaires ont une vingtaine d'années. L'une travaille comme vendeuse pour le grand magasin Nielsen, une autre dans une boulangerie, une troisième comme réceptionniste pour le *Hemingford Ledger*. Sous l'œil attentif de Mme Murphy, toutes sont polies, y compris Mlle Grund, une femme à la mine renfrognée, mince comme un fil, vendeuse dans un magasin de chaussures. (« Elle n'a pas l'habitude des enfants », me souffle Mlle Larsen après que Mlle Grund a lancé un regard glacial dans ma direction.) Je vois bien que ces femmes ont un peu peur de Mme Murphy. Au cours du souper, je ne manque pas de remarquer qu'elle peut être sèche et soupe au lait, et qu'elle aime commander. Lorsque l'une d'entre elles exprime une opinion avec laquelle elle est en désaccord, elle regarde autour d'elle, cherchant des alliées dans le groupe. Avec moi, cependant, elle est toute gentille.

La nuit dernière, j'ai à peine dormi dans la remise à bois froide de l'école et, avant cela, je n'avais pour couchage qu'un matelas maculé posé à même le sol d'une pièce fétide et que je devais partager avec trois autres enfants. Mais ce soir j'ai une chambre pour moi toute seule. Les draps de mon lit sont frais et je dispose de deux courtepointes propres. Quand Mme Murphy me souhaite bonne nuit, elle me tend une chemise de nuit et des sous-vêtements, une serviette, une toile à laver et une brosse à dents. Elle me montre ensuite la salle de bains au bout du couloir. J'y trouve un lavabo avec eau courante, des toilettes avec une chasse d'eau ainsi qu'une grande baignoire en porcelaine dans laquelle elle me dit de me faire couler un bain et d'y rester autant de temps que je le désire. Les autres pensionnaires pourront utiliser d'autres toilettes.

Une fois qu'elle est sortie, j'inspecte mon visage dans la glace. C'est la première fois depuis que je suis dans le Minnesota que je peux examiner mon reflet dans un miroir qui n'est ni taché ni abîmé. C'est à peine si je reconnais la petite fille que j'y vois. Elle est pâle et maigre, son regard est éteint, ses pommettes proéminentes, son nez rouge. Ses cheveux d'un roux sombre forment des paquets, ses joues sont gercées par le froid. Elle a des croûtes sur les lèvres et son pull-over est bouloché et sale. Je déglutis et elle fait de même. J'ai mal à la gorge. Sûrement que je suis en train de tomber malade.

Une fois dans le bain chaud, lorsque je ferme les yeux j'ai l'impression de flotter sur un nuage.

De retour dans ma chambre, réchauffée, au sec et vêtue de ma nouvelle chemise de nuit, je ferme la porte et la verrouille. Le dos pressé contre cette dernière, je savoure cette sensation inédite : jamais je n'ai eu ma propre chambre. Ni en Irlande, ni dans Elizabeth Street, ni à la Société d'aide aux enfants, ni chez les Byrne où je dormais dans un couloir, ni chez les Grote. Je rabats partiellement les couvertures bordées et me glisse entre les draps. Rien que l'oreiller, avec sa taie qui sent la lessive, est une pure merveille. Allongée sur le dos, la lampe électrique allumée, je contemple le motif à petites fleurs rouges et bleues sur fond crème du papier peint, le plafond au-dessus de ma tête, la commode en chêne avec les volutes apparentes du bois et des poignées en forme de boutons lisses et blancs. Au sol, un tapis tressé recouvre un plancher verni. J'éteins la lumière et reste étendue dans la pénombre. Alors que mes yeux s'habituent peu à peu à l'obscurité, je commence à deviner les formes de chaque objet présent dans la pièce. La lampe. La commode. Le cadre du lit. Mes bottines. Pour la première fois depuis que je suis descendue du train, il y a plus d'un an, je me sens en sécurité.

La semaine qui suit, je ne quitte pratiquement pas mon lit. Après m'avoir soigneusement ausculté la poitrine avec son stéthoscope en métal, le médecin aux cheveux blancs que l'on a fait venir a déclaré que je souffre d'une pneumonie. Pendant plusieurs jours, je suis en proie à la fièvre et me tiens blottie sous les courtepointes, dans ma chambre dont les rideaux ont été tirés. La porte reste ouverte de façon que Mme Murphy m'entende si je l'appelle. Elle a placé sur la commode une petite cloche que j'ai instruction d'utiliser si jamais j'ai besoin d'elle. « Je suis juste en bas, me dit-elle. J'arriverai tout de suite. » Bien qu'elle soit très occupée, maugréant à cause de toutes les choses qu'elle doit faire ou parce qu'une des filles – même si ce sont toutes des femmes qui travaillent, c'est comme cela qu'elle les appelle – n'a pas fait son lit, a laissé sa vaisselle sale dans l'évier ou encore a négligé de rapporter le service à thé à la cuisine en quittant le salon, elle accourt à mon chevet dès que je sonne la cloche.

Les premiers jours, je ne fais pratiquement que dormir. Quand j'ouvre les yeux, je vois les doux rayons du soleil filtrer par le store. Plus tard, lorsque je les ouvre à nouveau, je trouve la pièce plongée dans la pénombre. Mme Murphy est penchée sur moi, un verre d'eau à la main, son haleine aigrelette sur mon visage, sa masse animale chaleureuse contre mon épaule. Plusieurs heures après, c'est Mlle Larsen qui place délicatement un tissu humide sur mon front. Mme Murphy me prépare un bouillon de poule avec des morceaux de carottes, du céleri et des pommes de terre.

Dans mes moments de conscience enfiévrée, je crois rêver. Suis-je vraiment dans ce lit chaud et dans cette chambre propre ? Est-ce que l'on s'occupe vraiment de moi ?

Un jour, j'ouvre les yeux et me sens différente. Mme Murphy prend ma température ; elle est redescendue en dessous de 37,8 °C.

« Regarde ce que tu as raté », me dit-elle en soulevant le store. Je m'assois et regarde au-dehors le ciel blanc et la neige, comme du coton, qui tombe en tourbillonnant et recouvre tout : arbres, voitures, trottoir et maison voisine sont métamorphosés. Mon propre éveil me semble tout aussi marquant. Moi aussi je suis sous une couverture, mes angles aigus masqués et transformés.

Lorsque Mme Murphy apprend que je n'ai pratiquement rien à me mettre, elle se met à rassembler des vêtements pour moi. Dans l'entrée, une malle volumineuse est remplie d'habits laissés par des pensionnaires : chemisiers, bas, robes, twin-sets, jupes et même quelques paires de chaussures y sont empilés. Elle dispose le tout sur le grand lit de sa chambre pour que je puisse faire des essayages.

Tout ou presque est trop grand, mais quelques pièces conviennent. Un cardigan bleu ciel brodé de petites fleurs blanches, une robe marron avec des boutons en perles, plusieurs paires de bas et une paire de chaussures. « Jenny Early, soupire Mme Murphy, en caressant des doigts une robe jaune particulièrement jolie, avec un motif floral. Un joli brin de fille, qu'elle était, et adorable avec ça. Mais quand elle s'est retrouvée dans l'embarras… » Elle jette un œil à Mlle Larsen qui secoue la tête. « Mais c'est de l'histoire ancienne. J'ai entendu dire qu'elle avait eu un beau mariage et un bébé garçon en bonne santé. Alors tout est bien qui finit bien. »

Tandis que je me rétablis lentement, l'inquiétude commence à me ronger. Je sais que cette situation ne peut pas perdurer. Je vais être envoyée ailleurs. J'ai survécu à cette année parce que je le devais et que je n'avais pas le choix. Mais maintenant que je connais le confort et la sécurité, comment faire machine arrière ? Cette perspective me désespère tellement que je m'interdis d'y penser.

Spruce Harbor, Maine, 2011

Lorsque Molly arrive, Vivian l'attend près de la porte d'entrée. « Prête ? lui demande-t-elle dès que la jeune fille a franchi le seuil.

— Une seconde. » Molly se débarrasse de sa veste militaire et la suspend au portemanteau en fonte placé dans l'angle. « Et cette tasse de thé ?

— Pas le temps, lui répond Vivian par-dessus l'épaule. Je suis vieille, tu sais. Je pourrais casser ma pipe d'un jour à l'autre. Il faut qu'on avance !

— Vraiment ? Pas de thé ? » maugrée Molly en la suivant.

Une chose étrange est en train de se produire. Les histoires que Vivian racontait au début, après force encouragements et qui se résumaient à de lapidaires réponses à des questions précises, jaillissent maintenant l'une après l'autre spontané-ment, en si grand nombre que même Vivian paraît surprise. « "Mais qui aurait cru que ce vieillard eût encore tant de sang dans le corps ?" dit-elle à la fin d'une des sessions. *Macbeth*, ma chère. Tu chercheras la citation. »

Vivian n'avait jamais raconté à quiconque son voyage à bord du train. Elle en avait honte, disait-elle. Trop de choses à expliquer, trop difficiles à croire. Tous ces enfants expédiés dans le Midwest après avoir été ramassés dans les rues de New York tels des déchets, envoyés aussi loin que possible, hors de vue, comme des ordures flottant sur une barge.

De toute façon, quand on a tout perdu, comment mettre cela en mots ?

« Et votre mari, demande Molly, vous devez bien lui en avoir parlé ?

— Je lui ai raconté certaines choses. Mais la plupart de mes expériences étaient trop douloureuses et je n'avais pas envie de me décharger sur lui. Parfois, c'est plus facile d'essayer d'oublier. »

Chaque carton ouvert ranime de nouveaux souvenirs chez Vivian. Le nécessaire à couture enroulé dans de la mousseline lui rappelle la lugubre maison des Byrne. De même, le manteau couleur moutarde avec ses boutons militaires, les gants tricotés doublés de feutre, la robe marron avec les boutons en forme de perle et le service à thé décoré de roses cent-feuilles, soigneusement emballé. Assez vite, Molly a réussi à mémoriser les différents acteurs de son histoire : Niamh, Granny, Maisie, Mme Scatcherd, Dorothy, M. Sorenson, Mlle Larsen… Et chaque histoire en amène une autre. *Honnêteté et probité sont gages de félicité.* Comme si elle fabriquait un quilt avec divers morceaux de tissu, Molly place chaque souvenir dans le bon ordre et le relie aux autres, faisant ainsi émerger un motif impossible à deviner à partir des seules pièces éparses.

Lorsque Vivian lui raconte comment elle a vécu le fait d'être à la merci de complets étrangers, Molly acquiesce. Elle ne sait que trop bien ce que l'on ressent quand on doit mettre en veilleuse ses désirs personnels ou que l'on se force à sourire alors que l'on se sent comme anesthésié. Au bout d'un moment, on en oublie tout simplement ses propres besoins. Le moindre geste amical suscite votre reconnaissance puis, quand vous grandissez, éveille votre méfiance. Pourquoi quiconque ferait quoi que ce soit pour vous sans rien exiger en retour ? De toute façon, la plupart du temps, cette situation ne se présente pas. Au contraire : le plus souvent, ce que l'on découvre, c'est ce qu'il y a de pire chez les gens. Que la plupart des adultes mentent. Que la majorité d'entre eux ne se soucient que d'eux-mêmes. Et que vous n'intéressez les autres que dans la mesure où ils peuvent vous utiliser.

C'est ainsi que votre personnalité prend forme. Vous en savez trop et cela vous rend méfiant, vous fait devenir craintif et vigilant. Et comme vous ne savez plus comment exprimer ouvertement vos émotions, vous apprenez à faire semblant. À donner le change. Et c'est comme cela que vous parvenez, avec un peu de chance, à ressembler à tout le monde, quand bien même, intérieurement, vous seriez brisée.

« J'en sais rien, répond un jour Tyler Baldwin en cours d'histoire américaine, après que les élèves ont regardé un film sur les Indiens wabanaki.

« C'est quoi ce qu'on dit déjà ? "Au vainqueur, le butin" ? Je veux dire, ça arrive tout le temps, partout dans le monde, non ? Un groupe gagne, un autre perd.

— C'est vrai que les humains s'oppriment et se dominent mutuellement chaque fois qu'ils le peuvent depuis la nuit des temps, commente M. Reed. Pensez-vous donc que les opprimés devraient arrêter de se plaindre ?

— Ouais. Ils ont perdu. J'ai envie de leur dire : "Tournez la page." »

La rage que Molly ressent est si intense qu'elle voit des taches noires danser devant ses yeux. Pendant plus de quatre cents ans, les Indiens ont été trompés, parqués, confinés dans des territoires exigus, discriminés et traités de sales Indiens, de Peaux-Rouges, de sauvages. Impossible pour eux de trouver un travail ou de s'acheter une maison. Peut-elle étrangler cet imbécile sans compromettre sa liberté conditionnelle ? Elle inspire profondément et essaie de se calmer. Puis lève la main.

M. Reed la regarde, surpris. Il est rare que Molly demande à intervenir.

« Oui ?

— Je suis une Indienne. »

Elle ne l'a jamais dit à personne, à part à Jack. Elle sait que, pour Tyler, elle n'est, au mieux, qu'une… gothique, à supposer que Tyler pense quoi que ce soit d'elle.

« Une Indienne penobscot. Je suis née sur Indian Island. Je voulais juste dire que ce qui est arrivé aux Indiens est exactement comme ce qui est arrivé aux Irlandais quand ils étaient sous la coupe des Anglais. Le combat était inégal. On leur a volé leurs terres, leur religion a été interdite et on les a forcés à se soumettre à une force étrangère. Qu'il s'agisse des Irlandais ou des Indiens, dans les deux cas, c'est injuste.

— Bon Dieu, un sermon maintenant ! » ronchonne Tyler.

Megan McDonald, assise juste devant Molly, lève à son tour la main.

« Elle a raison. Mon grand-père est de Dublin et il me parle souvent de ce que les Anglais ont fait.

— Ben, mes grands-parents ils ont tout perdu lors de la crise de 1929 et c'est pas pour autant que tu vas les voir tendre la main. Parfois, on est dans la merde, désolé d'être direct, répond Tyler.

— Abstraction faite du discours direct de Tyler, dit M. Reed tout en fronçant les sourcils pour indiquer qu'il n'approuve pas ce genre d'attitude et s'en occupera plus tard. Est-ce vraiment ce qu'ils font ? Tendre la main ?

— Tout ce qu'ils veulent, c'est être traités équitablement ! s'exclame un élève au fond de la classe.

— Mais qu'est-ce que cela veut dire ? Où cela s'arrête-t-il ? » demande un autre.

Tandis que plusieurs adolescents se joignent au débat, Megan se retourne et regarde Molly en plissant les yeux, comme si elle la remarquait pour la première fois. « Une Indienne, toi ! C'est cool, murmure-t-elle. Comme Molly Molasses, c'est ça ? »

En semaine, Molly n'attend plus que Jack la conduise chez Vivian. Elle prend la navette à la sortie de l'école.

« Tu as d'autres choses à faire, lui dit-elle. Je sais que c'est casse-pieds pour toi d'être à mon service. » En réalité, circuler en bus lui permet de rester aussi longtemps que Vivian le souhaite, sans que Jack ne pose de questions.

Molly ne lui a pas parlé du projet sur le portage. Elle sait qu'il dirait que c'est une mauvaise idée, qu'elle s'immisce trop dans la vie de Vivian, qu'elle attend trop d'elle. Mais même comme cela, elle a récemment commencé à détecter un peu d'agacement dans le ton de Jack. « Alors, tu as bientôt fini tes heures, hein ? » lui demande-t-il, ou bien : « Ça avance, là-bas ? »

Maintenant, quand elle arrive, elle entre sans sonner, passe la tête dans la cuisine pour saluer Terry puis se faufile dans l'escalier. Expliquer comment une véritable relation entre Vivian et elle a vu le jour lui semble tout à fois trop compliqué et inutile. Pourquoi se soucierait-elle de ce que les autres pensent ?

Un jour, ils sont en pause déjeuner, assis sur la pelouse de l'école. C'est une belle matinée, l'air est doux tout en étant frais. Des pissenlits dansent sur le gazon comme autant de cierges magiques.

« Tu veux savoir ma théorie ? lui dit Jack. Vivian est comme une mère de substitution pour toi. Une grand-mère, une arrière-grand-mère, ce que tu veux. Elle t'écoute, te raconte des histoires, te laisse l'aider. Elle te donne l'impression qu'elle a besoin de toi.

— Pas du tout, rétorque Molly, irritée. C'est pas ça du tout. Moi j'ai des heures à faire, et elle a besoin de quelqu'un qui l'aide. C'est aussi simple que ça.

— Pas vraiment, Moll, lui répond-il d'un ton exagérément sérieux. Ma mère m'a dit qu'il ne se passe pas grand-chose là-haut. »

Il ouvre une grande canette de thé glacé et avale une longue gorgée.

« On avance. Mais ce n'est pas évident à voir.

— Pas évident à voir ? »

Il éclate de rire tout en déballant son sandwich italien de chez Subway.

« Je croyais qu'il s'agissait de se débarrasser de cartons. Ça me semble plutôt simple, non ? »

Molly casse un bâton de carotte en deux. « On organise ses affaires, comme ça, elles seront plus faciles à trouver.

— Par qui ? Par les gens qui s'occupent de liquider les successions ? Parce que ce sont eux qui s'occuperont de ça, tu sais. Vivian ne remettra vraisemblablement plus jamais les pieds là-haut. »

En réalité, bien qu'elle ne l'ait pas encore avoué publiquement jusqu'à présent, Molly a abandonné l'idée de jeter quoi que ce soit. Et après tout, où est le problème ? Pourquoi le grenier de Vivian ne pourrait-il pas être rempli de choses qui ont un sens pour elle ? La dure vérité c'est qu'elle mourra bientôt et qu'à ce moment-là des professionnels viendront s'occuper de la maison, séparant proprement et rationnellement les objets de valeur de ceux dont on peut se débarrasser, passant seulement du temps sur ceux pour lesquels ils auront un doute. Alors, c'est vrai, Molly a commencé à considérer son travail sous un jour nouveau. À se dire qu'il n'est peut-être pas si important que cela de parvenir à un résultat tangible. Parce que, ce qui compte, en définitive, c'est le processus lui-même, le fait de toucher chaque objet, de le nommer et de l'identifier, de reconnaître ce que représentent un cardigan, une paire de bottines pour enfant.

« Ce sont ses affaires et elle ne veut pas s'en débarrasser, répond Molly. Je ne peux tout de même pas l'y obliger, si ? »

Après avoir mordu dans son sandwich, une partie de son contenu se répandant sur le papier sulfurisé placé à la verticale de son menton, Jack hausse les épaules.

« Je sais pas. Je pense que le problème c'est… »

Il mastique puis avale sa bouchée et Molly détourne le regard, contrariée par son attitude passive-agressive.

« … les apparences, tu comprends ?

— Qu'est-ce que tu veux dire ?

— Ma mère pourrait se dire que tu profites de la situation. »

Molly fixe son sandwich.

« Je sais pertinemment que tu aimeras quand tu auras essayé, lui avait répondu Dina avec assurance lorsqu'elle lui avait demandé d'arrêter de lui préparer des sandwichs à la mortadelle pour son déjeuner. Ou alors tu peux te préparer ton fichu déjeuner toi-même. » Ce qu'elle fait maintenant. Elle avait ravalé sa fierté, demandé de l'argent à Ralph et acheté du beurre d'amande, du miel bio et du pain multigraines au magasin de produits naturels de Bar Harbor. Cela lui convient comme cela, sauf que son petit tas de provisions est tout aussi bienvenu dans la maison qu'une souris fraîchement occise qu'aurait déposée un chat, et peut-être moins encore puisqu'elle est végétarienne. Les provisions ont ainsi été placées à l'écart, comme en quarantaine, sur une étagère dans le vestiaire « pour qu'on ne les utilise pas par erreur », avait expliqué Dina.

Molly sent la colère monter en elle. Envers Dina pour commencer, qui ne fait aucun effort pour l'accepter telle qu'elle est, envers Terry aussi à cause des jugements qu'elle se permet de porter et puis envers Jack qui se sent obligé de rassurer sa mère. Tous la rendent furieuse. « Mais en quoi cela regarde-t-il ta mère ? »

Des mots que, sitôt sortis de sa bouche, elle regrette.

Jack lui lance un regard dur. « Tu plaisantes ? »

Il fait une boule avec l'emballage de son sandwich et le fourre dans le sac en plastique. Molly ne l'a jamais vu comme cela, la mâchoire serrée, le regard dur, trahissant la colère. « Ma mère a pris un risque pour toi. C'est elle qui t'a fait entrer dans cette maison. En plus, est-ce que je dois te rappeler qu'elle a menti à Vivian ? S'il se passe quoi que ce soit, elle pourrait perdre son boulot. Comme ça, dit-il en faisant claquer ses doigts.

— Tu as raison, Jack. Je suis désolée. » Mais il s'est déjà levé, la laissant seule.

Spruce Harbor, Maine, 2011

« Enfin, le printemps ! » s'exclame Ralph, la mine réjouie, en enfilant dans la cuisine une paire de gants de jardinage. Molly est en train de se préparer un bol de céréales. C'est vrai que la journée a un air vraiment printanier : les arbres portent à nouveau des feuilles, les jonquilles ont éclos et l'air est si doux que les pulls ont été mis de côté. « Me voilà parti », dit-il en sortant élaguer les taillis. Jardiner est l'activité préférée de Ralph. Il aime arracher les mauvaises herbes, planter, cultiver. Tout au long de l'hiver, il est comme un chien qui gratte à la porte, suppliant que l'on veuille bien le laisser sortir. Au même moment, Dina, assise dans le canapé du salon, se vernit les ongles des doigts de pied tout en regardant une chaîne de télévision consacrée à la décoration d'intérieur et au jardinage. Quand Molly entre dans la pièce, son bol de muesli à la main, Dina lève les yeux et fronce les sourcils. « Je peux faire quelque chose pour toi ? » Elle plonge brusquement le pinceau dans la bouteille de vernis corail, essuie l'excès sur le bord du goulot puis le passe avec dextérité sur l'ongle de son gros orteil, en fignolant le résultat avec son pouce. « Pas de nourriture dans le salon, tu te rappelles ? »

Bonjour à toi aussi... Sans un mot, Molly fait demi-tour et retourne à la cuisine, d'où elle appelle Jack.

« Salut, répond-il d'un ton distant.

— Qu'est-ce que tu fais ?

— Vivian me paie pour que je fasse un nettoyage de printemps dans son jardin. Enlever les branches mortes, ce genre de chose. Et toi ?

— Je vais à Bar Harbor, à la bibliothèque. J'ai un projet que je dois rendre dans quelques jours. Ça me ferait plaisir que tu viennes avec moi.

— Désolé, mais je ne peux pas. »

Depuis leur discussion de la semaine passée, Jack est comme cela. Molly est consciente qu'il déploie beaucoup d'efforts pour continuer à lui en vouloir. C'est tellement contraire à sa personnalité. Mais même si elle a envie de lui demander pardon et que leur relation reprenne son cours normal, elle a peur que ce qu'elle pourrait dire maintenant, quoi que ce soit, ne sonne faux. Si Jack savait qu'elle est en train d'interviewer Vivian, que le nettoyage du grenier s'est transformé en une sorte de conversation ininterrompue, il serait encore plus fâché.

Une voix murmure dans sa tête. *Le mieux est l'ennemi du bien. Finis tes heures et n'en parlons plus.* Mais elle ne peut se résoudre à cela. Elle ne le veut pas.

L'Island Explorer est presque vide. Lorsqu'il monte à bord, chaque nouveau passager gratifie les autres d'un signe de tête. Avec les écouteurs enfoncés dans ses oreilles, Molly sait qu'elle a l'air typique d'une adolescente. Ce qu'elle écoute, cependant, c'est la voix de Vivian. Avec l'enregistrement, Molly perçoit des choses qui lui étaient passées par-dessus la tête quand Vivian était assise en face d'elle…

Le temps se contracte puis s'aplanit, tu sais. Son poids varie. Certains instants restent gravés dans l'esprit tandis que d'autres s'effacent. Les vingt-trois premières années de ma vie m'ont façonnée, et avoir vécu près de soixante-dix ans après cela ne compte pas. Ces années n'ont rien à voir avec les questions que tu me poses.

Molly ouvre son carnet, laisse glisser son doigt sur la liste des noms et des dates qu'elle a retenus. Elle fait défiler l'enregistrement d'avant en arrière, l'arrête et note d'autres noms qu'elle avait omis. Kinvara, comté de Galway, Irlande, l'*Agnes Pauline*, Ellis Island, The Irish Rose, Delancey Street, Elizabeth Street, Dominick, James, Maisie Power, la Société d'aide aux enfants, Mme Scatcherd, M. Curran…

Quelles choses avez-vous choisi d'emporter pour votre prochaine destination ? Qu'avez-vous laissé derrière vous ? En quoi cela vous a-t-il appris à distinguer l'essentiel de l'accessoire ?

La vie de Vivian a été tranquille et ordinaire. Les années passant, les pertes se sont accumulées, se superposant les unes aux autres comme autant de couches de schiste argileux. Même si sa mère avait survécu, elle serait morte à présent. Tout comme les gens qui l'ont adoptée et son mari. Elle n'a pas d'enfants. À l'exception de la compagnie que lui procure la femme qu'elle paie pour s'occuper d'elle, elle est aussi seule que possible.

Elle n'a jamais cherché à savoir ce qu'il était advenu de sa famille, pas plus de sa mère que de ses parents en Irlande. Alors qu'elle écoute les enregistrements, Molly a commencé à comprendre ce sur quoi Vivian n'a cessé de revenir : les gens qui comptent le plus pour nous nous accompagnent et hantent chaque moment de notre vie, y compris les plus ordinaires. Ils sont avec nous quand nous faisons nos courses, que nous tournons le coin de la rue, que nous discutons avec un ami. Ils émanent du sol et viennent nous habiter en s'immisçant à travers la semelle de nos chaussures.

Vivian a donné tout son sens à la peine d'intérêt général de Molly et c'est maintenant à elle de lui donner quelque chose en retour. Elle est la seule à connaître l'histoire de la vieille dame, à pouvoir lire le contrat synallagmatique[1] et les documents d'adoption. Elle est la seule aussi à comprendre la signification des objets qu'elle chérit, car pour cela il faut tout d'abord s'intéresser à Vivian. Ce que fait Molly. Les trous qui émaillent ses récits lui semblent autant de mystères qu'elle aimerait contribuer à résoudre. Une fois, à la télévision, elle avait entendu un expert en relations déclarer qu'il est impossible d'être apaisé tant que l'on n'a pas rassemblé toutes les pièces du puzzle. Et ce qu'elle voudrait c'est aider Vivian à trouver un peu de paix, si évanescente et fugace soit elle.

Après être descendue devant le parc municipal de Bar Harbor, Molly se dirige vers la bibliothèque, un bâtiment en brique situé dans Mount Desert Street.

---

1. Contrat de servitude temporaire par lequel une personne s'engage à travailler en échange de gîte et de son couvert.

Dans la salle de lecture principale, elle discute avec la bibliothécaire en chef qui lui indique où se trouvent les livres sur l'histoire de l'Irlande et l'immigration dans les années vingt, une véritable mine d'informations. Après avoir passé plusieurs heures à les consulter et à prendre des notes, elle sort son ordinateur portable et lance une recherche sur Google. Chaque combinaison de mots donne des résultats différents et elle en essaie plusieurs dizaines : « 1929 incendie New York », « Quartier de Lower East Side Elizabeth Street incendie 1929 », « Agnes Pauline », « Ellis Island 1927 ». Sur le site d'Ellis Island, elle explore la section consacrée à la recherche du registre des passagers y ayant débarqué. *Recherche par bateau, choix du nom du bateau à partir d'un menu déroulant...* Et voilà l'*Agnes Pauline.*

Les noms des parents de Vivian figurent parmi la liste des passagers : Patrick et Mary Power, comté de Galway, Irlande. Cette découverte lui procure une sensation d'excitation vertigineuse, comme si elle avait appris que des personnages de fiction étaient en réalité faits de chair et d'os. En partant des noms, séparément puis ensemble, elle trouve une notice sur l'incendie mentionnant le décès de Patrick Power et de ses fils, Dominick et James. Mais rien sur Maisie. Alors elle cherche « Mary Power » et « Maisie Power ». Toujours rien. Une idée lui vient en tête. Schatzman. Elle cherche « Schatzman Elizabeth Street NYC » et « Schatzman Elizabeth Street NYC 1930 ». Un blog apparaît. Une certaine Lisa Schatzman a organisé une réunion familiale en 2010 au nord de l'État de New York. Dans la rubrique « Histoire familiale », Molly tombe sur une photo sépia d'Agneta et Bernard Schatzman, ayant émigré d'Allemagne en 1915 et habité 26, Elizabeth Street. Il était vendeur et elle ravaudait des vêtements. Bernard Schatzman était né en 1894 et Agneta en 1897. Jusqu'en 1929, alors qu'il avait trente-cinq ans et elle trente-deux, ils n'avaient pas eu d'enfants.

C'est alors qu'ils en avaient adopté un. Un bébé du nom de Margaret.

Maisie. Molly se rencogne dans sa chaise. Ainsi Maisie n'avait pas péri dans l'incendie.

Moins de dix minutes après avoir entamé sa recherche, Molly se retrouve à contempler la photo d'une femme aux cheveux blancs qui doit être la sœur cadette de Vivian. Margaret Reynolds née Schatzman, âgée de quatre-vingt-deux ans, entourée de ses enfants, petits-enfants et arrière-petits-enfants chez elle à Rhinebeck, New York. À deux heures et demie de la ville de New York et à peine huit heures de Spruce Harbor.

Elle recherche « Margaret Reynolds, Rhinebeck, NY ». Une notice nécrologique publiée dans le *Poughkeepsie Journal* apparaît. Datée d'il y a cinq mois.

Mme Margaret Reynolds, âgée de 83 ans nous a quittés tranquillement dans son sommeil suite à une courte maladie. Entourée de sa famille…

Perdue, trouvée, puis perdue à nouveau. Comment va-t-elle pouvoir annoncer cela à Vivian ?

Hemingford, Minnesota, 1930

Une fois rétablie, je retourne à l'école, en voiture, avec Mlle Larsen. Presque chaque jour, Mme Murphy me fait cadeau d'un nouvel habit. Une jupe qu'elle prétend avoir trouvée dans un placard, un chapeau en laine, un manteau brun, une écharpe bleu pervenche avec des gants assortis. Certaines pièces ont des boutons en moins ou de petits accrocs ou déchirures tandis que d'autres ont besoin d'être ourlées ou ajustées.

« Incroyable, tu as de vrais doigts de fée ! » s'exclame Mme Murphy lorsqu'elle me surprend en train de repriser une robe avec le fil et l'aiguille que m'a donnés Fanny.

Sa cuisine, mâtinée d'influences irlandaises, réveille en moi quantité de souvenirs : les saucisses rôties au four avec des pommes de terre, les feuilles de thé dans la tasse de Granny, le linge qui sèche sur une corde derrière la maison, le tintement ténu des cloches de l'église. Granny qui disait : « Ça vraiment, c'était un vrai festin ! » D'autres choses me reviennent en mémoire : les disputes entre maman et elle tandis que mon père, ivre mort, était étalé par terre. Les reproches de maman : « Vous l'avez pourri et maintenant il ne sera jamais un homme. » Ce à quoi grand-mère répliquait : « Continuez à le harceler comme cela et bientôt il ne rentrera plus du tout à la maison. » Parfois, quand je passais la nuit chez elle, j'entendais mes grands-parents qui discutaient à voix basse dans la cuisine. « Qu'est-ce qu'on peut y faire ? Faudra-t-il tous les nourrir *ad vitam æternam* ? » Je sais qu'ils en avaient plus qu'assez de papa et qu'ils supportaient aussi mal maman dont la famille, originaire de Limerick, ne levait jamais le petit doigt pour nous aider.

Le jour où Granny m'a fait cadeau du Claddagh, j'étais assise sur son lit, parcourant des doigts les reliefs du couvre-lit, comme un aveugle lisant du braille. Je la regardais qui se préparait pour aller à l'église. Elle était assise devant une coiffeuse à miroir ovale, faisant légèrement gonfler ses cheveux avec une brosse à laquelle elle tenait tout particulièrement, en fanon de baleine et crin de cheval, de première qualité à l'en croire. Elle me laissait en caresser la douce poignée blanc ivoire et les poils raides, et la rangeait dans une boîte ressemblant à un cercueil miniature. Pour se l'offrir, elle avait économisé sur son travail de ravaudeuse. Il lui avait fallu, m'avait-elle révélé, quatre mois pour réunir la somme nécessaire.

Après avoir rangé la brosse dans son écrin, Granny avait ouvert sa boîte à bijoux en faux cuir crème à bordure et fermeture dorées. L'intérieur était tapissé de velours rouge et contenait de véritables trésors : des boucles d'oreilles scintillantes, de lourds colliers en perles et onyx, des bracelets en or. (Plus tard, maman m'a dit d'un ton chargé d'amertume qu'il s'agissait en fait de bijoux de pacotille achetés pour trois francs six sous dans une boutique de Galway. Mais sur le moment, ils m'avaient semblé incroyablement luxueux.) Elle avait choisi une paire de boucles d'oreilles – un assemblage de perles – à clips rembourrés à l'arrière, et les accrochait l'une après l'autre à ses lobes distendus.

La croix surmontée du symbole du Claddagh se trouvait au fond de sa boîte. Je ne l'avais jamais vue la porter. Elle m'avait raconté que son papa, mort depuis longtemps, la lui avait donnée pour sa première communion lorsqu'elle avait treize ans. Elle avait prévu d'en faire cadeau à sa fille, ma tante Brigid, mais celle-ci avait préféré une bague en or avec une pierre porte-bonheur à la place.

« Tu es ma seule petite-fille et j'aimerais que tu l'aies, m'avait-elle dit en accrochant la chaîne avec son pendentif à mon cou. Tu vois ces brins entrelacés ? » Elle avait caressé le motif en relief de son doigt noueux. « Ils représentent un chemin sans fin, qui te conduit loin de la maison et t'y ramène. Lorsque tu le portes, tu n'es jamais bien loin de tes racines. »

Quelques semaines après qu'elle m'avait donné le pendentif, Granny et ma mère s'étaient sérieusement disputées. Alors que le ton montait, j'avais emmené les jumeaux dans la chambre au fond du couloir.

« Tu l'as piégé. Il n'était pas prêt », ai-je entendu Granny crier. La réponse de maman avait été plus que claire : « Un homme dont la mère ne lui laisse pas lever le petit doigt ne peut rien valoir pour sa femme. »

La porte d'entrée avait claqué. Je savais que grand-père était sorti, excédé par la dispute. Ensuite, j'avais entendu le bruit d'un objet qui se brise, un cri perçant et un sanglot et j'étais accourue au salon où j'avais découvert la brosse à cheveux de grand-mère en miettes au pied de la cheminée contre laquelle l'avait jetée maman. Celle-ci arborait un air triomphant.

Moins d'un mois plus tard, nous étions à bord de l'*Agnes Pauline*, en route pour Ellis Island.

J'apprends que Mme Murphy a perdu son mari il y a dix ans, lui laissant cette vaste maison, mais peu d'argent. C'est ainsi que, pour pouvoir vivre, elle avait commencé à prendre des pensionnaires. Chaque tâche domestique – la cuisine, la lessive, le ménage et le nettoyage des planchers – est affectée à une pensionnaire différente en début de semaine. Bientôt, je participe aussi : je mets la table du petit déjeuner, débarrasse, balaie le vestibule et fais la vaisselle après le dîner. Mme Murphy est celle qui travaille le plus, debout la première pour préparer des scones, des petits pains et du porridge, couchée en dernier après avoir éteint les lumières.

Le soir, les femmes se retrouvent dans le salon pour parler de mode et de beauté, discuter des meilleurs bas, savoir si ce sont ceux avec couture à l'arrière ou pas, déterminer quelles marques offrent les produits les plus solides ou quels sont ceux qui grattent le plus, décider de la plus jolie teinte de rouge à lèvres (là-dessus, il y a consensus : Rouge flamboyant de chez Ritz) et débattre sur leur marque préférée de poudre. Je reste assise tranquillement au coin du feu, à les écouter. Mlle Larsen ne participe que rarement à la conversation. À cette heure, elle est occupée à préparer ses leçons et à étudier. Elle porte de petites lunettes cerclées de métal doré lorsqu'elle lit, ce qu'elle fait dès qu'elle a fini ses tâches ménagères. Elle a en permanence un livre ou un torchon à la main, et parfois les deux en même temps.

Je commence à me sentir chez moi dans cette maison. Mais j'ai beau espérer de tout cœur que Mme Murphy ait oublié que ma place n'est pas ici, ce n'est pas le cas. Un après-midi, alors que je viens de rentrer de l'école en voiture avec Mlle Larsen, je retrouve M. Sorenson dans l'entrée, agrippant son chapeau en feutre noir des deux mains, comme s'il tenait un volant. Mon sang ne fait qu'un tour.

« Ah, la voilà ! s'exclame Mme Murphy. Viens dans le salon, Niamh. Mademoiselle Larsen, venez aussi, s'il vous plaît. Et fermez la porte avant que nous n'attrapions la mort. Du thé, monsieur Sorenson ?

— Avec plaisir, madame Murphy », répond-il en passant à pas lourds la double porte menant au salon.

Mme Murphy lui indique le canapé en velours rose sur lequel il se laisse choir pesamment, me rappelant l'éléphant que j'avais une fois vu dans un livre d'images, son énorme ventre au repos sur ses cuisses dodues. Mlle Larsen et moi-même prenons place dans les fauteuils à oreilles. Lorsque Mme Murphy disparaît dans la cuisine, il se penche en avant, un petit sourire satisfait aux lèvres.

« Te voilà redevenue Niamh, alors ?

— Je ne sais pas. »

Par la fenêtre, je regarde la rue poudrée de neige et le pick-up vert bouteille de M. Sorenson garé devant la maison que, pour une étrange raison, je n'avais pas remarqué en arrivant. Plus que sa présence à lui, c'est la vue de sa voiture qui me fait frissonner.

C'est ce véhicule qui m'avait conduite chez les Grote, M. Sorenson papotant gaiement tout au long du trajet.

« Reprenons, Dorothy, si tu veux bien, me dit-il. C'est plus facile. »

Mlle Larsen me regarde et je hausse les épaules. « Très bien. »

Il s'éclaircit la gorge. « Venons-en à ce qui m'amène ici. » Il chausse les petites lunettes qu'il a extraites de sa poche de poitrine et tient un papier à bout de bras. « Les deux tentatives précédentes de placement ont échoué. Chez les Byrne et chez les Grote. Des ennuis avec la femme dans les deux cas. » Il me regarde par-dessus ses lunettes en métal argenté.

« Je dois dire, Dorothy, que l'on pourrait croire que la source du problème... c'est toi.

— Mais je n'ai pas... »

Il agite son doigt boudiné devant mon visage. « La difficulté, c'est que tu es orpheline et que, quelle que soit la réalité des faits, on dirait que tu fais preuve... d'insubordination. Il y a plusieurs options. La première, bien sûr, est de te renvoyer à New York. La deuxième, c'est d'essayer de te trouver une nouvelle famille. » Il soupire bruyamment. « Ce qui, pour être honnête, pourrait se révéler difficile. »

Mme Murphy, qui jusqu'à présent faisait des allers-retours avec son service à thé, verse le breuvage dans ses tasses gracieuses et délicates et repose la théière sur le dessous-de-plat placé au centre de la table basse. Elle en offre une tasse, ainsi que du sucre, à M. Sorenson. « Fantastique, madame Murphy », lui dit-il en ajoutant quatre pleines cuillerées de sucre, puis du lait, à son infusion. Il touille bruyamment le liquide chaud avec sa cuillère, la pose sur la soucoupe, puis boit une longue gorgée.

« Monsieur Sorenson, dit Mme Murphy lorsqu'il repose sa tasse. J'ai eu une idée. Puis-je vous parler seule à seul dans l'entrée ?

— Mais très certainement. »

Il s'essuie la bouche avec une serviette rose et sort à la suite de Mme Murphy.

Lorsque la porte se referme derrière eux, Mlle Larsen boit une petite gorgée de son thé avant de reposer doucement la tasse qui cliquette contre la soucoupe. La lampe en cuivre placée entre nous sur la table ronde diffuse une chaude lumière ambrée. « Je suis désolée que tu aies à subir cela. Mais je suis sûre que tu comprends que Mme Murphy, même si elle est très généreuse, ne peut pas te garder indéfiniment. Tu le comprends, n'est-ce pas ?

— Oui. »

La boule que j'ai dans la gorge m'empêche d'ajouter quoi que ce soit.

Lorsque M. Sorenson et Mme Murphy reviennent, cette dernière le regarde en souriant.

« Tu as vraiment de la chance, me dit-il. Cette femme extraordinaire (il adresse un large sourire à Mme Murphy qui baisse le regard) m'a parlé d'un couple, M. et Mme Nielsen, des amis à elle, propriétaires du grand magasin de Center Street. Il y a cinq ans, ils ont perdu leur fille unique.

— Emportée par la diphtérie la pauvre, je crois, ajoute Mme Murphy.

— Oui, oui, une tragédie, commente M. Sorenson. Eh bien, apparemment, ils ont besoin d'aide dans leur magasin. Mme Nielsen a contacté Mme Murphy il y a quelques semaines de cela pour lui demander si l'une de ses pensionnaires n'aurait pas besoin d'un travail. Et puis, lorsque tu as échoué sur son perron… »

Sentant en quoi cette manière de relater mon arrivée chez Mme Murphy pouvait manquer de tact, il se met à glousser.

« Veuillez me pardonner, madame Murphy, c'était juste une façon de parler !

— Vous êtes tout excusé, monsieur Sorenson. Nous comprenons bien que vous n'aviez pas l'intention d'être blessant. »

Mme Murphy lui ressert du thé, lui tend sa tasse puis se tourne vers moi. « Après avoir discuté de ta situation avec Mlle Larsen, j'ai parlé de toi à Mme Nielsen. Je lui ai dit que tu étais une petite fille raisonnable de presque onze ans et que tu m'avais impressionnée par tes talents de couturière et de ménagère, et que je n'ai aucun doute que tu pourrais leur être très utile. Je lui ai également dit que, même si une adoption formelle est hautement désirable, cela n'est nullement une obligation. » Elle joint les mains. « M. et Mme Nielsen sont donc d'accord pour te rencontrer. »

Je sais que l'on attend de moi une réponse, une marque de gratitude, mais il me faut faire un véritable effort pour sourire et un long instant s'écoule avant que je puisse former une phrase. Je ne suis pas reconnaissante. Je suis même amèrement déçue. Je ne comprends pas pourquoi je dois partir, pourquoi Mme Murphy ne me garde pas si elle pense que je suis si bien élevée. Je n'ai aucune envie d'aller dans un autre foyer où je serai à nouveau traitée comme une servante, où l'on ne me tolérera qu'en raison du travail que je peux fournir.

« Comme c'est gentil de votre part, madame Murphy ! s'exclame Mlle Larsen, comblant ainsi le silence de son commentaire.

— N'est-ce pas, Dorothy, que c'est une merveilleuse nouvelle ?

— Oui. Merci, madame Murphy, finis-je par répondre d'une voix étouffée.

— De rien, mon enfant, de rien, vraiment. »

Elle rayonne, l'air fier. « Monsieur Sorenson, peut-être devrais-je assister à l'entretien ? »

Il vide sa tasse et la repose dans la soucoupe. « Tout à fait, madame Murphy. Je pense aussi que nous devrions avoir tous les deux un petit entretien, pour discuter des… détails de cette transaction. Qu'en dites-vous ? »

Mme Murphy rougit et cligne des yeux. Elle s'agite sur sa chaise, saisit sa tasse puis la repose sans avoir rien bu. « Oui, cela me paraît une bonne idée », répond-elle tandis que Mlle Larsen me regarde en souriant.

Hemingford, Minnesota, 1930

Les jours suivants, chaque fois que je la vois, Mme Murphy a une nouvelle suggestion à me faire concernant mon entretien à venir avec les Nielsen. « Une poignée de main ferme, mais pas brutale », me conseille-t-elle en me dépassant dans l'escalier. « Il faut que tu aies l'air féminine et bien élevée. Ils doivent avoir suffisamment confiance en toi pour pouvoir te confier des responsabilités dans le magasin », me dit-elle au cours du dîner.

Chaque pensionnaire ajoute son grain de sel. « Ne pose pas de questions, m'avise l'une d'elles.

— Mais réponds sans hésitation si l'on t'en pose, renchérit une autre.

— Assure-toi que tes ongles sont propres et coupés.

— Brosse tes dents juste avant avec du bicarbonate.

— Tes cheveux doivent être (Mlle Grund grimace et passe la main sur sa propre tête, comme si elle cherchait à écraser des bulles de savon) domptés. On ne sait jamais ce qu'ils peuvent penser d'une rousse. En particulier avec ta couleur cuivrée.

— Allons, allons, les interrompt Mlle Larsen. Nous allons tellement l'effrayer qu'elle ne va plus savoir comment se comporter. »

Le matin de mon entretien, un samedi à la mi-décembre, on frappe discrètement à ma porte. C'est Mme Murphy, une robe sur cintre en velours bleu à la main. « Voyons voir si elle te va », me dit-elle en me la présentant. Je ne sais pas si je dois l'inviter à entrer ou si je dois fermer la porte pendant que je me change, mais elle résout d'elle-même le dilemme en pénétrant avec vivacité dans la chambre et en s'essayant sur le lit.

Mme Murphy ne fait pas de manières si bien que je n'éprouve aucune honte à me déshabiller et à me tenir devant elle en culotte. Elle retire le cintre, défait la fermeture à glissière qui se trouve sur le côté et que je n'avais pas remarquée, me passe la robe par-dessus la tête et m'aide à enfiler les manches longues, puis tire sur la jupe froncée avant de remonter la glissière. Elle fait un pas en arrière dans l'espace exigu pour mieux m'inspecter, tire d'un coup sec sur un des côtés de la robe puis sur l'autre et enfin sur les manches. « Voyons maintenant ce que nous pouvons faire avec tes cheveux », me dit-elle en me faisant tourner sur moi-même. Elle sort des barrettes et une pince de la poche de son tablier. Elle manipule ma chevelure en tous sens, la lisse autant que possible et s'applique à dégager mon visage. Lorsqu'elle est satisfaite du résultat, elle me tourne à nouveau pour que je puisse me voir dans le miroir.

Malgré mes inquiétudes à l'idée de rencontrer les Nielsen, je ne peux m'empêcher de sourire. Pour la première fois depuis que M. Grote a massacré mes cheveux, il y a quelques mois de cela, je suis presque jolie. Je n'ai jamais porté de robe en velours. Celle-ci est lourde, un peu raide, et la jupe retombe en larges plis jusqu'à mi-mollet. Lorsque je bouge, elle dégage une odeur ténue de naphtaline. Je pense qu'elle est magnifique, mais Mme Murphy n'est pas satisfaite. Elle plisse les yeux, fait claquer sa langue et pince le tissu entre ses doigts. « Attends une seconde. Je reviens tout de suite », me dit-elle en sortant en trombe de la chambre. L'instant d'après, la voilà de retour, un large ruban noir à la main. « Tourne-toi », me demande-t-elle. Elle passe le ruban autour de ma taille et fait un nœud à grosses boucles dans mon dos. Nous inspectons toutes deux le résultat de son travail dans la glace.

« Voilà. Tu as vraiment l'air d'une princesse, ma chère, déclare-t-elle. Ton collant noir est-il propre ? »

J'acquiesce.

« Mets-le, alors. Tes chaussures noires iront bien avec. » Les mains placées sur mes hanches, elle rit. « Une princesse irlandaise rousse, en plein Minnesota ! »

À trois heures de l'après-midi, alors que se déchaîne la première grosse tempête de neige de la saison, je viens saluer M. et Mme Nielsen dans le salon de Mme Murphy. M. Sorenson et Mlle Larsen se tiennent debout à côté. Avec ses moustaches qui tressautent, ses oreilles teintées de rose et sa minuscule bouche, M. Nielsen me fait penser à une souris. Il porte un costume trois-pièces gris, un nœud papillon en soie rayée et se déplace à l'aide d'une canne. Mme Nielsen est mince, presque frêle. Sa chevelure noire, parsemée de mèches argentées, est remontée en chignon.

Ses sourcils et ses cils sont brun foncé et ses yeux, enfoncés dans leurs orbites, ténébreux. Ses lèvres sont rouge sombre et nulle poudre ni nul fard à joues ne viennent altérer l'olive de son teint.

Mme Murphy met le couple à l'aise, leur offre thé et petits pains, les interroge sur leur court trajet à travers la ville enneigée puis discute du temps : comment les températures ont chuté ces derniers jours et les nuages se sont lentement massés à l'ouest, comment la tempête a finalement débuté ce jour même comme tout le monde l'avait prédit. Ils font des conjectures sur la quantité de neige qu'il va tomber au cours de la nuit, combien de temps elle va tenir au sol, quand on doit s'attendre à ce qu'elle tombe à nouveau et de quel genre elle sera. Certainement que cet hiver n'égalera pas celui de 1922, lorsqu'aux tempêtes de glace avaient succédé des blizzards et que personne ne pouvait être secouru. Et les blizzards de poudreuse noire de 1923, s'en souvenaient-ils ? Quand la neige sale déboulait du Dakota du Nord, que des congères de plus de deux mètres de haut obstruaient des quartiers entiers de la ville et que les gens n'avaient pas pu quitter leur maison des semaines durant ? D'un autre côté, il y avait peu de chance que cet hiver soit aussi clément que celui de 1921 où l'on avait connu le mois de décembre le plus doux jamais enregistré.

Les Nielsen s'enquièrent poliment à mon sujet et je fais de mon mieux pour leur répondre sans avoir l'air désespérée ou apathique. Les trois autres adultes nous observent avec tant d'intensité qu'ils en tremblent presque. Je les sens qui m'incitent à bien faire, à me tenir droite et à former des phrases complètes.

Finalement, alors que la conversation suit son cours, M. Sorenson prend la parole. « Très bien. Je crois que nous savons tous pourquoi nous sommes ici. Il s'agit de déterminer si M. et Mme Nielsen sont prêts à accueillir Dorothy chez eux et si elle correspond bien à leurs besoins. À cette fin, pourrais-tu s'il te plaît Dorothy expliquer aux Nielsen pourquoi tu aimerais faire partie de leur famille et ce que tu comptes leur apporter en échange ? »

Si j'étais honnête – ce que, bien sûr, M. Sorenson me demande d'être –, je répondrais tout simplement qu'il me faut un toit sous lequel dormir, un lieu chaud et sec. Que je voudrais pouvoir manger à ma faim et avoir des vêtements et des chaussures pour me protéger du froid. Que j'ai envie de calme et d'ordre. Et, par-dessus tout, que j'ai besoin de me sentir en sécurité dans mon lit.

« Je sais coudre et je suis très ordonnée. Je suis bonne avec les chiffres », leur dis-je.

M. Nielsen, se tournant vers Mme Murphy, lui demande : « Sait-elle aussi cuisiner et faire le ménage ? Est-elle travailleuse ?

— Est-elle protestante ? ajoute Mme Nielsen.

— Elle est travailleuse, de cela je peux témoigner, dit Mme Murphy.

— Je sais cuisiner quelques plats, oui, mais dans ma précédente famille on me demandait de préparer des ragoûts d'écureuils et de ratons laveurs et je préférerais ne plus avoir à le faire.

— Dieu merci, non ! s'exclame Mme Nielsen. Et pour mon autre question ?

— L'autre question ? »

J'ai du mal à suivre.

« Allez-vous à l'église, chère enfant ? me demande Mme Nielsen.

— Ah, pardon. Ma précédente famille n'allait pas à l'église. »

Je leur réponds en toute honnêteté, mais en réalité, la dernière fois que je suis allée prier, c'était à la chapelle de la Société d'aide aux enfants et, avant cela, avec Granny. Je me rappelle tenir sa main quand nous nous rendions à l'église Saint-Joseph, dans le centre de Kinvara. C'était un petit bâtiment en pierre, avec des vitraux chatoyants et des bancs en chêne sombre, des lumignons allumés en mémoire des êtres chers disparus et une odeur d'encens et de lis qui flottait dans l'air. J'ai encore en mémoire la voix caverneuse du prêtre ainsi que le claironnement majestueux de l'orgue. Papa se disait allergique à la religion et prétendait qu'elle n'avait jamais fait de bien à personne. « Essayez donc un dimanche matin de trimbaler une flopée de gamins lorsque l'un a de la fièvre, l'autre une colique et que votre mari est ivre mort dans son lit », répondait maman à nos voisins d'Elizabeth Street qui lui reprochaient de ne pas assister à la messe. Je me souviens des autres catholiques, les filles habillées en robe de communion et les garçons avec leurs souliers brillants, marchant dans la rue sous les fenêtres de notre appartement, les mères poussant les landaus, les pères à leur côté.

« Elle est irlandaise, Viola, elle est donc sûrement catholique », dit M. Nielsen à sa femme.

J'acquiesce.

« Peut-être que tu es catholique, mon enfant, me dit M. Nielsen, mais nous sommes protestants et il faudra que tu viennes le dimanche avec nous à l'église luthérienne. »

Cela fait des années que je n'ai pas assisté à quelque service que ce soit, alors quelle importance ? « Oui, bien sûr.

— Et il faut que tu saches que tu iras dans une école située en ville, où tu pourras te rendre à pied en quelques minutes depuis la maison, ce qui veut dire que tu ne suivras plus les cours de Mlle Larsen. »

Celle-ci ajoute : « Je crois de toute façon que Dorothy allait bientôt être trop grande pour mon école, elle est tellement brillante.

— Après l'école, me dit Mme Nielsen, tu nous aideras dans le magasin. Nous te paierons au temps passé, bien sûr. Tu connais notre magasin, Dorothy, n'est-ce pas ?

— C'est une sorte de magasin général, qui vend de tout », précise son mari.

Je hoche la tête sans discontinuer. Pour le moment, ils n'ont rien dit qui suscite ma crainte. Mais je ne ressens pas non plus de complicité immédiate avec eux. Ils ne semblent pas curieux d'en savoir plus sur moi, mais, comme je l'ai déjà remarqué, cela arrive souvent. J'ai l'impression que le fait que je sois abandonnée et les circonstances qui m'ont amenée jusqu'à eux ne les intéressent que peu comparés au besoin qu'ils ont et que je vais aider à combler.

Le lendemain matin à neuf heures, M. Nielsen gare sa Studebaker bleu et blanc avec finitions argentées devant la maison et frappe à la porte. Mme Murphy a été si généreuse avec moi que j'ai maintenant deux valises et un cartable remplis de vêtements, de livres et de chaussures. Alors que je suis en train de boucler mes sacs, Mlle Larsen entre dans ma chambre et presse *Anne… La maison aux pignons verts* entre mes mains.

« C'est mon exemplaire personnel, pas celui de l'école, et j'aimerais te le donner », me dit-elle en me serrant dans ses bras.

Pour la quatrième fois depuis que je suis arrivée dans le Minnesota il y a un peu plus d'un an, toutes mes affaires sont placées dans le coffre d'une voiture et me voilà en route pour une nouvelle destination.

Hemingford, Minnesota, 1930-1931

Jaune avec des volets noirs, la maison des Nielsen, de style colonial, a deux étages. Elle se trouve dans une rue tranquille, à quelques pâtés de maisons du centre-ville. Une allée pavée en ardoise mène jusqu'à la porte d'entrée. À l'intérieur, les pièces se succèdent autour du vestibule : à droite, le salon ensoleillé mène à la cuisine située à l'arrière qui, elle-même, communique avec la salle à manger qui ramène au vestibule.

Ma chambre, une grande pièce peinte en rose, est à l'étage et sa fenêtre surplombe la rue. J'ai ma propre salle de bains, carrelée en rose, avec un imposant lavabo en porcelaine et un joli rideau blanc bordé de rose.

M. et Mme Nielsen considèrent comme normales des choses auxquelles je n'ai jusqu'à présent jamais osé rêver. Toutes les pièces sont chauffées par air pulsé et chacune dispose d'une ventilation protégée par une grille ouvragée en fonte noire. Même lorsqu'il n'y a personne dans la maison, le chauffe-eau reste allumé, si bien que, lorsqu'ils rentrent de leur travail, ils n'ont pas besoin d'attendre que l'eau chauffe. Bess, la femme de ménage, nettoie la maison et repasse le linge une fois par semaine. Dans le réfrigérateur, il y a des réserves de lait, de beurre, d'œufs, de fromage et de jus. Mme Nielsen fait attention à ce que j'aime et m'en achète : des flocons d'avoine pour mon petit déjeuner par exemple, des fruits, même exotiques comme des oranges et des bananes. Dans l'armoire à pharmacie, je trouve de l'aspirine et de la pâte dentifrice et des serviettes de toilette propres dans le placard de l'entrée. M. Nielsen me dit que tous les deux ans il change de voiture et s'offre le dernier modèle.

Le dimanche matin, nous allons à l'église luthérienne de la Grâce. Elle ne ressemble à rien à ce que je connais. C'est un bâtiment simple, peint en blanc, surmonté d'une flèche avec des fenêtres en ogive de style gothique, des bancs en chêne, et un autel dépouillé. Je trouve la liturgie réconfortante avec ses hymnes immuables, les sermons délivrés par le doux pasteur aux épaules tombantes et qui mettent l'accent sur les bonnes manières et la décence. M. Nielsen et d'autres fidèles rouspètent contre l'organiste qui soit joue si rapidement que nos paroles se mélangent, soit si lentement que les chants prennent des allures funèbres. De plus, il n'a pas l'air de savoir lever le pied du pédalier. Mais personne ne se plaint ouvertement. Les gens se contentent de hausser les sourcils et les épaules tout en chantant.

J'aime l'idée que chacun fait de son mieux et que nous devons tous nous efforcer d'être gentils les uns avec les autres. J'apprécie aussi le moment passé dans la sacristie autour d'une tasse de café et d'une part de gâteau aux amandes ou de petits sablés à la cannelle.

Et puis, je suis contente d'être associée aux Nielsen qui semblent être considérés comme de bons et honnêtes citoyens par la grande majorité des gens. C'est la première fois de ma vie que le regard chaleureux porté sur d'autres rejaillit sur moi et m'enveloppe.

La vie des Nielsen est calme et bien réglée. Chaque matin, Mme Nielsen prépare le petit déjeuner pour son mari – en général des œufs au plat et un toast – qui quitte la maison pour ouvrir le magasin à six heures et servir les fermiers. Je pars à 7 h 45 après m'être préparée pour l'école et marche dix minutes jusqu'au bâtiment en brique que fréquentent soixante élèves, regroupés par niveaux.

Mon premier jour, la maîtresse, Mlle Buschkowsky, demande à chacun des douze élèves de se présenter et de nommer un ou deux de leurs loisirs favoris.

Je ne sais pas ce qu'est un « loisir ». Une fille déclare collectionner des timbres puis le garçon devant moi cite le stickball[1]. Lorsque mon tour arrive, je mentionne la couture.

« Merveilleux, Dorothy ! s'exclame Mlle Buschkowsky. Et qu'aimes-tu coudre ?

— Surtout des vêtements », dis-je face à toute la classe.

Mlle Buschkowsky m'encourage d'un sourire.

« Pour tes poupées ?

— Non, pour des dames.

— N'est-ce pas fantastique ! » s'exclame-t-elle d'une voix un peu trop enjouée qui me fait tout de

---

1. Sorte de base-ball joué dans la rue. *(N.d.T.)*

suite comprendre que la plupart des enfants de mon âge ne cousent pas de vêtements pour adultes.

Peu à peu, je m'adapte. Les élèves savent que je viens d'un autre pays, mais, avec le temps et de l'application, je finis par perdre mon accent. Je prends note des habits que portent les filles de mon âge, de la façon dont elles se coiffent et de ce dont elles parlent et je m'efforce d'effacer toute trace étrangère en moi, de me faire des amis et de m'intégrer.

À trois heures, en sortant de l'école, je vais directement au magasin. Le grand magasin Nielsen est un vaste espace divisé en rayons, avec une pharmacie au fond, un rayon vêtements, un pour les livres et les magazines, et d'autres pour les shampooings, les laitages, les fruits et légumes et un coin dédié aux bonbons près de l'entrée. Mon rôle consiste à remettre des marchandises en rayon et à mettre l'inventaire à jour. Quand il y a beaucoup de monde, j'aide aussi à la caisse.

Depuis mon poste derrière le comptoir, je vois certains enfants se faufiler dans le magasin et traîner dans le coin des bonbons, le regard fixé sur les sucres d'orge multicolores et empli d'envie, en proie à une faim dont je ne me souviens que trop bien. Quand je demande à M. Nielsen si je peux utiliser l'argent avec lequel ils me paient pour acheter un bonbon à l'un d'entre eux de temps à autre, cela le fait rire. « Tant que tu es raisonnable, Dorothy, je ne déduirai pas tes cadeaux de ton salaire. »

Mme Nielsen part à cinq heures pour préparer le dîner. Parfois, je rentre avec elle, d'autres fois je reste au magasin avec M. Nielsen et l'aide à le fermer.

Il rentre toujours chez lui à six heures. Au cours du repas, nous parlons du temps qu'il fait, de mes devoirs et du magasin. M. Nielsen est membre de la chambre de commerce et les discussions tournent souvent autour des initiatives prises et des plans élaborés pour stimuler efficacement cette économie « rebelle » comme il l'appelle. Le soir, M. Nielsen est au salon, assis à son secrétaire à cylindre, épluchant les livres de comptes pendant que Mme Nielsen nous prépare nos déjeuners pour le lendemain, range la cuisine, et s'occupe de différentes tâches ménagères. De mon côté, j'aide à faire la vaisselle et balaie le sol. Lorsque nous en avons fini avec les corvées, nous jouons aux dames ou aux cartes et écoutons la radio. Mme Nielsen m'apprend le point de croix. Tandis qu'elle brode des motifs complexes pour les coussins du canapé, j'en exécute un, floral, qui viendra recouvrir un tabouret.

L'une de mes premières tâches au magasin est d'aider à le décorer pour Noël. Mme Nielsen et moi remontons de la cave des boîtes remplies de boules en verre, de décorations en porcelaine, de rubans et de guirlandes de perles scintillantes que nous apportons ensuite au magasin. M. Nielsen envoie ses deux coursiers, Adam et Thomas, chercher un sapin, en voiture, aux abords de la ville. Nous passons un après-midi entier à festonner l'entrée du magasin avec des branches de sapin ornées de nœuds en velours rouge et à parer l'arbre. Une fois vidées, les boîtes sont emballées dans du papier d'aluminium et attachées à l'arbre avec du ruban floqué et des cordelettes en soie.

Tandis que nous travaillons ensemble, Mme Nielsen me raconte sa vie, par bribes. Elle est suédoise, mais on ne le devinerait jamais (elle descend de Tziganes immigrés d'Europe centrale et installés à Göteborg). Ses parents sont décédés et ses frères et sœurs éparpillés. Cela fait dix-huit ans qu'elle est mariée. Elle avait vingt-cinq ans et M. Nielsen une trentaine d'années lorsqu'ils ont scellé leur union. Ils ont longtemps pensé qu'ils ne pourraient pas avoir d'enfants, mais elle avait fini par tomber enceinte onze ans auparavant. Vivian, leur fille, était née le 7 juillet 1920.

« Quelle est la date de ton anniversaire déjà, Dorothy ? me demande-t-elle.

— Le 21 avril. »

Avec précaution, elle fait passer un ruban argenté entre les branches à l'arrière de l'arbre, le visage baissé si bien que je ne peux pas le voir. Puis elle ajoute : « Vous avez presque le même âge.

— Que lui est-il arrivé ? »

Mme Nielsen ne m'a jamais parlé de sa fille et je me dis que si je ne lui pose pas la question maintenant, il sera trop tard après.

Elle attache un ruban à une branche et se penche pour en attraper un autre dont elle noue l'extrémité au même endroit pour donner l'impression d'un continuum avant de les entrelacer aux branches.

« À six ans, elle a eu une poussée de fièvre. Nous pensions qu'il s'agissait juste d'un rhume. Nous l'avons mise au lit et avons appelé le médecin. Il nous a dit de la laisser se reposer et de la faire boire beaucoup. Les conseils habituels. Mais ça n'a eu aucun effet. Au milieu de la nuit, elle a commencé à délirer, elle ne savait plus ce qu'elle disait et nous avons rappelé le médecin qui a regardé dans sa gorge où il a vu de petites taches révélatrices. Nous ne savions pas de quoi il s'agissait, mais le médecin, lui, si. Nous l'avons emmenée à l'hôpital Saint Mary de Rochester où elle a été placée en quarantaine. Quand ils nous ont dit qu'ils ne pouvaient plus rien faire, nous ne les avons pas crus. Après, ce n'a plus été qu'une question de temps. »

Elle secoue la tête, comme pour chasser ces souvenirs.

Cela a dû être vraiment terrible pour elle de perdre sa fille. Je pense à mes frères et à Maisie. Nous avons beaucoup de tristesse en nous, Mme Nielsen et moi. Et je me sens désolée pour nous deux.

Le soir de Noël, alors qu'il tombe quelques flocons, nous nous rendons tous trois au temple. Nous allumons les bougies du sapin de six mètres de haut qui a été placé à droite de l'autel puis tous, enfants, parents et grands-parents, nous entonnons les chants, livres ouverts entre les mains. Le pasteur nous parle de charité et d'empathie, et son prêche est aussi transparent et simple qu'une histoire pour les tout-petits. « Des gens sont dans le besoin, dit-il à l'assemblée. Si vous avez quelque chose à donner, faites-le. Laissez s'exprimer ce qu'il y a de meilleur en vous. »

Il parle de certaines familles qui ont vécu des drames : « John Slattery, éleveur de porcs, qui a perdu le bras droit dans un accident de batteuse. Lui et sa famille ont besoin de nourriture en conserves et de bras pour tenter de sauver leur ferme… Mme Abel, âgée de quatre-vingt-sept ans, aveugle et seule. Si vous pouviez avoir la bonté de donner quelques heures de votre temps par semaine pour l'assister, cela serait fortement apprécié… Une famille de sept personnes, les Grote, dans une situation catastrophique. Le père sans emploi, quatre enfants en bas âge, plus un né prématurément, avec des problèmes de santé, et la mère qui ne peut pas se lever…

— Comme c'est triste, murmure Mme Nielsen. Nous préparerons un colis pour cette famille. »

Elle ne sait rien de mon histoire avec eux. Pour elle, il s'agit juste d'une catastrophe qui ne les touche pas de près.

Après le service, nous rentrons en cheminant à travers des rues calmes. La neige s'est arrêtée de tomber, la nuit est froide et le ciel dégagé. Les lampadaires à gaz projettent au sol des cercles lumineux. Quand nous parvenons en vue de la maison, c'est comme si je la voyais pour la première fois : la lumière brillante du porche, la couronne de pin accrochée à la porte, la balustrade en fer forgé noir et l'allée soigneusement déblayée. À l'intérieur, derrière un rideau, une lampe diffuse une lumière douce dans le salon. C'est un endroit où il fait bon se retrouver. Un foyer.

Un jeudi sur deux après le dîner, Mme Nielsen et moi retrouvons Mme Murphy et six autres femmes à la réunion du club de confection de courtepointes en patchwork. Nous nous installons dans le spacieux salon d'une des dames les plus riches du groupe qui habite une demeure victorienne aux abords de la ville. Bien que je sois la seule enfant dans cette pièce remplie d'adultes, je m'y sens immédiatement à l'aise. Nous travaillons toutes sur le même quilt, à partir d'un motif et des tissus fournis par l'un des membres du club.

Dès que celui-ci sera fini, nous en commencerons un autre. Chaque courtepointe nous prend environ quatre mois à réaliser. J'apprends que c'est ce groupe qui a fabriqué le quilt qui se trouve sur le lit de ma chambre rose. Son motif est celui de la couronne irlandaise : quatre iris violets dont les tiges vertes se croisent au centre, sur fond noir. « Un jour, Dorothy, nous ferons un quilt pour toi aussi », me dit Mme Nielsen. Elle a commencé à mettre de côté des chutes de tissu récupérées au magasin. Chaque morceau est placé dans une malle sur laquelle mon prénom est écrit. Nous en parlons pendant le dîner. « Une dame a acheté neuf mètres et demi d'un magnifique calicot bleu et j'ai gardé pour toi les cinquante centimètres qu'il restait. » J'en ai déjà choisi le motif : double alliance, une série d'anneaux emboîtés les uns dans les autres et formés de dizaines de petits rectangles en tissu. Une fois par mois, le dimanche après-midi, nous nettoyons l'argenterie. Elle sort un lourd coffret en acajou d'un des profonds tiroirs du vaisselier du salon. C'est la ménagère que lui a donnée sa mère en cadeau de mariage, son seul héritage, me dit-elle. Pendant qu'elle en extrait chaque couvert un à un et les aligne sur les petites serviettes à thé étalées sur la table, je vais chercher les deux bols posés sur la cheminée, quatre chandeliers et un plat de service dans le buffet, ainsi que, dans sa chambre, une boîte avec son couvercle à charnières sur lequel son prénom, *Viola*, est finement gravé. Pour mener notre tâche à bien, nous utilisons une pâte épaisse couleur de boue que nous prenons dans un bocal, des brosses dures et de l'eau.

Un jour, alors que je suis en train de polir une cuillère de service richement décorée, Mme Nielsen pointe sa clavicule du doigt et me dit, sans me regarder : « Nous pourrions la nettoyer, si tu veux. »

Je touche la chaîne, laissant glisser mes doigts jusqu'au Claddagh, puis, des deux mains, je la détache.

« Sers-toi de la brosse et frotte doucement, me conseille-t-elle.

— C'est ma Granny qui me l'a donné. »

Elle me regarde en souriant. « Et de l'eau tiède, aussi. »

De gris terne, le métal devient argenté brillant au fur et à mesure que la brosse progresse le long de la chaîne. Et les détails du pendentif, auparavant comme effacés, redeviennent clairement visibles.

« Voilà, me dit-elle une fois que j'ai rincé puis séché le collier et l'ai remis à mon cou. C'est beaucoup mieux. » Même si elle ne m'a posé aucune question à son sujet, je sais que c'est sa façon à elle de me montrer qu'elle a compris toute l'importance qu'il a pour moi.

Un soir, au cours du dîner – cela faisait déjà plusieurs mois que je vivais avec eux –, M. Nielsen m'annonce qu'ils veulent me parler. « Dorothy, Mme Nielsen et moi voudrions discuter de quelque chose avec toi. »

Je crois qu'il veut discuter du voyage qu'ils ont planifié au mont Rushmore, mais il regarde sa femme qui me sourit et c'est comme cela que je comprends qu'il s'agit de quelque chose de plus important.

« C'est lors de ton arrivée dans le Minnesota que tu as reçu le prénom de Dorothy, me dit-elle. Est-ce que tu y es attachée ?

— Pas vraiment, réponds-je, pas certaine de savoir où cette conversation va nous mener.

— Et tu sais à quel point nous aimions notre Vivian, n'est-ce pas ? » me demande M. Nielsen.

J'acquiesce.

« Eh bien (il pose ses mains à plat sur la table), cela nous ferait très plaisir que tu prennes le nom de Vivian. Nous te considérons comme notre propre fille. Pas encore au sens légal, mais c'est quand même en ces termes que nous avons commencé à penser à toi. Nous espérons aussi que tu commences à nous considérer comme tes parents. »

Leurs yeux sont pleins d'espoir, mais je ne sais pas quoi penser. Ce que je ressens pour eux – de la gratitude, du respect, de l'estime – est autre chose que l'amour que porte un enfant à ses parents. Je le sens, même si je suis bien en peine de définir ce qu'est le véritable amour filial. Je suis heureuse de vivre avec ce gentil couple, calme et effacé, dont je commence tout juste à comprendre la manière d'être. Je leur suis reconnaissante de m'avoir accueillie chez eux. Mais je me rends compte au quotidien à quel point je suis différente d'eux. Ils ne sont pas ma famille et ne le seront jamais.

Je ne sais pas non plus quoi penser du fait d'adopter le prénom de leur fille. Suis-je capable de supporter ce fardeau ?

« Hank, ne la pressons pas.

— Prends le temps qu'il te faut et fais-nous part de ta décision quand tu seras prête. Quelle que soit ta décision, ta place est chez nous », ajoute-t-elle en se tournant vers moi.

Quelques jours plus tard, alors que je suis occupée à remplir les étagères au rayon des conserves, j'entends une voix masculine familière, mais que je n'arrive pas à identifier. Je finis de garnir les étagères en face de moi avec les dernières boîtes de maïs et de petits pois, ramasse le carton vide et me relève lentement, avec l'espoir de repérer qui a parlé sans être vue.

« J'ai quelques belles pièces à troquer, si cela vous intéresse », dit l'homme à M. Nielsen, debout derrière le comptoir.

Chaque jour, des gens viennent au magasin expliquer pourquoi ils sont en retard sur leurs paiements, demander un crédit ou présenter des marchandises à troquer. Et chaque jour, semble-t-il, M. Nielsen rapporte à la maison quelque chose que lui a échangé un client : une douzaine d'œufs, un de ces pains plats norvégiens appelés *lefse*, une longue écharpe tricotée. Mme Nielsen roule des yeux et dit : « Par pitié ! », mais sans se plaindre. Elle doit être fière de lui, de sa bonté et du fait qu'il a les moyens de se montrer généreux.

« Dorothy ? »

Je me retourne et comprends, avec un petit choc, qu'il s'agit de M. Byrne. Ses cheveux auburn sont ternes et pas soignés et ses yeux sont injectés de sang. A-t-il bu ? Et que fait-il ici, dans un grand magasin situé à près de cinquante kilomètres de chez lui ?

« En voilà une surprise, me dit-il. Tu travailles ici ? »

J'opine du chef. « Les propriétaires – les Nielsen – m'ont accueillie chez eux. »

Malgré le froid de ce mois de février, la sueur dégouline le long de la tempe de M. Byrne. Il l'essuie du dos de la main. « Tu es heureuse avec eux ?

— Oui, monsieur. » Pourquoi se comporte-t-il de façon si bizarre ? « Comment va Mme Byrne ? » dis-je, essayant d'échanger des civilités.

Il cligne des yeux plusieurs fois. « Tu n'es pas au courant ?

— Je vous demande pardon ?

— Ce n'était pas une femme solide. Elle n'a pas supporté l'humiliation. Ni de demander l'aumône. Mais qu'aurais-je pu faire ? Chaque jour j'y pense, dit-il en secouant la tête, le visage tordu. Lorsque Fanny est partie, cela a été…

— Fanny est partie ? »

Je ne sais pas pourquoi je suis surprise, mais je le suis.

« Quelques semaines après toi. Elle est arrivée un matin et elle nous a dit que sa fille, qui vit à Park Rapids, voulait qu'elle aille habiter chez elle et qu'elle avait décidé d'y aller. Toutes les autres étaient parties, tu le sais, et je crois que Lois n'a pas supporté l'idée… »

Il passe sa main sur son visage, comme s'il essayait d'en effacer les traits. « Tu te souviens de cette terrible tempête au printemps dernier ? C'était fin avril. Eh bien, Lois est sortie au beau milieu et s'en est allée à pied. On l'a retrouvée complètement gelée à six kilomètres de la maison, morte de froid. »

J'aimerais éprouver de la sympathie pour M. Byrne, ressentir quelque chose. Mais cela m'est impossible. « Je suis désolée », lui dis-je. Et c'est vrai, je suis *désolée*, mais pour lui, pour sa vie en miettes, pas pour Mme Byrne pour qui je n'ai aucune peine. Je repense à son regard glaçant et à son perpétuel air grincheux, à son refus de voir en moi autre chose qu'une paire de mains, des doigts maniant fil et aiguille. Je ne me réjouis pas de sa mort, mais elle ne m'attriste pas non plus.

Au dîner ce soir-là, je donne ma réponse aux Nielsen : j'accepte de prendre le prénom de leur fille. À cet instant, mon ancienne vie prend fin et une nouvelle commence. Même si j'ai du mal à croire que la chance va continuer à me sourire, je sais pertinemment ce que j'ai laissé derrière moi. Lorsque, quelques années plus tard, les Nielsen m'annoncent qu'ils souhaitent m'adopter officiellement, je leur dis oui tout de suite. Bien que je sois devenue leur fille, je n'ai cependant jamais pu les appeler père et mère, notre relation étant trop formelle pour cela. À partir de ce moment, il est néanmoins clair que je fais partie d'eux, qu'ils sont responsables et prendront soin de moi.

À mesure que le temps s'écoule, j'ai de plus en plus de mal à me rappeler ma vraie famille. Je n'ai ni photographies, ni lettres, ni livres même pour me rattacher à cette vie antérieure. Seule la croix irlandaise de ma grand-mère, que je ne retire que rarement, me lie à mon passé. En grandissant, je finis par m'apercevoir que ce souvenir m'a été donné par une femme qui a mis sur un bateau, avec toute sa famille, son fils unique, sachant fort bien qu'elle ne les reverrait sans doute jamais plus.

Hemingford, Minnesota, 1935-1939

J'ai quinze ans quand Mme Nielsen découvre un paquet de cigarettes dans mon sac.

Dès que j'entre dans la cuisine, il est clair que j'ai fait quelque chose qui lui a déplu. Elle est plus calme que d'habitude et a l'air blessée. Suis-je en train de me faire des idées ? J'essaie de me rappeler si j'ai dit ou fait quoi que ce soit qui a pu la contrarier avant de partir pour l'école. Je ne pense absolument pas au paquet de cigarettes que le petit copain de mon amie, Judy Smith, lui a acheté à la station Esso à la sortie de la ville et qu'elle m'a ensuite passé.

Après que M. Nielsen est rentré, lorsque nous sommes attablés, Mme Nielsen fait glisser le paquet de Lucky Strike vers moi. « Je cherchais mes gants verts et pensais que tu les avais peut-être empruntés, me dit-elle. J'ai trouvé ça à la place. »

Je les regarde tour à tour, elle puis M. Nielsen qui saisit ses couverts et commence à couper sa viande en petits morceaux.

« Je n'en ai fumé qu'une, pour essayer, dis-je, alors qu'ils peuvent très bien voir que le paquet est à moitié vide.

— Où te l'es-tu procuré ? » me demande M. Nielsen.

Je suis tentée de leur raconter que c'est Douglas, le petit ami de Judy, qui me l'a donné, mais je me rends compte qu'impliquer d'autres personnes ne ferait qu'empirer les choses. « C'était… une expérience. Je n'ai pas aimé. Cela me fait tousser. »

Elle lève un sourcil en direction de M. Nielsen et je comprends qu'ils ont déjà décidé de ma punition. La seule chose dont ils peuvent me priver est ma séance de cinéma du dimanche après-midi avec Judy. Les deux semaines suivantes je reste à la maison, en butte à leur désapprobation silencieuse.

Après cela, je me dis que cela coûte trop cher de les contrarier. Je ne fais pas le mur comme mon amie Judy. Je vais à l'école, travaille au magasin, aide à préparer le dîner, fais mes devoirs et me couche. Je sors parfois avec des garçons, mais toujours accompagnée d'une camarade et de son petit ami ou en groupe. Un des garçons, Ronnie King, a un faible pour moi et me fait cadeau d'une bague en signe d'attachement. Mais j'ai si peur de faire quoi que ce soit qui puisse décevoir les Nielsen que j'évite de me retrouver dans des situations potentiellement inconvenantes. Une fois, après un rendez-vous, Ronnie a essayé de m'embrasser en me souhaitant bonne nuit. Ses lèvres ont effleuré les miennes et je me suis écartée brusquement. Peu de temps après, je lui ai rendu sa bague.

La crainte de voir un jour M. Sorenson apparaître à la porte pour me dire que les Nielsen ont finalement décidé de me renvoyer parce que je leur coûte trop cher, que je leur crée trop de soucis ou qu'ils sont tout simplement déçus, ne me quitte jamais. Dans mes cauchemars, je suis seule dans un train, en route vers un lieu sauvage. Ou bien je suis perdue dans un labyrinthe de bottes de foin. Parfois, je marche dans une grande ville, les yeux levés vers les fenêtres illuminées derrière lesquelles j'aperçois des familles, mais jamais la mienne.

Un jour, j'entends un homme discuter au comptoir avec Mme Nielsen. « C'est ma femme qui m'envoie. Je viens chercher des articles pour garnir un panier que prépare l'église pour un garçon arrivé par l'un de ces trains d'orphelins, dit-il. Vous vous souvenez ? Il y a un temps, ils passaient par ici, chargés de tous ces petits vagabonds. Je suis allé à la salle des fêtes d'Albans une fois pour les voir. Ils faisaient peine à voir ! En tout cas, cet enfant dont je vous parle a enduré toute une série de malheurs ; il a été sévèrement battu par le fermier qui l'avait recueilli, suite à quoi il a été pris en charge par une vieille dame qui vient de mourir. Et maintenant il est seul à nouveau. C'est un vrai scandale que d'envoyer ici ces pauvres gamins et de s'attendre à ce que les gens s'occupent d'eux ensuite, comme si nous n'avions pas déjà nos propres soucis.

— Hum… » répond Mme Nielsen sans commenter.

Je me rapproche, curieuse de savoir s'il n'est pas par hasard en train de parler de Dutchy. C'est alors que je me rends compte qu'il a maintenant dix-huit ans. Et qu'il est assez âgé pour se débrouiller tout seul.

J'ai presque seize ans lorsque, en regardant autour de moi dans le magasin, je prends conscience qu'il n'a pratiquement pas changé depuis la première fois que j'y suis entrée. J'ai quelques idées pour le rendre plus attractif. Beaucoup d'idées, même. Tout d'abord, après en avoir parlé avec M. Nielsen, je déplace les magazines vers l'entrée, près de la caisse. Ensuite, je positionne les shampooings, lotions et baumes à côté de la pharmacie pour que les gens qui attendent leurs prescriptions médicales n'oublient pas d'acheter onguents et bandages. Quant au rayon pour femmes, il manque cruellement d'articles, ce qui peut se comprendre compte tenu de l'ignorance générale de M. Nielsen sur le sujet et de l'indifférence de Mme Nielsen (le rouge à lèvres qu'elle porte parfois donne en général l'impression d'avoir été choisi au hasard et appliqué à la hâte). Les longues discussions des pensionnaires de Mme Murphy sur les bas, les jarretières et le maquillage me reviennent en mémoire et je suggère d'agrandir cette section en achetant par exemple un tourniquet pour présenter les bas, avec et sans couture, auprès de l'un de nos fournisseurs, et de l'annoncer avec une publicité dans le journal local. Les Nielsen sont sceptiques, mais, en une semaine, tout notre stock est épuisé. La semaine suivante, M. Nielsen double sa commande.

Je me souviens aussi de ce que m'avait dit Fanny à propos des femmes pour qui il est important de se sentir jolie, même lorsqu'elles n'ont pas beaucoup d'argent. Je convaincs M. Nielsen de commander de petits articles bon marché tels que des bijoux de pacotille, des gants en velours de coton, des bracelets en bakélite ainsi que des écharpes à motifs de couleurs chatoyantes. À l'école, il y a plusieurs filles une ou deux classes au-dessus de moi dont j'étudie la mise et le comportement avec la plus grande attention. Accompagnées de leurs parents fortunés, c'est à Minneapolis-Saint Paul qu'elles vont faire leurs courses. Je note ce qu'elles portent et ce qu'elles mangent, quelle musique elles écoutent, les voitures qui les font rêver et les stars de cinéma dont elles suivent les histoires. Je collecte ces bribes d'informations pour les rapporter au magasin, telle une pie des brindilles et des fragments d'objets. Si l'une de ces filles porte une ceinture d'une nouvelle couleur ou d'un nouveau style ou bien encore un béret penché de côté, j'étudie ensuite les catalogues de nos vendeurs pour y trouver des modèles similaires. Je choisis aussi des mannequins qui ont la même allure qu'elles – les sourcils fins et comme tracés au crayon, de petites bouches en bouton de rose, des cheveux ondulés – et les habille avec les derniers vêtements à la mode. Je me renseigne également sur leurs parfums préférés, comme *Blue Grass* d'Elizabeth Arden, que nous commençons à vendre ainsi que les grands classiques comme *Joy* de Jean Patou ou *Vol de nuit* de Guerlain.

À mesure que le magasin se développe, nous resserrons les rayons, mettons en place des têtes de gondole, étoffons notre offre de crèmes. Lorsque M. Rich, le bijoutier voisin, fait faillite, je persuade M. Nielsen de réorganiser son établissement et de l'agrandir. La réserve sera désormais rangée au sous-sol au lieu du fond du magasin et celui-ci sera organisé en départements.

Nos prix sont bas et nous les réduisons encore plus en faisant des soldes chaque semaine et en distribuant des coupons dans les journaux. Nous mettons également en place des plans de financement pour permettre aux clients d'acheter des articles plus chers en payant en plusieurs fois. Enfin, nous installons un stand de vente de sodas pour que les gens puissent s'attarder sur les lieux. Rapidement, les affaires deviennent plus que florissantes. On dirait que nous sommes les seuls à savoir tirer notre épingle du jeu dans cette conjoncture économique difficile.

« Tu sais que tu as des yeux magnifiques ? » me déclare un jour Tom Price en classe de mathématiques, en terminale. Penché vers moi, il les observe attentivement, l'un après l'autre. « Brun, vert avec quelques paillettes dorées. Je n'ai jamais vu autant de couleurs dans un iris. » Son regard m'embarrasse, mais lorsque je rentre chez moi cet après-midi, je passe un long moment à scruter mes yeux dans le miroir de la salle de bains.

Mes cheveux ne sont plus aussi flamboyants qu'auparavant. Au cours des années, ils ont foncé et sont maintenant de la couleur des feuilles mortes. Je me les suis fait couper à la mode – enfin, à la mode de notre petite ville, je veux dire – juste au-dessus des épaules. Lorsque je commence à me maquiller, j'ai une révélation. Jusqu'à présent, les différentes étapes de ma vie – de la petite Irlandaise Niamh à Dorothy l'Américaine et maintenant Vivian, ma dernière incarnation – m'avaient toujours paru être une série d'adaptations sans lien les unes avec les autres. Chaque nouvelle identité avait été plaquée sur moi et m'allait bizarrement au début, comme une paire de chaussures neuves qu'il faut porter quelques jours avant qu'elles soient confortables. Mais il me suffit d'un peu de rouge à lèvres pour me créer une personnalité tout aussi inédite que temporaire. Et devenir maître de ma prochaine incarnation.

Tom est mon cavalier pour le bal de fin d'année du lycée. Il se présente à la maison avec un bracelet de fleurs traditionnel, composé d'un gros œillet blanc et de deux petites roses. C'est moi qui ai fait ma robe : le même modèle que celle portée par Ginger Rogers dans *Sur les ailes de la danse*, mais en mousseline rose. Mme Nielsen m'a prêté son collier et ses boucles d'oreilles en perles. Jusqu'à ce que le whisky qu'il boit à même une flasque tirée d'une poche du costume emprunté à son père – trop grand pour lui – ne l'enivre, Tom est sympathique et affable. Mais lorsqu'il se bagarre sur la piste de danse avec un autre garçon de terminale, il réussit à nous faire expulser tous les deux.

Le lundi suivant, Mme Fry, mon professeur d'anglais, me prend à part après le cours. « Pourquoi perds-tu ton temps avec un garçon comme lui ? » me sermonne-t-elle. Elle me pousse à déposer des dossiers auprès d'universités situées dans d'autres États, à commencer par Smith College dans le Massachusetts, dont elle-même est diplômée. « Ta vie sera plus intéressante, me dit-elle. Tu n'en as pas envie, Vivian ? » Cependant, même si je suis flattée de l'intérêt qu'elle me porte, je sais que je n'irai jamais aussi loin. Je n'ai pas le cœur d'abandonner les Nielsen qui en sont venus à compter sur moi pour beaucoup de choses. De plus, Tom Price mis à part, la vie que je mène me convient tout à fait.

Mon diplôme de fin de lycée en poche, je commence à m'occuper de la gestion du magasin. C'est un travail que je fais bien et que j'apprécie. Je suis aussi un cours du soir de comptabilité et gestion d'entreprise au Saint Olaf College. Je deviens responsable des embauches – nous avons maintenant neuf employés – et de la plupart des commandes. Le soir, avec M. Nielsen, je mets à jour la comptabilité. Ensemble, nous réglons les problèmes de nos subordonnés, calmons les clients mécontents, travaillons les fournisseurs au corps. Je suis sans cesse en quête du meilleur prix, de l'offre groupée de marchandises le plus attractive possible, des dernières options. Nielsen est le premier grand magasin du comté à proposer des aspirateurs-balais, des mixeurs, du café soluble. Jamais nous n'avons été aussi occupés.

Des filles de ma promotion viennent au magasin exhiber leur solitaire comme si c'était une médaille d'honneur, et qu'elles avaient accompli quelque chose d'important, ce qui, en un sens, est vrai, même si tout ce que je vois pour ma part c'est une vie future passée à laver les vêtements d'un homme. En ce qui me concerne, je ne veux pas entendre parler de mariage. Et là-dessus, Mme Nielsen est d'accord. « Tu es jeune. Tu as tout ton temps pour penser à cela », me dit-elle.

Spruce Harbor, Maine, 2011

« Tout mon salaire ou presque passe dans l'achat de ces fichus légumes, bougonne Dina. Je ne sais pas si on va pouvoir continuer comme ça longtemps. »

Elle parle du sauté végétarien que Molly a préparé pour eux trois en rentrant de la bibliothèque de Bar Harbor : tofu, poivrons rouges et verts, haricots noirs et courgettes. Molly s'est mise à cuisiner régulièrement ces derniers temps, en se disant que, si Dina essayait des plats qui ne sont pas bourrés de protéines animales, elle verrait bien qu'il existe plein d'autres façons de se nourrir. C'est ainsi que, cette semaine, Molly a préparé des quesadillas au fromage et aux champignons, un chili végétarien et des lasagnes aux aubergines. Mais cela n'a pas empêché Dina de rouspéter : ce n'est pas assez nourrissant, c'est trop bizarre. (Avant que Molly n'en fasse rôtir au four, Dina n'avait jamais mangé d'aubergine de sa vie.) Maintenant, elle se plaint que cela coûte trop cher.

« Je ne crois pas que cela coûte tellement plus cher, commente Ralph.

— Ça et le coût supplémentaire en général », ajoute Dina à voix basse.

Laisse tomber, se dit Molly, *mais… merde, après tout.* « Attends une seconde. Tu reçois bien de l'argent pour moi, non ? »

Dina, lève la tête, surprise, la fourchette en suspens à mi-parcours. Ralph hausse les sourcils.

« Je ne vois pas le rapport, répond-elle.

— Cet argent ne sert-il pas à couvrir les frais occasionnés par la présence d'une personne supplémentaire dans votre foyer ? demande Molly. Est-ce qu'il ne couvre pas en fait plus que les frais eux-mêmes ? Et, pour être honnête, est-ce que c'est pas en réalité pour ça que tu prends des enfants chez toi ? »

Dina se lève brusquement. « Tu plaisantes ? » Elle se tourne vers Ralph.

« Tu as entendu comment elle me parle ?

— Allez, vous deux… dit-il avec un sourire hésitant.

— C'est pas nous *deux*. Je t'interdis de me mettre dans le même sac qu'elle.

— OK. Arrêtons de…

— Non, Ralph. J'en ai assez. Travail d'intérêt général, mon cul, oui. Si tu veux mon avis, à l'heure qu'il est, cette fille devrait être en centre de détention pour mineurs. C'est une voleuse, tout simplement. Elle a volé la bibliothèque, alors qui sait ce qu'elle nous vole à nous. Ou à cette vieille dame. »

Dina se dirige à grands pas vers la chambre de Molly, ouvre la porte et disparaît à l'intérieur.

« Attends », dit Molly en se levant à son tour.

Un instant plus tard, Dina ressort, un livre à la main. Elle le brandit comme un manifestant sa pancarte.

Anne... La maison aux pignons verts. « Où t'as eu ça ? » demande-t-elle.

« Tu ne peux pas tout simplement...

— Où as-tu trouvé ce livre ? »

Molly se rencogne dans sa chaise. « C'est Vivian qui me l'a donné.

— Mon œil. » Dina l'ouvre et pointe un doigt accusateur sur la page de garde. « Ici, ça dit que ce livre appartient à Dorothy Power. Qui c'est ?

— Je n'ai pas volé ce livre, répond Molly fermement en se tournant vers Ralph.

— Ouais, sûrement qu'elle n'a fait que l'"emprunter". » Dina pointe un long doigt verni rose, acéré comme une griffe, sur elle. « Écoute-moi bien, jeune fille. Depuis que tu es arrivée dans cette maison, il n'y a eu que des histoires et j'en ai plus que ma claque. Vraiment. J'en ai plus que... Ma. Claque. » Les deux jambes légèrement écartées, le souffle court, elle secoue sa chevelure blonde aux mèches décolorées, comme un poney fougueux.

« OK, OK, Dina. Écoute. » Ralph, les mains tendues, bat l'air comme un chef d'orchestre.

« Je pense que tout ça va un peu trop loin. Est-ce que l'on peut juste reprendre nos esprits et nous calmer ?

— Tu te fous de moi ? » éructe Dina.

Dans le regard que Ralph lui adresse alors, Molly détecte quelque chose de nouveau. Un air las. L'air de quelqu'un qui baisse les bras.

« Je veux qu'elle s'en aille, ajoute Dina.

— Di...

— J'ai dit : DE-HORS. »

Plus tard, Ralph vient frapper à la porte de la chambre de Molly. « Hé, qu'est-ce que tu fais ? » lui demande-t-il en regardant autour de lui. Les sacs marins L. L. Bean sont ouverts et les quelques livres que Molly possède, dont *Anne... La maison aux pignons verts*, sont empilés par terre.

Tout en fourrant ses chaussettes dans un sac plastique de supermarché, elle lui répond. « À ton avis, qu'est-ce que j'ai l'air d'être en train de faire ? » Habituellement, elle est polie avec Ralph, mais maintenant, à quoi bon ? Le moins que l'on puisse dire c'est qu'il n'a pas vraiment pris sa défense, tout à l'heure.

« Tu ne peux pas partir maintenant. Il faut que nous contactions les services sociaux et tout le reste. Ça va sûrement prendre quelques jours. »

Molly cale son paquet de chaussettes – un joli petit tas rebondi – au fond d'un des sacs marins, puis se met à aligner ses chaussures : les Doc Martens achetées dans un magasin de l'Armée du Salut, des tongs noires, une paire de Birkenstock mâchouillées par un chien et qu'elle avait récupérées après que la mère d'une autre famille d'accueil les avait jetées dans la poubelle, des tennis Walmart, noires également.

« Ils te trouveront une famille qui te conviendra mieux », lui dit Ralph.

Elle lève le regard sur lui et repousse sa frange de devant ses yeux.

« Ah oui ? Je n'en suis pas si sûre.

— Allez, Moll. Arrête un peu.

— C'est toi qui arrêtes. Et d'abord, cesse de m'appeler Moll. »

Elle est à deux doigts de se jeter sur lui et de lui labourer le visage de ses ongles, tel un chat sauvage. Qu'il aille se faire foutre. Lui et la salope avec laquelle il fait équipe.

Elle est trop âgée pour cela. Trop âgée pour attendre qu'on veuille bien lui trouver une énième famille. Trop âgée pour changer encore une fois d'école, déménager dans une autre ville, se soumettre aux quatre volontés de nouveaux parents d'accueil. Une colère aveugle s'est emparée d'elle et c'est à peine si elle perçoit ce qui l'entoure. Elle nourrit le feu de sa haine, jetant dans ce brasier des morceaux choisis bien inflammables à propos de Dina l'idiote bondieusarde et de Ralph le mou du genou, parce qu'elle sait que, derrière sa rage, se cache une douleur qui pourrait la paralyser si elle la laissait émerger. Elle doit rester en mouvement, s'activer dans sa chambre. Il lui faut finir ses sacs et ficher le camp de là le plus vite possible.

Ralph hésite, indécis. Comme toujours. Elle sait qu'il est pris entre deux feux, entre elle et Dina, et qu'il n'est pas plus capable de tenir tête à l'une qu'à l'autre. Pour un peu elle aurait de la peine pour lui, ce pauvre trouillard.

« Je sais où aller, alors ne t'inquiète pas pour moi, lui dit-elle.

— Chez Jack, tu veux dire ?

— Peut-être. »

En fait, non. Elle ne peut pas plus aller chez Jack qu'elle ne peut prendre une chambre à l'hôtel de Bar Harbor. (« Oui, je préférerais une chambre avec vue sur la mer. Et merci de me monter un smoothie à la mangue ! ») Leurs relations sont toujours tendues. Mais même si cela n'était pas le cas, Terry ne lui permettrait jamais de passer la nuit chez eux.

Ralph soupire. « Je comprends pourquoi tu ne veux pas rester ici. »

Elle le regarde. Sans blague, Sherlock.

« Dis-moi si tu veux que je te conduise quelque part.

— Je vais me débrouiller », répond-elle tout en lâchant une pile de tee-shirts noirs dans son sac.

Bras croisés, elle attend qu'il disparaisse derrière la porte.

Où diable peut-elle donc aller ?

Molly a deux cent treize dollars sur son compte épargne, somme qu'elle a gagnée l'été précédent en vendant des cornets de glace à Bar Harbor, payée le minimum légal. Elle pourrait prendre le bus pour Bangor, Portland ou même Boston. Mais pour quoi faire ?

Comme parfois, elle se met à penser à sa mère. Peut-être qu'elle va mieux. Peut-être même qu'elle ne se drogue et ne boit plus et qu'elle a un boulot fixe. Molly s'est toujours interdit de la rechercher, par crainte de ce qu'elle pourrait découvrir. Mais, en temps de crise… qui sait ? Les services sociaux adorent quand les parents biologiques parviennent à se reprendre en main. Une chance qui s'offre à elles deux ?

Avant qu'elle puisse changer d'avis, elle rampe sur les genoux jusqu'à son ordinateur portable, posé ouvert sur son lit, et tapote le clavier pour le sortir de son mode veille. Elle tape ensuite « Donna Ayer Maine » dans la barre de recherche.

Le premier résultat est une invitation à consulter le profil professionnel de Donna Ayer sur le réseau social

LinkedIn. (Peu vraisemblable.) Le suivant est un document PDF listant les membres du conseil municipal de Yarmouth au nombre desquels figure une Dona Ayer. (Encore plus improbable.) Le troisième annonce pour mars, à Mattawamkeag, le mariage de Donna Halsey et Rob Ayer, un pilote de l'US Air Force. (Hum, non.) Finalement, voilà sa mère, mentionnée dans un entrefilet du *Bangor Daily News*. En cliquant sur ce lien, Molly se retrouve face à une fiche anthropométrique. C'est elle, sans aucun doute, même si elle est blême, que ses yeux sont à moitié fermés et que le temps ne l'a pas épargnée. Elle a été arrêtée il y a trois mois pour vol d'Oxycodone dans une pharmacie d'Old Town, en compagnie d'un certain Dwayne Bordick, âgé de vingt-trois ans. L'article précise qu'Ayer a été placée en détention provisoire à la prison du comté de Penobscot, à Bangor.

Eh bien, ça n'a pas été trop difficile.

Encore un endroit où elle ne peut pas aller.

Que faire, maintenant ? En cherchant sur Internet des foyers pour sans-abri, Molly en repère un situé à Ellsworth, mais il est indiqué que seules sont acceptées les personnes âgées de dix-huit ans ou plus « sauf si elles sont accompagnées d'un parent ». Quant à la mission du Bord de mer de Bar Harbor, elle distribue des repas, mais n'a pas d'abri pour la nuit.

Et si elle allait chez… Vivian ? La maison a quatorze pièces dont trois ou quatre seulement sont occupées. Et puis la vieille dame est sûrement chez elle puisqu'elle ne sort jamais. Molly vérifie l'heure sur son téléphone : 6 h 45. Certainement qu'il n'est pas trop tard pour appeler ? Mais… maintenant qu'elle y pense, elle n'a jamais vu Vivian au téléphone. Il vaut probablement mieux qu'elle prenne l'Island Explorer pour aller lui parler en personne. Et si elle dit non, elle pourra peut-être quand même passer la nuit dans son garage. Demain, quand elle aura les idées claires, elle trouvera bien une solution.

Spruce Harbor, Maine, 2011

Une fois descendue du bus, Molly marche à pas lourds en direction de la maison de Vivian, chargée, d'une part, de son sac à dos dans lequel elle a fourré son ordinateur, et, d'autre part, de ses deux sacs marins, un sur chaque épaule. Ces deux derniers s'entrechoquent tels deux piliers de bar éméchés, elle prisonnière au milieu. Sa progression est lente.

Avant que n'éclate l'altercation avec Dina, elle avait prévu de se rendre chez Vivian le lendemain, pour lui parler de ce qu'elle avait découvert à la bibliothèque. Changement de programme, donc.

Elle est partie sans bruit, sans faire de vagues. Dina a gardé porte close, occupée à regarder la télévision dans le salon, le son à fond. Quant à Ralph, il lui a mollement proposé de l'aider à porter ses sacs, de lui prêter vingt dollars ou de la conduire quelque part. Molly avait été sur le point de le remercier, l'avait presque pris dans ses bras mais, au lieu de cela, elle lui avait aboyé dessus. « Non, ça va, à plus. » Elle s'était mise en marche, aiguillonnée par la pensée que tout cela était déjà fini, qu'elle était déjà partie…

Parfois, une voiture, roulant prudemment, la dépasse. Les vacanciers étant rentrés chez eux, la plupart des véhicules qu'elle croise sont des voitures familiales, des camions ou de vieilles guimbardes. Molly porte son épais manteau d'hiver parce que, même si l'on est en mai, on est quand même dans le Maine. (En plus, qui sait, peut-être qu'elle devra dormir avec.) Elle a laissé derrière elle tout un tas de choses que Dina et Ralph devront trier, y compris quelques pulls hideux en synthétique que Dina lui avait donnés pour Noël. Bon débarras.

Elle marque la cadence : droite, gauche, droite, gauche. Droite, gauche. *Droite*. Son épaule gauche la fait souffrir, la sangle du sac lui laboure la chair. Pour rééquilibrer le poids et transférer la pression, elle saute sur place. Mais maintenant, la sangle glisse. Merde ! Il lui faut sautiller à nouveau. Elle est comme une tortue qui porte sa maison sur son dos. Ou telle Jane Eyre, trébuchant à travers la lande. Ou encore telle une Penobscot, ployant sous le poids de son canoë. Sûr que ses sacs sont lourds : ils contiennent tous ses biens terrestres.

Quelles choses avez-vous choisi d'emporter pour votre prochaine destination ? Qu'avez-vous laissé derrière vous ?

Regardant devant elle le ciel obscurci strié de nuages, Molly porte la main à son cou. Corbeau. Ours. Poisson.

Plus la tortue sur sa hanche.

Elle n'a pas besoin de grand-chose.

Quand bien même elle perdrait ses porte-bonheur, ils feraient toujours partie d'elle. On n'oublie pas ce à quoi on tient le plus, ces choses s'incrustent dans votre peau. Les gens se font faire des tatouages pour avoir une trace indélébile de ce qu'ils aiment, croient ou craignent, mais même si elle ne regrettera jamais s'être fait faire cette tortue, elle n'a pas besoin de cela pour se rappeler son passé.

Jusqu'à présent, elle ignorait qu'elle avait été marquée si profondément.

En s'approchant de la maison de Vivian, Molly vérifie l'heure sur son téléphone. 8 h 54 : il est beaucoup plus tard qu'elle ne le pensait.

Le porche baigne dans la douce lumière rose qui émane de l'ampoule. Le reste de l'habitation est plongé dans l'obscurité. Molly pose ses sacs devant la porte, masse ses épaules endolories puis fait le tour de la maison, à la recherche d'un signe de vie. Au premier étage, tout à droite, elle en trouve un : deux fenêtres sont éclairées. La chambre de Vivian.

Mais que faire ? Elle ne veut pas effrayer Vivian, mais maintenant qu'elle est là elle se rend compte que, même si elle sonne à la porte, la vieille dame ne manquera pas d'être surprise. Il ne lui reste plus qu'à appeler. Elle compose son numéro et lève le regard vers ses fenêtres.

« Allô ? Qui est à l'appareil ? » Vivian a répondu au bout de la quatrième sonnerie, d'une voix éraillée et forte, comme si elle parlait à quelqu'un loin en mer.

« Hé, Vivian, c'est Molly.

— Molly, c'est bien toi ?

— Oui », dit-elle, la voix fêlée.

Elle respire profondément. Doucement, reste calme. « Je suis désolée de vous déranger. »

Debout près de la fenêtre, Vivian enfile une robe de chambre bordeaux.

« Qu'est-ce qui se passe ? Tout va bien ?

— Oui, je…

— Mon Dieu, mais tu sais l'heure qu'il est ? l'interrompt Vivian tout en tripotant le fil du téléphone.

— Je suis vraiment désolée d'appeler si tard. C'est juste que… je ne savais pas quoi faire d'autre. »

Silence sur la ligne. Vivian s'imprègne de ce que vient de lui dire Molly.

« Où es-tu ? lui demande-t-elle finalement, perchée sur l'accoudoir d'un fauteuil.

— Je suis en bas. Dehors, je veux dire. J'avais peur de vous effrayer en sonnant à la porte.

— Tu es où ?

— Ici. Je suis ici. Chez vous.

— Ici ? À cette heure ? »

Vivian s'est levée.

« Je suis désolée. »

Molly, qui n'arrive plus à se retenir, se met alors à pleurer. Il fait froid dehors, et ses épaules lui font mal, et Vivian est affolée, et l'Island Explorer ne circule plus à cette heure, et le garage, tout noir, est inquiétant et, et… elle ne sait pas où aller à part ici.

« Ne pleure pas, mon petit. Ne pleure pas. Je descends tout de suite.

— OK. »

Molly expire profondément. *Ressaisis-toi !*

« Je raccroche maintenant.

— D'accord. »

À travers ses larmes, Molly regarde Vivian replacer le combiné sur son socle, resserrer sa robe de chambre autour d'elle et la ceinturer, puis tapoter ses cheveux gris à la base de son cou. Lorsqu'elle sort de la pièce, Molly revient en courant vers l'entrée, secoue la tête pour s'éclaircir les idées, rassemble ses sacs en un tas ordonné puis sèche ses larmes et essuie son nez dans son tee-shirt.

L'instant d'après, Vivian ouvre la porte. Son regard, alarmé, passe de Molly (qui se rend compte que, bien qu'elle ait essuyé ses yeux, elle doit avoir du mascara étalé partout sur son visage) aux volumineux sacs marins puis au sac à dos plein à craquer. « Pour l'amour de Dieu, entre ! lui dit-elle, ouvrant grand la porte. Rentre tout de suite et raconte-moi ce qui s'est passé. »

Malgré les protestations de Molly, Vivian insiste pour préparer du thé. Elle sort des tasses et une théière ornées de roses cent-feuilles, le cadeau de mariage de Mme Murphy resté emballé pendant des décennies, ainsi que des petites cuillères en argent provenant du service de Mme Nielsen et récemment retrouvées. Elles attendent dans la cuisine que l'eau bouille, puis Molly la verse dans la théière qu'elle dispose ensuite avec les tasses sur un plateau, ajoutant un peu de fromage et quelques biscuits salés choisis par Vivian dans le garde-manger, et porte le tout au salon.

Après avoir allumé deux lampes, Vivian installe Molly dans un des fauteuils rouges à oreilles puis sort un quilt d'un placard.

« L'alliance ! » s'exclame Molly.

Vivian tient la couverture par ses coins, puis la secoue avant de la poser sur les genoux de la jeune fille. Elle est tachée et déchirée par endroits, usée jusqu'à la trame. Beaucoup des petits rectangles de tissu cousus un à un pour former une série d'anneaux enlacés ont complètement disparu. Il ne reste que des traces fantomatiques de coutures, maintenant en place quelques minuscules lambeaux de tissu coloré. « Si je n'arrive pas à me faire à l'idée de m'en séparer, autant l'utiliser.

— Désolée de débarquer comme ça », dit Molly tandis que Vivian borde le quilt autour de ses jambes.

Elle agite la main.

« Ne sois pas bête. Un peu d'agitation, c'est bon pour moi. Cela fait travailler mon cœur.

— Je ne suis pas sûre que cela soit une bonne idée. »

Ce qu'elle a appris sur Maisie lui pèse, comme si elle avait avalé une pierre. Mais elle ne veut pas l'annoncer tout de suite à Vivian. Pas trop de surprises à la fois.

Après que Vivian leur a servi une tasse de thé chacune, a ajouté deux morceaux de sucre au sien, puis a mélangé le tout et arrangé le fromage et les biscuits salés sur l'assiette, elle s'installe dans le fauteuil jumeau et croise les mains sur ses genoux. « Très bien, dit-elle. Maintenant, je suis tout ouïe. »

Molly se met à raconter. Tout d'abord, son enfance dans le mobile home sur Indian Island, l'accident de voiture qui a emporté son père, le combat de sa mère contre la drogue. Puis elle lui montre Shelly la tortue, lui parle de la dizaine de familles d'accueil chez qui elle a habité, de l'anneau de nez, de sa dispute avec Dina et de sa dernière découverte sur Internet, à savoir que sa mère est en prison.

Le thé tiédit puis refroidit dans leurs tasses.

Puis, parce qu'elle est déterminée à être complètement honnête, Molly inspire un grand coup et poursuit. « Il y a quelque chose que j'aurais déjà dû vous dire il y a longtemps. Ce travail d'intérêt général que je fais n'est pas pour l'école. Je le fais parce que j'ai volé un livre à la bibliothèque de Spruce Harbor. »

Vivian resserre sa robe de chambre autour d'elle. « Je vois.

— C'était bête de ma part.

— De quel livre s'agissait-il ?

— *Jane Eyre*.

— Pourquoi l'as-tu volé ? »

Molly repense au moment où elle a sorti de l'étagère, une à une, chaque copie du roman qu'elle a tournée dans ses mains avant de reposer l'exemplaire relié et celui de poche le plus récent et de cacher l'autre sous sa chemise. « C'est mon livre préféré. Et il y en avait trois exemplaires. Je me suis dit que le plus abîmé ne manquerait à personne. » Elle hausse les épaules. « Je voulais juste… le posséder. »

Vivian tapote sa lèvre inférieure de son index. « Est-ce que Terry était au courant ? »

Molly hausse les épaules. Pas question que Terry ait des ennuis. « Jack s'est porté garant pour moi et vous savez à quel point elle tient à lui faire plaisir.

— Ça, je l'ai remarqué. »

Exception faite de leurs voix, le silence règne sur la nuit. Les rideaux les isolent de l'obscurité. « Je suis désolée d'être arrivée chez vous comme cela, sous un mauvais prétexte.

— Ah, répond Vivian. Je suppose qu'un jour ou l'autre, on finit tous par faire ce genre de chose, n'est-ce pas ? Tu as eu raison de ne pas me le dire, car je ne t'aurais probablement pas ouvert la porte de ma maison. Mais puisque tu avais l'intention de voler un livre, tu aurais au moins dû prendre celui en meilleur état, sinon pourquoi se donner tout ce mal ? » ajoute-t-elle en croisant les mains.

Molly est si nerveuse qu'elle réussit à peine à sourire, contrairement à Vivian.

« Voler *Jane Eyre* ! s'exclame-t-elle en riant. Mais c'est une médaille que tu aurais dû recevoir. Et tu aurais mérité de passer en classe supérieure.

— Je ne vous ai pas déçue ?

— Bah, dit Vivian, haussant les épaules.

— Vraiment ? »

Le soulagement la submerge.

« Ce qui est certain, c'est qu'avec toutes ces heures que tu as passées avec moi, ta dette est remboursée.

— Je n'ai pas du tout pris cela comme une punition. »

Il n'y a pas si longtemps de cela, jusqu'à très récemment en fait, Molly aurait eu envie de vomir rien qu'à prononcer ces paroles. D'une part, parce qu'elles sont outrancièrement flagorneuses et, d'autre part, parce qu'elles dégoulinent de sentimentalisme. Mais plus maintenant. D'abord, elle pense vraiment ce qu'elle dit et ensuite elle est tellement concentrée sur la prochaine partie de son récit qu'elle a du mal à réfléchir à quoi que ce soit d'autre. Seule solution : foncer tête la première.

« Écoutez-moi, Vivian. J'ai quelque chose d'autre à vous dire.

— Mon Dieu. »

La vieille dame boit une gorgée de thé froid puis repose sa tasse. « Qu'as-tu fait d'autre ? »

Molly inspire profondément. « Ce n'est pas à propos de moi. Cela concerne Maisie. »

Vivian la regarde fixement, ses yeux noisette clairs et grands ouverts.

« J'ai fait une recherche sur Internet. Je voulais juste voir si je pouvais trouver quelque chose et cela a été étonnamment facile. J'ai trouvé les archives d'Ellis Island…

— De l'*Agnes Pauline* ?

— Ouais, exactement. J'ai retrouvé le nom de vos parents dans la liste des passagers et, de là, j'ai retrouvé l'avis de décès de votre père et de vos frères. Mais pas le sien. Pas celui de Maisie. C'est alors que j'ai eu l'idée de chercher les Schatzman. J'ai trouvé un blog qui mentionnait une réunion de famille… et… bon, le blog disait aussi qu'ils avaient adopté un bébé, Margaret, en 1929. »

Vivian est comme statufiée. « Margaret. »

Molly acquiesce.

« Maisie.

— Cela ne peut être qu'elle, non ?

— Mais… Il m'avait dit qu'elle n'avait pas survécu.

— Je sais. »

Vivian semble reprendre ses esprits, se grandir dans son fauteuil. « Il m'a menti. » Le regard perdu quelque part au-dessus de la bibliothèque, Vivian ne dit plus rien pendant un moment.

« Et ils l'ont adoptée ? demande-t-elle finalement.

— Apparemment oui. Je ne sais rien d'autre d'eux, mais je suis sûre que l'on pourrait trouver. Elle a vécu longtemps. Elle habitait au nord de l'État de New York. Cela ne fait que six mois qu'elle est morte. Il y a une photo… Elle a l'air vraiment heureuse, entourée de ses enfants et petits-enfants. »

Mon Dieu, quelle idiote je suis, pense Molly. *Pourquoi avoir dit cela ?*

« Comment sais-tu qu'elle est morte ?

— Une notice a été publiée dans un journal. Je vous la montrerai. Et… Vous voulez voir la photo ? »

Sans attendre sa réponse, Molly se lève et sort son ordinateur de son sac à dos. Elle l'allume puis l'apporte à Vivian. Elle ouvre les documents qu'elle a sauvegardés puis place le portable sur les genoux de la vieille dame.

Celle-ci regarde les photos affichées sur l'écran. « C'est elle. » Levant le regard sur Molly, elle ajoute : « Je reconnais ses yeux. Ce sont exactement les mêmes.

— Elle vous ressemble », dit Molly. En silence, elles détaillent toutes les deux, pendant un moment, la vieille femme rayonnante aux yeux bleus et vifs, entourée de sa famille.

Vivian lève une main et touche l'écran du bout des doigts. « Regarde comme ses cheveux sont blancs. Ils étaient blonds. Et bouclés. » Du doigt, elle fait le mouvement d'enrouler une mèche de cheveux près de sa propre tête argentée. « Toutes ces années… Elle était vivante, murmure-t-elle. Elle était en vie. Et durant toutes ces années, il y a eu deux Maisie. »

Minneapolis, Minnesota, 1939

Fin septembre de ma dix-neuvième année, deux nouvelles amies, Lillian Bart et Emily Reece, me proposent d'aller avec elles à Minneapolis voir *Le Magicien d'Oz* à l'Orpheum Theater. Le film est tellement long qu'il y a un entracte et nous avons prévu de passer la nuit en ville. Le fiancé de Lillian y habite ; elle y va presque chaque week-end et prend une chambre dans un hôtel réservé aux femmes. L'endroit est propre et sûr, nous garantit-elle, et elle a retenu trois chambres individuelles. Les seules fois où je suis allée à Minneapolis-Saint Paul c'était avec les Nielsen, pour des excursions d'une journée – un dîner d'anniversaire, du shopping ou un après-midi au musée –, mais je n'y ai jamais dormi.

Je ne connais pas ces filles depuis très longtemps et je ne suis pas sûre de vouloir les accompagner. Toutes deux suivent les mêmes cours du soir que moi à Saint Olaf et habitent ensemble dans un appartement situé près de l'école. Lorsqu'elles discutent de soirées autour d'un verre, je ne suis pas vraiment certaine de bien comprendre de quoi elles parlent. Des soirées où l'on ne fait que boire ? La seule fête qu'organisent les

Nielsen est un buffet pour le déjeuner le premier de l'an, pour leurs vendeurs.

Lillian, avec son air aimable et ses cheveux blond doré est d'un abord plus facile qu'Emily, hautaine et circonspecte, qui arbore un curieux sourire à moitié esquissé, une sévère frange châtain foncé et dont je ne comprends jamais les plaisanteries. Leur humour leste, leurs rires tapageurs et l'attitude familière et pétulante qu'elles ont tout de suite adoptée avec moi me mettent un peu mal à l'aise.

Et puis une grosse livraison de vêtements et d'accessoires de mode pour l'automne doit arriver aujourd'hui ou demain et je n'ai aucune envie de revenir et de tout trouver rangé au mauvais endroit. M. Nielsen a de l'arthrite et bien qu'il vienne tôt au magasin tous les matins, il rentre en général vers deux heures pour faire une sieste. Mme Nielsen va et vient. Elle passe maintenant beaucoup de son temps entre son club de bridge et les œuvres de charité de l'église.

Cependant, elle m'encourage à accepter l'offre de Lillian et Emily. « Une fille de ton âge devrait sortir de temps à autre. La vie ne se résume pas au magasin et à tes études, Vivian. Parfois, j'ai l'impression que tu l'oublies et cela m'inquiète », me dit-elle.

Lorsque j'ai décroché mon diplôme à la fin du lycée, M. Nielsen m'avait acheté une voiture, une Buick décapotable, dont je me sers essentiellement pour aller au magasin et à Saint Olaf le soir. M. Nielsen me dit que faire le trajet jusqu'à Minneapolis sera bon pour la voiture. « Et je paierai le parking », ajoute-t-il.

Lorsque nous quittons la ville, le ciel est bleu layette, parsemé de petits nuages rebondis semblables à des boules de coton. Nous n'avons pas parcouru dix kilomètres qu'il m'apparaît clairement que le programme d'Emily et Lillian est bien plus ambitieux que ce qui avait été annoncé. Certes, nous irons voir *Le Magicien d'Oz*, mais pas à la séance de fin de journée, utilisée comme excuse pour passer la nuit sur place. Il y en a une autre à quinze heures qui laissera amplement assez de temps pour rentrer à l'hôtel, se changer et ressortir.

« Attendez une minute. Qu'est-ce que vous voulez dire par “sortir” ? »

Lilian, assise à côté de moi, à la place du passager, pince gentiment mon genou. « Allez, tu ne pensais tout de même pas que nous allions faire toute cette route juste pour voir un film ? »

À l'arrière, tout en feuilletant le magazine de cinéma *Silver Screen*, Emily ajoute : « T'es tellement sérieuse, Viv. Un peu de légèreté te ferait du bien. Eh, les filles, vous saviez que Judy Garland est née à Grand Rapids ? Et que son vrai nom est Ethel Frances Gumm ? Sûrement pas assez glamour. »

Lillian me sourit. « Tu n'es jamais allée dans un dancing, n'est-ce pas ? »

Je ne lui réponds pas, mais ce qu'elle dit est vrai.

Après avoir tourné le rétroviseur de son côté, elle se met du rouge à lèvres. « C'est bien ce que je pensais. Pour une fois, on va vraiment s'amuser. » Puis elle sourit, ses lèvres peintes en rose encadrant ses petites dents blanches. « Pour commencer, nous prendrons un cocktail. »

L'hôtel pour femmes, situé dans une rue calme de Minneapolis, est exactement comme l'a décrit Lillian. Le lobby est propre et spartiate et le réceptionniste, l'air las, nous regarde à peine lorsqu'il nous tend les clés. Debout avec nos sacs face à l'ascenseur, nous convenons de nous retrouver en bas quinze minutes plus tard. « Ne sois pas en retard, m'enjoint Emily, il faut d'abord que nous prenions du pop-corn et il y a toujours la queue. »

Après avoir déposé mon sac dans le placard de mon étroite chambre située au troisième étage, je m'assois sur le lit et rebondis à plusieurs reprises dessus. Le matelas est mince et ses ressorts grincent. N'empêche, je suis tout excitée. Les excursions que j'ai faites avec les Nielsen sont planifiées, sans surprises ni ambitions particulières : un trajet effectué en silence, un objectif bien précis, un retour dans l'obscurité alors que le sommeil me gagne et que M. Nielsen se tient bien droit au volant tandis que sa femme surveille la route, ne la quittant pas des yeux.

Lorsque je redescends dans le hall, Emily m'attend, seule. Quand je lui demande où est Lillian, elle me fait un clin d'œil. « Elle ne se sentait pas très bien. Elle nous retrouvera après. »

En chemin, alors que nous nous rendons au cinéma qui n'est qu'à cinq pâtés de maisons de notre hôtel, je comprends tout à coup que Lillian n'a jamais eu la moindre intention de nous accompagner.

Le Magicien d'Oz est un film magique et étrange. Un paysage rural en noir et blanc cède la place à un décor onirique en Technicolor, aussi vivant et imprévisible que la vraie vie de Dorothy Gale est ordinaire et familière. Lorsqu'elle revient au Kansas – son vœu le plus cher enfin exaucé –, le monde a repris ses couleurs noir et blanc. « C'est bon de rentrer chez soi », dit-elle.

À la ferme, son existence s'étend, plate, jusqu'à l'horizon, peuplée des seuls personnages qu'elle connaîtra jamais.

Quand nous sortons du cinéma, l'après-midi touche à sa fin. Le film m'a tellement captivée que la vraie vie me paraît quelque peu irréelle. J'ai l'étrange impression de me retrouver dans la rue après être descendue de l'écran. La lumière de cette fin de journée est douce, teintée de rose, l'air aussi suave que l'eau d'un bain.

Emily bâille. « Eh bien, c'était long. »

Je n'ai pas envie de lui poser la question, mais je tiens à respecter les convenances. « Qu'en as-tu pensé ? »

Elle hausse les épaules. « Les singes volants étaient inquiétants. À part cela, j'ai trouvé que c'était plutôt ennuyeux. »

Nous marchons côte à côte en silence, passant devant des grands magasins fermés, plongés dans l'obscurité. « Et toi ? Ça t'a plu ? » me demande-t-elle après quelques minutes.

J'ai tellement aimé le film que j'ai peur de répondre quelque chose d'idiot. « Oui », me contenté-je de dire, incapable de traduire en mots le tourbillon d'émotions que je ressens.

De retour dans ma chambre, je me change et mets la jupe en mousseline et le chemisier avec imprimé floral et manches papillon que j'ai apportés. La tête penchée en avant, je me coiffe avant de rejeter mes cheveux en arrière, les arrange de la main puis vaporise un peu de laque dessus. Dressée sur la pointe des pieds, j'observe mon reflet dans le miroir placé au-dessus du lit. La lumière de ce début de soirée me donne l'air apprêté et sérieux. Chaque tache de rousseur ressort sur mon nez. D'une petite pochette zippée, je tire une crème onctueuse et hydratante et un fond de teint et les applique successivement sur mon visage. Une touche de blush, un nuage de poudre. Je trace un trait de khôl brun sur le bord de ma paupière supérieure puis dépose un petit peu de mascara sur mes cils. Enfin, j'étale du rouge à lèvres corail sur mes lèvres, éponge l'excédent dans un mouchoir en papier, repasse une deuxième couche puis range le bâton doré dans mon sac à main. Je m'examine dans le miroir. C'est toujours moi, mais d'une certaine manière je me sens plus hardie comme cela.

Dans le hall, je retrouve Lillian, tenant la main d'un garçon que je reconnais grâce à la photo – celle de son fiancé, Richard – qu'elle garde dans son sac. Il est plus petit que ce à quoi je m'attendais, moins grand qu'elle, même. Des cicatrices d'acné grêlent ses joues. Lillian a revêtu une robe droite émeraude sans manches qui lui arrive juste au-dessus du genou (ce qui est huit centimètres plus court que ce que porte n'importe qui à Hemingford) et des chaussures noires à petits talons aiguilles. Richard l'attire vers lui et murmure quelque chose au creux de son oreille, ce qui a pour effet de lui faire écarquiller les yeux et de déclencher un gloussement, qu'elle couvre en mettant la main devant sa bouche.

« Vivi ! s'exclame-t-elle en se détachant de lui quand elle m'aperçoit. Regarde-moi ça ! Je crois que c'est la première fois que je te vois avec du maquillage. Tu es jolie comme ça.

— Toi aussi, réponds-je, bien que, en réalité, je ne croie pas l'avoir jamais vue autrement que maquillée.

— Comment était le film ?

— Bien. Où étais-tu ? »

Elle jette un regard à Richard. « J'ai été retardée. » Tous deux se remettent à pouffer.

« On peut dire ça comme ça, dit-il.

— Tu dois être Richard ?

— Comment as-tu deviné ? »

Il me donne une tape sur l'épaule pour me signifier qu'il plaisante. « Prête pour faire la fête ce soir, Vivi ?

— Moi, en tout cas, je le suis ! » La voix d'Emily me parvient dans mon dos et un effluve mêlant rose et jasmin – *Joy*, je reconnais ce parfum que nous vendons au magasin – vient me chatouiller le nez. En me retournant pour la saluer, je reste ébahie en découvrant son chemisier blanc au décolleté plongeant, sa jupe crayon rayée, ses talons aiguilles et son vernis pourpre.

« Salut, Em. » Richard affiche un large sourire. « Sûr que les gars vont être contents de te voir. »

Tout à coup, je prends conscience du style guindé de mon chemisier, bienséant de ma jupe, ordinaire de mes chaussures et comme il faut de mes boucles d'oreilles. Et je suis exactement comme je me sens : une provinciale en goguette à la grande ville.

Richard tient chacune des deux filles par le bras, une de chaque côté, leur pince la taille et rit de voir comme elles se tortillent. Je jette un coup d'œil en direction du réceptionniste, le même qu'à notre arrivée. Sûrement que la journée a été longue pour lui. Il feuillette un journal et ne lève les yeux que lorsque retentit un bruyant éclat de rire. D'où je suis, je peux lire les gros titres : « Allemands et Soviétiques défilent en Pologne ».

« Les filles, je commence à avoir soif. Allons chercher un endroit où nous désaltérer », déclare Richard.

Mon ventre gargouille.

« Ne devrions-nous pas dîner tout d'abord ?

— Si vous voulez, mademoiselle Vivi. En ce qui me concerne, je pourrais tout à fait me contenter de cacahuètes salées. Et vous, les filles ?

— Richard, il faut que tu saches que c'est la première sortie en ville de Vivian. Elle n'est pas habituée à ces façons décadentes. Dînons d'abord. De plus, cela pourrait être risqué pour nous, les poids plume, de commencer à boire alors que nous sommes à jeun, dit Lillian.

— Risqué, de quelle façon ? »

Il l'attire à lui, ce qui fait sourire Lillian qui le repousse tout de même, montrant ainsi qu'elle n'est pas complètement prête à se laisser faire. « D'accord, d'accord, dit-il, en signe d'assentiment. Il y a un piano-bar au *Grand Hotel* et ils y servent de quoi manger. Je crois me rappeler que leur côte de bœuf est délicieuse. Et je sais pour sûr que leur martini dry est bon. »

Une foule bourdonnante inonde la rue. La soirée est parfaite : l'air est doux, les arbres entièrement revêtus de feuilles d'un vert profond. En cette toute fin d'été, les fleurs ont tellement grandi qu'elles débordent des jardinières. Alors que nous déambulons, un sentiment de légèreté m'envahit. Le fait de me mêler à cette foule inconnue détourne mon attention de moi-même, ce sujet ennuyeux, pour la diriger sur le monde qui m'entoure. Il est si différent de mon sage quotidien réglé par la routine au rythme immuable – la journée au magasin, le souper à six heures et une soirée tranquille occupée à étudier, à avancer la confection d'un quilt ou à jouer au bridge – que je pourrais tout aussi bien me trouver en pays étranger. Richard, avec tout le bagou d'un bonimenteur de foire, semble avoir déjà renoncé à m'inclure dans leur petit groupe. Mais cela m'est égal. C'est tout simplement merveilleux d'être jeune et de parcourir les rues d'une grande ville.

Lorsque nous arrivons à la hauteur de la lourde porte en verre et cuivre du *Grand Hotel*, un portier en livrée nous l'ouvre en grand. Richard plonge à l'intérieur, accompagné de Lil et Em, comme il les appelle, et je les suis, à la traîne. Le portier met la main à sa casquette en signe de bienvenue et je le remercie. « Le bar se trouve à votre gauche juste après le foyer », nous dit-il, indiquant clairement qu'il a parfaitement compris que nous n'étions pas des clients de l'hôtel. C'est la première fois que je pénètre dans un lieu aussi majestueux – exception faite, peut-être, de la gare de Chicago il y a des années de cela – et je dois faire un effort pour ne pas rester bouche bée face au lustre qui scintille de mille feux au-dessus de nos têtes, à la table en acajou brillant placée au milieu de l'entrée et sur laquelle est posé un gigantesque vase en céramique débordant de fleurs exotiques.

Les clients présents dans le foyer sont tout aussi remarquables. Face à la réception, une femme coiffée d'un bibi avec une voilette lui recouvrant la moitié du visage, une pile de valises en cuir rouge à côté d'elle, ôte un à un ses longs gants en satin noir. Une matrone aux cheveux blancs porte un chien blanc floconneux aux yeux en bouton de culotte. Un homme en queue-de-pie parle au téléphone à l'accueil et un autre plus âgé, portant un monocle et assis seul dans un canapé biplace vert, lit un petit livre marron qu'il tient devant son nez. Certains ont l'air de s'ennuyer, d'autres de s'amuser, d'autres encore sont impatients ou paraissent contents d'eux-mêmes. Mais surtout, tous ont l'air d'être riches. Et c'est maintenant que je me réjouis de ne pas porter de tenue tapageuse et provocante comme Lil et Em, qui semblent attirer les regards et susciter des commentaires feutrés.

Devant moi, tous les trois traversent le foyer d'un pas nonchalant, hurlant de rire. Richard a passé un bras autour de l'épaule de Lil et, de l'autre, ceinture la taille d'Em. « Hé, Vivi ! appelle Lil en se retournant, comme si elle se souvenait tout à coup de ma présence. Par là ! » Richard pousse la double porte qui ouvre sur le bar, lance les mains en l'air d'un geste théâtral et laisse entrer Lil et Em qui s'esclaffent et chuchotent. Il les suit et les portes se referment doucement derrière lui.

Je ralentis et m'arrête face aux canapés verts. Je ne suis pas pressée de les rejoindre et d'être traitée par l'insouciant Richard comme la cinquième roue du carrosse, comme celle qui n'est vraiment pas dans le coup, vieux jeu et ennuyeuse. Peut-être devrais-je aller me promener un peu puis retourner à l'hôtel. Depuis que je suis sortie du cinéma, tout me semble un peu irréel de toute façon. La journée a été suffisamment remplie comme cela pour moi, beaucoup plus, en tout cas, que ce à quoi je suis habituée.

Assise dans un des canapés, j'observe le ballet des allées et venues. Près de l'entrée se trouve une femme vêtue d'une robe en satin violet, ses longs cheveux bruns tombant en cascade, élégamment nonchalante. Puis elle traverse le foyer, faisant signe au porteur de sa main couverte de bagues. Mon attention est fixée sur elle alors qu'elle glisse devant moi et se dirige vers le concierge et je ne remarque l'homme blond, grand et mince, que lorsqu'il se tient face à moi.

Ses yeux sont d'un bleu perçant. « Veuillez m'excuser, mademoiselle. » Je me demande s'il va me dire que cela se voit comme le nez au milieu de la figure que je ne suis pas d'ici ou me proposer son aide. « Ne nous sommes-nous pas déjà rencontrés quelque part ? »

Je considère ses cheveux blond doré, courts dans la nuque et plus long devant, rien de commun avec les garçons de notre petite ville aux coupes en brosse dont j'ai l'habitude. Il porte un pantalon gris, une chemise blanche impeccable avec un nœud papillon et tient un mince porte-documents à la main. Ses doigts sont longs et effilés.

« Je ne crois pas.

— Mais j'ai vraiment l'impression… de vous connaître. »

Il me dévisage avec une telle intensité que je rougis.

« Je… Je ne sais vraiment pas », dis-je en bégayant.

Un sourire se dessine sur ses lèvres.

« Veuillez me pardonner si je fais erreur. Mais êtes-vous… Étiez-vous… Vous ne seriez pas arrivée de New York, par le train, il y a environ dix ans ? »

Quoi ? Mon cœur s'emballe. Comment sait-il cela ?

« N'êtes-vous pas… Niamh ? » me demande-t-il.

C'est alors que je comprends. « Oh, mon Dieu ! Dutchy, c'est toi. »

Minneapolis, Minnesota, 1939

Alors que je me lève, Dutchy laisse tomber son porte-documents et me prend dans ses bras. Serrée contre lui, plus fort que personne ne l'a jamais fait, je sens la dureté musculeuse de ses bras, la chaleur de son torse légèrement concave. Une longue accolade en plein milieu de ce foyer luxueux n'est probablement pas de mise et les gens nous regardent, les yeux ronds. Pour une fois, cela m'est complètement égal.

Il me repousse pour mieux voir mon visage, effleure mes joues, puis me presse à nouveau contre lui. À travers sa chemise, je sens son cœur qui bat aussi vite que le mien.

« Quand tu as rougi, j'ai compris. Tu n'as absolument pas changé ! » Il passe ses mains sur mes cheveux, les caressant comme il le ferait avec une fourrure.

« Tes cheveux… Ils ont foncé. Je ne peux pas te dire le nombre de fois où je t'ai cherchée dans une foule, ou j'ai pensé t'avoir reconnue de dos.

— Tu m'as dit que tu me retrouverais, lui dis-je. Tu te souviens ? Ce sont tes derniers mots.

— Je voulais… J'ai essayé. Mais je ne savais pas où chercher. Et puis tant de choses se sont passées… »

Il secoue la tête, l'air incrédule.

« C'est bien toi, Niamh ?

— Oui, sauf que… je ne m'appelle plus Niamh. Maintenant, je suis Vivian.

— Moi non plus je ne m'appelle plus Dutchy. Ni même Hans, en fait. Je m'appelle Luke. »

Nous nous mettons tous deux à rire, frappés par l'absurdité de notre expérience commune, soulagés de nous être reconnus. Nous sommes accrochés l'un à l'autre comme les survivants d'un naufrage, stupéfiés de constater qu'aucun de nous deux ne s'est noyé.

Tant de questions se bousculent au bord de mes lèvres que j'en reste muette. Avant même que je réussisse à ordonner mes idées, Dutchy – Luke maintenant – m'annonce qu'il a un engagement.

« C'est fou, mais il faut que je te laisse, j'ai un cachet.

— Un cachet ?

— Je joue du piano dans ce bar. C'est pas mal tant que personne n'est saoul.

— Je m'y rendais, lui dis-je. Mes amis m'attendent. À l'heure qu'il est, ils sont probablement déjà assez éméchés. »

Il ramasse son porte-documents. « J'aurais bien aimé pouvoir ficher le camp d'ici. Aller ailleurs discuter avec toi. »

Moi aussi, mais je ne veux pas qu'il perde son travail à cause de moi.

« J'attendrai que tu aies fini. On pourra parler plus tard.

— Cela va être interminable d'attendre tout ce temps. »

Lorsque j'entre dans le bar avec lui, Lil et Em lèvent les yeux, l'air curieux. La salle est sombre et enfumée, avec une épaisse moquette violette à motif floral et des banquettes en cuir de même couleur sur lesquelles s'entasse toute une foule.

« Bien joué, ma fille ! s'exclame Richard. On peut dire que tu n'as pas perdu ton temps. »

Je prends place sur une chaise, à leur table, commande un gin-fizz comme me le suggère le serveur et me concentre sur les doigts de Dutchy que j'aperçois depuis la place où je me trouve, effleurant avec dextérité le clavier du piano. La tête baissée et les yeux fermés, il chante d'une voix claire et feutrée. Il interprète Glenn Miller, Artie Show, Glen Gray, des airs populaires, des chansons comme *Little Brown Jug* et *Heaven Can Wait*, réarrangées de manière à en changer le message, ainsi que des classiques pour les hommes aux tempes grisonnantes perchés sur les tabourets du bar. De temps à autre, il sort une partition de son cartable, mais la plupart du temps il joue des morceaux qu'il connaît par cœur ou se fie à son oreille pour les reconstituer. Un petit groupe de femmes d'un certain âge, probablement descendues en ville depuis la province ou la banlieue pour une expédition shopping, pochette à la main et mise en plis impeccable, sourient et roucoulent lorsqu'il égrène les premières notes de *Moonlight Serenade*.

La conversation me passe par-dessus la tête, glisse sur moi et marque un temps lorsque je suis supposée répondre à une question ou rire à une plaisanterie. Je n'arrive pas à la suivre. Et comment le pourrais-je ?

À travers le piano, Dutchy s'adresse à moi et, comme dans un rêve, je comprends son message. Je me suis sentie si seule sur le chemin de ma vie, coupée de mon passé. En dépit de mes efforts, j'ai toujours l'impression d'être une étrangère, d'être différente. Mais maintenant, j'ai retrouvé l'un de mes semblables, une personne dont je sais, sans même que nous échangions le moindre mot, qu'elle parle le même langage que moi.

Plus les gens boivent et réclament de morceaux particuliers, plus les pourboires s'amoncellent dans le pot de Dutchy. La tête de Richard est enfouie dans le cou de Lil tandis qu'Em est pratiquement perchée sur les genoux d'un homme d'âge mûr qui tout à l'heure était assis au bar. « *Over the Rainbow* ! s'exclame-t-elle. Tu la connais ? La chanson du film ? » Les multiples gin-fizz qu'elle a descendus avec insouciance ont fait leur effet.

Dutchy fait signe que oui, sourit et déploie ses doigts sur le clavier. À la façon dont il l'exécute, je devine qu'on lui a déjà demandé de chanter ce morceau.

Il lui reste une demi-heure à jouer quand Richard regarde sa montre avec ostentation. « Bordel !... Oups, désolé pour mon langage ! Il se fait tard et je dois aller à l'église demain ! » s'écrie-t-il.

Tout le monde éclate de rire.

« Moi aussi, je suis prête à y aller », dit Lil.

Em a un sourire narquois. « Prête à aller où ?

— Mettons les bouts, Lil. Je dois aller chercher ce truc dans ta chambre, dit Richard tout en se levant.

— Quel truc ? demande-t-elle.

— Tu sais bien. Le truc, répète-t-il avec un clin d'œil en direction d'Emily.

— Lil, il doit passer prendre le truc, répète Em d'une voix pâteuse. Le truc, quoi !

— Je ne savais pas que les hommes pouvaient monter dans les chambres », dis-je.

Richard frotte son pouce contre son index. « Un peu d'huile dans le moteur entretient la voiture, si tu vois ce que je veux dire.

— Le réceptionniste se laisse facilement soudoyer, me traduit Lillian. Comme ça, tu sais, au cas où tu aurais envie de passer un bon moment avec le prince charmant là-bas. »

Toutes deux éclatent de rire.

Nous prévoyons de nous retrouver le lendemain à midi dans le hall de l'hôtel puis tous les quatre se lèvent. Au dernier moment, leur plan change : Richard connaît un bar ouvert jusqu'à deux heures du matin et ils décident d'y aller. Les deux femmes chancellent sur leurs talons et se raccrochent aux hommes qui semblent ravis d'avoir à les soutenir.

Juste après minuit, bien qu'à présent désertée, la rue est toujours éclairée telle une scène de théâtre avant l'entrée des acteurs. Peu m'importe que je ne connaisse pratiquement pas l'homme que Dutchy est devenu et que je ne sache rien de sa famille ni de son adolescence. Je me moque aussi de ce que les gens vont bien pouvoir se dire si je l'amène dans ma chambre d'hôtel. Tout ce que je veux, c'est passer du temps avec lui.

« Tu es sûre ? me demande-t-il.

— Plus que sûre. »

Il me glisse quelques billets dans la main. « Tiens, c'est pour le réceptionniste. Une partie de mon pourboire. » Il fait un peu frais et Dutchy a mis sa veste sur mes épaules. Le tenir par la main me paraît être la chose la plus naturelle au monde. Au-delà des immeubles bas, des étoiles étincellent dans le ciel velouté.

À la réception, le veilleur de nuit, un homme plus âgé coiffé d'une casquette en tweed abritant son visage, lève la tête à mon arrivée. « Que puis-je faire pour vous ? »

Curieusement, je ne suis absolument pas nerveuse. « Mon cousin habite en ville. Puis-je lui faire visiter ma chambre ? »

À travers la porte d'entrée, le réceptionniste regarde Dutchy qui se tient dehors sur le trottoir. « Votre cousin, hein ? »

Je pose deux billets sur le comptoir. « Je vous remercie. »

Du bout des doigts, il fait glisser les billets vers lui.

Je fais signe à Dutchy qui ouvre la porte, salue le veilleur de nuit et me suit dans l'ascenseur.

Dans l'étrange théâtre d'ombres et de lumières de ma chambre, Dutchy enlève sa ceinture, sa chemise et les dépose sur l'unique chaise de la pièce. Il est en pantalon et tricot de peau. Il s'assoit sur le lit, dos au mur, les jambes étirées, et je m'appuie contre lui, sentant son corps envelopper le mien. Son haleine chaude est dans mon cou, un de ses bras repose contre ma taille. Je me demande s'il va m'embrasser. J'aimerais qu'il le fasse.

« Comment est-ce possible ? C'est impossible. Pourtant, je n'ai cessé de rêver de toi. Et toi ? » murmure-t-il.

Je ne sais que répondre. Jamais je n'ai osé imaginer qu'un jour je le reverrais. Jamais je n'ai retrouvé un être cher que j'avais perdu.

« Quelle est la meilleure chose qui te soit arrivée ces dix dernières années, Dutchy ?

— Te retrouver. »

Cela me fait sourire. Je m'appuie contre sa poitrine.

« À part ça ?

— Te rencontrer. »

Ensemble, nous rions.

« Et à part cela ?

— Hum, à part cela... dit-il d'un ton rêveur, les lèvres posées sur mon épaule. Y a-t-il autre chose à part cela ? »

De sa main posée sur ma hanche, il m'attire à lui. Je ne me suis jamais trouvée dans ce genre de situation – être seule avec un homme ne m'est arrivé qu'en de rares occasions et même jamais avec un homme partiellement déshabillé –, mais je ne suis pas nerveuse. Lorsqu'il m'embrasse, tout mon corps vibre.

« Je crois que la meilleure chose qui me soit arrivée a été de découvrir ma vocation. Jouer du piano. Je me sentais tellement vide intérieurement, je n'avais aucune confiance en moi. Devenir pianiste m'a permis de trouver ma place dans la société. Et... c'était quelque chose que je pouvais faire quand j'étais en colère ou triste, et aussi lorsque j'étais heureux. Le piano m'a permis de laisser mes émotions s'exprimer, même quand je ne comprenais pas moi-même ce que je ressentais », ajoute-t-il quelques minutes plus tard.

Il rit brièvement.

« Ça paraît complètement ridicule, non ?

— Pas du tout.

— Et toi, c'est quoi la meilleure chose qui te soit arrivée ? »

Je ne sais pas pourquoi je lui ai posé cette question alors que moi-même je n'en connais pas la réponse. Je me redresse et m'assois à l'autre bout du lit, le dos appuyé contre la tête de lit, les pieds repliés sous moi. Tandis que Dutchy se réinstalle et appuie son dos à l'opposé, contre le mur, les mots commencent à jaillir de mes lèvres. Je lui parle de la solitude et la faim que j'ai endurées chez les Byrne, la misère abjecte des Grote. Je lui dis à quel point je suis reconnaissante aux Nielsen, même si, parfois, j'ai un peu l'impression d'étouffer avec eux.

Dutchy me raconte ce qui lui est arrivé après qu'il a quitté la gare. La vie qu'il avait menée avec le fermier et sa femme avait été aussi horrible que ce qu'il avait imaginé. Il dormait sur des bottes de paille, dans la grange, et ils le battaient s'il se plaignait. Il s'était fracturé plusieurs côtes lors de la moisson et ils n'avaient jamais appelé le médecin. Au bout de trois mois, il s'était enfui après que le fermier l'avait réveillé un matin en le frappant parce qu'un raton laveur s'était introduit dans le poulailler.

En proie à d'horribles douleurs, affamé, parasité par un ténia et un œil infecté il s'était évanoui sur la route avant d'être conduit à l'hôpital par une vieille veuve bienveillante.

Le fermier avait malgré tout réussi à convaincre les autorités que Dutchy était un délinquant juvénile qui devait être traité avec fermeté et il leur avait été confié à nouveau. Il s'était sauvé à deux reprises encore, la deuxième fois en plein blizzard, et cela avait été un vrai miracle qu'il ne soit pas mort gelé. Le fait qu'il se soit empêtré dans la corde à linge d'un voisin lui avait sauvé la vie. Ce dernier l'avait retrouvé dans sa grange le lendemain matin et avait conclu un marché avec le fermier qui accueillait Dutchy : il l'avait échangé contre un cochon.

« Quoi, un cochon ?

— Je suis sûr que l'échange valait le coup. Ce cochon était énorme. »

Ce voisin, un veuf du nom de Karl Maynard avec un fils et une fille adultes, le faisait travailler mais l'envoyait aussi à l'école. Lorsque Dutchy s'était montré intéressé par le piano droit poussiéreux sur lequel jouait auparavant la femme du fermier, l'homme l'avait fait accorder et avait trouvé un professeur qui se déplaçait pour venir donner des leçons à Dutchy.

À dix-huit ans, Dutchy était parti s'installer à Minneapolis où il saisissait toutes les opportunités qui se présentaient à lui de jouer du piano dans des groupes et dans des bars. « Maynard aurait aimé que je reprenne sa ferme, mais je savais que je n'étais pas fait pour cette vie-là, dit-il. J'étais content de savoir faire quelque chose qui me permettrait de gagner ma vie. Et puis aussi de vivre seul. Être un adulte est un vrai soulagement. »

Je n'y avais jamais pensé jusqu'à présent, mais oui, je suis d'accord ; c'est un vrai soulagement.

« Tu portes toujours ton pendentif, me dit-il après avoir porté la main à mon cou. Cela me donne la foi.

— Foi en quoi ?

— En Dieu, j'imagine. Non, je ne sais pas. En notre capacité de survie. »

Dehors, vers les cinq heures, le jour commence à poindre. Dutchy me dit qu'il doit jouer de l'orgue à l'église épiscopalienne de Banner Street pour le service de huit heures.

« Veux-tu rester jusqu'à ce que tu doives y aller ?

— Le veux-tu ?

— Qu'en penses-tu ? »

Il s'allonge, dos au mur et m'attire vers lui, son torse collé contre mon dos, le bras passé sous ma taille. Étendue contre lui, accordant le rythme de ma respiration sur le sien, je sens le moment où il s'endort. J'inhale l'odeur de son after-shave, une bouffée d'huile capillaire. J'attrape sa main et enlace ses longs doigts dans les miens, repensant à tous ces petits hasards qui m'ont conduite jusqu'à lui. Si je n'étais pas partie avec mes amies, si nous étions allés dîner quelque part, si Richard avait choisi de nous emmener dans un autre bar… Il y a tant de « si » possibles. Malgré tout, je ne peux m'empêcher de croire que tout ce que j'ai vécu jusqu'à présent m'a menée jusqu'à lui. Si je n'avais pas été choisie par les Byrne, si je n'avais pas échoué chez les Grote et rencontré Mlle Larsen. Si Mlle Larsen ne m'avait pas amenée chez Mme Murphy, je n'aurais jamais connu les Nielsen. Et si je n'avais pas habité chez les Nielsen et n'étais pas allée aux cours du soir avec Lil et Em, je ne serais jamais venue à Minneapolis pour le week-end et n'aurais sans doute jamais revu Dutchy de ma vie.

Jusque-là, toute mon existence m'avait paru être le fruit du hasard, une succession aléatoire de pertes et de connexions. C'est la toute première fois qu'un événement me semble dépendre non pas d'un imprévu, mais du destin.

« Alors ? me demande Lil. Raconte ! »

Nous sommes en route pour Hemingford, Em allongée sur la banquette arrière, en train de gémir, les yeux cachés par une paire de lunettes de soleil. Son teint est verdâtre.

Pas question que je leur dévoile quoi que soit.

« Il ne s'est rien passé. Et toi ?

— Ne change pas de sujet, mademoiselle, me dit Lil. Comment se fait-il que tu connaisses ce type ? »

J'avais anticipé cette question et préparé une réponse. « Il est venu au magasin quelques fois. »

Elle est sceptique.

« Qu'est-ce qu'il viendrait faire à Hemingford ?

— Il vend des pianos.

— Hum… répond-elle, clairement pas convaincue. En tout cas, vous vous êtes tout de suite entendus à merveille.

— Il est sympa, dis-je en haussant les épaules.

— Et combien gagne un pianiste ? » s'enquiert Em.

J'ai bien envie de leur demander de se taire. Au lieu de cela, j'inspire profondément et réponds avec désinvolture.

« Qui sait ? De toute façon, ce n'est pas comme si j'allais l'épouser. »

Dix mois plus tard, après avoir rapporté cette conversation à la dizaine d'invités présents dans la salle de réception située au sous-sol de l'église luthérienne de la Grâce, Lil lève son verre pour porter un toast. « À Vivian et Luke Maynard, déclare-t-elle. Que la mélodie que joue leur couple soit toujours harmonieuse. »

Hemingford, Minnesota,
1940-1943

En public je l'appelle Luke, mais pour moi il sera toujours Dutchy. De son côté, il m'appelle Viv parce que, d'après lui, cela sonne un peu comme Niamh.

Pour que je puisse continuer à m'occuper du magasin, nous avons décidé d'habiter à Hemingford. Nous louons une petite maison, quatre pièces en rez-de-chaussée et une à l'étage, dans une rue tranquille tout près de chez les Nielsen. Le hasard, peut-être un peu aidé par M. Nielsen qui avait dû en toucher un mot au directeur lors d'une réunion du Rotary Club, a fait que l'école d'Hemingford a soudain eu besoin d'un professeur de musique. Dutchy continue tout de même à travailler au *Grand Hotel* de Minneapolis le week-end et je l'accompagne les vendredis et samedis soir pour dîner avec lui et l'écouter jouer. Les dimanches, il officie à l'église luthérienne de la Grâce, remplaçant définitivement l'organiste au pied de plomb que l'on avait réussi à convaincre de prendre sa retraite.

Quand j'ai annoncé à Mme Nielsen que Dutchy m'avait demandée en mariage, elle a froncé les sourcils.

« Je croyais que tu ne voulais pas entendre parler de mariage, me dit-elle. Tu n'as que vingt ans. Et ton diplôme ?

— Quoi, mon diplôme ? Il s'agit juste d'une bague que je vais passer à mon doigt, pas d'une paire de menottes.

— La plupart des hommes préfèrent que leur femme reste au foyer. »

Quand j'ai rapporté cette conversation à Dutchy, il s'est esclaffé. « Bien sûr que tu vas obtenir ton diplôme. La fiscalité est un sujet bien trop compliqué pour moi ! »

Dutchy et moi ne pourrions être plus dissemblables. Autant j'ai le sens pratique et suis circonspecte, autant il est impulsif et direct. J'ai l'habitude de me lever aux aurores, il me retient au lit. Il n'entend rien aux mathématiques si bien qu'en plus de m'occuper de la comptabilité du magasin, je suis responsable du budget de notre foyer. Avant de le rencontrer, je pouvais compter sur les doigts d'une main le nombre de fois où j'avais bu de l'alcool, alors qu'il aime savourer un cocktail chaque soir, disant que cela l'aide à se relaxer et que je devrais en faire autant. Son expérience à la ferme l'a rendu bricoleur, mais il laisse souvent ses projets à moitié achevés, comme ces fenêtres anti-tempête posées dans un coin tandis que la tourmente fait rage dehors ou ce robinet qui fuit, entièrement démonté puis abandonné par terre.

« J'ai du mal à croire que je t'aie trouvée », n'arrête-t-il pas de me répéter. Moi non plus, je n'arrive pas à le croire. C'est comme si un pan entier de mon passé avait repris vie et, avec lui, tous les sentiments que j'avais enfouis, la douleur d'avoir tout perdu, celle de n'avoir personne avec qui partager cette peine et celle d'avoir dû garder tant de choses secrètes. Mais Dutchy était là. Il sait qui je suis. Avec lui, je n'ai pas besoin de faire semblant.

Les samedis matin, nous restons au lit bien plus longtemps que je n'en ai l'habitude, car ce jour-là le magasin n'ouvre qu'à dix heures et Dutchy n'a pas d'obligations. Je prépare du café dans la cuisine et rapporte deux tasses fumantes dans la chambre. Nous passons des heures comme cela, baignés par la douce lumière matinale. Je suis tout à la fois ivre d'envie et de désir comblé, j'ai soif de sentir sa peau chaude sous mes doigts, de suivre ses tendons et ses muscles qui affleurent, palpitants de vie, sous la peau. Je me blottis dans ses bras, contre ses genoux, son corps épousant la forme du mien et ses doigts en traçant le contour, sa respiration dans mon cou. Jamais je n'ai ressenti cela ; mon esprit est engourdi, langoureux et je suis rêveuse, ailleurs, oublieuse, tout entière concentrée sur le moment présent.

Quand Dutchy vivait dans la rue, il ne souffrait jamais de la solitude, contrairement à ce qu'il a pu connaître dans le Minnesota. À New York, les garçons se faisaient des blagues les uns aux autres et mettaient vêtements et nourriture en commun. La foule lui manque, tout comme le bruit et le chaos, les Ford T qui passent en cahotant sur les pavés et l'odeur sirupeuse des pralines aux cacahuètes préparées par les petits vendeurs de rue.

« Et toi, tu n'aimerais pas y retourner ? » me demande-t-il.

Je secoue la tête. « Notre vie était très dure. Je n'ai pas beaucoup de souvenirs gais de là-bas. »

Il me serre contre lui, passant ses doigts sur la face cachée, douce et laiteuse, de mon avant-bras.

« Tu crois qu'un jour tes parents ont été heureux ?

— Peut-être. Je ne sais pas. »

Repoussant les cheveux de mon visage et suivant le contour de ma mâchoire du doigt, il me dit : « Avec toi, je pourrais être heureux n'importe où. »

Il a l'habitude de faire ce genre de déclaration, mais je le crois. Ce que je comprends aussi, maintenant que je suis à mon tour en couple, c'est que mes parents n'ont jamais été heureux ensemble et ne l'auraient probablement jamais été, quelles qu'aient été les circonstances.

L'après-midi d'une douce journée de décembre, je suis au magasin, passant en revue la liste de nos commandes avec Margaret, notre rigoureuse responsable des fournisseurs. Le sol est jonché de bons de livraison et de divers formulaires. J'essaie de décider si je dois commander plus de pantalons pour femmes que l'année dernière et regarde les styles à la mode dans le catalogue ainsi que dans *Vogue* et *Harper's Bazaar*. La radio est allumée et diffuse de la musique en sourdine, du swing. Tout à coup, Margaret lève la main. « Attends. Tu as entendu ? » Elle se précipite sur le poste et ajuste la réception.

« Nous répétons : ceci est une alerte. Le président Roosevelt a annoncé que le Japon a mené aujourd'hui une attaque aérienne contre la base navale de Pearl Harbor, à Hawaii. Les installations militaires d'Oahu ont également été ciblées. Le nombre de morts et de blessés n'est pas encore connu. »

C'est ainsi que, d'un coup, tout a basculé.

Quelques semaines plus tard, Lil vient me voir au magasin, les yeux rouges, en pleurs. « Richard est parti hier et je ne sais même pas où ils l'ont envoyé. Tout ce qu'on lui a remis c'est un numéro de boîte postale qui ne me donne aucune indication. » Elle sanglote dans un mouchoir blanc roulé en boule. « Je pensais que cette guerre idiote serait vite terminée. Pourquoi est-ce que *mon* fiancé doit y aller ? » Lorsque je la prends dans mes bras, elle s'accroche à mon épaule.

Partout, des affiches nous exhortent au sacrifice et au soutien de l'effort de guerre. Beaucoup de produits sont rationnés : la viande, le fromage, le beurre, le saindoux, le café, le sucre, la soie, le Nylon, les chaussures. C'est toute notre façon de travailler qui change également avec l'apparition des carnets de rationnement en papier pelure bleu. Nous apprenons à rendre la monnaie sur les tickets avec des jetons rouges donnés en échange de tickets rouges (pour la viande et le beurre) et des jetons bleus en échange de tickets bleus (pour les produits alimentaires industriels). Ces jetons, en sciure de bois compressée, ont la taille d'une pièce de dix cents. Au magasin, nous organisons la collecte de bas en Nylon légèrement usés pour confectionner des parachutes et des cordes, ainsi que celle d'étain et d'acier. La radio passe constamment *Boogie Woogie Bugle Boy*. Je modifie nos commandes pour mieux coller à l'humeur du moment, achetant des cartes cadeaux et des cartons entiers d'enveloppes en papier pelure estampillées « par avion », des dizaines de drapeaux américains de toutes dimensions, de la viande séchée, des chaussettes chaudes, des jeux de cartes qui seront expédiés outre-mer dans les colis destinés à réconforter les soldats. Nous envoyons nos magasiniers déneiger les allées privées, livrer des courses et des paquets.

Des garçons que j'ai connus au lycée s'enrôlent et partent à la guerre. Chaque semaine, des dîners en leur honneur et avant leur départ sont organisés chez quelqu'un, dans le sous-sol de l'église, ou dans le foyer du Roxy. Chacun participe et apporte un plat. Douglas, le petit ami de Judy Smith, est l'un des premiers à s'en aller ; le jour même de ses dix-huit ans, il s'est présenté au bureau de recrutement. Tom Price, une vraie tête brûlée, le suit peu après. Lorsque je tombe sur lui dans la rue juste avant son départ, il me dit ne voir que des avantages à la guerre : c'est une opportunité unique de vivre l'aventure tout en étant payé et de voyager en compagnie de toute une troupe de gaillards avec qui s'amuser. Aucun mot sur les dangers encourus. Ce que j'imagine sort tout droit d'un dessin animé avec échanges de tirs et chaque soldat, véritable superhéros, courant, invincible, entre les balles.

Plus d'un quart des garçons que j'ai connus au lycée s'engagent. Quand le tirage au sort des conscrits débute, ils sont encore plus nombreux à partir. Je suis désolée pour tous ceux qui restent derrière, ceux qui ont les pieds plats, un asthme sévère ou qui sont un peu sourds et qui, maintenant que leurs copains ne sont plus là, errent sans but dans les allées du magasin, comme des âmes en peine. Habillés en civil, ils ont l'air perdus.

Cependant, Dutchy ne suit pas le mouvement. « Laissons-les venir me chercher », dit-il. Je ne veux pas croire qu'il finira lui aussi par être appelé, car il est quand même enseignant et ses élèves ont besoin de lui. Bientôt, malgré tout, il devient évident que cela n'est qu'une question de temps.

Le jour où Dutchy part pour Fort Snelling, dans le comté de Hennepin, pour son entraînement, je fais glisser le Claddagh de la chaîne que je porte toujours au cou, l'enveloppe dans un morceau de feutre et le met au fond de sa poche de poitrine.

« Comme ça, tu auras toujours une part de moi avec toi.

— Je veillerai dessus comme si ma vie en dépendait. »

Les lettres que nous échangeons sont pleines d'espoir, de désir mais aussi d'un vague sens de l'importance de la mission qui attend les troupes américaines. Plusieurs étapes jalonnent son entraînement. Dutchy passe sans encombre son examen médical et réussit très bien le test d'aptitude mécanique. Ces résultats lui permettent d'être incorporé dans la Marine et de participer ainsi au remplacement de ceux qui ont péri à Pearl Harbor. Peu de temps après, il est envoyé en train à San Diego pour un entraînement technique.

Six semaines après son départ, quand je lui annonce par lettre que je suis enceinte, Dutchy me répond que cette nouvelle le comble. *Penser à mon enfant en train de grandir dans ton ventre me soutiendra dans les moments les plus durs*, m'écrit-il. *Savoir que finalement une famille m'attend me rend plus déterminé que jamais à remplir mon devoir avant de rentrer chez moi.*

Je suis tout le temps fatiguée et nauséeuse. J'aimerais rester couchée, mais je sais qu'il vaut mieux que je m'active. Mme Nielsen me propose de revenir habiter avec eux. Elle veut s'occuper de moi et me nourrir ; ils craignent que je ne maigrisse trop. Mais je préfère être chez moi. J'ai vingt-deux ans maintenant et je suis habituée à vivre comme une adulte.

Les semaines s'écoulent et je suis plus affairée que jamais. Je passe de longues journées au magasin et le soir je fais du volontariat ; je collecte du métal et organise des envois de colis à la Croix-Rouge. Mais derrière chacun de mes gestes se cache une peur sourde. *Où est-il en ce moment, que fait-il ?*

Dans les lettres que j'écris à Dutchy, j'évite de trop m'appesantir sur mon état, cette nausée qui ne me quitte pas, mais qui, selon les médecins, est signe que l'enfant se développe très bien. À la place, je lui parle de la courtepointe que je suis en train de faire pour le bébé, je lui raconte comment je commence par découper les motifs dans du papier journal avant de les transférer sur du papier de verre fin, sur lequel le tissu adhère bien. J'ai choisi un motif avec un entrelacs de cinq bandes d'étoffe dans les coins qui rappelle un panier. Les pièces de calicot jaune, bleu, pêche et rose et les triangles blanc cassé placés au centre de chaque carré lui donnent l'air gai. Les femmes du club de Mme Murphy qui se réunissent pour fabriquer des courtepointes en patchwork et dont je suis le plus jeune membre et la fille honoraire portent une attention particulière à la confection de cette couverture – elles m'ont encouragée à chacune des étapes importantes de ma vie – et cousent à petits points soignés les morceaux de tissu en suivant soigneusement le motif.

Dutchy termine son entraînement technique ainsi que sa formation de personnel de pont d'envol sur porte-avions. Après avoir passé un mois à San Diego, il apprend qu'il rejoindra bientôt le théâtre des opérations. Étant donné la formation qu'il a reçue et la situation désespérée avec le Japon, il pense être envoyé dans le Pacifique pour venir en aide aux forces alliées dans la région, mais rien n'est sûr.

Capacité à surprendre l'ennemi, habileté et puissance : voilà, selon la Marine, les trois points essentiels qu'il faut aux soldats pour gagner la guerre.

Pacifique central, *Birmanie*, *Chine*. Ce ne sont que des noms sur un globe terrestre. Je prends une des cartes du monde que nous vendons au magasin, soigneusement roulées et glissées dans un tube en plastique, et l'étale sur le comptoir. Mon doigt passe sur la ville de Rangoon, près de la côte, puis sur Mandalay, plus au nord, dans une région montagneuse. Je m'étais préparée à l'Europe, et même à ses confins, à la Russie ou la Sibérie, mais le Pacifique central ? C'est si lointain, de l'autre côté du globe, qu'il m'est difficile de l'imaginer. Je me rends à la bibliothèque et empile des livres sur une table : des études portant sur la géographie, des ouvrages sur l'histoire de l'Extrême-Orient, des carnets de voyage. J'apprends ainsi que la Birmanie est le plus grand pays d'Asie du Sud-Est et qu'il a une frontière commune avec l'Inde, la Chine et le Siam. C'est une zone de mousson ; les précipitations côtières annuelles atteignent les cinq mètres et la température s'élève jusqu'à trente-deux degrés. Un tiers de ses frontières est constitué de côtes. L'écrivain George Orwell a publié un roman, *Une histoire birmane*, ainsi que plusieurs essais sur la vie dans le pays. Ce que je retire de ces lectures c'est qu'il est impossible d'imaginer pays plus différent du Minnesota que la Birmanie.

Les semaines suivantes, les jours s'enchaînent, tendus sous leur calme apparent. J'écoute la radio, lis *La Tribune* de A à Z, attends le courrier avec anxiété et dévore les lettres de Dutchy dès leur arrivée, à la recherche d'informations vitales (comment va-t-il ? Mange-t-il bien ? Est-il en bonne santé ?). Chaque mot est évalué, sa nuance, son ton sont pesés, comme si les phrases étaient codées et que je devais les déchiffrer. Je porte le papier pelure bleuté à mon nez et inhale. Lui aussi a tenu ce morceau de papier entre ses mains. Je passe le doigt sur chaque mot. Chaque mot qu'il a écrit de sa main.

À bord de leur porte-avions, Dutchy et ses camarades attendent les ordres. Ils répètent une dernière fois les opérations de pont, apprêtent leur sac, chaque recoin rempli et chaque chose à sa place, des rations de nourriture en passant par les munitions. Il fait très chaud à San Diego, mais on les a prévenus que là où ils iront c'est bien pire, à la limite du supportable. *Je n'arriverai jamais à m'habituer à la chaleur*, me dit-il. *Les soirées fraîches me manquent, tout comme les promenades en ta compagnie, ta main dans la mienne. Même la fichue neige me manque. Je n'aurais jamais cru que je dirais cela un jour*. Mais, plus que tout, dit-il, c'est moi qui lui manque. Le reflet du soleil dans mes cheveux roux, les taches de rousseur sur mon nez, mes yeux noisette. Et l'enfant qui grandit en moi. *Ton ventre a dû bien s'arrondir et j'essaie de me l'imaginer*, m'écrit-il.

Maintenant, son porte-avions est en Virginie. C'est la dernière lettre qu'il m'envoie avant d'embarquer. Il l'a remise à un aumônier, venu leur rendre visite avant leur départ. « Le pont d'envol fait deux cent soixante mètres de long. Il y a sept codes couleur, un pour chaque fonction. Comme je suis technicien de maintenance, mon jersey de pont, ma veste de quart et mon casque sont d'un vert affreux, couleur petits pois trop cuits. » Je l'imagine debout sur cette piste de décollage flottante, ses beaux cheveux blonds cachés sous un casque quelconque.

Les trois mois suivants, je reçois plusieurs douzaines de lettres, des semaines après qu'il les a écrites, parfois deux le même jour selon l'endroit d'où elles ont été postées. Dutchy me parle de l'ennui de la vie à bord, de son meilleur ami, Jim Daly – quelqu'un qu'il a rencontré lors de son premier entraînement et qui vient aussi du Minnesota – qui lui a appris le poker. Ils passent d'interminables heures à jouer dans les ponts inférieurs, en compagnie d'autres militaires, pas toujours les mêmes. Il me décrit son travail, souligne l'importance de suivre le protocole et me raconte à quel point son casque est lourd et inconfortable et qu'il commence à s'habituer au vacarme des moteurs des avions lorsqu'ils décollent et atterrissent. Il évoque le mal de mer et la chaleur. Mais il ne me dit rien des combats ou des avions qui se font descendre. Je ne sais pas si c'est parce qu'il n'a pas le droit d'en parler ou parce qu'il ne veut pas m'effrayer.

Je t'aime. La vie sans toi est insupportable. Je compte les minutes qui restent à passer jusqu'à nos retrouvailles, m'écrit-il encore et encore.

Les mots qu'il utilise sont empruntés aux chansons en vogue et aux poèmes que publient les journaux. Les miens ne sont pas moins des clichés. Je passe de longs moments penchée sur le papier pelure, essayant d'y transcrire tout ce que mon cœur ressent. Mais je ne sais que répéter les mêmes mots, toujours dans le même ordre, et j'espère que la profondeur des sentiments qu'ils reflètent leur confère tout à la fois puissance et substance. *Je t'aime. Tu me manques. Fais attention à toi. Sois prudent.*

Hemingford, Minnesota, 1943

Il est dix heures ce mercredi et cela fait déjà une heure que je suis au magasin, j'ai commencé par vérifier les registres dans l'arrière-salle puis j'ai contrôlé chaque rayon pour m'assurer que les étagères étaient bien rangées et que les produits en promotion sont correctement présentés. Je suis au fond du magasin, en train de reconstruire une petite pyramide de crème pour le visage Jergens qui s'est effondrée sur un tas de savons Ivory, lorsque j'entends M. Nielsen demander d'une voix étrange, guindée : « En quoi puis-je vous être utile ? »

Tout de suite après, il appelle sa femme. « Viola ? »

Je continue ce que je suis en train de faire, mais mon cœur bat la chamade. Il est rare que M. Nielsen appelle sa femme par son prénom. Je poursuis la construction de la pyramide de pots de crème, cinq en bas, puis quatre, trois, deux et une au sommet. Je range les autres sur l'étagère, derrière la pyramide. Je replace le pain de savon tombé de la pile. Lorsque tout est fini, je reste debout dans les rayons, j'attends. J'entends des chuchotements. Au bout d'un moment, Mme Nielsen m'appelle. « Vivian, tu es là ? »

Un employé de la Western Union, en uniforme bleu et casquette bordée de noir, se tient près de la caisse. Le télégramme est lapidaire. « Le ministre de la Guerre a le regret de vous informer que Luke Maynard est tombé au combat le 16 février 1943. De plus amples détails vous seront envoyés dès que possible. »

Je n'entends pas ce que le représentant de la Western Union dit. Mme Nielsen a commencé à pleurer. Je porte la main à mon ventre. Au bébé. À notre bébé.

Les mois suivants, j'en apprends plus sur les circonstances de sa mort. Dutchy et trois autres de ses camarades ont été tués lorsqu'un avion s'est écrasé sur leur navire. Personne n'a pu faire quoi que ce soit. Il se trouvait juste à l'endroit où l'avion s'est désintégré. « J'espère que vous serez réconfortée de savoir que Luke est mort sur le coup et qu'il n'a pas souffert », m'écrit son ami Jim Daly. Plus tard, je reçois une boîte contenant ses effets personnels : sa montre, les lettres que je lui ai envoyées, quelques vêtements. Et la croix surmontée du symbole du Claddagh. J'ouvre la boîte et touche chacun des objets à l'intérieur puis la referme et la range. Il me faudra des années avant que je décide de porter à nouveau le pendentif.

Lorsqu'il était à la base, Dutchy n'avait annoncé à personne que sa femme était enceinte. Par superstition, disait-il. Pour ne pas attirer le mauvais œil sur nous. J'en suis contente. Contente aussi que la lettre de Jim soit adressée à la veuve de Dutchy plutôt qu'à la mère de son enfant.

•

Les semaines suivantes je me lève tôt, avant l'aube, et vais travailler. Je réorganise des rayons entiers du magasin. Je fais faire une énorme nouvelle enseigne que nous plaçons au-dessus de la porte et embauche un étudiant en décoration pour qu'il s'occupe des vitrines. Malgré mon ventre proéminent, je continue à me rendre en voiture à Minneapolis où je parcours les grands magasins, prenant note de la façon dont leurs devantures sont arrangées, des couleurs à la mode et des styles pas encore parvenus jusqu'à nous. Pour l'été, je commande des chambres à air, des lunettes de soleil et des serviettes de plage.

Lil et Em m'emmènent au cinéma, au théâtre, au restaurant, Mme Murphy m'invite régulièrement à prendre le thé. Une nuit, une douleur fulgurante me réveille : il est temps d'aller à l'hôpital. J'appelle Mme Nielsen, comme prévu, et prépare un petit sac en l'attendant. Le travail dure sept heures, la douleur est si intense vers la fin que je me demande si je ne vais pas me fendre en deux. Lorsque je commence à pleurer à cause de la souffrance, c'est comme si une digue venait de s'effondrer, laissant s'écouler toutes les larmes que je n'avais pas versées pour Dutchy. Je suis submergée par le chagrin, le sentiment de perte, la détresse de me retrouver seule.

Il y a bien longtemps que j'ai appris qu'être un jour ou l'autre confronté à la perte d'un être cher est une expérience non seulement probable, mais inévitable. Je sais ce que signifie n'avoir plus rien ni personne, laisser une vie derrière soi pour en rebâtir une autre. Mais j'ai maintenant la certitude étrange que recevoir cette leçon encore et encore sera mon lot tout au long de ma vie.

Allongée dans mon lit d'hôpital, je me sens écrasée par une peine immense et par l'effondrement de mes rêves. Je pleure toutes les larmes de mon corps sur tout ce que j'ai perdu : l'amour de ma vie, ma famille, un futur que j'ai eu l'audace d'imaginer. C'est à ce moment-là que je prends ma décision. Je ne supporterai pas de subir cette épreuve une fois de plus. Je ne peux me donner corps et âme à un être que j'aime plus que tout pour le perdre ensuite. Jamais plus je ne veux revivre cela.

« Allons, allons, me chapitre Mme Nielsen, d'une voix alarmée. Si tu continues comme cela tu vas... » Elle dit « te nuire », mais j'entends « mourir ».

« Oui, je veux mourir. J'ai tout perdu.

— Mais tu as ce bébé, me dit-elle. Il faut que tu te ressaisisses pour lui. »

Je détourne le visage. Je pousse encore et, peu après, il est là.

La petite fille ne pèse pas plus lourd qu'une poule dans mes bras. Ses cheveux sont blonds et fins, ses yeux brillants comme des cailloux polis par l'eau. Ivre de fatigue, je la tiens contre moi et ferme les yeux.

Je n'ai dit à personne, pas même à Mme Nielsen, ce que je m'apprête à faire. Je chuchote un nom à l'oreille de mon bébé : May. Maisie. Tout comme moi, elle est la réincarnation d'une enfant morte.

Puis j'exécute ma décision. Je renonce à devenir sa mère.

Spruce Harbor, Maine, 2011

« Oh ! Vivian, vous l'avez abandonnée ! » s'exclame Molly, penchée en avant dans son fauteuil.

Cela fait des heures qu'elles sont assises toutes les deux dans le salon. La lampe ancienne placée entre elles diffuse une lueur apaisante. Par terre, un paquet de lettres en papier pelure bleu liées par une ficelle, une montre d'homme, un casque en acier et une paire de chaussettes de l'armée reposent à côté d'une malle noire estampillée US Navy.

Vivian aplanit la couverture qui recouvre ses genoux et secoue la tête, perdue dans ses pensées.

« Je suis vraiment désolée. » Molly caresse le quilt pour bébé, jamais utilisé, son motif tressé toujours éclatant, les coutures intactes. Alors, comme ça, Vivian a eu un enfant et l'a abandonné… avant d'épouser Jim Daly, le meilleur ami de Dutchy. Était-elle amoureuse de lui ou n'a-t-il été pour elle qu'une consolation ? Lui a-t-elle dit pour le bébé ?

Vivian se penche en avant et éteint le dictaphone. « Mon histoire s'arrête là. »

Molly la regarde, étonnée. « Mais ce ne sont que les vingt premières années. »

Vivian hausse doucement les épaules.

« Il ne s'est pas passé grand-chose depuis. J'ai épousé Jim et pour finir je suis venue habiter ici.

— Mais toutes ces années…

— De bonnes années, pour la plupart. Mais pas spécialement passionnantes.

— Est-ce que… » Molly hésite. « Étiez-vous amoureuse de lui ? »

Molly suit le regard de Vivian qui s'est porté sur l'extérieur. Elle contemple les formes abstraites, sortes de taches de Rorschach, que forment les pommiers à peine éclairés par la lumière que projette la maison. « Je peux honnêtement dire que je n'ai jamais regretté de l'avoir épousé. Tu connais le reste de l'histoire alors j'ajouterai juste ceci : oui, je l'ai aimé. Mais pas comme j'ai pu aimer Dutchy, pas passionnément. Peut-être ce genre d'amour ne se rencontre-t-il qu'une fois dans sa vie. Je ne sais pas. Mais c'était bien. Assez pour moi, en tout cas. »

Mais c'était bien. Assez pour moi, en tout cas. Molly sent son cœur se contracter, comme s'il était pris dans un étau. Que d'émotion cachée derrière ces quelques mots ! Elle a du mal à appréhender ce que cela peut représenter. Une boule s'est formée dans sa gorge et elle déglutit à grand-peine. Le refus de tout sentimentalisme qu'affiche Vivian n'est qu'une pose, cela Molly l'a parfaitement compris. Elle se contente de hocher la tête.

« Alors comment Jim et vous avez-vous fini ensemble ? » demande-t-elle.

Vivian réfléchit. « Environ un an après la mort de Dutchy, Jim est rentré au pays et a pris contact avec moi. Il avait gardé quelques affaires de Dutchy, un jeu de cartes et son harmonica que l'armée ne m'avait pas renvoyés. C'est comme ça que les choses ont commencé, tu sais. C'était réconfortant d'avoir quelqu'un à qui parler, et pour nous deux d'avoir quelqu'un qui avait connu Dutchy.

— Savait-il que vous aviez eu un bébé ?

— Non, je ne crois pas. Nous n'en avons jamais parlé. J'ai pensé que cela serait trop lourd à porter pour lui. La guerre lui avait fait assez de mal comme ça et il y avait beaucoup de choses qu'il n'avait pas non plus envie de partager. Il se débrouillait bien avec les faits et les chiffres. Il était très organisé et discipliné, beaucoup plus que Dutchy. Pour être honnête, je doute que le magasin ait aussi bien prospéré avec Dutchy. Est-ce horrible à dire ? En tout cas, c'était comme ça. Le magasin ne l'intéressait absolument pas, il ne voulait pas en entendre parler. C'était un musicien, tu comprends ? Il n'était pas fait pour les affaires. En revanche, Jim et moi avons été d'excellents partenaires. On travaillait bien ensemble. Je m'occupais des commandes et de l'inventaire, et lui a amélioré notre comptabilité, a équipé le magasin de nouvelles caisses enregistreuses, a optimisé l'organisation de nos vendeurs. Il a modernisé l'entreprise. Et je vais te dire autre chose : épouser Jim a été comme entrer dans un bain à température ambiante. L'adaptation a vraiment été très facile. C'était un homme tranquille, correct, qui travaillait dur. Un homme bon. Nous n'étions pas l'un de ces couples où l'un finit la phrase de l'autre. Je ne suis même pas certaine de savoir ce qui se passait dans sa tête la plupart du temps. Mais nous nous respections. Nous étions gentils l'un avec l'autre. Quand il était énervé, je me tenais à l'écart et quand j'étais dans ce qu'il appelait une de mes « humeurs noires » – parfois, des jours entiers passaient sans que je prononce plus de quelques mots –, il me laissait tranquille. Le seul problème entre nous a été qu'il voulait un enfant. Mais je ne pouvais pas lui en donner un. Cela m'était impossible. Dès le début, je le lui avais dit, mais je pense qu'il espérait que je change d'avis. »

Vivian se lève et se dirige vers les fenêtres. Molly est frappée par l'aspect frêle et fluet de sa silhouette. La vieille dame décroche les attaches en soie des lourds rideaux à motif cachemire qui viennent alors recouvrir les carreaux.

« Je me demande si... Vous êtes-vous jamais demandé ce qu'était devenue votre fille ? chuchote Molly avec hésitation.

— Parfois, j'y pense.

— Vous pourriez peut-être la retrouver. Aujourd'hui, elle aurait... (Molly calcule dans sa tête)... une soixantaine d'années, n'est-ce pas ? Il se pourrait tout à fait qu'elle soit en vie.

— C'est trop tard.

— Mais... pourquoi ? »

La question est posée comme un défi. Molly, le cœur battant, retient son souffle, consciente d'être présomptueuse, pour ne pas dire franchement mal élevée. Mais c'est peut-être sa seule opportunité.

« J'ai pris une décision et je dois l'assumer.

— Mais vous étiez désespérée. »

Vivian se tient toujours dans l'ombre, près des lourds rideaux.

« Ce n'est pas tout à fait exact. J'aurais pu garder le bébé. Mme Nielsen m'aurait aidée. La vérité c'est que j'ai été lâche. J'ai eu peur et j'ai été égoïste.

— Votre mari venait de mourir. Je peux le comprendre.

— Vraiment ? Je ne sais pas. Et maintenant… savoir que, pendant toutes ces années, Maisie était bel et bien vivante…

— Oh, Vivian… »

La vieille dame secoue la tête et regarde la pendule sur la cheminée. « Mon Dieu, regarde l'heure qu'il est ! s'exclame-t-elle. Minuit passé ! Tu dois être épuisée. Occupons-nous de te trouver un lit. »

Spruce Harbor, Maine, 2011

Molly est dans un canoë, pagayant de toutes ses forces contre le courant, d'un côté puis de l'autre. Ses épaules lui font mal et ses pieds sont mouillés ; l'embarcation, remplie d'eau, coule. Au fond, elle voit son téléphone, inutilisable maintenant, ainsi que son sac à dos qui contient son ordinateur, trempé. Son sac marin tombe par-dessus bord. Elle le regarde qui flotte un moment à la surface avant de lentement s'enfoncer dans les flots. Un rugissement d'eau, un bruit semblable à celui d'un robinet ouvert, parvient à ses oreilles. Pourquoi lui semble-t-il venir de si loin ?

Elle ouvre les yeux. Cille. Il fait jour. Tout à fait jour. Le bruit de l'eau… Elle tourne la tête et voit, par la fenêtre, la baie. La marée monte à toute allure.

Le silence règne dans la maison. Vivian doit encore être endormie.

Dans la cuisine, l'horloge indique huit heures. Molly met la bouilloire sur le feu pour faire du thé et fouille les placards où elle trouve de l'avoine irlandaise, des canneberges séchées, des noix et du miel. En suivant les instructions imprimées sur la boîte métallique, elle prépare du porridge en faisant cuire l'avoine à feu doux (tellement différente de la variété sucrée et précuite que Dina achète en sachet), hache les noix et les baies et recouvre le tout d'un filet de miel. Elle éteint le gaz sous les céréales, rince la théière qu'elle et Vivian ont utilisée la nuit précédente et lave les tasses et les soucoupes. Puis elle s'assoit dans un fauteuil à bascule près de la table et attend Vivian.

C'est une vraie matinée de carte postale du Maine, comme le dirait Jack en de semblables occasions. La baie scintille de mille feux sous les rayons du soleil. Au loin, près du port, Molly aperçoit une flottille de minuscules bateaux à voile.

Son téléphone vibre. Un message de Jack. *Quoi de neuf ?* C'est le premier week-end depuis très longtemps où ils n'ont rien prévu ensemble. Nouvelle vibration. *On se voit ?*

Bcp 2 devoirs, écrit-elle.

Travaille à 2 ?

Peut-être. je t'appelle + tard

Quand ?

Elle change de sujet : *Carte postale du Maine*

Balade à Flying Mountain + tôt ?

Flying Mountain est l'une des balades préférées de Molly, l'ascension d'un dénivelé de cent cinquante mètres par un chemin qui serpente entre les pins jusqu'au sommet et offre une vue panoramique sur le détroit de Somes, suivie d'une descente par un autre chemin en lacet qui mène à l'anse de la Vallée, une petite plage de galets où l'on peut s'étendre sur de gros rochers plats et contempler la mer avant de retourner à sa voiture à pied ou de continuer à vélo sur un sentier forestier tapissé d'aiguilles de pin.

OK. Elle appuie sur « Envoi », geste qu'elle regrette immédiatement. *Merde*.

Quelques secondes plus tard, son téléphone sonne. « *Hola*, *chica*, à quelle heure je passe te prendre ? lui demande Jack.

— Hum, est-ce que je peux te rappeler ?

— Allons-y maintenant. Ralph et Dina doivent être à l'église, en train de s'époumoner, non ? Tu me manques, tu sais. Cette dispute idiote… C'était à propos de quoi déjà ? J'ai oublié. »

Molly se lève de son fauteuil, touille, sans raison, le gruau d'avoine et pose sa main sur la théière. Tiède. Elle tend l'oreille, à l'écoute de bruit de pas, mais la maison est silencieuse.

« Écoute, je ne sais pas comment te le dire…

— Me dire quoi ? Ah, attends une minute. Tu veux me dire que tu es en train de me larguer ?

— Quoi ? Mais non. Rien à voir. Dina m'a mise à la porte.

— Tu plaisantes.

— Pas du tout.

— Elle t'a mise… Mais quand ?

— La nuit dernière.

— La nuit dernière ? Alors… »

C'est comme si Molly entendait les engrenages tourner dans le cerveau de Jack. « T'es où maintenant ? »

Elle inspire profondément. « Chez Vivian. »

Silence. Est-ce qu'il a raccroché ?

Molly se mord la lèvre.

« Jack ?

— Tu es allée chez Vivian la nuit dernière ? Tu as dormi chez elle ?

— Oui, je…

— Pourquoi tu ne m'as pas appelé ? demande-t-il brusquement sur un ton de reproche.

— Je ne voulais pas t'imposer ce fardeau.

— Tu crois que je te considère comme un fardeau, comme tu dis ?

— Tout ce que je veux dire, c'est que je t'en ai déjà trop demandé. Et après notre dispute…

— Tu t'es dit : "Tiens, et si j'allais m'imposer chez cette vieille dame de quatre-vingt-onze ans ? C'est bien mieux que d'aller chez mon petit ami."

— À dire vrai, je ne savais plus où j'en étais, répond Molly. Je ne savais pas ce que je faisais.

— Alors tu as marché jusque chez elle ? Où est-ce que quelqu'un t'a déposée ?

— J'ai pris l'Island Explorer.

— Il était quelle heure ?

— Environ sept heures, dit-elle d'un ton vague.

— Environ sept heures. Et tu t'es présentée à sa porte et tu as sonné. Ou tu l'as appelée d'abord ? »

OK, suffit comme ça. « Je n'aime pas le ton avec lequel tu me parles », dit Molly.

Jack soupire.

« Écoute, je sais que c'est dur à croire, mais Vivian et moi on est devenues amies.

— Ah ah ! fait Jack après une pause.

— On a beaucoup de choses en commun, en fait. »

Il rit doucement.

« Arrête, Moll.

— T'as qu'à lui demander.

— Écoute-moi. Tu sais à quel point je tiens à toi, mais regardons les choses en face. T'es une ado de dix-sept ans placée en famille d'accueil et en liberté conditionnelle. Tu viens juste de te faire jeter de chez ta dernière famille et maintenant tu loges chez cette vieille dame riche qui habite un manoir. Vous avez quoi en commun ? Et ma mère…

— Je sais. Ta mère. »

Molly soupire. Par pitié, pendant combien de temps encore va-t-elle être redevable envers Terry ?

« C'est compliqué pour moi, dit-il.

— Eh bien… » commence Molly.

Allez, elle se lance.

« C'est pas si compliqué que ça, maintenant. J'ai avoué à Vivian que j'avais volé un livre. »

Silence.

« Tu lui as dit que ma mère le savait ?

— Ouais. Je lui ai dit que tu t'étais porté garant pour moi et que ta mère te faisait entièrement confiance.

— Et qu'est-ce qu'elle a dit ?

— Elle a parfaitement compris. »

Il n'ajoute rien mais elle sent un changement d'humeur, un radoucissement.

« Écoute, Jack, je suis désolée. Désolée de t'avoir mis dans cette situation pour commencer. C'est pour ça que je ne t'ai pas appelé hier soir. Je n'avais pas envie que tu te sentes obligé de voler à mon secours une fois de plus. C'est nul que tu doives toujours me faire des faveurs et c'est nul que j'aie toujours l'impression de devoir t'être reconnaissante. Ce n'est pas le genre de relation que j'ai envie d'avoir avec toi. Et tu n'as pas à toujours t'occuper de moi. Je pense aussi que ta mère et moi on s'entendrait mieux si elle arrêtait de se dire que j'essaie de tout tourner à mon avantage.

— Ce n'est pas ce qu'elle pense.

— Si, Jack. C'est ce qu'elle pense. Mais je ne lui en veux pas. »

Molly jette un coup d'œil au service à thé qui sèche sur l'égouttoir. « Une chose encore. Vivian a dit qu'elle voulait mettre de l'ordre dans son grenier. Mais, en réalité, je pense que ce qu'elle voulait c'était voir le contenu de ses cartons, une dernière fois. Pour se remémorer ces moments de sa vie. Et je suis contente, vraiment, de l'avoir aidée à retrouver toutes ces choses. J'ai réellement l'impression d'avoir fait quelque chose d'important. »

Elle entend des bruits de pas à l'étage. Vivian doit être en train de descendre. « Faut que j'y aille. Je dois préparer le petit déjeuner. » Elle rallume le gaz pour réchauffer le gruau d'avoine, ajoute un peu de lait écrémé et remue le contenu de la casserole.

Jack soupire.

« T'es vraiment une chieuse, tu sais ça ?

— C'est ce que je n'arrête pas de te dire, mais tu ne veux pas me croire.

— Je te crois, maintenant. »

Quelques jours après son arrivée chez Vivian, Molly envoie un texto à Ralph pour lui dire où elle est.

Sa réponse ne tarde pas : *Appelle-moi.* Ce qu'elle fait.

« Quoi de neuf ?

— Il faut que tu rentres pour que l'on règle cette situation.

— Nan, tout va bien.

— Tu ne peux pas juste t'enfuir comme ça, dit-il. Sinon, on va tous être dans la merde.

— Je ne me suis pas enfuie. C'est vous qui m'avez mise à la porte.

— Pas du tout. »

Il soupire.

« Si tu ne suis pas le protocole, les services de protection de l'enfance vont te tomber dessus. La police aussi, si elle l'apprend. Il faut que tu respectes les règles du système.

— J'en ai fini avec le système.

— Tu n'as que dix-sept ans. Tu n'en auras fini avec le système que lorsque celui-ci en aura fini avec toi.

— Alors, ne leur dis rien.

— Tu veux dire que je dois mentir ?

— Non. Contente-toi de… ne rien dire. »

Pendant, un moment, il reste silencieux.

« Mais tu vas bien ?

— Ouais.

— Cette femme chez qui tu es, tu ne la déranges pas ?

— Hum, hum. »

Il pousse un grognement.

« J'imagine qu'elle n'est pas habilitée à être famille d'accueil ?

— Techniquement parlant… non.

— "Techniquement parlant… non", répète-t-il avec un rire sec. Merde. Peut-être que c'est toi qui as raison. Pas besoin de prendre des décisions drastiques. Rappelle-moi quand tu vas avoir dix-huit ans ?

— Bientôt.

— Eh bien, si cela nous va comme ça… et à toi aussi…

— Sans compter que vous ne crachez pas sur l'argent que vous recevez pour moi, n'est-ce pas ? »

Il se tait à nouveau et, l'espace d'un instant, Molly pense qu'il lui a raccroché au nez. Mais non.

« Une vieille dame riche, une grande maison. Tu ne t'es pas mal débrouillée de ton côté non plus. Tu n'as probablement pas non plus envie que l'on signale ton départ de chez nous.

— Donc… j'habite bien toujours chez vous, alors ?

— Techniquement parlant, oui. Ça te va comme ça ?

— Parfait. Salue Dina de ma part.

— Je n'y manquerai pas. »

Terry n'a pas l'air particulièrement contente de trouver Molly dans la maison le lundi matin. « C'est quoi, cette histoire ? » s'exclame-t-elle. Jack ne lui a rien dit du nouvel arrangement en ce qui concerne le logement de Molly. Apparemment, il espérait que la situation se résolve d'elle-même, comme par magie, avant que sa mère ne la découvre.

« J'ai proposé à Molly de rester ici, annonce Vivian. Ce qu'elle a gentiment accepté.

— Alors, elle n'est pas… commence à dire Terry, en les regardant alternativement. Pourquoi n'es-tu pas chez les Thibodeau ?

— C'est un peu compliqué là-bas en ce moment, répond Molly.

— Qu'est-ce que ça veut dire ?

— Ça veut dire que les choses sont un peu… chamboulées, déclare Vivian. Et je suis très contente de la laisser camper dans une des chambres d'amis, pour le moment.

— Et l'école ?

— Bien sûr qu'elle va continuer à aller à l'école. Pourquoi n'irait-elle pas ?

— C'est très... charitable de votre part, Vivi, mais je pense que les autorités...

— Tout est arrangé. Elle reste avec moi, l'interrompt Vivian avec fermeté. Que veux-tu que je fasse de toutes ces chambres ? Que j'ouvre une maison d'hôtes ? »

La chambre de Molly est au premier étage, face à la mer, au fond du couloir et à l'exact opposé de celle de Vivian. Le rideau en coton léger de la fenêtre de sa salle de bains, également face à l'océan, danse constamment dans la brise marine. Alternativement aspiré contre la moustiquaire puis poussé vers le lavabo, il évoque une présence fantomatique bienveillante.

Depuis combien d'années quelqu'un n'a-t-il pas dormi dans cette pièce ? se demande Molly.

Ses affaires, tout ce qu'elle a emporté avec elle en partant de chez les Thibodeau, occupent à peine trois étagères dans le placard. Vivian insiste pour qu'elle prenne le bureau à cylindre du petit salon et l'installe dans la chambre en face de la sienne, de l'autre côté du couloir. Comme cela, elle pourra mieux préparer ses examens finaux. Quel intérêt y a-t-il à se serrer dans une seule pièce quand il existe d'autres options ?

Options. Elle peut dormir porte ouverte, déambuler librement dans la maison, aller et venir sans que personne la surveille constamment. Elle ne s'était pas rendu compte jusqu'à présent à quel point toutes ces années, durant lesquelles elle avait été en permanence jugée et critiquée, directement ou de manière implicite, avaient pesé sur elle. Comme si elle avait passé sa vie à marcher sur un fil, concentrée sur le fait de ne pas perdre l'équilibre et qu'elle retrouvait, enfin, la terre ferme.

Spruce Harbor, Maine, 2011

« Tu as l'air incroyablement normale ! s'exclame Lori, l'assistante sociale, quand Molly arrive dans la salle de chimie pour leur rendez-vous bimensuel habituel.

« D'abord, l'anneau de nez disparaît. Puis la rayure de putois. Et la prochaine fois, tu arrives en sweat-shirt à capuche Abercrombie ?

— Beurk, plutôt mourir. »

Lori lui adresse un sourire furtif.

« Et puis, ne t'emballe pas, ajoute Molly, tu n'as pas encore vu mon tatouage de pouffe au bas du dos.

— Tu n'as pas fait ça ! »

Comme c'est assez amusant de laisser Lori dans le doute, Molly se contente de hausser les épaules. Peut-être, peut-être pas.

Lori secoue la tête. « Regardons plutôt tes papiers. »

Molly lui tend les formulaires qu'elle a dû remplir pour le travail d'intérêt général ainsi que le tableau qui détaille toutes les heures qu'elle a effectuées, avec toutes les signatures requises.

Lori regarde les documents rapidement.

« Impressionnant. Qui a fait le tableau ?
— Qui crois-tu que ce soit ?
— Hum. »

Lori fait une moue dubitative et griffonne quelque chose en haut du formulaire.

« Alors tu as fini ?
— Fini quoi ? »

Lori lui décoche un sourire interrogateur. « De ranger le grenier. C'est pas ce que tu devais faire ? »

Exact. Ranger le grenier.

Le grenier est, de fait, rangé. Chaque chose a été sortie de son carton et examinée. Quelques objets ont été descendus et d'autres, trop abîmés, jetés. Finalement, cependant, la plupart des choses ont été replacées dans leurs cartons et se trouvent toujours dans le grenier. Mais maintenant le linge de maison est proprement plié et les objets fragiles ont été emballés avec soin. Molly s'est débarrassée des cartons de dimensions particulières ou abîmés et les a remplacés par des nouveaux, épais, tous de taille égale. La date et le lieu d'origine de leur contenu sont maintenant clairement indiqués au marqueur noir et ils sont proprement rangés, par ordre chronologique, sous les avancées de toit. On peut même se déplacer dans la pièce, à présent.

« Ouais, c'est fini.
— On peut en faire des choses en cinquante heures, pas vrai ? »

Molly opine. *Tu n'en as pas idée*, se dit-elle.

Lori ouvre le dossier de Molly qu'elle a posé en face d'elle sur la paillasse. « Eh bien, regarde-moi ça : il y a une note de ton professeur ici. »

Alertée, Molly se penche en avant. « Eh merde. Quoi, encore ? »

Lori prend le papier dans ses mains et lit.

« Un certain M. Reed. Sciences sociales. Il dit que tu as réalisé un projet pour sa classe. Sur le “portage”. C’est quoi ce truc ?

— Juste un devoir, répond Molly, prudente.

— Hum… Tu as interviewé une vieille femme de quatre-vingt-onze ans… C’est la femme chez qui tu as fait tes heures, n’est-ce pas ?

— Elle m’a juste raconté quelques trucs. Rien d’exceptionnel.

— Eh bien, M. Reed pense que si. Il dit que tu es allée bien au-delà de ce qui était demandé. Il voudrait que tu concoures pour un prix.

— Quoi ?

— Un concours national d’histoire. Tu ne savais pas ? »

Non, elle n’en avait aucune idée. M. Reed ne leur a même pas encore rendu leurs devoirs. Elle secoue la tête.

« En tout cas, maintenant, tu sais. » Lori croise les bras et se penche en arrière sur son tabouret. « Plutôt formidable comme nouvelle, non ? »

Molly a l’impression que sa peau irradie, comme si elle avait été baignée dans une sorte de substance tiède et douce comme du miel. Elle sent un sourire s’épanouir sur son visage et lutte pour conserver un air détaché. Elle fait un effort pour hausser les épaules.

« Je ne gagnerai sûrement pas.

— Probablement pas, mais, comme on dit pour les oscars, rien que d’être nominé est un honneur.

— C’est du pipeau. »

Lori sourit et elle ne peut s'empêcher de faire de même.

« Je suis fière de toi, Molly, tu t'en sors bien.

— Vous êtes juste contente que je n'aie pas été envoyée en centre de détention pour mineurs. Pour vous, cela aurait été un échec, pas vrai ?

— C'est ça. Et je n'aurais pas eu mon bonus de fin d'année.

— Et vous auriez dû vendre votre Lexus.

— Exactement. Alors, tiens-toi tranquille, OK ?

— J'essaierai. Mais je ne vous promets rien. Vous ne voulez pas que votre boulot devienne trop monotone quand même ?

— Aucun risque. »

Tout le monde s'affaire dans la maison. Terry suit sa routine et Molly aide quand elle peut : elle met du linge à laver, l'étend sur le fil pour le faire sécher, prépare pour Vivian des sautés végétariens et d'autres plats à base de légumes. Ni le coût supplémentaire lié à ce nouveau régime ni l'absence d'êtres de chair et de sang au menu n'ont l'air de soucier la vieille dame.

Jack y a mis du temps, mais il a fini par apprécier l'idée que Molly habite là. D'abord, il peut lui rendre visite sans subir le regard désapprobateur de Dina. Ensuite, c'est agréable de passer du temps dans cette maison. En fin de journée, ils s'assoient tous les deux sous le porche, dans les vieux fauteuils en rotin de Vivian, et admirent le ciel qui se teinte de rose, de lavande et de rouge au-dessus de la baie, telle une aquarelle animée.

Un jour, Vivian annonce qu'elle souhaite faire l'acquisition d'un ordinateur, ce qui les stupéfie tous, à l'exception de Molly. Jack appelle tout d'abord la compagnie de téléphone pour se renseigner sur l'installation du Wi-Fi dans la maison puis s'occupe d'acheter un modem et un routeur. Après avoir étudié et discuté les différentes options possibles, Vivian – qui, d'après ce que tout le monde sait, n'a jamais ne serait-ce qu'appuyé sur une touche de clavier pour sortir un ordinateur de son mode veille – décide de commander le même que celui de Molly, un modèle gris mat avec un écran de treize pouces. Elle ne sait pas vraiment ce qu'elle va en faire, dit-elle, peut-être juste l'utiliser pour faire quelques recherches et lire le *New York Times*.

Tandis que Vivian est penchée par-dessus son épaule, Molly se rend sur le site de vente en ligne et s'identifie. Clic, clic, numéro de carte de crédit, adresse, clic… OK, livraison gratuite ?

« Dans combien de temps va-t-il arriver ?

— Voyons voir… Cinq à dix jours ouvrés. Peut-être un peu plus.

— Est-il possible de le recevoir plus rapidement ?

— Bien sûr. Mais cela coûte un peu plus cher.

— Combien ?

— Pour vingt-trois dollars, il peut être là dans un jour ou deux.

— À mon âge, il vaut mieux ne pas trop attendre, tu ne crois pas ? »

Dès que l'ordinateur arrive, un vrai petit vaisseau spatial rectangulaire aux lignes pures et à l'écran lumineux, Molly aide Vivian à le configurer. Elle met le

New York Times ainsi que le site de l'AARP[1] (pourquoi pas ?) dans la liste des favoris, ouvre un compte e-mail pour Vivian (DalyViv@gmail.com) même s'il est difficile d'imaginer qu'elle l'utilise. Après que Molly lui a montré comment accéder au tutoriel, elle le suit pas à pas, tout en s'exclamant à intervalles réguliers : « Ah, c'est ça. Tu appuies sur ce bouton… Oh, j'ai compris. Pavé tactile… où est le pavé tactile ? Idiote que je suis, le voilà, bien sûr. »

Vivian apprend vite. En quelques clics, elle a découvert toute une communauté d'anciens enfants partis à bord des trains d'orphelins et de leurs descendants. Presque la moitié de ces deux cent mille orphelins sont toujours en vie. Des livres ainsi que des articles de journaux et même des pièces de théâtre et divers événements leur sont consacrés. Tout un complexe historique leur est dédié à Concordia, au Kansas, ainsi qu'un site web avec des témoignages, des photographies et un lien vers une liste de questions les plus fréquemment posées. (« Questions fréquemment posées ? s'étonne Vivian. Mais qui pose ces questions ? ») Il y a un groupe dénommé « Les passagers des trains de New York » dont les quelques membres survivants et leurs descendants se retrouvent une fois l'an lors d'une convention qui se tient à Little Falls, dans le Minnesota. La Société d'aide aux enfants et l'hôpital des Enfants-Trouvés de New York

1. Avec plus de trente-sept millions de membres, l'AARP (American Association of Retired Persons) est l'une des associations les plus puissantes des États-Unis. Ouverte à toute personne de cinquante ans et plus, elle propose toute une palette de services et d'avantages à ses adhérents. (*N.d.T.*)

ont chacun un site Internet proposant des liens vers des documents historiques et des archives. En plus de tout cela, il existe toute une sous-catégorie de recherches sur ses ancêtres, celles menées par les adultes de la deuxième génération qui, albums de souvenirs sous le bras, se rendent à New York avec l'espoir d'y dénicher des contrats synallagmatiques, des photographies ou des actes de naissance.

Avec l'aide de Molly, Vivian ouvre un compte chez Amazon et commande des livres. Des dizaines d'ouvrages pour enfants ont été écrits sur ces trains, mais ce qui l'intéresse ce sont les documents, les objets, les récits à la première personne publiés à compte d'auteur, chacun porteur d'un témoignage particulier, d'une histoire unique. Beaucoup d'entre elles, découvre-t-elle, épousent une trajectoire similaire. *Cette horrible chose m'est arrivée et puis... Je me suis retrouvé à bord d'un de ces trains... Et cette chose affreuse s'est produite et puis... J'ai grandi et suis devenu un citoyen respectable ; je suis tombé amoureux, j'ai eu des enfants puis des petits-enfants ; en résumé, j'ai vécu une vie heureuse, une vie qui n'a été possible que parce que j'étais orphelin ou abandonné et que l'on m'a envoyé au Kansas, au Minnesota ou en Oklahoma en train. Cette vie, je n'en changerais pour rien au monde.*

« C'est donc dans la nature humaine de croire qu'il y a une raison à toutes choses et de se dire que même les pires expériences ont une signification, si insignifiante soit-elle ? demande Molly lorsque Vivian lui lit à voix haute quelques-unes de ces histoires.

— Indéniablement, cela aide d'y croire », lui répond Vivian.

Installée dans l'un des fauteuils à oreilles, l'ordinateur sur les genoux, la vieille dame parcourt des récits extraits des archives du Kansas. Molly, assise dans le fauteuil jumeau, lit des romans qu'elle trouve dans la bibliothèque de la maison. Elle a déjà fait un sort à *Oliver Twist* et est en pleine lecture de *David Copperfield* lorsque Vivian pousse un petit cri aigu.

Surprise, Molly lève les yeux. C'est la première fois qu'elle entend Vivian s'exclamer ainsi.

« Quoi ?

— Je pense que… murmure Vivian, le visage teinté de bleu par la lumière laiteuse que projette l'écran, deux doigts sur le pavé tactile. Je crois que j'ai peut-être retrouvé Carmine. Le petit garçon du train. »

Elle soulève l'ordinateur de ses genoux et le tend à Molly.

La page porte un titre : Carmine Luten, Minnesota, 1929.

« Ils n'ont pas changé son prénom ?

— Apparemment pas, répond Vivian. Regarde, c'est la femme qui me l'a pris des bras ce jour-là. »

D'un doigt tordu, elle désigne l'écran, pressant Molly de faire défiler la page.

« Une enfance idyllique, dit l'article. Ils l'ont appelé Carm. »

Molly continue à lire. Selon toute apparence, Carmine a eu beaucoup de chance. Il a grandi à Park Rapids, a épousé sa petite amie de lycée et est devenu commercial, comme son père. Elle s'attarde sur la photographie où on le voit en compagnie de ses nouveaux parents, exactement comme Vivian les avait décrits. Sa mère, frêle et jolie, son père, grand et mince, et Carmine, grassouillet, les cheveux noirs et bouclés, affecté d'un strabisme, blotti entre eux deux. Il y a également une photo de lui le jour de son mariage, le regard droit, le nez chaussé de lunettes, rayonnant au côté d'une fille aux joues rebondies et à la chevelure châtaine, tous deux en train de couper une pièce montée nappée de crème blanche. Une troisième photo le montre chauve et souriant, un bras passé autour des épaules de son épouse devenue gironde, mais toujours reconnaissable, la légende indiquant que le cliché a été pris lors de leur cinquantième anniversaire de mariage.

L'histoire de Carmine a été écrite par son fils qui, à l'évidence, a mené des recherches approfondies, allant jusqu'à faire un pèlerinage à New York pour éplucher les archives de la Société d'aide aux enfants. C'est ainsi qu'il a découvert que la mère biologique de Carmine, fraîchement débarquée d'Italie, était décédée lors de l'accouchement et que c'est son père, un indigent, qui avait donné le bébé. Un post-scriptum indique que Carmine s'est éteint tranquillement à l'âge de soixante-quatorze ans, à Park Rapids.

« C'est bon de savoir que Carmine a eu une belle vie, commente Vivian. Cela me fait plaisir. »

Molly se rend sur Facebook et tape le nom du fils de Carmine, Carmine Luten Junior. Il n'y en a qu'un. Elle clique sur l'onglet dédié aux photographies et redonne l'ordinateur à Vivian. « Je pourrai vous ouvrir un compte, si vous voulez. Comme cela, vous pourriez demander à devenir amie avec son fils ou lui envoyer un message via Facebook. »

Vivian regarde les photos du fils de Carmine et de sa femme, entourés de leurs petits-enfants lors de vacances récentes, au château d'Harry Potter, sur des montagnes russes, à côté de Mickey Mouse.

« Mon Dieu. Je ne suis pas prête. Mais… Tu es douée pour cela, pas vrai ? dit-elle en regardant Molly.

— Douée pour quoi ?

— Pour retrouver des gens. Tu as trouvé ta mère. Puis Maisie. Et maintenant, ça.

— En fait, non, pas vraiment. Je tape des mots…

— J'ai réfléchi à ce que tu m'as dit l'autre jour, dit-elle en l'interrompant. À propos de cet enfant que j'ai donné en adoption. Je ne l'ai jamais dit à personne, mais pendant toutes les années durant lesquelles j'ai vécu à Hemingford, chaque fois que je voyais une petite fille blonde qui devait avoir à peu près son âge, mon cœur tressaillait. J'avais tellement envie de savoir ce qu'elle était devenue, mais je pensais que je n'en avais pas le droit. Maintenant, je me demande… Je me demande si, peut-être, nous pourrions essayer de la retrouver. »

Elle regarde Molly dans les yeux. Son visage est ouvert, reflétant tout son espoir. « Si je décide que je suis prête, m'aideras-tu ? »

Spruce Harbor, Maine, 2011

L'intérieur caverneux de la maison résonne d'un concert de sonneries téléphoniques ; les combinés, chacun dans une pièce différente, émettent toutes sortes de trilles.

« Terry ? » La voix de Vivian s'élève, perçante. « Terry, vous pouvez répondre ? »

Molly, assise face à Vivian dans le salon, pose son livre et se lève. « On dirait que cela vient d'ici. »

« Je suis en train de le chercher, Vivi », appelle Terry d'une autre pièce.

« Est-ce qu'il y a un téléphone ici ?

— Peut-être, répond Vivian, je n'en suis pas sûre. »

Vivian est assise dans son fauteuil rouge favori, le plus proche de la fenêtre, l'ordinateur posé sur les genoux, les doigts enserrant une tasse de thé. Les professeurs sont en réunion aujourd'hui et Molly révise en prévision de ses contrôles finaux. Bien que la matinée soit avancée, les rideaux n'ont pas encore été ouverts. Vivian ne supporte les reflets lumineux sur l'écran qu'à partir d'environ onze heures.

Terry, l'air affairé, entre dans la pièce en marmonnant des choses tout à la fois à son attention et à celle des autres personnes présentes. « Bonté divine, voilà pourquoi je préfère les téléphones avec fil. Je n'aurais jamais dû laisser Jack nous persuader d'en prendre un sans fil. Je jure que… oh, le voilà. » Elle sort le combiné de derrière un coussin du canapé. « Allô ? » Main sur la hanche, elle marque une pause. « Oui, vous êtes bien chez Mme Daly. Qui est à l'appareil ?… C'est le registre des adoptions », murmure-t-elle à Vivian, le téléphone plaqué contre sa poitrine.

La vieille dame lui fait signe de s'approcher et lui prend le combiné des mains. Elle s'éclaircit la gorge. « Vivian Daly à l'appareil. »

Molly et Terry sont tout ouïe.

« Oui, j'ai effectué cette demande… Oui. Oh… Vraiment ? » Elle couvre le microphone de la main. « Une personne correspondant aux critères que j'ai indiqués a déjà soumis un formulaire. » Molly entend la voix de la femme, petite mélodie métallique, à l'autre bout de la ligne. « Qu'avez-vous dit ? » Vivian a remis le combiné à son oreille et penche la tête, en attente d'une réponse. « Il y a quatorze ans, annonce-t-elle à Molly et Terry.

— Quatorze ans ? » s'exclame Terry.

Il y a tout juste dix jours, après avoir fouiné sur Internet pendant un moment, Molly avait découvert une liste d'organismes en lien avec les registres d'adoption et retenu le mieux noté par les utilisateurs. L'association, dont la mission consistait à permettre aux individus « liés par la naissance » de nouer contact, semblait fiable et, surtout, n'exigeait aucune contrepartie financière en échange de ses services. Molly s'était envoyé à elle-même par e-mail le lien vers le formulaire à compléter – deux pages seulement – et l'avait imprimé à l'école afin que Vivian puisse le remplir en fournissant le nom de la ville et de l'hôpital de naissance et celui de l'agence d'adoption. Au bureau de poste, Molly avait photographié l'extrait de naissance que Vivian avait gardé, caché dans une boîte sous son lit, pendant toutes ces années. Le document indiquait le prénom d'origine que Vivian avait donné à sa fille : May. Elle avait ensuite glissé le formulaire et la photocopie dans une enveloppe en papier kraft adressée à l'agence et avait posté le tout, certaine que la réponse mettrait des semaines, des mois à lui parvenir, voire ne lui parviendrait jamais.

« Est-ce que j'ai un stylo ? marmonne Vivian, en regardant autour d'elle. Est-ce que j'ai un stylo ? »

Molly court dans la cuisine et fouille dans le tiroir à bazar. Elle en sort quelques stylos qu'elle essaie en gribouillant sur ce qui lui tombe sous la main, le Mount Desert Islander, jusqu'à ce qu'elle en trouve un en état de marche, un stylo à bille bleu, qu'elle apporte à Vivian, avec le journal.

« Oui, oui. Très bien. Oui, cela me convient, dit Vivian. Comment épelez-vous ce nom ? D-U-N-N... » Le journal posé sur la petite table ronde à côté de son fauteuil, elle note, au-dessus du gros titre, un nom, un numéro de téléphone et une adresse mail, traçant l'arobase avec difficulté. « Merci. Merci beaucoup. » Les yeux plissés, elle cherche l'icône « raccrocher » sur le combiné et le presse.

Terry se dirige vers les hautes fenêtres, tire les rideaux et passe l'embrasse autour de chaque pan. La lumière vive qui entre soudainement à flots est dans un premier temps douloureuse à supporter.

« Nom d'une pipe, je n'y vois plus rien, maintenant ! s'exclame Vivian d'un ton courroucé tout en protégeant l'écran de sa main.

— Je suis désolée ! Voulez-vous que je les referme ?

— Ça ira. » Vivian repose son ordinateur. Elle étudie le journal, comme si les chiffres qu'elle y a notés représentaient un message codé.

« Alors, qu'avez-vous appris ? demande Molly.

— Qu'elle s'appelle Sarah Dunnell et qu'elle habite à Fargo, dans le Dakota du Nord, répond Vivian en levant le regard.

— Le Dakota du Nord ? Vous êtes sûre que c'est la bonne personne ?

— Ils en sont certains. Ils ont vérifié et revérifié les actes de naissance. Elle est née le même jour, dans le même hôpital. »

La voix de Vivian se met à trembler. « Et son prénom d'origine était May.

— Mon Dieu ! s'écrie Molly en posant la main sur le genou de Vivian. C'est elle. »

Vivian croise les mains, puis les pose contre ses cuisses.

« C'est bien elle.

— C'est merveilleux !

— Et terrifiant, ajoute Vivian.

— Qu'est-ce qu'on fait maintenant ?

— J'imagine que je vais l'appeler. Ou lui envoyer un e-mail. J'ai son adresse. »

Elle brandit le journal. Molly se penche en avant.

« Qu'est-ce que vous préférez ?

— Je n'en suis pas sûre.

— Un appel serait plus direct.

— Mais cela pourrait lui causer un choc.

— Cela fait si longtemps qu'elle attend ce moment.

— C'est vrai. »

Vivian semble hésiter.

« Je ne sais pas, tout est allé si vite.

— Après soixante-dix ans, ajoute Molly avec un sourire. J'ai une idée. Cherchons tout d'abord sur Google des informations sur elle et voyons ce que l'on trouve.

— Abracadabra, fait Vivian, une main s'agitant au-dessus de l'ordinateur. Vite ! »

Sarah Dunnell est musicienne. Elle a été violoniste dans l'orchestre philharmonique de Fargo et a enseigné à l'université du Dakota du Nord jusqu'à ce qu'elle prenne sa retraite il y a quelques années. Elle est membre du Rotary et a été mariée deux fois. La première, pendant de nombreuses années, à un avocat et maintenant à un dentiste qui siège au conseil d'administration de l'orchestre philharmonique. Elle a un fils et une fille, qui semblent avoir chacun une quarantaine d'années, et au moins trois petits-enfants.

Sur la douzaine de photos retrouvées via Google – surtout des portraits de Sarah, violon à la main, et d'autres, de groupe, prises au Rotary lors de différentes cérémonies –, elle est menue, tout comme Vivian, et affiche un air tout à la fois alerte et réservé. Et elle est blonde.

« Elle doit se les teindre, commente Vivian.
— Est-ce qu'on ne fait pas toutes ça ? demande Molly.
— Moi, je ne l'ai jamais fait.
— Tout le monde ne peut pas avoir de beaux cheveux argentés comme vous. »
Après cela, les choses avancent rapidement. Vivian envoie un e-mail à Sarah. Sarah appelle. Quelques jours plus tard, elle et son mari ont réservé un vol pour le Maine début juin. Ils viendront avec Becca, leur petite-fille de onze ans, qui a grandi en lisant *Des myrtilles pour Lily* et est, d'après Sarah, toujours prête pour l'aventure.
Vivian lit quelques-uns des e-mails à Molly.
Je n'ai jamais cessé de me demander qui tu étais. J'avais abandonné l'idée de te connaître et d'apprendre pourquoi tu ne m'avais pas gardée.
Les préparatifs en vue de leur arrivée les mettent en effervescence. Toute une troupe d'ouvriers et d'artisans s'occupe de la maison, repeignant les lambrequins, réparant les balustres cassés face à la baie, nettoyant les tapis orientaux, bouchant les fissures qui apparaissent chaque printemps dans les murs lorsque la glace fond et que la demeure bouge sur ses fondations.
« Il est temps d'aérer toutes les chambres, de laisser entrer l'air, tu ne crois pas ? » demande un matin Vivian au cours du petit déjeuner. Pour éviter que les portes ne claquent avec le vent de la baie, elles les coincent avec de vieux cale-portes en fonte que Molly a trouvés dans un des cartons au grenier. Avec toutes ces portes et ces fenêtres ouvertes à l'étage, la brise circule

librement dans la maison. D'une certaine manière, tout semble plus léger. Ouvert aux éléments.

Sans même solliciter l'aide de Molly, Vivian s'achète sur Internet de nouveaux vêtements chez Talbots, et paie en utilisant sa carte de crédit.

« Vivian a commandé des vêtements chez Talbots. Sur son ordinateur. En payant par carte de crédit. T'arrives à croire ce que je viens de te dire ? demande Molly à Jack.

— Bientôt, il va pleuvoir des grenouilles », répond-il.

D'autres signes annonciateurs de l'Apocalypse apparaissent. Après avoir vu un pop-up publicitaire sur son écran, Vivian leur fait savoir qu'elle compte s'inscrire au service de location de films par Internet Netflix. Puis elle s'achète un appareil photo numérique sur Amazon en utilisant l'option « achat en un clic ». Et demande à Molly si elle a déjà regardé la vidéo du bébé panda qui éternue sur YouTube. Elle s'inscrit même sur Facebook.

« Elle a envoyé à sa fille une demande d'ajout à sa liste d'amis, annonce Molly à Jack.

— Elle a accepté ?

— Tout de suite. »

Ils secouent la tête, incrédules.

Deux parures de lit en coton sont sorties de l'armoire à linge de maison, lavées puis mises à sécher dans le vent sur la corde située sur le côté de la maison. Lorsque Molly les récupère, les draps sont raides et fleurent bon l'air frais. Elle aide Terry à préparer les lits, à étendre les draps blancs et propres sur les matelas qui n'ont jamais été utilisés.

Depuis quand n'ont-ils pas été aussi excités à l'approche d'un événement ? Même Terry est impatiente. « Je me demande quelles céréales je devrais prendre pour Becca, demande-t-elle tandis qu'elles disposent le quilt avec le motif de la couronne irlandaise sur le lit prévu pour la petite fille, dans la chambre située juste en face de celle de sa grand-mère.

— Des Cheerios au miel, cela plaît toujours, répond Molly.

— Je pense qu'elle doit préférer les pancakes. Penses-tu qu'elle aime les pancakes aux myrtilles ?

— Qui n'aime pas les pancakes aux myrtilles ? »

Dans la cuisine, tandis que Molly nettoie les placards et que Jack ajuste la clenche de la porte-moustiquaire, ils discutent de ce que Sarah et sa famille aimeraient peut-être faire une fois qu'ils seront sur l'île. Se balader à Bar Harbor, aller prendre une glace chez *Ben & Bill*, déguster du homard cuit à la vapeur chez *Thurston*, peut-être essayer *Chez Nonna*, le nouveau restaurant de Spruce Harbor qui propose une cuisine du sud de l'Italie et qui a fait l'objet d'une excellente critique dans *Down East*…

« Mais elle ne vient pas ici pour faire du tourisme. Elle vient pour rencontrer sa mère biologique », leur rappelle Terry.

Ils se regardent et éclatent de rire. « Ah oui, c'est vrai ! » s'esclaffe Jack.

Molly suit Stephen, le fils de Sarah, sur Twitter. Le jour du voyage, Stephen écrit : « Maman est partie retrouver sa mère biologique de quatre-vingt-onze ans. Imaginez un peu. Une nouvelle vie qui commence à soixante-huit ans ! »

Une nouvelle vie.

C'est une journée digne d'une carte postale du Maine. Toutes les chambres de la maison sont prêtes. Une grosse chaudrée de palourdes, la spécialité de Terry, mijote sur le feu (à côté, une portion de cette soupe version maïs, pour Molly). Du pain de maïs refroidit sur la paillasse. Molly a préparé une énorme salade accompagnée d'une sauce au vinaigre balsamique.

Molly et Vivian n'ont fait que marcher de long en large tout l'après-midi, tout en feignant d'ignorer la pendule. Jack a appelé à deux heures pour leur dire que le vol en provenance du Minnesota avait atterri à Boston avec quelques minutes de retard, mais que le petit coucou qui devait les emmener jusqu'à l'aéroport de Bar Harbor avait décollé et devait arriver dans une demi-heure et qu'il était lui-même en route. Pour aller les chercher, il a pris la voiture de Vivian, une Subaru break bleu marine (après avoir aspiré la moquette et lavé méticuleusement la carrosserie avec du liquide vaisselle et un jet d'eau dans l'allée de sa maison).

Assise dans le fauteuil à bascule de la cuisine, le regard perdu en direction de l'océan, Molly se sent étrangement en paix. D'aussi loin qu'elle puisse s'en souvenir, c'est la première fois qu'elle a l'impression que sa vie commence à avoir un sens. Ce qui, jusqu'à présent, lui semblait être une série d'événements tout autant malheureux que hasardeux, sans lien les uns avec les autres, lui apparaît désormais comme une succession d'étapes dans un long voyage vers… la sagesse. Le terme est sans doute un peu trop fort, mais il y en a d'autres, moins grandiloquents, tels qu'*acceptation de soi-même* et *perspective*. Elle n'a jamais cru au destin.

Cela aurait été trop décourageant de penser que sa vie ne faisait que suivre un schéma préétabli. Maintenant, cependant, la question se pose. Si elle n'était pas passée de famille d'accueil en famille d'accueil, elle ne serait pas arrivée sur cette île, elle n'aurait pas rencontré Jack ni, grâce à lui, Vivian. Elle n'aurait jamais rien su de l'histoire de cette femme ni compris comment elle entrait en résonance avec la sienne.

Lorsque la voiture se gare dans l'allée, Molly entend le crissement des roues sur le gravier depuis la cuisine, pourtant située à l'opposé de la maison. Un bruit qu'elle guettait.

« Vivian, ils sont arrivés !

— J'ai entendu », réplique la vieille dame.

Quand elles se retrouvent dans l'entrée, Molly prend la main de Vivian dans la sienne. *Nous y voici*, pense-t-elle. *Le point culminant de toute cette histoire.*

« Prête ? demande-t-elle simplement.

— Prête », répond Vivian.

Dès que Jack éteint le moteur, une petite fille, habillée d'une robe rayée bleu et blanc et chaussée de tennis blanches, jaillit du siège arrière. Becca. Cela ne peut être qu'elle. Ses cheveux sont roux, longs et bouclés. Quelques taches de rousseur parsèment son visage.

Vivian agrippe la rambarde du porche d'une main et porte l'autre à sa bouche. « Oh !

— Oh », fait Molly, derrière elle.

La petite fille agite la main. « Vivian, nous sommes arrivés ! »

La femme blonde qui sort de la voiture – Sarah – se tourne vers elles, affichant une expression que Molly n'a jamais vue jusqu'à présent. Ses yeux sont grands ouverts, son regard pénétrant et, lorsqu'il se fige sur le visage de Vivian, d'une intensité surprenante, dénué de toute affectation ou de conventionnalisme. Un désir ardent, de la crainte, de l'espoir et de l'amour… Molly lit-elle tout cela sur le visage de Sarah ou sont-ce ses propres sentiments qu'elle projette ? Elle regarde Jack qui sort les bagages du coffre. Il lui fait un signe de tête et cligne lentement les paupières. *Je comprends. Je ressens la même chose.*

Molly touche l'épaule de Vivian, si frêle et osseuse sous son cardigan en soie. La vieille dame se tourne à moitié, esquisse un sourire. Ses yeux sont remplis de larmes. Sa main se porte à son cou, à la chaîne en étain et la croix surmontée du Claddagh avec ses minuscules mains enserrant un cœur couronné. Amour, loyauté, amitié : une boucle infinie qui vous mène loin de chez vous pour mieux vous y reconduire. *Quel voyage ont entrepris Vivian et ce pendentif !* se dit Molly. Depuis un village aux petites rues pavées sur la côte irlandaise jusqu'à un logement new-yorkais puis un train empli d'enfants, traçant son chemin à travers un paysage de terres agricoles pour s'arrêter, le temps d'une vie, dans le Minnesota. Puis jusqu'à cet instant, presque cent ans après que tout a commencé, sur le porche d'une vieille demeure du Maine.

Vivian pose le pied sur la première marche et vacille légèrement, chacun se précipitant vers elle, comme dans un film au ralenti ; Molly tout d'abord, juste derrière elle, puis Becca qui se rapproche du bas de l'escalier, Jack près de la voiture, Sarah traversant l'allée en gravier et même Terry, qui vient d'apparaître au coin de la maison.

« Ça va aller ! » dit Vivian en agrippant la rambarde.

Molly glisse un bras autour de sa taille. « Bien sûr que ça va aller », lui murmure-t-elle. Même si son cœur est chargé de tant d'émotions qu'elle en a mal, sa voix reste ferme. « Je suis juste derrière toi. »

Vivian sourit. Elle baisse le regard sur Becca qui la dévisage de ses grands yeux noisette, le visage levé vers elle. « À nous maintenant. Par où commencer ? »

Remerciements

C'est grâce à l'aide d'un certain nombre de personnes que la trame de ce roman a pu être bâtie à partir des écheveaux que représentent le Minnesota, le Maine et l'Irlande. Il y a plusieurs années de cela, lors d'une visite à la mère de mon mari, Carole Kline, chez elle à Fargo dans le Dakota du Nord, j'ai lu une histoire sur son père, Frank Robertson. Elle faisait partie d'un recueil intitulé *Un siècle d'histoires : Jamestown, Dakota du Nord, 1883-1983*, compilé par James Smorada et Lois Forrest. L'article « On l'appelait le train des orphelins : la preuve qu'un foyer attendait beaucoup de ces enfants dans la Prairie » racontait l'histoire de l'orphelin Frank et de ses quatre frères et sœurs, tous placés dans une famille d'accueil à Jamestown, puis adoptés par cette même famille. Bien qu'ils ne soient pas arrivés à cet endroit à bord d'un des trains d'orphelins, ma curiosité avait été piquée. J'ai été stupéfaite d'apprendre l'étendue et l'importance de ce mouvement qui a conduit quelque deux cent mille enfants depuis la côte Est jusqu'au Midwest entre 1854 et 1929.

Au cours de mes recherches, j'ai discuté avec Jill Smolowe, écrivain et journaliste pour le magazine *People*, qui pensait qu'il devait y avoir encore assez d'informations disponibles sur les derniers survivants des trains d'orphelins pour en faire un dossier pour son périodique. Le dossier n'a jamais vu le jour, mais les informations rassemblées sur le sujet et les contacts pris par Jill se sont révélés extrêmement utiles. En particulier, il m'a présenté Renee Wendinger, présidente de l'Association des orphelins originaires de New York, partis dans le Midwest à bord de trains d'orphelins et fille de Sophia Hillesheim, une de ces orphelines. En 2009, lors de la réunion du groupe à Little Falls, Minnesota, en l'honneur du quarante-neuvième anniversaire de l'association, Renee m'a présentée à une demi-douzaine d'orphelins, tous âgés de quatre-vingt-dix ans et plus, au rang desquels figurait Pat Thiessen, originaire d'Irlande, et dont l'histoire ressemblait étrangement à celle que j'avais imaginée pour le personnage principal de mon livre. Tout au long de la rédaction de ce roman, Renee m'a généreusement offert ses conseils avisés, portant tout aussi bien sur des détails que sur des points plus importants. Elle m'a ainsi aidée à corriger des erreurs monumentales et m'a permis d'approcher l'histoire de manière plus nuancée. Son livre, *Extra ! Extra ! Les trains d'orphelins et les vendeurs à la criée de journaux à New York*, a été pour moi une mine d'informations. Sans elle, mon roman n'aurait pas été le même.

Les autres sources d'informations dont je me suis servie au cours de ma recherche ont été la Société d'aide aux enfants, l'hôpital des Enfants-Trouvés (j'ai assisté à leur cent quarantième réunion en 2009 et rencontré, à cette occasion, bon nombre d'orphelins partis à bord de ces trains), le New York Tenement Museum, le musée de l'immigration d'Ellis Island ainsi que le National Orphan Train Complex à Concordia, Kansas, musée et centre de recherches avec un site Internet très actif incluant de nombreux témoignages d'orphelins. À la bibliothèque de New York, dans la section Irma et Paul Milstein, consacrée à l'histoire de l'Amérique, l'histoire locale et la généalogie, j'ai trouvé des listes de noms d'orphelins et d'enfants indigents compilés par la Société d'aide aux enfants et par l'hôpital des Enfants-Trouvés, des témoignages de première main d'orphelins ou de membres de leurs familles, des documents manuscrits, des notes de mères désespérées expliquant pourquoi elles avaient dû se résoudre à abandonner leurs enfants, des histoires d'immigrants irlandais et de nombreux autres documents consultables nulle part ailleurs. Parmi les livres que j'ai trouvés particulièrement utiles, je citerais : *Orphan Train Rider : One Boy's True Story* d'Andrea Warren, *Children of the Orphan Trains, 1854-1929* de Holly Littlefield et *Rachel Calof's Story : Jewish Homesteader on the Northern Plains* édité par J. Sanford Rikoon (et que j'ai trouvé à Bonanzaville, un site historique composé d'un village de pionniers de la Prairie reconstitué et d'un musée, situé à West Fargo).

Durant les années que j'ai passées en résidence d'écrivain à l'université de Fordham, j'ai eu l'honneur de me voir attribuer une bourse d'enseignement et de recevoir une bourse de l'université de Fordham pour la recherche, qui m'a permis de mener à bien mes recherches dans le Minnesota et en Irlande. La bourse décernée par le Virginia Center for the Creative Arts m'a fourni tout à la fois un endroit et du temps pour écrire. Brian Nolan, Irlandais de naissance, m'a fait découvrir les aspects cachés du comté de Galway. Les histoires qu'il m'a racontées sur Birdie Sheridan, la bonne qui s'occupait de sa maison lorsqu'il était enfant, m'ont inspirée pour créer le personnage de la grand-mère de Vivian. À Kinvara, Robyn Richardson m'a menée de pub en pub jusqu'à Phantom Street et m'a fait cadeau d'une ressource importante : *Kinvara : A Seaport Town on Galway Bay*, écrit par Caoilte Breatnach et Ann Korff. Entre autres livres, *An Irish Country Childhood* de Marrie Walsh m'a aidée à décrire les détails de lieux et d'époque.

Au moment où j'écrivais ce livre, ma mère, Tina Baker, a commencé à donner un cours à Mount Desert Island dans le Maine, intitulé « Femmes amérindiennes : mythe et littérature ». À la fin de son cours, elle a demandé aux étudiants de se servir du concept de portage pour décrire « leur voyage à destination de terres inconnues et ce qu'ils choisiront d'emporter avec eux lors des portages suivants », ainsi qu'elle l'a noté dans la compilation de leurs histoires *Voices Yearning to be Heard : Acadia Senior College Students Pay Tribute to the Missing Voices of History*. Je me suis alors rendu compte que le concept de portage était l'écheveau manquant qui me permettrait de compléter la trame de mon histoire. D'autres livres ont influencé mon regard à ce sujet : *Women of the Dawn* de Bunny McBride, *In the Shadow of the Eagle : A Tribal Representative in Maine* de Donna Loring (membre de la nation indienne penobscot et ancien membre de la Chambre des représentants de l'État) ainsi que *Wabanakis of Maine and the Maritimes* écrit par le Wabanaki Program of the American Friends Services Committee. Le site Internet du musée Abbe de Bar Harbor dans le Maine et la nation des Indiens penobscot ont également été de précieuses sources d'informations.

J'ai aussi pu bénéficier du soutien et des conseils d'amis proches et de ma famille : Cynthia Baker, William Baker, Catherine Baker-Pitts, Marina Budhos, Anne Burt, Deb Ellis, Alice Elliott Dark, Louise DeSalvo, Bonnie Friedman, Clara Baker Lester, Pamela Redmond Satran et John Veague. Mon mari, David, a su porter un regard critique sur le manuscrit tout en le lisant d'un œil bienveillant. Penny Windle Kline m'a renseignée sur les procédures d'adoption et m'a indiqué de précieux moyens de m'informer. Le sergent-chef Jeffrey Bingham et son oncle, Bruce Bingham, un brigadier général de l'armée à la retraite, ont vérifié les données historiques relatives à la Seconde Guerre mondiale. Bunny McBride, Donna Loring, Robyn Richardson et Brian Nolan ont relu les passages relatifs à leurs domaines d'expertise respectifs. Hayden, Will et Eli, mes fils, ont gentiment corrigé les erreurs de langage que j'ai prêtées aux personnages adolescents. Mon agent, Beth Vesel, a été, à sa façon toute remarquable, tout à la fois mentor et amie. Katherine Nintzel, mon éditrice chez Morrow – en plus de son bon sens et de ses conseils avisés –, m'a suggéré un changement de structure de dernière minute qui a transformé le fil narratif.

Ce livre n'existerait pas sans les passagers des trains d'orphelins eux-mêmes. Ayant eu le privilège d'en rencontrer six (tous âgés de plus de quatre-vingt-dix ans) et de lire des centaines de récits écrits à la première personne, je suis pleine d'admiration pour le courage dont ils ont fait montre, pour leur force de caractère et pour la perspective qu'ils nous offrent sur cet aspect étrange et peu connu de l'histoire de notre pays.

Composition et mise en pages
Nord Compo à Villeneuve-d'Ascq

Achevé d'imprimer en mai 2019 en Espagne par
Liberdúplex
N° d'impression : 75494

S27047/02